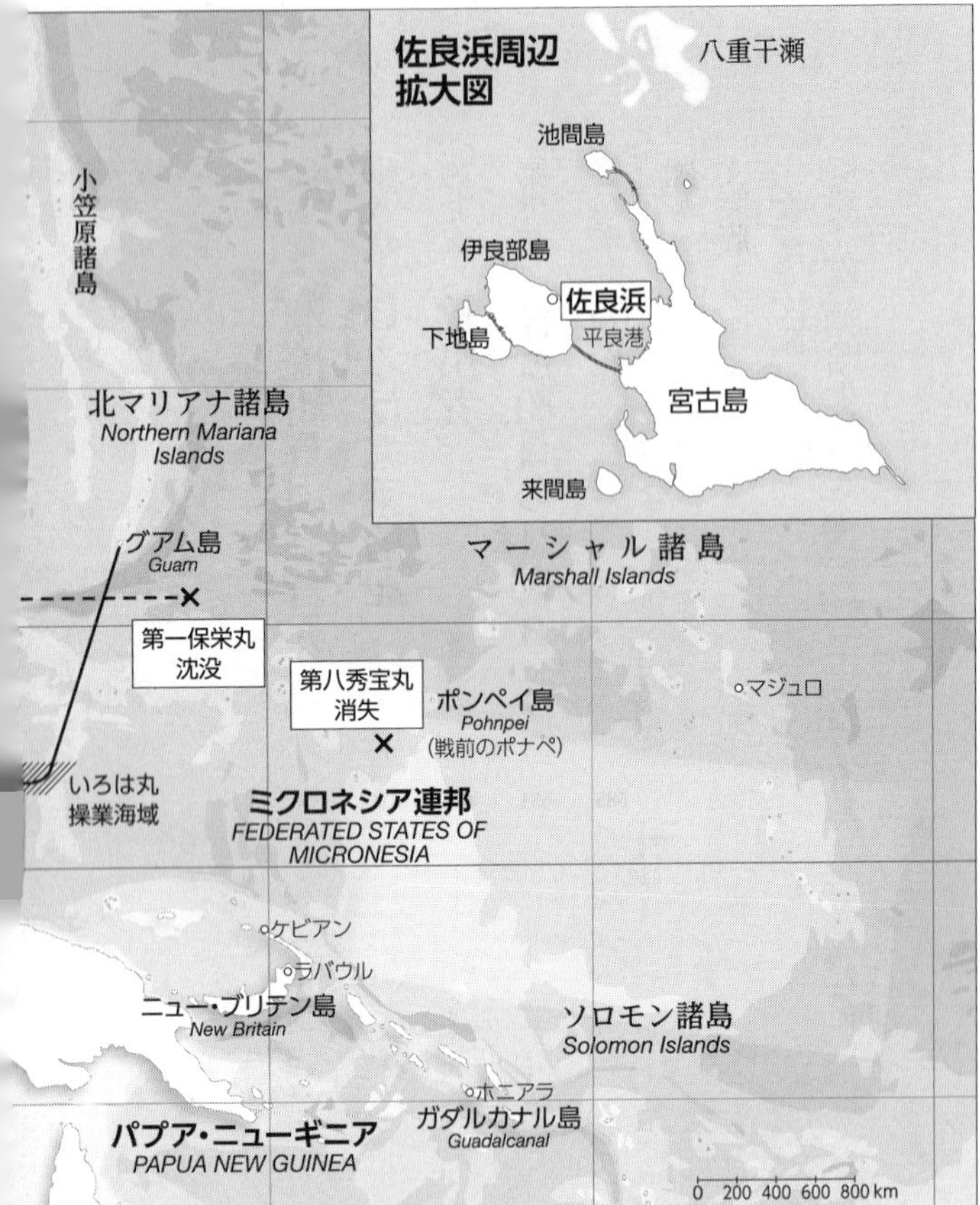

佐良浜周辺
拡大図
八重干瀬
池間島
伊良部島
佐良浜
平良港
下地島
宮古島
来間島
小笠原諸島
北マリアナ諸島
Northern Mariana Islands
グアム島
Guam
マーシャル諸島
Marshall Islands
第一保栄丸
沈没
第八秀宝丸
消失
ポンペイ島
Pohnpei
(戦前のポナペ)
マジュロ
いろは丸
操業海域
ミクロネシア連邦
FEDERATED STATES OF MICRONESIA
ケビアン
ラバウル
ニュー・ブリテン島
New Britain
ソロモン諸島
Solomon Islands
ホニアラ
ガダルカナル島
Guadalcanal
パプア・ニューギニア
PAPUA NEW GUINEA
0 200 400 600 800 km
距離は赤道付近でのおおよその目安です

南方の漁場と漂流ルート
那覇
沖縄
宮古島
香港
Hong Kong
台湾
Taiwan
プラタス諸島
フィリピン
PHILIPPINES
マニラ
第一保栄丸
漂流ルート
セブ島
Cebu
ミンダナオ島
Mindanao
ダバオ
ヤップ
Yap
パラオ
PALAU
サバ州
(戦前の英領
北ボルネオ)
サンダカン
ゼネラル
サントス
タラウド諸島
セレベス海
モロタイ島
Morotai
赤道
Equator
マレーシア
MALAYSIA
いろは丸
航海ルート
ニューギニア島
New Guinea
インドネシア
INDONESIA
東ティモール
TIMOR-LESTE
地図制作・スタジオサムワン

漂流

序章　二つの漂流

フィリピンのミンダナオ島の沖合で、一隻《せき》のうす汚れた救命筏《ライフラフト》が発見されたのは、一九九四年三月十七日のことだった。

発見したのはチョドロ・ギニャレスという三十七歳になる地元ゼネラルサントス市のマグロ漁師である。

ギニャレスがゼネラルサントス港を出港したのは前日の三月十六日午前七時頃のことである。八人の乗組員とともに、パンプボートという竹のアウトリガーがついた木造船で港を出たギニャレスは、ひとまず南下し、南東へ約五百キロはなれたところにあるインドネシア領海のモロタイ島方面へ向かった。だが、その日は風雨が強く、波も高かったため、途中で予定を変更し、ミンダナオ島南端の沖合にあるサランガニ島で天気待ちすることにした。

サランガニ島の西岸には深くきれこんだ安全な入り江があり、近辺の漁師にとって海が荒れたときの退避港となっている。ギニャレスが浜辺に船を停泊させると、さらに知人のパンプボートが二隻、入り江に避難してきた。

翌朝になってもまだ雨はのこっていたが、波は出航できる程度にまでよわまってきた。三隻は早朝の五時半頃に入り江を出発し、モロタイ島沖に向かい、協力して漁をすることにした。

妙な漂流物が見えたのは、サランガニ島を出発してから約五時間が経過した午前十時すぎのことだった。

最初に気づいたのは舵《かじ》をにぎっている乗組員だった。

「むこうに何かが見えるぞ」

乗組員の大きな声に、ポンプで排水作業をしていたギニャレスはいったん手をやすめ、双眼鏡で乗組員が指示する方向を確認した。たしかに一キロほどさきにあまり見かけない黄色い物体がゆらゆらと波間を漂っているのが見えた。

小雨があいかわらずぱらつき視界はわるく、最初はその漂流物がなんなのかギニャレスの目にははっきりと見えなかった。氷をいれるための箱でもうかんでいるのだろうか。そう考えた彼は、ほかの二隻にも声をかけ、その物体に近づくことにした。漂流物の下には様々な魚があつまってくることが多い。群れた魚を釣れば航海中の食糧にできるので、彼は普段から漂流物を見かけるとかならず接近することにしていた。

漂流物が浮かんでいたのはちょうど、避難港として停泊したサランガニ島とその南のタラウド諸島との中間にさしかかったあたりだった。漂流物は最初こそ波の合間に見えたり消えたりしていたが、船が近づくにつれ彼の目にはそのかたちがはっきりと見えるようになってきた。外側はめだつ色で塗装され、土台のようなものの上に三角形の屋根がついている。ただ、それがなんなのかはっきりとわからないまま、小雨のなか、ギニャレスはゆっくり船をすすませた。

百メートルぐらいまで近づいたときだった。突然、漂流物のなかから人間が姿をあらわしたので、ギニャレスはギョッとした。

その人物は必死に手をふり、何か大声でさけんでいた。

人間がでてきたのを見て船内は大騒ぎになった。ペンキで青一色に塗りたくられた粗末なパンプボートの船内から乗組員全員が顔をだし、その漂流物の様子を見まもった。

「おい、サクローロと言ってないか！」

船員の一人が言った。サクローロとはタガログ語でたすけてくれという意味である。

よく耳をかたむけると、漂流物にいる男はたすけてくれ！　船に乗せてくれ！　とさけんでいた。

漂流物の男は救助をもとめていたが、その一方でギニャレスの頭には、もしかしたら海賊ではないかという疑念がないこともなかった。というのも、ミンダナオ島東岸ではイスラム過激派や地元の漁民らが粗末な船で漂流するふりをして、救助してもらったところで銃器でおどして船を乗っとるという手口が割合横行していたからである。

だが、漂流物の人間はなおも必死に手をふり救助をもとめている。近づくとその漂流物は丸いゴムボートのようなかたちをしていた。一部はすでに空気がぬけてしまっているらしく、手をふっている人間はバランスをとりながらなんとかしがみつくように立っている。屋根には開閉式の入り口がついており、内部にはほかにも何人もの男がいるようだった。

ギニャレスが船を漂流物に横づけすると、漂流物の内部からずぶ濡《ぬ》れの服をきた瘦《や》せこけた男があらわれ、自力で船に乗りうつろうとしてきた。男の足どりは酔っ払っているかのようにふらふらしており、うまくたちあがることができない。もはや海賊だとかなんとか言っている場合ではなくなり、ギニャレスの船の船員たちは救助のため、次々と竹のアウトリガーをわたって漂流物にのりこんでいった。

彼らにつづいてギニャレスもまた操舵室《そうだしつ》から外にでて、漂流物の内部をのぞきこんでみた。一、二、三、四……、数えてみると内部のせまい空間には計九人の消耗しきった男たちがいて、ぎゅうぎゅうづめになって横の壁に力なくもたれかかっていた。一人は衰弱しきっているのか床に横たわっている。男たちの身体《からだ》からは骨や関節がうきでており、目がぎょろりととびだし、身体は痩せこけ小男のようになっていた。床にたまった水が波にゆれるたびにぴちゃぴちゃと音をたて、男たちのボロボロに朽ちはてたシャツや短パンはじっとりと濡れていた。臭いな……とギニャレスは思った。救命筏の内部には汗や体臭や小便や人糞《じんぷん》がいりまじったような、なんともいえない悪臭がみちていた。

「どこの国の人間だ」と問いかけると、なかの一人が「フィリピン人だ」とこたえた。

そのとき、一緒に航行していたほかの二隻の船長が大声で話しかけてきた。

「彼らはどこから来たんだ？　インドネシア人だったらモロタイ島までつれて行ったほうがいいんじゃないか！」

ギニャレスは大声で返事をした。

「いや、フィリピン人だ！　ひとまずこっちで救助して、ゼネラルサントスまではこぶことにするよ！」

「わかった！　じゃあおれたちはさきに漁場のほうに向かっているぞ！」

そう言うと、ほかの二隻の船はエンジン音だけをのこして東の海に消えていった。

救助は三十分ほどで終わった。漂流物の男たちは自力で立ちあがることができず、まともに話もできなかった。ギニャレスの船員たちは肩をかかえるようにしてひとりずつ外につれだし、船首のほうから順番に船内につれていって横に寝かせた。

男たちは頭が混乱しているようで、しばらくは会話ができる状態ではなかった。

「われわれを救助してくれる人物をつかわしてくれたことを感謝します」と神に感謝をささげる声だけがどこからか聞こえてきた。

救助した男のなかに、身体が大きく髭《ひげ》がぼうぼうにのび、ほかの者とは少し風貌《ふうぼう》がことなる人物がいることに、ギニャレスは気がついていた。その男はタガログ語ではなく何かべつの言語を話しているようだった。もしかしたらこの男は台湾人なのではないかとギニャレスは考えていた。モロタイ島付近の海では台湾のマグロ船が数多く操業しており、フィリピンの漁師たちと競合する状況にあった。

彼らが会話をできるようになったのは、ゼネラルサントス港が近づきつつあった夕方四時ぐらいのことだった。男たちのうち比較的体力に余裕のあった二人が、寒さに震えながらぼそぼそと、町に到着したら病院につれて行ってほしいとギニャレスに訴えた。それから一人が例の髭の男とタガログ語ではない何かべつの言語でぽつりぽつりと話すのが聞こえた。

「いったい彼はどこの国の人だ？ タガログ語を話せないようだが」とギニャレスがたずねると、男の一人が言った。

「彼は日本人だよ。おれたちが乗っていた船の船長だ」

その日本人の男は極端に口数が少なく、何もいわずに船の片隅でよこになっていた。

日本人をふくむ九人の漂流者が保護されたとのニュースはマニラの地元ラジオ局の記者をつうじて一報が流された。翌日になるとフィリピンのメディアにくわえて日本からもマスコミの記者が大勢おしよせ、新聞や週刊誌で大きく報道されることになった。

ギニャレスが救助したのは沖縄の漁船第一保栄丸《やすえい》（五十九・九八トン）の本村実《もとむらみのる》船長と八人のフィリピン人の船員だった。保栄丸はグアムを基地に操業していたマグロ延縄《はえなわ》漁船で一カ月ほどミクロネシア近海で操業し、グアム港で水揚げをつづけていた。

当時の新聞や週刊誌の報道によると、第一保栄丸の乗組員が漂流した経緯はつぎのようなものだった。

第一保栄丸がグアムを出港したのは一九九四年一月十九日だった。しかし二月二日にグアムの南東約八百五十キロの海上から連絡があったのを最後に、第一保栄丸からの無線はとだえてしまう。帰港予定日は二月十九日頃だったが、その日がすぎても連絡がなかったため、水揚げや荷役業務などを代行する丸和《まるわ》商会という代理店が、二月二十一日に米国の沿岸警備隊に捜索を依頼した。沿岸警備隊は二十三日から二十七日まで航空機で付近の海域を捜索したが、しかし、彼らの生存にむすびつく手がかりは何もえられなかった。

救助後に報道陣の取材にこたえた本村船長本人の話によると、トラブルが発生したのは二月九日のことだったという。その日の早朝に機関室で大量の浸水が見つかったため、本村船長は救命筏を準備し避難態勢をとるよう船員に指示した。しかし船は夕方からかたむきはじめ、全員が救命筏に乗りうつったところであっというまに沈没してしまったという。

その日以降、彼らの漂流生活がはじまった。

新聞によって情報はことなるが、漂流がはじまった時点で救命筏には飲料水がはいった五百ミリリットルのペットボトルが四十本、十二個入りのビスケット箱が十数箱、またサバやコーンビーフの缶詰が三十個ほどあったようだ。船長はそれらの食糧を全員に均等配分したが、しかしフィリピン人船員は配給分をすぐに食べつくしてしまい、四、五日で水も食糧も尽きてしまった。

漂流開始から七日目となる二月十五日頃、船員の一人が救命筏にとまった海鳥を手でつかみとった。ちょうど食糧がなくなりひどい空腹におちいっており、全員で羽をむしりとり生肉に塩をふりかけて貪《むさぼ》るように食べた。しかし、それを最後に食糧はほとんど手にはいらなくなってしまった。

救命筏の大きさは直径三メートルほどしかなく、本村船長と八人の船員は流されている間、足をのばすこともできず、皆、膝《ひざ》をかかえて車座になってすわるしかなかった。食糧もなくなり、メンバーの気力が次第にうしなわれていくなか、時折、他船が彼らの近くをとおりかかることもあったという。

共同通信が配信した記事によると、彼らが最初に船影を見かけたのは、漂流がはじまって一週間が経過した二月十六日頃だった。五百メートルさきに漁船を見つけた彼らは発煙筒をたいて合図をおくったが、漁船は気づかずにすぎさって行った。また、同二十七日の夜には遠くにタンカーが見えた。懐中電灯で合図をおくったところ反応がかえってきたが、それにもかかわらずその船も救助に来ることはなくそのまたちさっていった。そのほかにも船は何度も見かけたらしく、本村船長は週刊誌の取材に、十隻ほどの船を見かけたとこたえている。

飲料水がきれてからは飢餓にくわえてのどの渇きにもくるしめられるようになった。漂流中で最もくるしい時期となったのは、雨のほとんど降らなかった二月下旬の頃だった。船員たちはためしに海水をすすってみたりもしたが、逆にのどの渇きが強烈になるだけでとても飲める代物《しろもの》ではなかった。そのかわり渇いた身体をいやすため、海のなかにとびこんで泳ぐようになった。泳ぐと皮膚から水分が吸収され、のどの渇きが幾分やわらいでいく感じがしたという。二月二十八日からは雨が時折降るようになり、救命筏の天蓋《てんがい》に雨水をためて飲めるようになった。

漂流している間は生存の望みをもつことはほとんどなかったが、一方で風向きからフィリピン方面に流されていることも、本村船長にはなんとなくわかっていた。三十年近くにわたるマグロ漁師の経験から、彼はフィリピンやミクロネシア、グアム近辺の海を知りつくしていた。フィリピンには無数の島がひしめいている。そのうちのどこかの島にでも漂着するようなことがあれば、あるいはなんとかなるかもしれない。そんな思いも彼の心にはめばえていた。

三十六日目となる三月十六日、ついに西の方角に島が見え、夕方にはわずか五十メートルほど前方を大きなタンカーがとおりかかった。彼らの助けをもとめる声に気づかないまま、タンカーはなんの反応もなくとおりすぎていったが、しかしもはや島は近く地元の漁船がとおりかかる可能性は高いため、彼らは救命筏から錨《いかり》をおろして夜あけを待つことにした。

そして翌十七日朝方、筏《いかだ》の上をおおった三角の天蓋の窓から外をのぞいたとき、彼らは近くに三隻の漁船がはしってきているのを発見した。必死にさけび、大きく手をふると、そのうちの一隻が自分たちのほうに近づいてきた。それがチョドロ・ギニャレスの漁船だった。

ゼネラルサントス市の救急病院にはこばれたとき、八十四キロあった本村実の体重は五十キロにまで激減していた。新聞や週刊誌は数日の間、奇跡の生還として書きたて、沖縄の地元紙は本村実が帰国し家族のもとにもどるまでの間、手あつく報道をつづけた。だが、そのちょっとしたフィーバーがさると、ほかのすべてのニュースと同様、彼もまた世間の記憶のなかから消えさり新聞に名前が載ることも二度となかった。

＊　＊　＊

私が第一保栄丸の漂流のことを知ったのは、新聞社のデータベースに保管されていた過去記事を読んだことがきっかけだった。ちょうどその頃、私はある編集者からの提案に乗るかたちで、日本で発生した過去のおもだった漂流事例について調査をはじめたところだった。

江戸時代の漂流者を題材にした吉村昭の小説や、ヨットレースで沈没後、救命筏で漂流し、途中で五人が死亡した有名なたか号の生存者が書いたドキュメンタリーなど、漂流をあつかった本はこれまで数多く出版されている。その編集者はいわばそうした〝漂流もの〟とでもよぶべきジャンルの本が好きらしく、私に漂流について何か調べて可能なら作品にまとめてみないかと声をかけてきたのだ。

その提案に前むきになったのは、ひとつには私もまた〝漂流もの〟の物語をよく読んでいたからということがあった。といっても、私の場合はこの編集者のように、漂流にかんする本ならば史料のようなものまでふくめて収集するというほどの偏執さがあったわけではない。ただ、吉村昭の小説や、トール・ヘイエルダールやアラン・ボンバールといった探検家たちの実験航海記、それに小説『白鯨』のモデルとなった米国の捕鯨船エセックス号の壮絶な遭難をえがいた作品など、膨大な〝漂流もの〟の著作物のなかから何冊かをかすめるように読んでいたにすぎなかった。

ただ、それらの読書を経験することで、私のなかに漂流者にたいするある種の畏敬《いけい》の念のようなものができあがっていた、ということはあった。

私はこれまでチベットやヒマラヤ、それに北極圏などで長期の探検や冒険旅行をおこない、その経験をノンフィクション作品にまとめて発表してきた。そうした活動をつづけるうちに、探検や冒険の魅力とは圧倒的な力をもつ自然のなかに足をふみいれ、そこで生きぬくという、ただその連続的な瞬間にしかないという実感をもつようになった。自然というのは、私なりの言葉で定義すると、最終的に人間には管理したり制御したり押さえつけたりすることのできない性質のもの、状況のことをさす。である以上、自然のなかで展開される探検や冒険では、あくまで自然が主であり人間は従となる。自然が荒れると、どれほど強い人間であっても生きのびることは不可能だ。冒険をすることで人間は自分ではどうにもならない自然にたいして不条理な死を見出《みいだ》し、その死を見つめることで自分の生をつかむことができるのである。

〝漂流もの〟の本を読んで私が感じていたのは、漂流ほど自然と人間との間に厳然とよこたわる、この不条理な関係を極端にしめす状況はないということだった。漂流とは船の故障や沈没により、自力で航行する能力をうしなった状態のことである。したがって漂流者はほとんど自然にたいしてなす術《すべ》をもたず、気まぐれな風や潮の動きに翻弄《ほんろう》されるまま、ゆらゆら自分の運命を自然にゆだねるしかない。

漂流が長期化すると、用意した食糧や飲料水は底をつき、耐えがたい飢餓やのどの渇きに襲われることになる。サメやシイラにしつこく追いまわされたり、気まぐれなクジラに転覆させられたりする危険もつきまとう。また、状況の苛酷《かこく》さに生きる望みを見出すことができず、漂流がはじまってからまもなく気力をうしない、あっけなく死亡してしまうケースも少なくない。そうした話を読むたびに、海の漂流者の経験はわれわれ陸の冒険者の比ではないのではないかと考えるようになった。

自然は横暴で人間の手に負えないものである。しかし、たとえそうだとしても、地球で暮らすかぎり人間はその横暴な自然とともに生きていかなければならない。だとすると自然と人間との間に横たわるこの究極の真実を、漂流者ほど生身であじわった人間はいないであろう。もともと漂流者にそういう思いをいだいていただけに、私はその編集者からの提案をうけたとき、取材を前むきに考えることにした。

とはいえ取材を決めたまではいいが、その時点で過去にどのような漂流事例があるのかくわしく知っているわけではなかった。江戸時代の漂流のような歴史の話ではなく、できれば漂流者本人に話をききたいが、しかしたか号のような劇的な生還劇となったものや、長期間漂流していたものは多くの場合、すでに本としてまとめられている。できれば作品化されていない世にうもれたケースについて取材したいという書き手としての欲望があった私は、出版物としてまとめられていない大きな漂流事例がないか調べることにした。

ごたぶんにもれず、まずはインターネットで調べたが、目立った事例は見つからなかった。そこで以前つとめていた新聞社の記者にたのみ、近年の漂流遭難の過去記事をデータベースで検索してもらうことにした。〈漂流〉という検索語で引っかかった記事の全文をすべて印刷すると膨大な枚数になるので、ひとまず見出しだけを印刷してもらい、そこから気になった記事をえらんでゆく。そのようにしてピックアップした記事のなかには、鹿児島県でダイバー四人が漂流し十一時間後に救出されたというものや、漁船が火災で沈没し、六十時間にわたり救命胴衣だけで漂流していたというものがあった。エンジンの故障した小型漁船が十五日後に高知県沖合で貨物船に発見されたという記事もあったし、ちょっとかわったものでは竹の筏で漂流して太平洋を横断しようとしたが失敗した関西の探検家の記事もあった。

そのなかに沖縄のマグロ延縄船の船員が漂流したという記事があった。その事故にかんする記事は何本もたてつづけに出稿されていたので、発生当時はかなり大きくあつかわれていたことがうかがわれた。しかも記事を印刷して読んでみると、どうやら操業中に船が沈没し、長い間、救命筏で漂流していたようである。

救命筏で漂流しているのは私の観点からすると大きなポイントだった。救命筏は円形のゴムボートのようなかたちをしており、その上に屋根がかぶさっているだけの乗り物で、普段は船の甲板のカプセルに収納されている。海中になげこむと自動的にガスが充塡《じゅうてん》され、浮力体の部分が膨張し海に浮かぶ仕組みになっている。もちろん本船の沈没がまぬがれなくなったさいに使用する緊急手段であり、かつ生きのこるための最終手段だ。

したがって本船による漂流と救命筏による漂流とでは、同じ漂流といっても緊迫感が全然ちがう。たとえば漂流事故には漁船のエンジンが故障して自力航行できなくなり、そのまま長期間漂流するような事例が少なくない。もちろんこれも大変な海難事故にはちがいないが、それでも船の場合は食糧や飲料水の備蓄もかなりの程度あるだろうし、雨をポリタンクに貯蔵できたり、釣った魚を調理して保存できたりもするだろう。身体を横にするスペースもあっただろうし、サメに追いまわされる不気味な不安感とも無縁である。それにくらべて救命筏の場合は、もちだせる食糧や飲料水の量に限度があるため、それがなくなった後は魚を釣るなどして食糧を現地調達しなければならないし、水を飲むには雨がふるのを待つしかない。居住空間もせまいし、海が荒れたときの転覆の恐怖は船の比ではないだろう。波をかぶるので内部はつねにじっとりと濡れて不快だろうし、サメやシイラに追いかけまわされ穴をあけられる可能性もある。何よりうすい布地一枚のすぐとなりが海であるという恐怖感は想像できないものがある。

それだけに救命筏による漂流には、つねに死のとなりで運航しているような、漂流中の漂流とでもよぶべき極限性が感じられる。事実、たか号の漂流をはじめ、私が読んだ〝漂流もの〟の本の多くも救命筏による漂流をあつかったものだった。

この沖縄のマグロ延縄船の船員たちは救命筏で漂流しているうえ、日数は三十七日間と、たか号のケースをはるかに凌駕《りょうが》する長期間におよんでいた。距離もグアムからフィリピンのミンダナオ島沖までの約二千八百キロと日本列島に匹敵する長さの海を漂っている。それにもかかわらず漂流した九人の乗組員が全員無事だったという、ほとんど奇跡的ともいっていい事例だった。それが第一保栄丸の漂流だったのだ。

第一保栄丸の漂流に興味をもった私は、すぐに国立国会図書館で本村実船長の地元である沖縄県の琉球《りゅうきゅう》新報と沖縄タイムスの記事をさがした。思ったとおり両紙とも彼の生還を一面で大きく報じており、翌日からは現地から配信された通信社の記事を中心に続報をうちつづけていた。紙面には病院で取材をうける本村実の写真が大きく掲載され、漂流中のドキュメント記事や、自宅で夫の帰りを待つ妻の本村富美子《とみこ》の様子をつたえる雑感記事で大きく紙面展開していた。

　新聞には過去の漂流事例と比較した記事も掲載されていた。それを読むと一九八五年以降に長期漂流して発見された例は三件あり、そのうち二件が救命筏による漂流だったという。そのうちの一例目がこれまでに何度か言及した、たか号の遭難である。この遭難はヨットレースに出場した、たか号という船が崩れ波で転覆し、艇長が死亡、のこされた六人が救命筏で漂流したが最終的に二十七日後に救助されたときは一人しか生存していなかったという壮絶なものだった。二例目が一九八五年四月に発生した北海道の底引き網漁船、第七十一日東丸の転覆事故である。厳寒のサハリン東海域で転覆した日東丸は船長以下、十六人の乗組員全員の生存が絶望視されたものの、そのうち四人が救命筏で脱出し、十七日間の漂流のあとに救助された。ただし生きのこっていたのは二人だった。

　第一保栄丸の事例は日数だけみると、その過去二例よりも漂流期間は長い。私がこの船の漂流に興味をひかれたのは、そうした日数の長さに目をうばわれたことが第一にあった。彼らはもちこんだ食糧や飲料水を、漂流してからほどなく消費しつくしたにもかかわらず、それからさらに一カ月ほど、ほぼ雨水だけをたよりに生きながらえており、それは私の理解をこえることだったのである。

それにくわえて、この漂流がヨットの事故ではなく、マグロ船の漁師による漂流だったという点にも私は興味をかきたてられた。私がおこなっているような探検活動もそうだが、ヨットのような冒険行為は基本的に自分の都合のいいところでゴールをくぎった活動であり、その意味でヨットだろうと登山だろうと極地探検だろうと現代の冒険は皆遊びである。それにくらべて漁師はあくまで生業で、遊びとしての冒険とはことなりゴールはくぎられていない。漁は基本的に生き方をかえないかぎり、永久に海の上でつづく生活であり日常である。自分の都合のいいときにだけ非日常である自然のなかにとびこむ、われわれのような〝冒険型人間〟と、自分の都合にかかわらずつねに日常を自然のなかで生きていかなければならない〝漁師型人間〟とでは、自然にたいしての足腰の強さがちがうように思えた。

第一保栄丸の船員が漂流して全員生還できたのも、私には彼らが漁師であったことと無関係ではない気がした。もちろん南国のあたたかい海だったこと、後半は雨にめぐまれ飲み水を確保できたこと、といった好条件も大きな要因としてあっただろう。しかしそれだけではなく、生活まるごとひっくるめた漁師としての海にたいする親密さ、距離の近さが全員生還という結果をみちびいたということもあったように思えたのだ。新聞記者の取材に、助かるとは思っていなかったとわりと恬淡《てんたん》と話す本村船長のコメントが、逆に私には漁師気質の一端を物語っているように思えた。つねに死が身近にあることによって、彼らのなかには死んだらそれまでとでもいうような腹のすわった死生観が形成されており、それが漂流中に余裕を生みだして、極限状況においても動転やパニックをひきおこすことがなかったのではないか。言いかえれば彼らはどんな状況におちいっても海に呑《の》みこまれることはなかったのではないか。記事を読みながら、そんなふうに私は感じていた。

この漂流にはほかにもグアムを基地にしているということや、本村船長以外の船員がフィリピン人だったことなど、この世界の実情にうとい私にはよくわからない不思議なことが多かった。またフィリピン人の船員二人が救助されてから五日後に、地元ラジオ局のインタビューにたいして「最後は日本人の船長を殺害して食べることで意見が一致していた」という物騒な発言をしたと報道されていたことも心にひっかかった。

こうした諸々《もろもろ》のことがあり、直感的なものではあったが、この漂流のうらには大きな物語がかくされているのではないかという予感がした。

取材は本村実船長の自宅の連絡先をさがすことからはじまった。

新聞には沖縄県浦添《うらそえ》市に彼の自宅があると表記されていたので、まずNTTの一〇四の番号案内で確認してみると、本村実という名前で届出がなされていた。漂流がおきたのは一九九四年で、当時の彼の年齢は五十二歳である。それから二十年近くのときが経過しているので、年齢はすでに七十歳くらいのはずだが、沖縄県民は長寿で有名だからまだ生きているだろうと私は勝手に憶測し、取材のお願いを便箋《びんせん》にしたため、彼宛《あ》てに投函《とうかん》した。

それから一週間ほど経過して私は彼の自宅に電話したのだが、そのときのおどろきはいまも忘れられない。

取材の約束をお願いする電話はいつも緊張する。まずはどのような意図で何を聞きたいのか、要領よく、むこうに不快な思いをいだかせずに説明しなければならない。取材にこたえる義理など相手にはないのだから、むこうが少しでも面倒だと思ったり、こちらの口調に何かあわないものを感じたりしたら、基本的に取材はことわられる。そして私はこの取材をとりつけるという作業を自分で得意だと感じたことがいままで一度もなかった。

自宅の机のまえに腰かけて固定電話を手にとり、どのように口上をきりだすか頭のなかで何度かリハーサルし、一〇四で聞いた本村実の自宅の電話番号をおした。よびだし音が何度かなった後、「はい……」と小さな女性の声が受話器から聞こえてきた。

　奥さんの富美子さんだ、と私は思った。奥さんの名前は新聞で知っていたが、なんとなく実本人がでると予想していたので、私は少し戸惑った。そのせいでリハーサルしていた口上がどこかに消えた。

「本村さんのお宅ですか」

「はい……」富美子の声はどこか警戒したような響きがあった。

「ノンフィクションの本を書いている角幡という者なんですが、ご主人の本村実さんはご在宅ですか」

　彼女は少し返事をためらった後、「いま、うちにはいませんので……」と力のない声で言った。

　たまたまどこかに出かけて不在にしていると思った私は、富美子に用件をつたえて、帰宅したら本人にとりついでおいてもらえないかとたのもうとした。

「先日、お手紙をださせていただいたんですが、ご主人が一九九四年に体験された漂流のことについてお話をうかがいたいと思って、お電話させていただいたんですが……」

　私がそこまで説明したところで、富美子は思いもよらないことを口にした。

「……じつは、十年ほど前から行方不明になっているんです」

「えっ……！」

「前と同じように漁にでて帰ってこないんです……」

「……！」

「前みたいに漂流して……。グアムに行って、港をでて、しばらくして帰るという連絡があったんですが、それっきり連絡がこないんです……」

また漂流した……？

私は言葉をうしなった。富美子はそれからしばらく事情を説明していたが、私は気が動転し、それからは彼女が何を言っているのか耳にはいらなかった。私の記憶にのこったのは、「前みたいに漂流して」という一言だった。

電話の向こうから嗚咽《おえつ》が聞こえた。富美子の声は涙声にかわっていた。

本村実はふたたび漂流して、どこかにいなくなってしまっていた。

第一章　魔の三角地帯

1

天気予報では梅雨明けしたと報じていたが、台風が近づいているせいか那覇《なは》の空にはまだあつい雲がたれこめていた。予約していたバックパッカー向けの安宿にタクシーで向かい、荷物だけあずけて、私は外にでた。那覇の町中をぶらつくのはほとんどはじめてといっていい。宿のある農連《のうれん》市場の近くの通りは戦後の闇市《やみいち》的な雰囲気をまだかろうじてのこしており、どこからともなく生臭いにおいが漂ってきた。暗いアーケード通りの店はシャッターがしまり、建物には黒いシミが澱《おり》のように沈殿している。乾物屋の店頭には、いまにも肌がすけそうなほどうすい生地でできたシャツをきたおばさんがすわり、毛のパサついた猫が足元をよこ切った。日本というより東南アジアのような雰囲気に、私は旅情をくすぐられた。

沖縄に来たのは、本村富美子に電話をかけてから六日後のことだった。

電話で夫の本村実が行方不明であることを告げた後、富美子は、行方がわからなくなったのは二〇〇二年の十一月十二日のことで、そのとき彼は実弟が所有する船に乗っていたのだと語った。

「二十日までに帰港すると弟に連絡しようと思ったら、その弟がいなかったのでこちらに連絡があったんです。でも、それから……」

そこまで話し、泣きくずれた感じになったので、私は一度電話をきることにした。

本村実に話が聞けないことがわかり、正直私は途方にくれた。しかし、親族や知りあいの漁師をあたれば第一保栄丸の漂流について何かわかるかもしれないと思いなおし、やはり一度沖縄をおとずれることに決めた。

那覇についた翌日、私は富美子の自宅を直接たずねることにした。電話で再度、面会を依頼したときにあまり色よい返事はもらえなかったので、直接会って話をきいてみることにしたのだ。道路地図を参考に国道五十八号線を浦添市方面にむかい、いくつかの交差点をまがった。目印にしていた自動車メーカーの販売店のうらにまわりこむと、高度経済成長期をひきずったような古い集合住宅が何棟かたっていた。地図を見ると、どうやらそこが本村実と富美子が住んでいた団地のようだった。

この段階で私が本村夫妻のことについて知っていたのは、二人とも沖縄県の伊良部《いらぶ》島という離島の出身ということだけだった。もちろん漂流時の新聞をよんで知った情報にすぎなかったが、はじめて聞く名前の島だったので地図でしらべてみると、伊良部島は宮古島のすぐ西どなりにある丸い小さな島だということだった。新聞には第一保栄丸の所属が〈伊良部鮪《まぐろ》船主組合〉とも表記されていたので、もしかしたら伊良部島というのは、マグロ船の船主がたくさんいる漁業の盛んな島なのかもしれない。そういう島に生まれたからこそ本村実もまた、マグロ船に乗るようになったのではないかと、私はなんとなく勝手に想像をめぐらせていた。

それからほどなくして、私はこの想像をあながち的外れではないのかもしれないと考えるようになっていた。というのも伊良部島についてインターネットでしらべていると、この島で民俗学の調査研究をしている大学生のレポートが見つかり、そしてそのレポートによれば伊良部島にはカツオ漁の盛んな佐良浜《さらはま》という集落があって、その集落の人々は太平洋戦争前からパラオやボルネオ、それにポナペ、トラックといった南方の島々に出漁していたと書かれていたからだ。カツオとマグロの差こそあれ、その話は本村実がグアムを基地にマグロ漁をつづけていたという事実となんらかの符合を感じさせるものだった。

富美子は仕事にでていて不在だったので、私は彼女がはたらいている市内の食堂を、たまたま職場から帰宅した長女の恵利香《えりか》に案内してもらった。突然の訪問に富美子はエプロンをかけたまま登場し、もう古い話なので記憶がごちゃまぜになっているかもしれませんと少し戸惑った表情を見せ、ぎこちない照れ笑いをうかべた。

彼女が働く食堂で聞きとりしたのは、それから数日後のことだった。会話をはじめてまもなく私は出身地の伊良部島のことについて触れてみた。

「伊良部島というところは、ものすごく漁業が盛んだったそうですね」

「昔はね……」

「生まれは伊良部のどちらだったんですか」

そうたずねると、彼女は古い記憶をたぐりよせるように言った。

「伊良部の、佐良浜……」

その言葉を聞いたとき、やはり佐良浜か、と私は思ったのだった。

私がよんだ新聞には本村実も富美子も二人とも伊良部島の出身と書かれていたが、正確にいうと富美子の生まれは池間《いけま》島という、またちがう離島だった。池間島は宮古島の北に隣接する伊良部島よりさらに小さな島で、彼女は幼い頃、この島で祖母とくらし、小学校一年生のときに母につれられて伊良部島の佐良浜に移りすんだ。

池間島もまた佐良浜と同じようにカツオ漁のさかんな島で、母の光子《みつこ》はもともと池間島の鰹節《かつおぶし》工場ではたらく女工だった。父の野里勝也《のさとかつや》は漁師ではなかったが、しかしこの地域一円できずかれたカツオ世界で生きていた男であることにはかわりはなく、宮古島の平良《ひらら》や佐良浜に鰹節工場をもっていた。母がはたらいていた池間島の鰹節工場は野里勝也の経営ではなかったものの、おそらく業務上の関係でたびたび足をはこんでおり、それをきっかけに二人は知りあったのではないかという。

富美子がうつってきた一九五〇年頃の佐良浜は、行けば濃厚なカツオのにおいがムンとたちこめているような集落だった。浜には二十隻《せき》ほどの一本釣り漁船がならび、夕方になると船は水槽に魚を満載してもどってくる。佐良浜の家は海にめんした急斜面にへばりつくように密集しており、彼女の家はその集落の一番上のあたりにあった。夕方に船がもどる時間になると、彼女はバケツをかかえて家を出て、長い階段をおりて波止場に向かった。波止場には何百本というとれたてのカツオがならび、彼女は毎日、漁師から二、三匹もらっては家に帰ったという。

富美子が本村実とはじめて会ったのは、地元の佐良浜中学校を卒業したあとに、一学年上の先輩からさそわれて沖縄本島に出かけたときだった。それは彼女にとってははじめての那覇観光で、ひどい時化《しけ》のなかを一昼夜かけて船でわたった。観光といっても那覇ではとくにどこかを見にいくでもなく親類の家に数日間滞在しただけだったが、その間、さそってくれた先輩の親類の家に遊びにいく機会があり、そのときにたまたま、どういう関係かはわからないが本村実がその家をたずねてきていたという。

漂流したときに新聞や週刊誌にでた本村実の写真を見ると、色が黒くて目も鼻も唇もあつぼったく、いかにも漁師然としたたくましい顔つきに見えるが、富美子がはじめて会ったときの彼は全然そんな感じではなかったらしい。むしろ色白で痩《や》せており、ちょっと不健康そうな不良っぽいかんじのする青年だった。実際、彼は身体《からだ》がよわかったようで、富美子と一緒になる前は肺結核をわずらい、宮古島の病院に長い間入院していたこともあった。富美子は、白い帽子を横むきにかぶる彼の姿を見て、キザな男だなと思ったという。

那覇では少し会話をかわしただけだったが、しかしまもなく富美子は佐良浜で本村実と再会することになった。集落の敬老会で若者が年よりに踊りを見せる催しがひらかれ、富美子は踊りを披露する一員として参加した。そして舞台がおわって友達と一緒にいると、そこにカメラをもった本村実が写真をとってあげようかと言って近づいてきたのだ。富美子は、あのときのキザな人だ、と思い少し当惑したが、実のほうは大丈夫、大丈夫と言って写真をとり、後日、友人たちと一緒に現像した写真をとどけてくれた。交際めいたことがはじまったのはそれからだった。

「カメラをもっているなんて道楽者というか、ハイカラな青年だったんですね」と私が言うと、富美子は「不良だったかもしれない」と言った。

たしかに本村実には不良っぽい、斜にかまえたところがあったようだ。彼は佐良浜中学校を卒業した後、宮古島にある宮古水産高校に入学した。当時、高校にかよえるのは中学校で一クラスから五、六人しかいなかったというから、水産高校に入学できたということは学業が優秀で、家庭も割合めぐまれていた証《あかし》だ。だが、富美子と知りあった頃の彼は高校を中退しており、仕事もせずに友人四人でぶらぶら遊んでばかりだったという。といっても、当時の佐良浜は魚をとること以外にやることが何もない貧しい集落で、遊ぶといってもラジオを流している家のまえで時間をつぶすぐらいのものだった。それは不良とよばれるものが存在するにはあまりにも牧歌的な時間の流れる世界だった。

当時のことで彼女の記憶にのこっているのは、本村実がこっそり父の鰹節工場に遊びにきたときのことだ。その頃の富美子は宮古島の平良にある工場で母と一緒にはたらいていた。当時、父の鰹節工場には二、三十人の女工が勤務しており、彼女らは全員、工場内の宿舎で寝泊まりしていた。ある日、腹痛がひどかった富美子が仕事をやすんで部屋で横になっていると、部屋の窓に本村実がひょっこり顔をみせた。どうも同じく父の鰹節工場ではたらいていた実の甥《おい》が、手引きのようなことをやって、彼を富美子のところに案内したらしい。だが、実が窓から富美子をのぞいていたときに父が部屋にやってきて二人は見つかった。父は富美子が仮病をつかってまで逢引《あいび》きしているとかんちがいし、激怒した。

富美子のなかで父の野里勝也は、とにかくこわい父親として記憶されている。野里勝也は大酒飲みだった。彼がそとに酒を飲みにいき午後八時をすぎても帰ってこない夜、家族はおそろしさのあまり家のなかでしずまりかえった。

それにくらべて若い頃の本村実は酒も煙草《たばこ》もやらなかった。

「父があまりに酒飲みでこわかった。だから酒飲みはあまり好きじゃなかった。実さんは酒も飲まないし煙草もすわないから、まじめな人だな、いいかなぁと思った」

当初はキザな男という印象をもっていた彼女だったが、しだいに酒を飲まない本村実に対して好意的なものをかんじるようになった。二人が結婚したのは一九六五年二月二十四日、本村実が二十三歳、富美子が十八歳の冬だった。

ところが結婚してしばらくしてマグロ船に乗るようになると、本村実は父と遜色《そんしょく》のない酒飲みにかわり、富美子と財布をこまらせることになる。ただ、性格は鷹揚《おうよう》としており、父のように家族を怒鳴りつけるようなことはいっさいなかった。

本村実が漁船と具体的なかかわりをもつようになったのも、富美子の父野里勝也との関係からだった。

結婚してからまもなく二人は那覇にうつり住み、実は物流会社につとめたが、さほど長い期間をへないうちに佐良浜にもどり、義父の鰹節工場に住みこみではたらくようになった。この頃、工場のカツオ船から正規の資格をもった機関士がいなくなり、こまった野里勝也は義理の息子に漁船の機関士の免許をとるようもちかけた。

本村実はおさない頃から工作や機械技術が得意で、資格マニアとよんでもいいぐらい様々な技術の免許をもっていた。宮古水産高校を中退した後、共同生活をして機械や建設系の技術を身につける沖縄産業開発青年隊（沖縄県東村《ひがしそん》）というところに入隊し、富美子と結婚した頃にはすでに重機の操縦や溶接など様々な免許を取得していた。野里勝也はおそらくその機械が好き、資格が好きという実の性格に着目したのだろう。実に機関士の免許をとるようもちかけたところ、乙種二等機関士という船舶免許をとることになった。ただ、免許をとったからといって、実がこのときからカツオ船の機関士になったわけではなかった。野里勝也は実から乙種二等機関士の名義だけを借りうけ、もともといた船の機関員に従来どおり船のエンジン場をまかせることにしたのだ。現場での経験は豊富だが免許はもっていないという漁船員が多かったこの時代、名義貸しは何もめずらしいことではなかった。

しかし、実際に機関士の免許をとったことで、実はマグロ船の船員としての人生をあゆみはじめることになる。佐良浜から沖縄本島の浦添市に引っ越し、長女の恵利香の一歳の誕生日が近づいてきたある日、富美子は家のなかでごそごそと鞄《かばん》に荷物をつめこみ、旅支度をしている夫のすがたに気がついた。

「気がついたといっても、マグロ船に乗ることになったという説明ぐらいはあったわけですよね」と私が訊《き》くと、

「それがなかったんですよ」と富美子は言った。「あまり相談という相談をする人ではない。自分勝手になんでもするから、船に乗ることになったのも私は知りませんでした」

「佐良浜の人って、みんなそういう感じなんですか」

「こんなかもね。でも、実さんは特別だったかも」

このはじめての航海のときではなかったが、船会社の人が本村実の家にやってきて、目の前に札束をつみあげたこともあったという。

「そのとき、はじめてあんなたくさんお金を見たけど、札束が三束ぐらいありました。

とにかく札束をもってきて並べて、それだけはおぼえている」

「機関士が必要だからこいと」

「あの当時は機関士があまりいなかったので、たまたま免許をもっているので、それでお願いにきたみたい。二人か三人できて、札束目の前において頭をさげて。お願いしますって。あんな大金、目の前におかれたら誰だって首を縦にふりますよね」

本村実がはじめてマグロ船に乗ったのは長女の一歳の誕生日の前だということなので、一九六七年の年明け前後ということになる。つまり結婚してからまだ二年もたっていなかった。しかもそれは三カ月とか半年とかというものではなく、一年にもおよぶ遠洋航海であった。その最初の航海からもどってくると、富美子の目から見た夫は、大金をかせいでは酒を飲みあるいて散財するという、われわれが固定観念として頭に思いえがくような典型的なマグロ漁師にかわっていた。

「一航海やって十日遊んで、お金みんななくしてまた出航して……。いまの団地に引っ越してからは、一航海いって、三カ月も遊んでいたことがあったよ」

「よくお金がつづきましたね」

「だから借金がいっぱいあったよ。スロット、パチンコ、入港したらそっちにいくさ。お金がいくらあっても足らんよ。あと二万円あったら出るけどねえって、私の仕事場までカネをとりにきたこともあった。でも三十分したらもどってきて、あれ、どうしたのって訊いたら、もうカネがなくなったって」

　富美子にマグロ船員時代の本村実の話を聞くときはいつも、夫の放埓《ほうらつ》な生活に起因する苦労話が多かった。それでも、その話をする彼女の口ぶりには、どこかなつかしいものを思い出しているような優しさがにじみでていた。

　彼女にはじめて会ったときの話のなかでもっとも強く印象にのこったのは、「結婚してから五十年近くになるけど、その間一緒にいたのは十年にもみたない」という言葉だった。一年のほとんどの間、家を空け、たまに帰ってきては酒や博打《ばくち》で散財し、あり金がなくなったら船にもどる。そして夫が船に乗っている間、妻のほうには子供が次々と生まれる。そんな一方的な生活で夫婦というものがなりたつのだろうかと、私には率直にそれが疑問だった。だが、それがなりたっていたことを、私は富美子のひとつひとつの挙措や話し方のなかにみとめずにはいられなかった。夫が行方不明となってから十年にもなるのに、彼女はいまでも彼を語るとき、「みのるさん」という恋人時代のようなしたしげな呼称をつかった。夫の無頼な生活をふりかえるときの口ぶりや、行方不明になっている現実を思い出したときに見せる悲しげな眼差《まなざ》しや鼻をすすりながら話す声のなかに、累計《るいけい》十年という実質的な夫婦関係の期間をしめす短い数字からは想像できないつながりの強さが感じられた。陸の人間からは理解がむずかしい、そうした夫婦の関係のあり方を現実のものにしているのも、あるいは佐良浜という漁村の風土なのかもしれなかった。

じつはこの最初の取材の冒頭で富美子の口から語られたのは、本村実が行方不明になった二回目の漂流についての話だった。当然ではあるが彼が行方不明となった事実は、彼が漂流して救助された事実より、彼女のなかでははるかに深刻な現在進行形の問題として継続していた。もちろん行方不明なのだから、実際に彼が漂流したのかどうかはわからない。船が沈没したのかもしれないし、火災になったのかもしれない。あるいは誘拐や拉致《らち》かもしれないし、大がかりな夫の蒸発だった可能性だってゼロではない。しかし事実がどうあれ、それは彼女のなかで〈漂流〉であり、〈二回目〉として理解されていた。

その二回目の漂流がおきたのは二〇〇二年十一月のことだったという。一回目である第一保栄丸のときの漂流は一九九四年二月から三月にかけてのことだったので、その間、八年半もの歳月が経過していた。そして富美子によると、じつはその八年の間、本村実はただの一度も船で漁にでたことがなかったというのだ。

その事実を聞かされたとき、私の心はとても揺さぶられた。

本村実は八年にわたる禁をみずから破るかたちでふたたび船に乗り、そしてその航海で二度目の遭難にあった。なぜ彼は長い間でることのなかった海にふたたび向かうことにしたのか――。

富美子の話を聞く最中、私の頭からはその根本的な疑問がはなれなかった。彼女の話によると、夫がふたたび船に乗ることにしたのは、船主をしていた実弟から、機関士がいなくなったから乗ってくれとたのまれたからだという。本村実はその実弟が所有する第八秀宝《しゅうほう》丸という船で行方不明となったのだが、富美子は兄弟二人の間でどのようなやりとりがあったのか、そのくわしいいきさつまではわからないという。

その実弟は本村栄《さかえ》という人物だった。本村栄に話を聞けないかとたずねると、富美子は、彼はある難病を発症しており、それ以降、身体が不自由で会話をすることもむずかしくなっていると答えた。それに、いずれにしても本村栄の世話をしているのは彼の妹の友利《ともり》キクなので、彼女に取り次ぎをたのまないかぎり無理ではないかともいう。

私は富美子に友利キクの携帯に電話をかけてもらい、面会してもらえないかとお願いした。いきなりの依頼に友利キクはいささか戸惑いをおぼえていたようだが、二度目に電話をしたときには前むきに考えてくれているような口ぶりにかわっていた。

2

富美子に会った翌日、私は沖縄のマグロ船があつまる那覇市の泊港《とまり》に足をはこんだ。台風が沖縄近辺を通過するとの予報だったが、どうしたわけかほぼ一日中晴れており、風が強まることもなかった。渋滞でこみあう国道をレンタカー店でかりた原付バイクですりぬけ、旅客船のターミナルビルをすぎたところで港湾施設へむかう道路をまがった。

全国的に、というより地元県民にもあまり知られていることではないが、沖縄県は全国でも有数のマグロの水揚げをほこっているマグロの産地である。二〇一五年のクロマグロ、キハダ、メバチ、ビンナガの四種類の漁獲量は全国八位で、沖縄県全体の漁獲量の半分以上に達する。近年では四月から六月に黒潮にのってクロマグロが回遊してくることから、水産関係者は本マグロ（クロマグロ）の水揚げ港として知名度アップに力をいれている。

港で原付をとめ、卸問屋の直営店がならぶ商業施設のなかにはいると、〈本まぐろ〉〈美《ちゅ》ら海《うみ》まぐろ〉と書かれた幟《のぼり》が目にとまった。多くの観光客でにぎわう店内を素どおりして、船が停泊する埠頭《ふとう》へと向かった。岸壁には、青い空と青い海にはさまれるように、まっ白に塗装された十九トン型のマグロ延縄《はえなわ》漁船が何隻も停泊している。この漁船のうち少なくない数が、本村実の故郷である伊良部島佐良浜出身の漁師が所有する船だという。私は港湾内で作業をしている作業員や清掃員に話しかけて、佐良浜のマグロ漁師により結成されたという伊良部鮪船主組合がどこにあるのかたずねてまわった。

本村実が佐良浜出身だということを富美子から聞かされて以来、それまで名前を知らなかったこの漁村の存在は私のなかで日増しに大きなものとなっていった。

取材の合間をぬって図書館や古書店をまわり、佐良浜や沖縄のマグロ漁業の歴史にかんする文献や資料をさがすと、市町村史や島の漁業の歴史をあつかったものなど取材の補助線となるような資料や文献がいくつか見つかった。どの資料も指摘しているのは、佐良浜の人々が戦前からフィリピン、インドネシア、ミクロネシアといった南方の島々にカツオ漁のために進出していたことだった。それも男だけではなく、女もまた鰹節工場ではたらく女工として南方の島々にわたったという。戦争により南方カツオ漁は一時中断したが、一九六〇年代以降に再興し、島の男たちはふたたびカツオ船に大漁旗をたてて、パラオやパプアニューギニア、ソロモン諸島の漁場にむかった。

本を漁《あさ》るだけではなく人にも会うため、以前つとめていた新聞社の知人にたのんで、沖縄の地元紙のベテラン記者を紹介してもらった。その記者によると、沖縄の漁村といえば糸満が有名だが、いまは糸満にいっても往時の面影はのこっていないという。しかし佐良浜はべつだと彼は言った。沖縄でもっとも漁師気質がのこっているのは佐良浜である。定期船で宮古本島から伊良部島の佐良浜港にわたれば、ギリシア神殿のような堅牢《けんろう》な住宅が海の間近の急傾斜地にびっしりと建っているのが見えてきておどろかされるだろうという。

「南方カツオ漁でもうけたんだなと一発でわかります。佐良浜の人は性格も豪快な人が多くて、最盛期はジョニ黒で手をあらっていたという話ものこっているぐらいで。それぐらいもうかっていたわけです。当時は佐良浜にいくと片足がなかったり、腕がなかったりした人がいっぱいいたんです。どうしたのかってたずねたら、サメに食われたと説明するんですが、でもじつは嘘《うそ》なんですね。若い頃にダイナマイト漁で失敗して身体の一部が欠損してしまったんですが、ダイナマイト漁は不法だからかくしたがるわけです。そういえば糸満漁師はその昔、沖縄のいろんな海岸に移住しましたが、佐良浜にだけは移住しなかったそうです。移住しにくい何かが佐良浜にはあったんでしょうね」

私は特段、日本の漁業史にくわしいわけではないが、しかし、日本の沿岸漁村をふくめても、これほどまで外に向かおうとする気風を持つ地域がほかにそう多くあるように思えなかった。だとしたら、そういう特殊な風土が、本村実の生き方に影響をおよぼしていないわけがない。本村実の漂流を理解するには佐良浜についての理解をふかめる以外に方法はないのではないかと、私は考えるようになっていた。

いまも多くの佐良浜漁師が那覇でマグロ船に乗っていると教えてくれたのも、その新聞記者だった。宮古列島の人間は団結心が強く結束して動く傾向があり、泊港には伊良部鮪船主組合という組合もあるのでたずねてみるといいと話していたのだ。

伊良部鮪船主組合は、コンクリートがむきだしとなった古い港湾施設の二階にあった。事務所にはやや年配の女性事務員が二人いるだけで、奥はがらんとしており、組合長も参事も在室していなかった。あまり見知らぬ人間がくることはないのだろう。不審そうな眼ざしをむける二人に、私は少し居心地のわるさをおぼえた。

私が本村実という名前をだすやいなや、二人のうち年嵩《としかさ》のほうの事務員が「どこにいったのかわからないのよ」と語りはじめた。

「帰る途中だったのよ。ミクロネシアの領海の東の公海上で操業していたんだけど……。僚船も一緒にそこで漁をしていたのにね」

どうやら二回目の行方不明のことを言っているらしい。この二人の組合事務員にとって本村実という名前は、フィリピンまで漂流して生還した人物ではなく、ミクロネシアの海で連絡がとだえ行方不明になった人物のことをさしているらしかった。

「漁船は連絡がとれなくなって三カ月で死亡とみなすから。それまで無線局には連絡があったんだけど、ある日突然こなくなったの。本当に突然消えた」

「捜索にあたったのはどこの船なんですか。付近の僚船がさがしたんでしょうか」

「近くで操業していた僚船が捜索したと思うんだけど、私たちにははっきりとはよくわからない」

もう一人がアルミボックスのなかにしまった資料をひっぱりだし、本村実が遭難した当時の漁船の動静表を見せてくれた。第三金盛丸、第二十八克丸、第五裕盛丸……。表には組合の所属船の名がずらりとならび、日毎《ごと》の位置がこまかく緯度経度で記載されている。そのなかには本村実が乗船する第八秀宝丸の名前もあったが、位置が記載されているのは二〇〇二年十月分までで、翌年一月の表はすべて空欄になっていた。それは第八秀宝丸が二〇〇二年十一月から十二月の間に行方をたったことをしめしていた。ただ、その肝心の十一月と十二月のぶんは保険組合かどこかの調査に提出したためのこっていないという。

「事故に遭えばかならずどこかで何か見つかるはずなんだけどねぇ。あの日は台風もなかったし、前日も誰かの船に無線連絡していたんじゃなかったっけ。わからないわ。SOSもなかったし。無線でみんなに問いあわせたんだけど……」

「こういうことってめずらしいんですか」と私がたずねると、二人は口をそろえて
「こんなことははじめてよ」と言った。

「一日ぐらい連絡がこないことはあるけど、三日、四日とこないとあやしいとなる」

「突然、三角波をくらって沈没したか……。でも遭難信号を発する無線機があるし。それに普通は救命筏《いかだ》をつんでいるから。あの人は前にも漂流したことがあるわけだし……」

「七不思議よね。北朝鮮に拉致されたんじゃないかという噂《うわさ》がたったぐらいだから」

二人がめいめい推測めいた話をはじめたので、私は丸和商会という、本村実がフィリピンに漂流したときの代理店についてたずねた。本人がいない以上、丸和商会の関係者に漂流当時の話を聞くのが、実情を知るための一番の近道であるように思われたからである。

しかし、事務員の一人が「ああ、丸和商会は解散しちゃったわよ」とにべもなく答えた。

「社長をやっていた人はアフリカに行っちゃったみたい」

私は思わず、アフリカですか！　と大声を出した。

「丸和商会の持ち船でアンゴラに行ったって話だけど。ソマリアのほうであぶない目にも遭ったみたい。ある人の口利《き》きでアフリカ行きが決まったんだけど、その人が途中で逃げちゃったらしくて。一緒に行った四、五人も消息がわからないとか……」

「船はアンゴラにいまもあるみたい。去年、航空写真にうつっているのが見つかったらしくて、あの船はどうなっているんだと水産庁から問いあわせがあった。ほら、船の検査がきれているからしらべる必要があるでしょ」

なぜグアムで水揚げや空輸の代理店をしていた経営者が船でアフリカに消えてしまうのか。展開が飛躍しすぎていて、私は彼女らの話を即座にのみこむことができなかった。

「どういうことですか」

「あっちで仕事があるという話だったんでしょ。船で操業できるみこみで行ったけど、むこうの政府が許可をくれないわけ。それで船もむこうに係留したまま、しょうがないからノルウェーの水産会社の船に乗って漁労長していると聞いたわ。漁をした経験もないのに、漁労長しているって」

たのみの綱と考えていた取材先がまっさきに消えて私は悄然《しょうぜん》とした気持ちになった。話を聞くと、その丸和商会の社長も佐良浜出身だということだった。その腰のかるさも佐良浜という土地の気質なのだろうか……。

組合をあとにした私は、本村実としたしかった佐良浜の漁師がいないかさがすことにした。廊下の喫煙所のまえに頭の白くなった漁師然とした人がいたので本村実の名前をだしてみると、「ああ、あれがくわしいんじゃないかな」と言って一隻の佐良浜の船の名前を教えてくれた。岸壁に泊まる船を一隻ずつ確認していくと、その船は簡単に見つかり、船尾の屋上でインドネシア人の船員がペンキ塗りをしていた。船員は私の顔を見ると片言の日本語で「キャプテン、下」とデッキのほうを指さした。船に足をふみいれると、なかは有機溶剤の臭《にお》いにみちており、船長はデッキの先端で金属の船具をみがいていた。

ちらっと視線をこちらにむけた彼に、私は声をかけた。

「本村実さんの知りあいを探しているんですが」

「ああ、いなくなっちゃったよ」と船長は関心がなさそうに言った。「ずいぶん古い話だな。二十年ぐらいいたつんじゃないか」

「十年ほどです。その前にフィリピンに漂流しているじゃないですか。当時の話を聞きたいんですが、知っている人はいませんか」

「どうだろうなぁ」船長は作業をつづけたまま面倒くさそうに言った。

壁によりかかっていた機関長が口をはさんできた。

「あの人もついてないね。二回も漂流するなんてさ」

二人とも佐良浜出身の漁師で、船長は本村実より二十歳ほど下、機関長も十歳ほど下になるという。船の持ち主である船主も佐良浜の人だが、いまはここにいないという。

「船主さんも佐良浜のかたですよね。本村さんのこと知りませんかね」

「彼は知らないよ。船に乗らないから」そう言って船長はすこし手を休めた。

「グアムで一緒に酒を飲んだりとかは……」

「フィリピンに漂流するまえはあったけどね」と機関長が言った。「あのあと、全然すがたを見せなくなった。どこにいったのか、全然会わなくなった」

「兄弟のほうが知っているんじゃないか」と船長が言った。

「しかし、弟の栄さんは病気であまり話せないと聞きました」

「ああ、そうなんだ。でも、その弟がいるだろ。昭吉《しょうきち》。あれも船に乗っていたからわかるんじゃないか」

「そうですか……」

船は整備が終わり次第、出港するという。操業地は時期によってことなるが、初夏のいま頃だとパラオ近海が多いそうだ。一航海が三十五日から四十日。港にもどったら数日の間だけつぎの操業の準備をして、それが終わればまた海にもどる。マグロ漁師はそれを延々とくりかえすので、もし漂流の事情にくわしい人がいても、まず会うことがむずかしいという。

「あれはめずらしい事故だったな」と船長がふりかえった。やはり二回目の行方不明のことを言っているようだ。「衝突だとか座礁《ざしょう》なら話はわかる。船の装備が浮くし、油も浮いたりするさ。でも破片すら見つからなかった。何日も捜索したのに」

「何もなかったんですか……」

「三角地帯みたいなもんだ」

「なんですか、それ」

「知らないか。そこに行くと船が次々と行方不明になるという……」

「バミューダ・トライアングルみたいな」

「そう、魔の三角地帯だ。パラオとかフィリピンとかあのへんな。最近も船が一隻行方不明になったらしいよ」

「本当ですか？」

「数年前かな。三高《さんこう》物産の船で、船長は鹿児島の人だった。ミンダナオ島を基地に操業していた船だったよ」

そこまで話すと船長は、そろそろ帰るかと言って、かたづけの準備にはいった。

翌日、私は伊良部鮪船主組合で入手した古い組合員名簿をたよりに、引退した佐良浜のマグロ漁師の家を一軒一軒まわった。だが、すでに亡《な》くなっていたり引っ越したりした人が大半で、会えた人からもみのりのある話を聞くことはできなかった。組合長が船を上架して整備していると聞いたので作業場にも足をはこんだが、組合長は岩のように寡黙《かもく》で口数のすくない人だった。

取材にゆきづまると私は原付で泊港にむかい、伊良部鮪船主組合に顔をだした。組合で情報を聞きだしては、埠頭にいって本村実のことを知っていそうな佐良浜漁師がいないかさがした。梅雨明けした沖縄の日差しは強く、港をあるいているうちに私の肌は泊港で見かけるインドネシア人船員と同じぐらいに色黒になっていった。

ある日、埠頭で世間話をしている二人の漁師に話しかけてみると、自分らは本村実のことは知らないけど、この船がグアムからかえってきたばかりだから知っているかもしれないと言って、目の前にとまっている船の船主のところに案内してくれた。その船主も佐良浜の出身で、白いランニングを着用し、目玉がギョロリとしており、ひどいだみ声で、頭をツルツルに剃《そ》りあげ、迫力のある顔をしていた。かなり年配なのに掌《てのひら》があつく、手の皮も象の皮膚のようにかたそうだった。

「本村さんのことは、大幸丸しか知らんわ。あれはコウヨウの船さ」とその船主は言った。

「コウヨウってどなたですか」

「コウヨウは、なんだ？　名前しか知らん」

何年も同じ漁場で操業しているのに、名字を知らないのもすごい話だなと私は思った。

「あのとき、本村さんの船は二、三日前まで連絡をとっていたという話だけど。おれはあのときはグアムに行ってなかったから、そういう話を聞いただけさ。コウヨウしかわからんさ。流れているものも何も見つからんし。油とか破片もないわけさ」

「そのまえにフィリピンに行って三十七日間も漂流していましたね。その話なんかも知りたいんですが」

「フィリピンの船員が、これを殺して食おうかという話をしていたさ。そんなことは聞いた」

「フィリピンの東のあたりって行方不明になる船が多いみたいですね。最近も三高物産の船が行方不明になったとか」

「ああ、あれはフィリピンから出た船で影もかたちもなくなった。会社も四隻か五隻出して散々さがしたけど見つからん。海賊船に襲われたとかいう噂もあったけど、でも、ああいうのは連絡がないから。自分たちの思い込みでそう話しているだけで……」

そのとき、ふと、一隻の行方不明船のことを思い出した。

「そういえば武潮丸《たけしお》という船もいなくなりましたね」

武潮丸というのは、一九九四年に本村実がフィリピンまで漂流したのとほぼ同じ時期に、フィリピンのサマール島の東方沖合で行方をたった那覇のマグロ漁船である。那覇の第十一管区海上保安本部が大がかりな捜索を展開したにもかかわらず、結局手がかりは何も見つからなかった。私が武潮丸のことを知っていたのは、本村実の漂流の記事をさがす過程でこの行方不明事件の記事も目にしていたからだ。両方の事件はさほどときをおかずして発生していただけに、ほぼ同時に沖縄の地元紙をにぎわせており、武潮丸もやはり漂流物などがいっさい見つからず、新聞には〈まるで神隠しだ〉と書かれていた。

「武潮丸のときも何もなかったさ。おれはあのときは二度ぐらいはなれたところで操業していたんだけど、ちょうど台風がきたんだな。台風にはまき込まれているはずだ。武潮丸は無線で水がないと言っておったよ。俺は浄水器をもっていたけど、台風がくるから南に逃げた。でも武潮丸は、この台風は大丈夫だから操業をつづけると言って、そのままのこった。それから見つからない」

「海賊というわけじゃないんですか」

「フィリピンの東には海賊島があって、そこに日本の漁船があるとかいう話は聞いたことがある」

「海賊島ですか……」

「漁師がつけただけの名前さ。そこには誰も行ったことがないという話だから、本当かどうか知らん」

何度か泊港に足をはこび、佐良浜の漁師をさがして話を聞いているうちに、私は言いようのない違和感をおぼえるようになっていた。彼らには人の死にたいして、どこか恬淡《てんたん》とした、素っ気ないところがあるように思えた。彼らの口からは何度となく行方不明になった船や転覆した船の名前がでるのだが、その口ぶりが妙にサラッとしているように感じられたのである。われわれ陸の人間の感覚からすると、一緒に長い間、操業していた人間が消えたのだから、もっと語るべきことや重たい感慨があるような気がするのだが、しかし彼らは少しちがい、人がいなくなることは時々おこることで、さほど大騒ぎするようなことではないとでも考えているようだった。どんなに近い人間でもいなくなったらしょうがない、海の藻屑《もくず》になったらあきらめるしかない、とでもいった、過去や人間関係にたいする頓着《とんちゃく》のなさが感じられ、それは私には少し冷淡ではないかとさえ感じられるものだった。

そうした過去や人間関係にたいする感覚のちがいは記憶にもあらわれていた。私は佐良浜の漁師を見つけるたびに本村実のことについて質問したが、彼らからかえってくる答えは、ほぼ例外なく「そんな前のことはおぼえていない」というものだった。しかし、本村実が行方不明になったのは十年ほど前のことであり、フィリピン漂流まででさかのぼってもせいぜい二十年前である。十年、二十年という時間が人間の記憶をうしなわせるのに十分な単位だとは思えなかった。なぜそろいもそろって、そんな最近のことをおぼえていないのか私には不思議でならなかった。

最初は話すのが面倒なので、私を体よく追っ払うために忘れたと言っているのかと思っていたが、しかしあまりにそれがつづくので、途中からは、もしかしたらこの人たちは本当におぼえていないのではないかと考えざるをえなくなった。彼らの時間感覚は狩猟採集民のそれに近いのではないか、と私は思った。よくよく考えると漁師というのも狩猟民みたいなものである。漁は基本的には出てみなければわからない。獲《え》物《もの》を探して海を動きまわり、大漁するときはたくさん釣れるが、釣れないときは坊主《ぼうず》に近いという、そういう世界だ。それにくわえて遭難や行方不明が頻繁におきる、死におびやかされた日常のなかで彼らは生活をいとなまなければならない。明日は死ぬ身かもしれないのでカネを貯蓄するという発想が生まれにくく、したがって町にもどってきたら盛大に散財する。カネがなくなったら海に出ればいいだけの話である。彼らにとって重要なのは今、現在という直接的な経験であり、未来や過去は意味がないことだ。だから、現在から消えた人間やその思い出にしばられることもないし、おぼえておく必要もない。そういうことなのかもしれない。

翌日、私はふたたび伊良部鮪船主組合の事務所をおとずれた。毎日のように雑談をよそおってしつこく話を聞きだそうとしたせいか、事務の女性の二人の顔には、あきらかに私のことを疎《うと》ましく感じている色がにじんでいた。

「勇徳丸という船の話を聞いたんですが……」

私は会話をなりたたせる話題の一つとして、先日小耳にはさんだ、ある船の名前をもちだした。

「あれは延縄をいれるときにバランスを崩して船が転覆したの。保安庁の救難課が潜ったけど、何も見つからなかった。でもその後、フィリピンに船体が流れついて、遺体が二体見つかったみたいよ。でもこれは原因がはっきりしているから……」

一人がそう言った後、小声で、原因がわからない船もけっこうあるわよ、とつぶやいた。

「ほかにも行方不明の船があるんですか」

「……わからないわねぇ」

一人はそう言ったが、少し沈黙が流れた後、もう一人のほうが、自分たちが小学生の頃に漁に出たまま帰ってこないマグロ船がある……と、どこか秘密をうちあけるような口調で話しはじめた。

「ちょうどその船が出港する前にお目出度《めでた》になった人がいて、そのとき生まれた人が四十九か五十歳だから、五十年ぐらい前のことかな」

「その船はなんという名前だったんですか」

「わからない。大きくなって聞いた話だから。だって、出港したまま帰ってこないし、沈没したのかもわからないし。あのときってフィリピンあたりに行っていたのかなぁ」

「わからない。だって証拠もないし、全然わからない。ただ漁に出て帰ってこないだけだから」

わからない、わからない、と連発する二人の間からは、その船のことは話してはならない、触れてはならないタブーであるといった雰囲気が感じられた。それでもしつこく船名や船主の名前をたずねると、事務員らは親族や知人に電話をかけてその船の名前を確認してくれた。

「船の名前は富士丸。あとはわからないって」

「波が高いって一度連絡があったんだって。でも誰も問題にしようがないし、しらべようもなかったし……」

「これが最初に行方不明になった船。私たちの記憶の範囲内だけど」

「最初」という言葉に私はひっかかりを覚えた。ほかにもあったということだろうか……。

それにしてもいったいどれだけの船が海に呑《の》みこまれ、消息をたっているのか。何人かの漁師や組合員のもとを数日まわっただけで、行方不明船の存在が、まるで暗闇からひきずりだされた亡霊のように次から次へと明らかになっていく。そのことに私はマグロ船の世界の知られざる闇の底暗さをのぞき見た思いがした。

彼女らによると、その富士丸という船にはたくさんの佐良浜の若者が乗っていたらしく、さらに同じように数多くの佐良浜の若者を乗せて行方不明になった船が、同じ時代にもう一隻あったという。彼女らの歯切れのわるい口ぶりからは、その二隻の船の遭難が佐良浜の人たちの間で特別な存在になっていることが推察された。もしかしたら、それは彼らの記憶のなかである特定の時代を象徴する大きな傷のようなものになっているのではないか。あのとき、富士丸という船があって、あそこの兄も乗っていて、むこうの弟も乗っていた。それがみんな海に消えた……。

海は何があるかわからない。だからみんなあきらめるわけさ。陸だと証拠がのこるから捜索できるけど、海は三日で捜索もやめる。だから本当のことはわからないよ。

真実はすべて海の藻屑となり何ものこらない。

二人はどこか諭すような口調で私にそんなことを呟《つぶや》いた。そして、それは本村実のことを取材しようと思っても何もわからないよと忠告しているようにも聞こえた。

3

三高物産の馬詰修《うまづめおさむ》会長に会ったのは、沖縄に来てから十日がたった頃だった。三高物産とは先日泊港で会った船長から聞いた、数年前にフィリピンで行方をたったという漁船を所有していた会社である。

馬詰に会いに行った目的のひとつは、その行方不明船の話を聞くことにあった。海域は別だが、手がかりがまったくのこっていなかったというところなどは、本村実の二度目の行方不明の件とかなり似たようなケースに思えた。それに単純に、太平洋ではマグロ船の行方不明事件が頻発していたという事実に、私は興味をそそられていた。先日聞いた〝魔の三角地帯〟という言葉が、まだ私の耳にこびりついていたのである。

もうひとつの目的は、佐良浜の漁師の特質について意見を訊くことだった。なにしろ那覇にきて十日が経過しても、私は本村実の漂流のことや、彼の生まれ故郷である佐良浜のことについてもほとんど何もわかっていなかった。県立図書館でみつけた『伊良部町漁業史』という本によると、馬詰修は佐良浜のマグロ船主たちと懇意にしており、伊良部町漁協にも加入しているということである。本村実が操業していたグアム基地についても最初の段階からかかわっていたようで、佐良浜漁師のことを聞く佐良浜漁師以外の人物としては、彼以上の適任者はいないように思えた。それに漁師とちがって企業経営者なので、物事を体系的に説明することにも慣れているはずだ。

約束の時間に会社をおとずれると馬詰修は笑顔で私を出むかえ、となりの会議室のようなひろい部屋へ案内してくれた。背は低いが、ランニングが趣味らしく、前腕やふくらはぎには年齢には見あわないしっかりとした筋肉がついていた。少し話しただけで、頭が切れ、決断力にとみ、行動力のある、おそろしくエネルギッシュな人物であることがわかった。声にはりがあり、一つ質問すると三十の答えが、しかも早口でかえってくるので、取材メモをとることはいちじるしく困難だった。それまで泊港をうろついては、ぶっきらぼうな漁師から一言二言情報をもらって突きはなされていただけに、私は彼の饒舌《じょうぜつ》に救世主が降臨してきたようなありがたみを感じた。

馬詰修は高知県須崎市に古くからある馬詰造船所の次男で、沖縄に来県したのもマグロ漁船の新造船の営業をするためだった。それがいつのまにか自分でつくった船に部品や資材を納入する会社を設立することになり、そしてインドネシアで輸入マグロをあつかうようになり、シンガポールでも操業を開始し、一九八七年からはグアムにも事務所をかまえるようになった。現在の三高物産はマグロ船の代理店や経営もふくめて幅広く事業展開している。

「グアムが開拓されて最初に進出していったのは佐良浜の人が多いようですが、それは地域性みたいなものがあったんですか」

私の質問に馬詰は、

「佐良浜の人たちというのは思いきりがいいんですね」と答えた。「沖縄のマグロ漁船というのは那覇の泊港を中心にやっていますけど、佐良浜の人にとっては那覇もグアムも同じ出稼ぎなんです。べつにグアムに行くっていっても、どこでも同じ。だから沖縄から出て行くときも佐良浜の人が中心でワーッとかたまって行ったわけです。出稼ぎだからどこでやっても関係ないということじゃなかったかと思います。それにくらべたら、同じ泊港のマグロ船でも那覇の人はここがベースだから腰がおもかったですね」

出稼ぎという指摘に、なるほどと私は思った。佐良浜の漁師と話して感じた過去や人間関係に対するしがらみのなさや素っ気なさは、もしかしたら、このベースがないという指摘とどこか関係しているのかもしれない。

「佐良浜の人たちというのは、那覇に出てきたけれども、かといってやることは何もないわけです。陸上の仕事をやるといったって不器用でできません。島にもどっても仕事もない、芋をつくるしかない。沖縄本島に来ても漁しかないんですが、でも漁業許可の問題があるから、追込漁だとか網漁だとかの沿岸漁業にはさわれない。必然的にマグロしかなかった。そうしたなかで少し気のきいたやつが船主になっていくわけです」

馬詰によると、現在でもグアムには二十隻ほどのマグロ船が操業しており、そのうち伊良部鮪船主組合の代理店が約十隻、三高物産の船が約十隻だという。伊良部鮪船主組合の船のほとんどは佐良浜漁師の船であり、また三高物産の船にも佐良浜の船長が動かしている船が何隻かあるということからすると、グアムのマグロ船の多くは佐良浜漁師によって維持されている、ということがいえそうである。

「みんながグアムに行ったのは、昔からカツオ漁で南方に出漁していた島の風土と関係があるというか……」

「むしろ精神的な問題じゃないですか。南の島へ行って、何カ月、何年もおって家に帰らんでも平気だよという。そういうメンタル面ではかなり強いものがあったんだと思います」

「ところで」と私はすこし話の矛先をかえた。「本村実さんのことについては、何か聞いたことがありますか」

「一回目の時には三十日以上かかってフィリピンのほうに流れついたという話は聞きました。水がなかったんで海中に潜ったら渇きがおさまったとか、フィリピンの船員さんが船長を食おうとして襲われかけたという話は聞きました。みんな死んだと思っていたら突然、助かったという話があって、こっちもびっくりした」

襲われかけた？　そこまでは新聞に書いていなかったはずだが……と私は思った。

「それは丸和商会の人からですか」

「本人から直接」

「本人から？」

「はい」

「面識があったんですか？」

「ありましたよ」

馬詰修と本村実に面識があったというのは、なんとなく意外な気がした。フィリピンまで漂流して船に乗らなくなった後、本村実はしばしば泊港に来てほかの船の様子をながめていたという。船に乗らずに仕事のない漁師は、よく港に来て、いまはどの船に誰が乗っているのか、あるいはどこかの船で船長をさがしていないかといったことを、世間話をまじえながら情報収集するのだという。言ってみれば就職活動の一環である。本村実が来ていたのも、もしかしたらそのためだったのかもしれない。馬詰はある日の晩に、港に来ている本村実を見かけて漂流したときの様子をたずねたのだという。

「私も興味がありましたから。どうだったという話をしたわけです。漂流したときの船は鉄船でかなりの老朽船でしたね。メンテナンスはかなり悪かったと思います。しかし……、それからまた船に乗って、今度は本当にいなくなってしまいましたね」

「また漁に出たくなったんでしょうか」

「なったと思います。彼自身が陸にあがって何するかって、何もないですもん。自分が稼いで、自分の力を見せるのは海しかないですから」

「本村さんの二回目の行方不明について噂みたいなこととかは」

「わかりません」

「沈没や火災の場合は漂着物が見つかるはずだと、皆さん言っていますが」

「ぼくは見つからんと思います」馬詰は断言した。「あの広大な海域で漂流物といったものがそんなにどんどん出るとは思えない。重油なんていうものは一日あったら拡散してなくなりますから」

「しかも本村さんの場合は行方不明になった地点もわからない」

「それが一番しんどいんです。海難事故のときは場所を特定してピンポイントで捜索しないと絶対に見つからない。船がどこにいるというのは賭《か》けなんです。情報がないときは、二、三日したらもう駄目。どんなにやったって駄目です。そんなさがせるもんじゃない」

もしかしたら、その駄目というのは、例のフィリピン沖で行方不明になったという三高物産の船のことを話しているのだろうか、と私は思った。

「そういえば先日たまたま耳にしたんですが、数年前に三高物産の船も行方がわからなくなったとか」

私がそうたずねると、馬詰修は、行方不明で終わりです。突然いなくなったんですと言って、その件についての詳細を教えてくれた。

行方不明になったのは第五海皇《かいおう》丸という十九トン型のマグロ船で、鹿児島県在住の日本人船長以下、フィリピン人船員八人の計九人が乗船していた。

第五海皇丸が操業基地であったフィリピンのダバオ・トリル港を出港したのは、二〇一〇年七月十六日朝、船はパラオの南の海域をめざして東南東の方向に進路をとっていたが、出港翌日の七月十七日夜以降、連絡がはいらなくなったという。現在のマグロ延縄漁船にはインマルサットといって、定期的に船の位置を自動で知らせる衛星通信機器が装備されているが、そのインマルサットの信号が予定時間をすぎても受信できなくなったのである。翌十八日には定時連絡を交信していた沖縄県漁業無線局からも、消息がとだえたのではないかという一報が三高物産側にもたらされた。この鹿児島県の船長は、いつも定時交信を欠かさない人だったのに、それが突然連絡してこなくなったというのだ。

三高物産はフィリピン政府に情報を提供し、コーストガードによる捜索と救援を要請した。また、無線機器の故障という可能性もあったので、周辺海域で操業中だった僚船にも情報提供をよびかけた。だが、行方につながるような情報は得られなかったため、近くのマグロ延縄漁船六隻にたいして付近の捜索を依頼した。

当初、三高物産内ではインドネシア海軍に拿捕《だほ》された可能性が有力視されたという。というのも、行方をたったとき第五海皇丸はインドネシアの排他的経済水域（EEZ）内を航行中であり、そしてインドネシア海軍が許可なくEEZ内を航行している漁船を拿捕することは何もめずらしいことではなかったからである。三高物産は馬詰修のコネクションをつうじてインドネシアの水産会社に連絡し、海軍関係者に拿捕の事実がないかの確認を依頼した。また、ダバオにある現地法人の責任者がインドネシア領事館をおとずれ、表のルートからも拿捕の事実確認を文書で正式に要請した。だが結局、いずれのルートからも拿捕の事実確認はできなかったという。

漁船による捜索も七月二十日から二十三日までの四日間つづけられた。波も風も弱く、視界もひらけている海況のなかを、六隻の船が五海里（約九キロ）間隔で範囲を決めて捜索しつづけたが、手がかりになるようなものは何ひとつ見つからなかった。

要するに第五海皇丸もまた、第一富士丸や第十五武潮丸、それに本村実の第八秀宝丸と同様、神隠しに遭ったかのように消えてしまったのである。

「沈没の理由として考えられるのは火災か衝突です。浸水だけだと時間がかかる。船には緊急用の通信機器がいろいろありますから、たすけをもとめるでしょう。しかし、そうしたものが作動した形跡がいっさいない。じゃあ衝突かなと。ただ、この海域は大型船がとおる航路ではないんですよ。そうするとどうも衝突でもないなあと」

「火災というのはよくあるんですか」

「火災の場合は機関室から火がでます。まっすぐ上に火があがるんでブリッジがやられます。ブリッジは船の中枢《ちゅうすう》ですから、そこがやられるといろんなもんが発信できなくなる可能性はある。とくにあぶないのは燃料の配管にピンホールみたいな穴があいて、そこからスプレーのように燃料が噴出して引火すると爆発的にいきます。それで機械類が一気に燃えるという可能性はないとはかぎらないですね。それで救命筏に乗って漂流したら、まずたすからない。救命筏で大海原を漂ったら、基本的には終わりですからね」

馬詰は、海難事故というのは目に見えないので、どうしてもバミューダみたいな話になってしまうんです、と伊良部鮪船主組合の事務員の二人と同じような独白をした。

「事実としては何もなくなったとしか言えないんです」

「海賊が出るという話も聞きましたけど……」

「わけがわからなくなったら、海賊説というのはすぐ出るんです。でも、漁船はそんなに沿岸に近づくわけでもないのに、海賊が行って、船奪って、人殺して、全部沈めるようなことまでするのか。船にあるものっていったって燃料と食糧ぐらいしかないわけでしょう。現金はもちませんから。海賊というのはないと思います」

「先日、海保で海賊対策のシンポジウムみたいなのを開いているというのを聞いたものですから」

「それはマラッカ海峡のほうではないですか」と馬詰は言った。

マラッカ海峡はインドネシアとマレーシアの間の海峡なので、第五海皇丸や第一富士丸、それに第十五武潮丸が遭難したフィリピンの東沖からはかなりはなれているし、本村実が行方不明になったミクロネシアの海にいたっては距離がありすぎて、マラッカ海峡の海賊が彼の行方不明と関係しているということはありえない。しかし馬詰は、現在のマグロ漁業の世界の現実をつたえるという意味合いからだったのだろうか、マラッカ海峡からインド洋にかけての海賊の出没状況を語りはじめた。

「インド洋では一昨年あたりまで台湾船が襲われて、あぶなくて操業できなくなってしまった。それでみんな武装して、船によってはマシンガンまでもつようになった。マグロ船が、です。それで抵抗をしたら、あまり襲われなくなったようですが」

そこまで話すと、このあたりちょっと聞いてみましょうか……と言って、馬詰は突然、携帯電話の番号をおして、誰かと話しはじめた。

……ああ、ひさしぶり。何年かまえにインド洋で台湾船が海賊に襲われたでしょ。ぼくの友達が話を聞きたがっているから教えてあげて。

そう言うと馬詰は私に携帯電話を手わたした。

「台湾の高雄《たかお》の、まあ、情報通です」

電話をうけとると、その台湾人の情報通は流暢《りゅうちょう》な日本語でべらべらと語りはじめた。

……一昨年からね、スリランカのほうでやっているんですけど、マシンガンもって操業していますよ。ライフル二丁と警備員三人やとってね。二十四時間態勢、三人交代で警備してもらっています。今年もね、襲われたんですよ。海賊に。ライフルもっていない船ですけどね。でも警備員がいれば安全です。海賊が来たら、こっちから先に発砲します。マシンガンがあるとわかれば彼らは近づいてきませんからね。

「それは、どのあたりの海の話なんですか」と私はたずねた。

……ソマリアですよ。オマーンからの海域には全部います。つかまったら南のモガデシュの港につれていかれるんです。十何隻のスピードボートが近づいてくるよ。全部海賊なんです。台湾人は何人も殺されました。あぶないです。本当にあぶないです。もし警備員が欲しかったらぼくの情報ありますね。警備員をやとった船、二百隻ぐらいあると思います。全部台湾船ですけど。ただそのコストもかなり高くなってきました。三カ月で一万八千ドルです。操業に見あわないので、もうやりたくないです。

情報通は、もしインド洋で操業したいのだったら安全のために警備員をやとったほうがいいよと、何度も私に助言をくれて電話を切った。

「ぼくがインド洋でマグロ船を操業したがっているものだと完全にかんちがいしていましたね」と言うと、馬詰は笑った。

ソマリアの海賊の話は興味深かったが、フィリピンやミクロネシアの海とはあまり関係がなさそうだった。

「ところで、行方不明になった第五海皇丸。ああいうことはよくあるんですか」

「船がまるまる忽然《こつぜん》といなくなる、というのはほとんどないです。ただ人間が行方不明になることはけっこうありますねえ。一昨日、うちの弟の船が自動車の貨物船と衝突して、船長が行方不明になっている」

そういえば……と私は先日テレビで見たばかりのニュースを思い出した。

そのニュースというのは高知県のマグロ延縄《はえなわ》漁船が宮城県の金華山沖で転覆し、船長が行方不明になっているというもので、ここ数日テレビでも新聞でもトップに近いあつかいで報道されていた。このニュースが大きく報道されたのは、たんなる漁船の転覆事故ではなかったからである。この漁船は大型船に衝突されたことが原因で転覆したうえ、しかも衝突したほうの大型船は、衝突したことに気づかなかったのか、漁船の船員を救助することなくそのまま立ち去ってしまったのだ。衝突された漁船の機関長と、運航する造船所の役員は記者会見をひらき、「これはあて逃げで、事件だ」といきどおり、たちさった大型船を強く非難していた。その会見の様子をテレビで見たことを私は思い出した。

「あれはたしか、馬詰造船所の船でしたね。記者会見されていたのは……」

「弟なんです」

またか……話を聞く人のすぐ身近で、人間が海にのみ込まれて行方がわからなくなっている……。私はふたたび海の世界の闇に触れたような気持ちになった。

取材を終える頃、たまたまその造船所の弟から馬詰の携帯に電話があった。行方不明になっている船長の捜索がうちきりになったことをつたえる電話だった。

4

那覇市内をはしる国道三百三十一号はいつにもましてひどい渋滞となっていた。その日はたまたま沖縄戦の終結を記念する慰霊の日にあたっており、多くの車が糸満市摩文仁《まぶに》の平和祈念公園でひらかれる追悼式典に向かっているようだった。

友利キクとは、糸満のファーストフード店で待ちあわせをしていた。

本村実の妻富美子と会ったとき、彼の兄弟姉妹のなかで唯一《ゆいいつ》面会して話を聞けそうな人物として名前があがったのが友利キクだった。結婚してからのことなら富美子に話を聞けばわかるが、それ以前に彼が佐良浜でくらしていた幼少期のことや、生まれそだった環境、それに親や家族のことを聞くには兄弟か幼馴染《おさななじみ》に会うより手だてがない。友利キクは八人兄弟の下から二番目で、はじめに電話で取材をお願いしたときは、

「私も中学を卒業すると沖縄本島に出てきたので、実とは連絡をとりあうこともなかった。島の人間というのは、すぐ島を出るし、そんなもんなんです。十年ぐらい会っていないとか、そういうこともあったし、あまりわかりません」と困惑している様子だったが、何度かお願いするうちに富美子さんと一緒ならという条件つきで会ってくれることになったのだった。

キクの父、すなわち本村実の父は名を本村加那志《かなし》、母は本村カナといった。本村家は伊良部島のなかにかなり広大な面積の山や畑を所有しており、貧しい漁村だった佐良浜の集落のなかでは、どちらかといえば経済的にめぐまれた家だったという。ただ、山や畑を所有しているからといって、それが現金収入になるわけではなく、ただ自給自足のためのイモや野菜がとれたというだけの話だった。父の加那志は働き者で連日、海にでかけては素潜り漁で魚やタコをとってきて、それが夕飯の食卓にならんだ。シーズンになったらカツオ船にも乗ったし、アギヤー漁といって、当時の佐良浜ではさかんにおこなわれた大勢の男が集団で網に魚を追い込む大がかりな漁にも参加していたという。

「とにかくなんでもやる人だった。カツオ船にも乗っていたし、素潜りでいろいろとってきたりとか……」

なんでもこなしていたという父の加那志は、戦前、そして戦後にも南方カツオ漁に船員の一人として参加した。ただ、戦前はキクの生まれる前の話だし、戦後の南方漁に父が参加していたときもまだ幼かったので、どこの国に行っていたのかは知らないという。

「お見おくりとかはしなかったですか」

「そんなことはおぼえてないけど、帰ってきたときにアホウドリをもってきたことがあるよ」

「お土産に？」

「そう。よくね、生きたままもって帰る人が多かったよ」

「アホウドリというと、尖閣《せんかく》諸島かな。尖閣の南小島にはアホウドリが多かったみたいですね」

「それはわからんけど、アホウドリってこれなんだと思ったことはあった。そういえば海人草《かいにんそう》もとってきていた。これをよく家のそとのあちこちで干していたことはおぼえている」

海人草というのは、腹のなかに寄生した回虫を駆除するための虫くだしの原料につかわれた紅藻植物で、台湾の近くの東沙《とうさ》群島（プラタス）という小さな環礁の島々でよくとれた。私が辞書のように参照していた『伊良部町漁業史』によると、佐良浜の漁船は戦後しばらくの間、頻繁に尖閣諸島にカツオ漁に出たりプラタスに海人草獲《と》りに行ったりしていたようなので、本村加那志もそれらの航海に参加していたのかもしれない。

父の人柄についてたずねると、「本当におとなしい人だった。人と言い争うということをしなかった」とキクは回想した。

兄弟は一番上にハルという長女がいて、宝《たから》、寛一《かんいち》、幸男《ゆきお》、実、栄と男兄弟がつづいた。したがって実は四男、栄は五男ということになる。そして栄の下にキクがおり、その下に末っ子の六男昭吉がいた。

父加那志のおとなしくて人と争うことをしない性格は、子供たちにも共通してうけつがれたらしく、キクは幼い頃から兄弟同士の喧嘩《けんか》や口論を見たことがなかったという。実についても「誰とも喧嘩をしたことがないのではないか」とキクは何度か言った。だが、他人と諍《いさか》いをおこさないという兄弟の資質が、彼らの人生を平凡なものにしたわけではなかった。

むしろ彼らの人生はその逆だった。ほかの佐良浜の男たちと同様、本村の兄弟たちは大人になるにしたがい、全員が島をでて海の仕事に従事することになったが、そのほとんどは最終的に、まるで海に呪《のろ》われたかのような末路をむかえていたのだ。

　長男の本村宝は佐良浜中学校を卒業するとすぐに島をでて、マグロ船に乗った。当時は島にのこっても、カツオ船に乗るか追込漁に従事するぐらいしか仕事がなかったため、宝にかぎらず、佐良浜で生まれた男のほとんどは、中学を卒業するとすぐに職をもとめて島をはなれた。そして佐良浜の男ができる仕事といえば海の仕事以外になく、多くがマグロ船の船員となった。宝もそうやって那覇で近海のマグロ船の船員をしばらくつとめたあと、貨物船に乗り、最後はタグボートに乗っていたという。沖縄本島の本部《もとぶ》半島にある運天港で土砂をつんだ船を、北にある伊平屋《いへや》島か伊是名《いぜな》島のどちらかの離島にはこぶ仕事だった。島に到着すると船員たちは皆、船からおりて陸で一泊するのが普通だが、しかし宝にはしばしば陸にあがらず船で夜をあかす習慣があったようだ。昭和六十年前後のある日、船員が宿泊先から船にもどったところ、船にのこっていたはずの宝の姿がみあたらなかった。船員たちが付近をさがしたところ、船の下から溺死《できし》した宝の死体が姿をあらわしたという。夜中に船で酔っぱらい、海に転落して死亡したのである。まだ五十歳ぐらいだった。

　次男の寛一はさらに壮絶だった。寛一もまた中学を卒業するとすぐに島をでて海の仕事についた。あまり思い出のない宝とちがい、寛一は友利キクのなかで非常に肯定的な存在として記憶にのこっていた。彼女によると、寛一は勉強もスポーツもなんでも万能で、しかも家族思いのよくできた兄だったという。キクはほかの兄弟のことはよびすてにしたが、寛一のことだけは〈さんづけ〉でよび、その口ぶりにはどこかあこがれの存在について話しているような感じさえあった。

「寛一さんは頭もよくて、スポーツも万能で、八百メートルの陸上競技の記録ももっていた。その記録は卒業してからもしばらくやぶられなかったと聞いています。百でも二百でも、八百でもすごかった」

「はやかったもんね」と富美子が相槌《あいづち》をうった。

「寛一さんはもう追いこす人がいないぐらいすごいはやかった。で、推薦で高校にいけるような状態だったんだけど、下の兄弟を高校にいかせるために自分ははたらくということで……。でも、佐良浜で成人式やって、また仕事に帰って、もうそれから一カ月ぐらいで亡くなったんです」

「そんな若い頃に亡くなったんですか」

「船……。海で亡くなった。爆発で」

寛一は島をでてからまもなく、漁船の仕事ではなく沈船のスクラップ漁《あさ》りの仕事をしていたという。当時、沖縄では朝鮮戦争景気からスクラップブームがおきており、寛一は戦時中に沈んだ軍艦に潜り、そこから売れる金属をとりだすダイバー船の船員としてはたらいていた。成人式のために一度佐良浜に帰ったが、それからほどなくして仕事にもどり、沈船にのこっていた不発弾が作業中に爆発して死亡した。何事につけ兄弟のなかでもっとも優秀だった寛一は、もっとも若くしてこの世をさったのである。

長男宝が溺死、次男寛一が爆死、四男実が行方不明と、男兄弟六人のうち三人までもが海で人生を狂わせていた。のこった兄弟も、三男の幸男はマグロ漁船や貨物船に乗っていたが現在は病床にふせっているらしく、五男の栄は漁船経営の失敗から難病にかかり施設に入所し、末っ子の昭吉もマグロ漁船で操業中に病いに倒れ、あまり人と話したがらないという。

「みなさん、船乗りだったんですね」

「全員ですね。本当に……。それにしても最後に実がこんなことになってしまって。二回も漂流するなんて、きっとめずらしいはずよ」

話題は実にもどったが、このとき私は富美子とキクの二人から、少しおどろくような話を耳にすることになった。

ひとつは私が行方不明となったマグロ船について話題にしたときのことだ。キクが

「昔のことだけど、佐良浜の人たちで帰ってこない人がたくさんいる」と話すと、富美子が「うちの知っているのでも三隻か四隻、武潮丸というのもあったさ」と言った。富美子がいう武潮丸が、本村実がフィリピンに漂流したのとほぼ同じ時期に行方不明になった第十五武潮丸のことなのはあきらかだったので、私は「ありましたね、ちょうど実さんが漂流したときと同じ時期でしたね」と言うと、富美子が妙なことを言いだしたのだ。

「武潮丸って実が乗っていた船がいたさ」

「え……。実さんって、武潮丸に乗っていたんですか？」

「昔よ」と言った。「武潮丸の船主さんとも友達で。賀数静夫《かかずしずお》さんね。この人の船にも乗っていた。もうだいぶまえにね」

本村実が武潮丸に乗船していたという事実に、私は思わず身をのりだした。

本村実がフィリピンに漂流していたほぼおなじときに、おなじ海域で行方不明になっていたマグロ船があり、双方の遭難はおなじ日の新聞に大きく記事にされていた。富美子の話が本当なら、その一方の主役である本村実はもう一方の行方不明になったマグロ船の、少なくともおなじ船主の船に乗ったことがあったことになる。その事実は、私には、海という特殊な世界に生きる人間にからみつく不条理な宿業を物語るサイドストーリーに思えた。

　そして、もうひとつのおどろいた話というのは、本村実が一度漂流したのに、なぜまた船に乗ることにしたのかという、私が一番知りたい謎《なぞ》にかかわることだった。

　数日前に富美子にはじめて会ったとき、私は、実が漂流してからずっと海に出なかったにもかかわらず、八年もたってからふたたび漁に出たのは、弟の栄に船に乗ってくれないかとたのまれたからだと聞いた。海には出ないと誓っていたのに、そのせいでその禁をやぶるようなかたちで突然船に乗ってしまったのだと。

　ところがキクによるとそれは少しちがうという。

　最後の乗船のことに話がおよんだとき、富美子は残念そうにつぶやいた。

「栄が言わなかったら、乗らなかったかもしらん」

　その言葉にたいしキクは、でも……と言った。

「実のほうから来ていたんだよ。お家《うち》にずっといるのもつかれるから、船に乗りたいということを言っていた」

　私はその小さな相違を見のがすことができなかった。

「乗りたい、と実さんのほうから言っていたんですか？」

　富美子も、話がちがうというような口ぶりにかわった。

「うちは、栄から船の機関士がいないから乗ってくれと言われていると……」

しかし、キクはやんわりと否定した。

「実のほうが家に来て、乗るよと言った。陸にいることにつかれてしまったのか。つかれたというより、また乗りたくなったんじゃないかな。空きがあるんだったらということで、それでまた船に乗れるということで、よろこんで行ったみたい」

「そんな話聞いたことがない」と富美子もはじめて聞く話に呆気《あっけ》にとられていた。

「本人は、機関士がいないから乗らないね？　って栄から言われて、じゃあいいよと返事をしたと話していた。乗るのは半年ぐらいでいいかなって言うもんだから、私は何言っているの、七十歳まではがんばらないとって冗談言ったわけよ」

栄からたのまれて船に乗ったのか、それとも自分からたのんで船に乗ったのか。その相違は小さいものに見えるが、しかし質ということにかんして言うと、双方の間には決定的な断絶があるように思えた。なぜなら、キクが言うように本村実が自分からたのんで船に乗ったのならば、彼は漂流から船に乗るまでの八年間、ずっと海にたいする葛藤《かっとう》をかかえて生きていたことになるからだ。そして富美子の話が本当なら、彼はその葛藤を家族にもかくしていたことになる。彼は海に出ることへの逡巡《しゅんじゅん》を家族や、おそらく自分からもひたかくしにして生きていたが、最後の最後にそれをおさえることができなくなって海にもどったのではないか。

いずれにしても私は本村栄に会わなければならないと思った。本村兄弟のなかで船主として漁船経営にまわっていたのは、事実上、本村栄ただ一人だった。キクや富美子の話によると、本村実がフィリピンまで漂流したときに乗っていた第一保栄丸は、名義こそ実のものだったが、借金をして船を買ったのは栄のほうだったという。また二回目に行方不明になったときに乗っていた第八秀宝丸も栄の船だった。若い頃は実と同じ船員や船長として船に乗っていた栄だったが、途中からは借金をして漁船経営にまわり船主に立場をかえた。実は栄の船に乗ることが多かったし、二人は出港前に酒をともにすることもしばしばだった。漁師としての本村実の実像をもっともよく理解しているのはまちがいなく弟の栄であり、最後に乗船したときの経緯も彼ならくわしく知っているはずだった。

ところがその彼もまた、まだそれほど高齢でないにもかかわらず、重い病気にかかり、老人福祉施設で人生の黄昏時《たそがれ》をむかえていた。

彼が発病する直接の原因となったのも、やはり海だった。本村実が第八秀宝丸で行方不明になった二年半後、今度はおなじグアム基地で操業していた末っ子の昭吉がグアムの南方約五百五十キロの海域で、やはり栄の所有である第一秀宝丸を座礁《ざしょう》させた。

事故後まもなく昭吉とフィリピン人の船員は無事救助されたが、座礁させた船はうごかすことができなかった。第八および第一秀宝丸という、まだ借金も返済しきっていない二隻をほぼ同時にうしなってしまった栄は、昭吉の事故の報告をうけたとき、衝撃のあまりおきあがることができなくなった。身体が不自由な状態で借金とりにおわれてにげまわり、妻からも離縁された。その後、独り身で身体をうごかせなくなった栄の面倒を見てきたのが、ほかならぬ妹のキクであり、栄の自己破産の手つづきもすべて彼女がすませたという。現在も栄の身元引受人はキクであり、彼女の許可がないと老人福祉施設で栄に面会することはできなかった。

「栄さんに話を聞くことはできませんか」

私がそうたずねると、キクはあまり気乗りのしない返事をした。

「栄はもう施設にいるから、もうそんな話はしないと思う」

だが、何度も懇願するうちに彼女の態度も軟化し、それじゃあ栄はちょうど夕方に自分の部屋にもどるから、いまから行ってみましょうかと、急遽《きゅうきょ》、私たちは三人で本村栄の入所する老人福祉施設をたずねることになった。

本村栄の老人福祉施設までは車で二十分ほどだった。職員に挨拶《あいさつ》し、三人で個室のある二階にあがると、本村栄はほかの入所者と一緒に車椅子《いす》にすわって広間でテレビを見ていた。

キクと富美子の声に反応して、彼はこちらをふりむいた。が、かといってうれしそうな表情を浮かべたわけではなかった。彼は笑顔というものをどこかにおき忘れたような顔をしていた。眉尻《まゆじり》がさがり、骨ばった眼窩《がんか》にはめこまれた大きな目玉には、途轍もなく深い悲しみがたたえられているように見えた。その表情は困惑と嘆きのきわみにあり、彼がいまだ深い絶望にとりつかれているのはあきらかだった。頭髪はうすく、身体はすっかりやせ細って骨ばかりになり、漁師であったことなどとうてい想像できないほど白くなった肌には、不釣あいなほど太くて青い血管がうきでている。むかしマグロ船に乗っていた彼とおなじ年代の佐良浜の男から、「宝も実も栄も、本村の兄弟はみんな腕力が強かった」と聞いたことがあったが、そのような力がみなぎっていた頃の痕跡《こんせき》を、私は目のまえの車椅子の男に見出《みいだ》すことはできなかった。

鳥の脚のようにごつごつと節くれだった太い手の指の骨だけが、かろうじて彼がむかし肉体労働に従事していたことを物語っていた。

私たちは栄を個室にうつすと、身体に手をそえて車椅子からベッドにすわらせた。

「実がいなくなったときの話を聞きたいって」

富美子が声をかけると、栄は必死に記憶をたぐるように、ひと言、ひと言、大きく間をあけながら言った。

「漁場から……操業が終わって……あがってきながら……来なくなったわけ」

どうやら二度目の行方不明のときの状況を話しているようだった。

「グアムの基地だったからね……。あのとき……グアムでSOSうっていたみたいだけど……」

そこまで言うと栄はずるずると後ろにたおれてしまった。誰かがおさえていないと、一人では上半身をささえることができなかった。

「フィリピンまで漂流されたときのことを、実さんから聞きませんでしたか」

「ぼくには……なんとも言わなかった」

「こわかったとか、そういうことは言っていました？」

「ウミガメが……一緒に泳いでまわっていたと言っていた。……切って食べようとしたけど……自分が、これがたすけてくれるはずだから……殺すなってみんなに言った」

「ほかに何か聞いたことは……」

「グアムに行ってこの話聞いたら……実を殺して、みんなで食べるって相談していたみたい」

フィリピン人船員が実を襲おうとしていたという話について言及しているようだ。

キクが言ったとおり、栄はやはり会話が困難になっているようだった。ひとつ質問すると、彼は困惑した顔で虚空《こくう》を見つめながら、うすれゆく記憶をまさぐり、そして鉈《なた》で剪断《せんだん》されたかのような、ブツ切りの言葉をひと言ずつはきだすのだった。思いだすことに大変な労力がいるようで、そのひと言がでてくるまでにはかなりの時間が必要だった。

「何も話さないさ」と富美子が夫の人柄をふりかえった。「何を聞いてもあまり返事をしない人だったさ。栄にも酒飲みながら言わんかったんなら、誰にも何事も言わんさね」

「うん……また……あまりこわがらん人だ」

「いや、こわがらないでしょう」とキクが相槌をうった。

途中でお土産に買ってきたどら焼きをわたすと、施設ではあまり甘いものが出ないのか、栄はむしゃむしゃといかにもうまそうな音をたてて頬ばった。私はその様子を見て、今度来ることがあれば、またどら焼きを買ってこようと思った。

話題は一回目の漂流の話から、第一保栄丸の名義人についての話にとんでいた。病気の症状からか、栄は会話の途中でべつのことを思い出し、突然話題をかえることが多かった。私は自分が一番聞きたかった、本村実が二度目の遭難をしたときの経緯についてたずねてみることにした。

「一度漂流したのに、最後にまたグアムに行きましたね。実さんは何故《なぜ》また漁にでたのか。そのへんのことは何か言っていましたか」

栄は明確に、うん……と返事をした。

「家にいたら電話がきて……自分は行きたいと言うから。……そのときは、アレがいたのかな。……妻が言ってた」

「電話がかかってきたんですか」

「家までね……」

「自分から船に乗せてと言ったのか、栄が乗ってと言ったのか、それを知りたいって」と富美子が念をおすように確認した。

「自分で乗りたいと……」

栄はそう言った。発音こそたよりないものだったが、彼は当時のことを明確に記憶しているようだった。

やはり本村実は海にもどることをみずから主体的に選択していたのだ。彼は漂流してからずっと船に乗るかどうかの葛藤をかかえながら生きていたのである。なぜそうまでして彼は海にもどらなければならなかったのだろう。海にいったい何があったというのだろう。

もしふたたび海にもどることを決断した背景に、彼が佐良浜で生まれていたことが関係しているのなら、それは地域の風土というものが一人の人間の生き方を強制したひとつの例示にほかならないのではないか、と私は思った。おさない頃から南方に出漁したという父親の背中、父がもちかえった尖閣のアホウドリ、子供の頃に海で遊んだ記憶、リーフでくだける波飛沫《なみしぶき》の音、フィリピンの沖合で消えた同世代の若者たち、一年にもおよぶ長い遠洋マグロ船、そして極限的な漂流体験。そうした記憶のいっさいの断片が、彼の内部に彼という人物を形成するのに不可欠な何かをうえつけ、それが彼をふたたび海へとおしやり、その結果、かえってこなかったのではないか。

だとすると彼は佐良浜によって生かされ、佐良浜によって殺されたことになる——。

取材の礼をのべて部屋を出るとき、本村栄はそのギョロリとした目で、私たちのことをすがるように見つめていた。彼のなげくような困窮きわまった顔を見たとき、私はそのうらに秘められた時化《しけ》た海のようなドラマに思いをはせずにはいられなかった。

第二章　池間民族

1

宮古島平良港を出発した旅客船は白い波をかきたてながら伊良部島に向かっていた。海の色は、飛行機の機内誌の写真でしか見たことがないほど鮮やかに青く透きとおり、強い日ざしを浴びてかがやいていた。雄大な空には真夏であることをしめす雲が湧《わ》きあがり、海にはその雲が投影されてできた黒い影がさしている。私は二階のデッキで潮風をあびながら、ステレオタイプの南国イメージがそのまま現実化したような風景に見とれていた。

本村実の生まれ故郷である伊良部島佐良浜に向かったのは、夏の暑いさかりの時期だった。

平良港から佐良浜港までは船でわずか二十五分ほどしかかからない。平良港を出港するとまもなく正面の島に小さな佐良浜の集落が徐々に見えてきた。南の海上には宮古島と伊良部島をつなぐ伊良部大橋が途中まで完成している。

伊良部島は宮古島の西四キロにうかぶ、周囲二十七キロの小さな島だ。すぐ西に下地《しもじ》島という島が隣接しているが、細長い浅瀬でわかれているだけなので、地図を見ると二つで一つの島という感じがする。伊良部島の地形は全体的にはおしつぶされたように平坦《へいたん》だが、宮古島と向かいあった北東側の海岸沿いには急傾斜の海崖《かいがい》が発達しており、佐良浜の集落はその急斜面のせまい一角に家々が密集してできていた。

船が島に近づくにしたがって、一軒一軒の家の様子が徐々に肉眼でも見えてきた。そのほとんどがコンクリートでできた堅牢《けんろう》そうな住宅で、那覇で会った新聞記者がつかった、ギリシア神殿のような……という比喩《ひゆ》表現を私は思い出していた。頑丈で立派な家が、ほかにも土地があるにもかかわらず、その一カ所に固執するかのように隙《すき》間《ま》なくならびたつ集落の景観は、何かいわくがありそうで、独特の印象深い迫力を見る者にあたえる。

日焼けして真黒になった操縦士が煙草《たばこ》をくわえながら船を港に停泊させる頃、客室に昭和のなつかしさたっぷりのムード歌謡が大音量でながれはじめた。波止場に船が着岸した途端、待ちきれなかったかのように車が次々と船からとびだしていき、私も背中をおされるように平良でかりた軽自動車のエンジンをまわした。

船から見た佐良浜の集落は斜面の一カ所にかたまっていて特徴的だったが、実際になかを歩いてみると、家々の密集ぶりは、やや度をこしているのでは、と思われるほどだった。集落は大変な急傾斜地にあり、勾配《こうばい》のきつい何十段もある階段が六本も七本も内部にのびている。そしてその間を路地のような小路《こみち》が複雑にいりくみ、神殿のような太い柱をもつ鉄筋コンクリート二階建ての頑丈な住宅がひしめくようにたっている。このせまい土地にいったいどうやって重機をいれ、このような建物を建築したのかは謎《なぞ》というほかなかった。所々にセメント瓦《がわら》で屋根を葺《ふ》いた古い平屋建て家屋ものこってはいたが、ほとんどの家は頑丈さだけをめざしたかのような無機質とさえいえる住宅ばかりで、集落の景観は決して風情《ふぜい》のあるものではなかった。いや、むしろこのような無骨な住宅が一カ所にひしめきあっている景観こそ、佐良浜ならではの風情だといえた。

のちに集落の人に話をきいたところによると、家屋がこのように密集しているのは昔の佐良浜の貧しさと無関係ではなかったという。佐良浜に電気がとおるようになったのは戦後ずいぶんたってからのことで、それまでは街灯もなかったので、家が港からはなれたところにあると、夜中に出港するときに船に行くまでに階段でころんで怪我《けが》をする可能性があったのだという。そのため漁師は海のちかくに住みたがり、面積のわずかな傾斜地に家がひしめきあうことになった。家屋のほうも戦後しばらくは茅《かや》葺《ぶき》の家がのこるほど質素で貧しいものが多かったが、一九六〇年代に戦後の南方カツオ漁が再興する頃からつくりが立派になっていき、それまでのセメント瓦屋根の平屋家屋から鉄筋コンクリート二階建てに変化していった。宮古では台風が直撃すると風速五十メートルにも六十メートルにもなることがめずらしくなく、佐良浜では何度も家が吹きとばされた経験があったため、南方カツオ漁で一気に財布がうるおうと、人々はこぞって台風がきてもいっこうに心配のない鉄筋の家をたてたという。「一年も南方カツオ漁に行きさえすれば、家一軒はたてられた」とは多くの人々が口にすることだった。

集落から港に向かって車で道をくだっていくと、急坂の下に突然青い海がひらけ、宮古島本島と橋でつながった池間島が目にとびこんでくる。宿泊していたホテルのある南部の伊良部地区から佐良浜に車で向かうたびに、私はこの不意に海がひらける眺望を目にすることになった。それは、東京からきた一介の取材者にすぎない私にとっても、海にとびだしたくなるような心わきたつ風景だった。

佐良浜にはじめて足をはこんだ夏のこの日、私は集落のある人と顔を合わせることになっていた。仲間《なかま》明典《あきのり》という元宮古島市議で、郷土の歴史に非常にくわしい人物である。

私たちが会ったのは仲間明典の友人である伊志嶺朝令《いしみねちょうれい》が経営する〈ティンクル〉という佐良浜のカラオケボックスだった。仲間明典は眉《まゆ》がふとく、目のグリッとした、いかにも沖縄の人という風貌《ふうぼう》をしており、表情がやわらかく、いつなんどきでもユーモアを欠かさない人だった。歴史の造詣《ぞうけい》がふかく記憶力が抜群で、質問をうけるか泡盛を三杯飲むかさえすれば、頭のなかに保管されているおびただしい量の知識のなかから適切な情報が選択され、口からとめどもなくあふれてきた。仲間はほぼ毎晩この店で酒を飲んだり、歌をうたったり、碁をうったりしており、この日は知人の葬式があったとかですでに若干酔っていた。

佐良浜滞在中、私は人々の話に何度も口をあんぐりとあけさせられることになるが、最初の面会者である彼の話もその例外ではなかった。私が、なぜ佐良浜の人は昔から南方に出漁してきたのか、その理由を知りたいとたずねると、おどろいたことに彼は中国の明の時代から説きおこして語りはじめたのだ。

本村実の漂流についてしらべはじめて以降、私は市町村史や関連する資料のなるべく多くに目をとおすようにしてきたのだが、当然、そうした資料には佐良浜の集落のなりたちが書かれており、取材をはじめてかなり初期の段階で、私は佐良浜がとなりの池間島の分村であるということを知った。つまり、佐良浜の人たちは池間島からの移住者の子孫なのである。それだけではない。池間島と佐良浜、同じように池間島の分村である宮古島西原《にしはら》（通称西辺《にしべ》）の三地区の住民は、元々は池間島の人間ということで帰属意識と誇りが非常に強く、自分たちのことを〝池間民族〟となのり、沖縄はもとより宮古のほかの地区の住民とも区別しているというのだ。

池間島は宮古島のすぐ北に隣接する面積わずか二・八三平方キロメートルの非常に小さな島である。もともと周囲をサンゴ礁《しょう》にかこまれた離島であったが、一九九二年に池間大橋が開通して宮古島と道路でむすばれて以来、事実上、宮古島本島と一体化している。

本村実の妻の富美子にはじめて会ったとき、彼女は自分の出身地を佐良浜ではなく池間島だと語っていた。その話を聞いたときの私はまだ池間島と佐良浜との関係を知らなかったため、単にべつの島から引っ越してきただけだと思い、特段反応しなかった。しかしその後、佐良浜のなりたちと池間民族という言葉を知ったことで、私は彼女の話に、それを聞いたとき以上の意味のふくらみを感じることになった。つまり佐良浜出身の父・野里勝也と池間島出身の母・光子との間でかわされた結婚は、たとえば横浜市と川崎市の男女が結婚するのとはことなり、池間民族という強い同族意識によってささえられた共同体内部におけるうちわの結婚だったことになる。

池間島から佐良浜への移住がすすみ、佐良浜が新村として成立したのは十八世紀前半のことだった。当時、宮古群島では多くの地域でマラリアが猛威をふるっていたが、池間島はこのマラリアの汚染からのがれていたこともあり、宮古群島のなかでもっとも人口密度の高い地域になっていた。しかし面積がせまく、地質的にも石灰岩質の痩《や》せた土地であることから農業生産力はいちじるしく低く、人々は島にいるだけでは税をおさめることができなくなっていた。そのため池間島の人々はとなりの伊良部島の無人地区へ船で出作《でさく》するようになり、そのうち定住して女や子供をよびよせる者があらわれた。移住者の数はしだいに増えていき、そのうち池間島よりも人口が多くなったため、一七二〇年にあたらしい集落としてひとりだちすることになった。

もともと佐良浜というのは浜の名前にすぎないようで、いまでも行政区分上、佐良浜という地名があるわけではなく、正式には池間添《ぞえ》、前里添《まえざと》の二地区からなっている。添というのは読んで字のごとく〈横に添えられたもの〉という意味で、佐良浜の池間添、前里添は、池間島の池間、前里という二つの地域から派生した村であることを物語っている。正確にいうと、一七二〇年に最初に池間島から村立てしたときにできたのが池間添で、その後、ふたたび池間添の人口が増加してあらたな村立てが必要になったときにできたのが前里添だ。したがって池間島の池間が佐良浜の池間添の親村にあたり、佐良浜の池間添が同じ佐良浜の前里添の親村にあたる。いまでも池間島と佐良浜は信仰、祭祀《さいし》や習俗などが共通しており、佐良浜の人は池間島のことを〝元島《ムトゥズマ》〟とよび、子供が親にもつような気持ちでうやまっている。言葉も池間島と同じ方言で話すため、佐良浜の人は同じ伊良部島のほかの地区の人々が話す方言を、理解することはできるが、しゃべることはできない。

このように佐良浜の人々は、伊良部島というより池間民族の世界の住人なので、私がティンクルで仲間明典に佐良浜の海洋文化の特質についてたずねたときも、彼はとくに私にことわるでもなく、まるでそれが当然であるかのように、まず池間民族が海洋民族として成立したいきさつから説明を開始した。

「佐良浜の漁師としての素地のベースになったのはどこからかというと、もちろん池間島が元なんだけど、池間島はまず一二八〇年に補陀落僧《ふだらく》のウラセリクタメナウというのがわたってくるところからはじまる」

「ウラセリクタメナウ……?」

「ウラセリクタメナウは池間島に一人で住んで神社仏閣のようなものをつくった。彼は僧だから、浄土だね。そういうことをはじめた。そこまでは歴史的にわかっている」

ウラセリクタメナウは池間島や佐良浜にある最大の聖地ウハルズ御嶽《うたき》に祀《まつ》られている男神である。ウハルズ御嶽は普段むやみに立ちいるような場所ではなく、旧暦の定められた日に執りおこなわれる神願いの祭祀のときに、集落で選ばれた司女《ツカサンマ》が神歌を唄《うた》い、祈りを捧《ささ》げるためにある禁忌の聖地である。信仰がひとつの民族集団をまとめあげるのに不可欠な力となるのなら、池間民族にとってウハルズ御嶽への信仰はまさにそうしたものだといえる。

そのウハルズ御嶽の神とされるウラセリクタメナウが補陀落僧であると聞いたとき、私は俄然《がぜん》、心がたかぶるのを感じた。

かりに仲間が指摘するように、池間民族の神が実際に補陀落僧であったのなら、池間民族、そして佐良浜、さらに言うと本村実の漂流にまでいたる、彼ら海洋民の物語をつらぬく一本の太い背骨として、それはきわめて象徴的な序章であるように思えたからだ。

補陀落僧とは中世から近世にかけて各地で見られた補陀落渡海《とかい》という宗教的な行を実践した僧のことである。補陀落とは古代インドのサンスクリット語の Potalaka（ポータラカ）に漢字をあてたもので、すなわち観音菩薩《かんのんぼさつ》がいる浄土世界のことをさす。つまり補陀落渡海とは、西方海上にあると考えられたこの浄土をめざし大海原にむけて船で旅立つ宗教的実践行為であった。

元龍谷大学教授である根井浄《きよし》の研究によると、補陀落渡海は九世紀半ばから十八世紀初頭にかけて、茨城県から鹿児島県までの全国各地で断続的におこなわれていたという。とりわけさかんだったのが和歌山県の熊野那智《くまのなち》の海岸で、海から少しはなれたところにたつ補陀落山寺は補陀落渡海の一大総本山ともいえる寺だった。この寺の住持職は渡海上人《しょうにん》とよばれ、八六八年から一七二二年まで約八百五十年の間に、じつに二十人もの補陀落山寺の住持職が同行者をひきつれて、何もない広大な大海原に船を漕《こ》ぎだしていったのだ。

この補陀落渡海がわれわれの心に強い衝撃を与えるのは、それが生身の人間による事実上の自殺行為であったからだろう。自殺という言葉が適切でなければ、それはただの船出ではなく、要するに生きた人間を船に乗せて海へとおくりだす水葬行為であった。

さらに言えば、補陀落渡海とは自発的な漂流行為でもあった。その目的は西方海上にある浄土で往生をとげることにあるのだから、地図上にある特定の目的地をめざして航海するものではない。したがって僧たちは動力や帆により自力で航行するのではなく、波や風、潮といった自然の大いなる意志に自らの命をゆだねることになる。外から釘《くぎ》が打ちつけられて、いっさい光がささなくなった船のなかで、補陀落僧は灯明だけをたよりにひたすらお経をとなえた。船には一カ月程度の食糧と油がつまれていたりもしたようだが、それがつきると彼らは絶命した。あるいは食糧がつきる前に嵐《あらし》にまきこまれて船ごと海に呑《の》みこまれた例もあっただろう。もちろん漂流なので、岸をはなれた後に補陀落僧がどうなったのかは、幸運にもどこかに漂着した例をのぞけば、誰にも知りようがない。

ウラセリクタメナウが補陀落僧だったという説に私が惹《ひ》きつけられたのも、まさに彼が漂流者だったからにほかならなかった。本村実の漂流の背後にあるものを掘りさげるため佐良浜にきてみると、彼らを集団として成立させた祖がまさにその漂流者だったのだ。あまりにもできすぎた話に、佐良浜の人たちの遺伝子の二重螺旋《らせん》構造のなかには、漂流者としての運命の糸が一本余分に組みこまれているのではないか、とされ思えた。

「ウハルズ御嶽を伝えたのは補陀落僧なんですね？」

「補陀落僧だよ」

かさねて私がたずねると、仲間はいかにも自信ありげにこたえた。

仲間によると、〈ウラセリクタメナウ＝補陀落僧〉説の根拠は、池間民族関係の基本的文献ともいえる佐良浜出身の郷土史家大井浩太郎があらわした『池間嶋史誌』にあるという。

後日しらべたところ、たしかに大井浩太郎はこの大著の巻末の年表に〈1280(弘安3)年　おはるずの神大和より漂着す〉と年代まで特定してしるしている。また本文のなかでも、〈池間島の信仰の中心であるおはるず神は、大あるじの転訛《てんか》で、未《いま》だ無人の島で雑木に蔽《おお》われた島に、大和から漂着した神であったと考えられている〉とか、〈大和から流れついた補陀落神であった〉などと、その漂流者が補陀落僧であったことを断定的に書いていた。

大井によると、その補陀落僧は池間島に漂着すると、まず周辺に人家がないかたしかめるために、比較的見晴らしのいい丘の上にのぼっただろうという。だが、当時の池間島は見わたすかぎり浅い環礁にとりかこまれた人跡未踏の不毛の島だった。人家を見つけることを断念した補陀落僧は、近くにかりの庵《いおり》をたて、自分で環礁に行って貝類や海藻や小魚をとって餓えをしのぎ、やがてみずからの居住地を聖地とさだめただろう。大井浩太郎はそのように推測していた。ともかく、この補陀落僧の居住地が現在の池間島のウハルズ御嶽として祀られていることはまちがいないのである。

ただ、大井浩太郎のこの説には見のがせない欠点があった。それが何かというと、彼はウラセリクタメナウが渡海してきた年代まで特定しているにもかかわらず、その根拠となる史料を『池間嶋史誌』のなかでしめしていないことである。残念なことに、彼が何をもとにウラセリクタメナウを補陀落僧と断言したのかは判然としないのだ。

ただウラセリクタメナウとはべつに、沖縄に漂着した補陀落僧が現実に存在していたことはわかっており、その史実が大井の説を補強する根拠にはなるかもしれない。

沖縄にたどりついた補陀落僧でもっとも著名なのは、十六世紀に熊野の那智海岸から渡海をこころみた日秀《にっしゅう》上人だ。日秀は大木をくりぬいて船をつくり、そこに外から板を打ちつけて海に漕ぎだし、七日七夜、波に揺られ、風に吹かれて、最後に沖縄本島東部の金武《きん》の海岸に流れついた。金武には補陀山に発音のよくにた富登山という山があり、池原という名の大きな湖があった。金武の地を補陀落、すなわち伝説の観音浄土だとみなした日秀は、この地に補陀落院観音寺を建立《こんりゅう》し、その後、薩摩にもわたって各地で寺社の再興に力をつくしたという。ほかにも十三世紀後半に〝琉球仏教の祖〟とされる禅鑑という僧侶《そうりょ》が小さな葦舟《あしぶね》で那覇に漂着したとつたえられるなど、何人かの補陀落僧が沖縄に漂着していたのはまちがいなく、それを考えるとウラセリクタメナウが補陀落僧だったという話は決しておかしな話ではない。

いずれにしても厳密な史実考証には限界がある。私にとって重要なことは、ウラセリクタメナウが本当に補陀落僧であったかどうかより、目の前の仲間が「彼は補陀落僧だった」と断言できる自信を有していることのほうだった。なぜなら彼がそう言ったとき、私にはこの補陀落僧の伝説が漂流の創世記ともよぶべき神話として、池間民族の内部で実質をもってうけいれられていることを強く感じたからだ。大海原にのりだし波と風に翻弄《ほんろう》されながらも生きぬいたこの人物こそ、自分たちのはじまりなのである。この物語を共有することで、海洋民としての池間民族の誇りは下ざさえされてきたのだ、と思われたのだった。

仲間によると、この池間民族の漂流の創世記にはさらにつづきがある。

「まあ、それは補陀落僧の話で……。つぎに今度は久米《くめ》島からわたってくる」

仲間はカツオの刺身をつつきながら話をつづけた。仲間の話によると、十三世紀末から十四世紀頭にかけても、沖縄本島の西方に位置する久米島の真謝《まじゃ》という集落から、三人の兄弟が一族をひきつれて池間島に漂着したという言いつたえがあるらしい。第二の漂流伝説である。当時の久米島は中国との交易の玄関口にあたっていたので、非常に文化レベルが高く、彼らの航海術は中国直輸入の最先端のものだった。その高い航海術をもった一族がウラセリクタメナウがのこしたウハルズの聖地に住居をもうけ、そして彼を首長としてたてまつっていく。そうやって池間民族の海洋民文化の土台はつくりあげられたのではないかという。

「要するに漂流をしてきた者の血が佐良浜漁師のなかに流れている。海の怖さを知りつくした航海の深い歴史があったんじゃないか、ということをぼくは言いたいわけ」

漂流者の血が流れている。その言葉が私の胸におもたく響いた。

海の民としての由来《ゆらい》を語る仲間の言葉からは、佐良浜で生まれた男としての矜持《きょうじ》のようなものが感じられた。佐良浜随一の知識人である彼は琉球大学を中退したあと伊良部町役場に就職し、その後、宮古島市議を経験するなど、一貫して行政と政治の分野で力を発揮してきた人である。役場の企画室長時代には市町村合併に異をとなえ、職を辞して伊良部町長選に出馬したこともあった。彼には佐良浜の男にしてはめずらしく、船で海にでて漁で生計をたてた経験はなかったが、それにもかかわらず彼の矜持の背骨となっているのは、やはり海洋民の集団に所属しているというつよい自負なのだった。その自負の裏側にあるのは、彼の血のなかにながれている補陀落僧や真謝三兄弟などの海の民としての伝統、そして長年、佐良浜の港で見てきた、ソロモン、パラオ、ニューギニアといった南方に出漁する親、兄弟、友人、知人たちのすがたであった。

仲間には『佐良浜漁師達の南方鰹《かつお》漁の軌跡』という著作がある。佐良浜でカツオ漁が勃興《ぼっこう》し、人々が南方に進出していった過程を、丹念に資料を収集して時系列にそって詳述した資料価値のたかい労作である。この本の〈はじめに〉のなかで、仲間は行間から涙がにじみ出してくるような文章で、島民が南方へ旅だつ船を見おくったときの情景をえがきだしている。


〈南方に出漁していく船に、島の人全員が手を振った。海に向かって、船に向かって、明日へ向かって手を振った。無事と大漁を祈って手を振った。

佐良浜ならではであった。

桟橋で、サバウツで、サンヌハナで、窓から乗り出して手を振った。

腕が折れんばかりに手を振った。

子どもたちが、お母さんが、おばあちゃんが、じいちゃんが、島で生まれた運命を振り払うように、想《おも》いよ届けと手を振った。

想いは応《こた》えた。汽笛で応えた。「無事に帰るよ、無事にて帰る、達者でお便り頂戴《ちょうだい》な」船上の旦那《だんな》と息子の声が聞こえた。

船はトガイガマを回った。サバウツを回った。一艘《そう》二艘、見えなくなった。それでも手を振り続けた。〉

佐良浜に到着するまえに宮古島の書店でこの本を入手していた私は、彼に会ったら、なぜこのような熱のこもった文章を冒頭にいれたのか聞いてみたいと思っていた。この本は全体的に事実関係の正確さに力をいれているため、彼自身の考えや感情を表現している箇所はほとんどない。しかし、この冒頭の文章だけはべつだった。ここだけは彼の郷土と海にたいする直截《ちょくせつ》的な感情があふれており、全体からういてしまっているほど煮えたぎっていた。

「目をつけるところがいいね」

私の質問に仲間はそう言った。

「あれは涙がでるくらいの景色だよ。小学校から中学校まではそういう世界だったね。時期がきたら船はみんな旅立っていった。佐良浜の道で出会う人は教員あがりが一パーセント、役場職員が一パーセント、あとはみんな漁師だった。要するに戦いにいくというか……」

同じような風景を本村実も見ていたのだろうか、と私は思った。

「帰ってこないかもしれない、という気持ちですか」

「そうだよ。海に出たら帰ってこないかもしれない。だから生きて帰ってこいよと。親父《おやじ》も行くし、兄弟も行く。ぼくのおさない頃はとなりのおじさんとか兄貴とかが南方に出ていったよ。船で出ていくときの見送りのシーンというのは……。集落の人、全部が……」

仲間明典はそこまで話すと、感極まり、言葉を出すことができなくなった。

私にとっての佐良浜はこの人の涙からはじまった。

2

佐良浜にまだ二軒のこっているという鰹節工場に足をはこんだのは、到着した翌日のことである。

工場は海岸沿いのウハルズ御嶽のすぐとなりだと聞いていた。近くに車をとめ、最初は場所がわからずあたりをうろうろとしたが、まもなく少し奥まったところにあるセメントを塗りかためたような建物から、妙なむしあつさとともに濃厚なカツオのにおいが漂ってきた。

私がたずねたのは昇栄丸水産という会社の工場だった。昇栄丸水産の代表である奥原栄一はカツオ船の昇栄丸や鰹節工場、鰹節の小売店を経営しており、すでに前日の晩にカラオケボックスのティンクルで顔をあわせていた。奥原は曲の間にいろいろとおしえてくれた。かつて佐良浜では南方カツオ漁とはべつに十隻《せき》前後のカツオ船が近海操業しており、鰹節工場もひしめいていたが、いまは船が三隻、工場は二軒しかなくなってしまった。それでも沖縄全体の趨勢《すうせい》からみるとまだ伝統がのこっているほうで、同じくカツオの島だった元島の池間島はすでに二〇〇七年に最後のカツオ船が操業をやめている。沖縄全体でみても佐良浜のほかに鰹節工場があるのは「名護のほうにあったけど、いまはどうかなぁ……」という状態だという。

「鰹節は工程に時間も経費もかかる。いまは鮮魚売りしないと経営がなりたたなくなって、漁船も減ったよ。工場も昔は歩合制だったけど、いまは給料制だから売上に関係なくそのぶんは支はらわなければならなくなったことも工場をやめる人が増えた要因さ」

奥原はそう話すとまたマイクを手にもち、一曲歌い終わると「一度、工場に見にくるといいよ」とぶっきらぼうに言った。その言葉にあまえ、早速翌朝たずねてみることにしたのだ。

うす暗い工場のなかではゴム合羽とゴム長を身につけた奥原と男女三人が作業にあたっていた。銀色の作業台のうえにはぷりぷりと太ったカツオがずらりとならび、男性工員が無造作に目玉の部分に親指をつっこみ、ぐいと魚を手元にひきよせては、包丁で頭部を切りおとす。頭部をうしなったカツオはとなりにわたされ、女性工員が腸を手で引きちぎって床のバケツにすてる。そして、きれいに胴体だけになったカツオをならべると、今度はふたたび男性工員が背中から包丁をいれて三枚におろしていく。肉の部分をまた作業台にならべ、奥原が包丁で次々と縦に四つわりにしていった。工員たちの軍手は赤黒くそまり、作業台は血と脂《あぶら》でどろどろによごれ、女性工員が何度もホースであらい流した。

昨日水揚げされたカツオは全部で一トン八百キログラム、重さ十キロから十三キロの比較的大きなカツオがたくさんとれたという。

「最近は大漁しているよ。先月はよくなかったけど」

理由はなんですか、とたずねると、よくわからんねと奥原は言った。

「潮の流れか……。大きさも日によってちがう。行ってみなければわからんよ」

魚をさばく作業室のとなりにはなまり節をつくるべつの部屋があった。部屋には床から二メートルほど掘りさげた竈《かまど》があり、炭のこうばしいにおいが充満していた。鰹節のほうは長期間、焙乾《ばいかん》（いぶして乾燥させる作業）させないといけないが、なまり節のほうは籠《かご》にいれたカツオを二十時間ほど釜《かま》ゆでし、小骨をぬきとり、三十分ほど薪《まき》で炙《あぶ》ったらできあがりである。鰹節にするカツオはべつの工場にはこび、十五日間以上焙乾したあと、削りやカビ付けといった工程をへて出荷するという。

佐良浜のカツオ漁船はそれぞれの船が自前の工場をもっており、釣った魚は自分のところで加工する。したがって基本的には船の数だけ工場もあったことになる。二〇〇〇年に発行された『伊良部町漁業史』には〈近年における鰹節製造工場〉として、共同加工場もふくめて十三工場の名がしるされているので、このわずか十五年ほどで十以上もの工場が姿を消したことになる。

女性工員がゆで終わって茶色く表面がむけたカツオを木の籠からとりだし、台のうえに腰かけて魚の骨抜きをはじめた。

「むかしはこのような工場が多かったとか……」工員の女性にたずねると、

「あそこに車庫があるでしょう」と入り口のほうを指さした。「あそこも工場だったし、となりも工場だった。むかしは船がたくさんあったから漁協の協同加工場もみんなでつかっていたけど、いまはうちしかつかってないねえ」

「もうかったみたいですね」

「よく銀行員が海まできていましたよ。貯金お願いしますって。一カ月、お役に行ったら家がたつぐらいだったから」

お役というのは南方カツオ漁のことなのだろう。

「南方漁があるときは、入船、出船といって集落のみんなで見送りしたみたいですね」

「すごかったのよ」女性の目が一瞬、かがやいた。「船は平良港から出るから、家族で平良まで行って、ドラマみたいに紙テープを流した。船を現地において飛行機をチャーターして下地島の空港まで帰ってきたこともある。村の人はみんな子供をだいて空港にむかえに行ったさ。でもいまは若い人も仕事がないから本島に行くでしょ。漁業じゃ食べられなくなったから」

そう言って女性は少し外のほうに視線をやって言った。

「徳洋漁業の社長も南方漁が落ち目になって、家をさしおさえられたし……。むかしは羽振りがよかったんだけどね」

「徳洋漁業？」

「ほら、すぐそこにあるでしょ。知らない？」

聞きおぼえのない会社だったが、彼女の話しぶりから南方カツオ漁でたくさんの船を出した会社だったらしいことは察しがついた。

それから数日後、私は奥原の船である昇栄丸に乗せてもらうことになった。

カツオ漁船は深夜の暗いうちに港を出る。午前一時すぎに車で佐良浜港に行くと、港は外灯がなく、車のヘッドライトを消すと周囲は何も見えないほどの漆黒につつまれる。運転席でしばらくうつらうつらしていると、突然、船の照明が点灯し、白い船体が闇夜《やみよ》にあかるくうかびあがった。どこにいたのか、船員はいつのまにか全員乗船しており、合羽を身につけ、いまにも出港しそうな雰囲気である。あわてて船に近づいて取材の者ですと用件を告げると、上の操舵室《そうだしつ》から「乗っていいよ！」と船長の声がとんできた。

漁に出る前に船員がやることはカツオの餌《えさ》を乗せることだ。カツオは生餌《いきえ》しか食べないので、マグロとちがい冷凍魚や冷凍イカなどは餌にならない。そのため漁船はそれぞれ港内に自前の生簀《いけす》をもっており、そのなかに生餌をはなしている。

船が生簀のまえで停止すると、船員たちは網を生簀のなかに差しいれた。船の照明にてらされた黒い海の表面で小さな魚がビチビチと音をたててとびはねている。船員たちはひと言も言葉を出さず、ただ黙々と網で餌をすくって船の水槽にうつしかえていった。生簀にはいっているのは沖縄でグルクンの名でしたしまれるタカサゴの稚魚だ。佐良浜には追込漁の組があり、その漁師たちが一日十一万円の契約で、グルクンの稚魚を各漁船の生餌のなかにいれておくのである。

餌をとり終えると、船はガタガタというエンジン音と軽油のいりまじった臭《にお》いをのこして港を出た。あつい雲のせいで星の光は見えず、ただ背後の暗い闇のなかに、急斜面にせりあがった佐良浜の無骨な家々が外灯の白い光にてらされていた。

漁場までは三時間近くかかった。急に周辺があわただしくなり目をさますと、時計の針は午前五時二十分、暗がりのむこうに船員たちが持ち場にすわり、竿《さお》をまっすぐにたててカツオが来るのを身構えているのが見えた。

カツオ一本釣り漁船には、船首側の左舷《さげん》のへりに、腰をおろして竿を海になげこむための台座がある。甲板にでると、私も船長から一番船尾側の席にすわるように指示され、となりの船員から竿をわたされた。おまえも釣れということらしい。竿は長さが三メートルほどで、糸の長さが一メートル二、三十センチ、先端にピンク色の疑似餌がついている。

ぬめっとした潮風が頬にあたった。漁場につくと船は動きをとめ、左舷についているホースから撒水《さんすい》がはじまった。水をまくと海の表面が水がはじけてにぎやかになり、カツオが小魚の群れがいるとかんちがいして近よってくるようだ。撒水と同時に餌係が柄杓《ひしゃく》で稚魚の生餌をすくい、それを海に次々と放りなげる。釣手たちは竿を海にたらしてカツオの群れがあらわれるのを、じっとだまって待っていた。しかし、そう簡単に群れといきあたるものでもないらしい。なかなか魚があらわれないので、船員たちはしびれを切らしたようにバチバチと竿で海面をたたき、群れをおびき寄せようとした。だが、五分ねばってもあらわれないので船はつぎの漁場に移動した。

　最初にカツオの群れと遭遇したのは、そのようにして三つめの漁場に移動したときだった。すでに東の空は薄紫の朝焼けに染まり、海の様子もはっきりと視認できる時刻になっていた。意外とこないもんだなぁとあくびをしながら竿を海につっこんで待っていると、急に――私はなんの前触れも感じなかったのだが――ほかの船員たちが大声で囃《はや》し言葉みたいなかけ声をだしはじめた。

　コラコラコラコラーッ！

　となりの一番年配の船員も興奮ぎみに声をだしている。

　キタキタキタキターッ！　サアコイ、サアコイッ！

　それまでの静寂が嘘《うそ》だったかのように、いきなり全員がヒロポンでもやったのかというハイテンションで大声をだしはじめた。そしてかけ声とともにつぎからつぎへと面白いようにぽんぽんカツオを釣りあげる。海の表面はあざやかな色をしたカツオで沸騰《ふっとう》したように大さわぎになり、船員たちは狂乱、乱舞したカツオの群れに竿を投げいれては一瞬で釣りあげ、そのまま引っぱりあげては甲板のうえに放りなげた。釣って、魚を放りなげて、また海に針を投げこむ。その間、わずか数秒。釣手全員がコラコラコラコラーッと威勢のいい声をあげながら、数秒ごとにポンポン魚を釣りあげていくので、甲板のうえはあっというまに無表情な目でバチバチとのたうちまわるカツオでいっぱいになった。

その様子に目をうばわれていると、となりの船員から「ほら、竿を少しずつ動かせ」と注意された。ほかの船員を真似《まね》して竿を小きざみに動かすと、すぐに反応があったが、引きあげようとした瞬間にげられてしまった。どうもうまくいかないのでコツを訊《き》いてみると、針をなるべく遠くに放りなげて、手前に引っぱるようにもってくることだという。そのとおりにやるとたしかに魚は釣れた。だが難しいのはじつは釣ることよりも、釣った魚を背後の甲板にうまく落とすことだった。竿を引きあげた瞬間に力がはいりすぎてしまい、投げた魚がポーンと船をとおりこして反対側のどこか遠くへ飛んでいってしまうのだ。

船員たちは群れがくるとかならずコラコラコラコラコラーッとかキタキタキタキターッとは

やしたて、その場の空気ごと大漁モードにそめようとする。かけ声には佐良浜弁と思われる何を言っているのかわからない言葉も多く、ときによっては「グッモーニン！」とか、「アホかっ！　アホかっ！」「バカ、バカ、バカ！」などとふざけているとしか思えないバージョンで叫ぶこともあって、聞いているだけでふきだしそうになる。

群れを釣り終わると撒水は止《や》み、船長は魚群探知機でべつの群れの場所をさがして船を移動させた。カツオはパヤオとよばれる浮き礁にあつまってくる。ひとつのパヤオにはいくつかの群れが回遊しているらしく、つづけざまにそれを追う。大体、一つの群れを釣り終えるまでに五分から十分ほど、そのパヤオの群れを全部追い終わるとべつのパヤオに移動して、また群れを追う、それをくりかえした。

何度も魚を遠くへ放りなげるうち、私もしだいにコツがつかめてきて甲板のうえにおとせるようになった。ところが、それと反比例するように船酔いがひどくなってきた。一つ目のパヤオが終わると後部甲板で朝飯がはじまり、ほかほかのご飯と新鮮なカツオの刺身に酢醤油《すじょうゆ》とマヨネーズをぶっかけた豪快な漁師飯がふるまわれたが、しかし私は船酔いがひどくてどうにも食べる気にならない。どうだ、うまいだろと声をかけられるので、そうっすね……と平静をよそおって口のなかにはこんだが、食べ終わって船首のほうに向かう途中で、情けない声をあげながらすべて海に吐きもどしてしまった。

それから一日中船酔いはおさまらなかった。ただ、面白いことに釣りをしている最中だけは集中力が高まるのか、気持ちの悪さを忘れることができた。群れによってはおびただしい数のカツオが釣れることがあり、そういうときは私でも入れ食いの状態となり、竿を投げてはぽんぽんとリズムよく魚を甲板のうえにおとした。釣台に腰をおろして、むこうのほうからバチバチとカツオの群れが近づいてくるのを見ると、たしかにキタキタキタキターッ！　といった気分になってきて、船員たちのにぎやかなかけ声とともに私の心もある種のトランス状態へと移行した。だが、釣りが終わると再び最悪の船酔い状態にもどってしまい、ヨタヨタと後部甲板に寝ころがる。そして船が速度をおとし、また釣りの時間が近づいてきたことがわかると、ふたたび吐き気をこらえながらフラフラと青い顔で船首に向かい、釣台にすわって、近づいてくる群れを見てキタキタキターッというハイな気分になった。

操業の途中で船酔いがひどくなり、私は一時間ほど後部甲板でよこになって休んでいた。一度ぐっすり眠るとだいぶ気分がよくなり、また海の様子を見ようと船首のほうにもどった。青かった顔に少し血の色がもどっていたのか、一番年配の船員がその変化に気がついたようで、私を魚倉の蓋《ふた》のうえにすわらせた。

「気分がよくなったら腹が減ってきただろう」

年配の船員は太ももの上に小さなカツオを載せて、器用に包丁で切りだした。不安定に揺れる船上で無造作に刃物をあつかう様子を見て、私はイヌイットみたいな人だなと思った。私が毎年のようにおとずれる北極の狩猟採集民イヌイットは、小さい頃から刃物をおもちゃ代わりにして遊ぶため、誰でも非常に器用に包丁をあつかうことができる。酒を飲んで呂律《ろれつ》がまわらなくなっているにもかかわらず、彼らは脂でぬるぬるのかたい鯨の皮を手でおさえ、その指のすぐ間近で半月形の包丁を回転させるので、指を切り落とすんじゃないかとこっちがハラハラするほどだ。アザラシやセイウチの生肉が主食である彼らにとって、肉を切り落とすための刃物は、自分と食べ物——すなわち生きること——を直接むすびつける実存的本質にかかわる道具なのである。それと同じような刃物にたいする距離の近さを、私はこの年配のカツオ漁師に感じた。

「よくこんな揺れる船のうえで包丁なんてあつかえますすね」

「そりゃできるよ、漁師だもん」

彼は象皮のように厚くてかたくなった指で魚の肉を引きちぎり、包丁で十五センチぐらいの大きさに切って、グルクンの稚魚が泳ぐ生簀の水につっこんだ。

「これを海水につけて食べるとうまいぞ」

そう言って、彼は海水にひたした刺身を私の目の前にもってきた。

正直なところ、私はいくらか体調が回復したとはいえ、まだ何かを食べたいという気分ではなかった。しかし根性なしだと思われるのもいやだったので、その刺身をうけとり、我慢して口の中にはこんだ。

「いやーうまいですねぇ」

あくまで社交辞令で喜ぶふりをしただけだったのだが、彼は何かかんちがいしたらしく、今度はカツオの頭部にガブリと嚙《か》みつき、歯で皮を引きはがし、骨を嚙みくだいては海のほうにペッと吐きすてた。

「魚の頭は食ったことがあるか」

彼は細い目で私をにらむように言った。私はまさかと思った。まさか親切にも、魚の生の脳味噌《のうみそ》を食べさせてくれようというのだろうか……。

「鍋《なべ》なんかでは食べますが……」

彼は私から視線をそらさないまま、バリバリと音をたてながら魚の頭部の中身を食べはじめた。口のはしから赤い血がしたたり落ちる様子を見て、私は内心、野蛮人みたいだなと思った。すると彼は私の心を見すかしたかのように「野蛮人みたいだろ」と言った。

「そんなことはありませんが……」

「魚の脳味噌はうまいんだよ」

彼はそう言って、穴のあいた魚の頭部を見せてくれた。彼がかじった穴のおくでピンク色の肉組織がズタズタになっているのが見えた。考えてみると魚の脳味噌を見たのははじめてである。というか、魚に脳味噌があることを意識したこと自体、はじめてだった。

「スールー海って知っているか。ボルネオとフィリピンの間の。あそこは魚がよくとれた」

「南方に行っていたことがあるんですか」

「パプアニューギニアとかソロモンとか、いろんなところに行ったよ」

彼はそう言って、食い終わった魚の頭部を海に投げすてた。

まわりを見ると、ほかの船員たちもおやつ代わりのように、カツオの肉を切っては生簀の海水にひたして食べている。

彼らはカツオのあらゆる部位を生で食べた。とくに目玉が好物という船員が多いようで、一日カツオ船に乗っただけで、私は二度も目玉を生で食べるようにすすめられた。最初は釣りの最中にカツオをバラしてしまい、針に目玉だけがのこっていたときだった。例の〈野蛮人みたい〉な年配の船員が「目玉はうまいんだぞ」と言いながら、私の針から目玉をもぎとって、キャラメルでも食べるみたいにパクッと口のなかに放り込んだのだ。

その後もべつの船員が甲板のうえにころがるカツオを手にとったかと思うと、おもむろに親指で目玉を抉《えぐ》りとり、やさしい笑顔をこちらにむけて、「ほら、おいしいから食べな」と手わたしてくれた。船酔いはおさまっていなかったので食べたら絶対に吐くことはわかっていたが、それでも脳味噌よりはまだマシか、という感覚もすこしあって、私は相当やせ我慢してそれを口のなかに放りこんだ。が、やはり強烈な生臭さに即座に吐き気がこみあげてきて、うえっと海に吐きだした。目玉をくれた船員はそれを見て、不思議そうな表情をしたまま、むしゃむしゃともう片方の目玉を食べていた。

そんな生食に抵抗を見せないところもイヌイットの食文化を彷彿《ほうふつ》とさせた。イヌイットもまたアザラシを解体しながらうまそうに目玉をペロリと食べて、横で見ている私によくすすめてくれる。食とは生きることであり、イヌイット民族と池間民族の間には生にかんする根本的な部分で何か共通するものがあるのかもしれない。

3

もちろん佐良浜が漂流者を始祖にもつ土地柄だからといって、雄大な海洋民文化がそこにいきなり花ひらいたわけではなかった。池間島、佐良浜の池間民族を海の男としてそだてたのは周辺にひろがる特異なサンゴ礁環境だった。宮古周辺海域には広大なサンゴ礁群が何カ所か散在しているが、なかでも池間島の北方にある八重干瀬《やびじ》は南北十七キロ、東西六・五キロにまたがり、大潮の干潮時には海面からうきでてくることから〝幻の大陸〟とさえよばれている。池間民族の人々は古来、この八重干瀬に船を漕ぎだし、貝やナマコやイカ、タコをとっていたことから海技や操船に長ずるようになり、琉球王国時代はこうした海産物を貢納したり、公用船の船頭として沖縄本島や遠くは薩摩藩まで遠乗りしたりもした。

また、八重干瀬に漂流船が座礁したときに救助を命じられるのも池間民族の人たちだった。本村実もふくめて佐良浜の人たちのなかには身体《からだ》つきが大柄で、目鼻立ちがはっきりとした日本人ばなれした容貌の人が多いが、それというのも昔は――とくに江戸末期――外国船が八重干瀬に座礁することがしばしばあって、池間島、佐良浜の人々がその救助をになったために血がまじって独特の容貌になったのではないかという話を、私は集落を歩いていて何度か聞いた。

このように周辺環境の特殊性から、池間民族にはもともと漁撈民《ぎょろうみん》としてのすぐれた素地があった。しかしすぐれた漁民だったからといって、それがそのまますぐれた海洋民だったということにはならない。なぜなら海洋民とは〈海を生活の場とする人々のこと〉であり、〈漁業者とは限らない〉(『日本における海洋民の総合研究』)からだ。海洋民を私なりの言葉で表現すると、海によって生活の糧《かて》をえる一方で、海により精神性や死生観、世界観が形成され、海という境界のない広大な領域を、壁を感じることなく自由に行き来できる人々、ということになろうか。つまりのちの本村実船長のように、自分の漁船でふらっとグアム基地にいってマグロ漁に従事できる、そんな沿岸という陸上世間に束縛されない精神性をもつ人々のことである。

笠原政治『〈池間民族〉考』によると、池間民族が沿岸漁民からこのような太平洋を縄張りとする本格的海洋民に脱皮するには、明治以降の技術革新と、また海洋民としては先輩格にあたる沖縄本島の糸満漁民からの強い影響があったらしい。

最初の技術革新としては水中眼鏡の発明があげられる。沖縄の水中眼鏡は一八八四年、糸満の玉城保太郎によって発明されたとされている。それまでのような裸眼によ

「教員あがりが一パーセント、役場職員が一パーセント、あとはみんな漁師」というのが満更誇張でもない、極端な人口構成の専業漁村と化していたのである。動力船で大漁するようになることで集落は経済的にもうるおっていく。当時の佐良浜の活況の様子をつたえる資料はほとんどのこっていないが、となりの元島である池間島の様子については、島の出身でのちに沖縄県の水産業界の指導者となる森田真弘が『仲間屋真小伝』という著書のなかで生き生きとえがきだしている。

森田によると、第一次世界大戦の好景気にわいた時期の池間島の漁民の一漁期の配当金は、なんと八百円をこえたという。島はほとんど茅葺屋根の家屋だったが、この好景気でそれが一気にすがたを消し、多くが瓦屋根の家にかわった。カツオ漁が活況をていしたことで池間島は宮古地域全体の経済の中心地と化し、ほかの集落からの出稼ぎ労働者があとをたたず、漁の最盛期である夏ともなると島の人口は倍増するほどだったという。

当然ながら、同時に住民の生活も贅沢《ぜいたく》になっていった。森田はその様子を〈奢侈《しゃし》になった〉と否定的な意味のある言葉で概括している。池間島の漁師がかよいつめたことで平良の町の料亭は繁盛《はんじょう》し、漁船の祝いごとがあると平良の芸者が接待のために池間島までよばれ、島には大量のビールが船ではこびこまれた。「ビールで足をあらった」という、現在の佐良浜でも昔日の栄光を追憶するように語られる逸話が生まれたのも、この頃のことだった。池間島や佐良浜ではいまも祭のときなどにコンデンスミルクを泡盛にいれた甘いミルク酒をのむ習慣があるが、その贅沢な習慣もこの時期にはじまっている（当時はコンデンスミルクではなく、白砂糖を混ぜたタイハク酒だった）。

森田真弘は書いている。

こうして貯蓄心のない人々は、金銭を湯水のように使い、わが世の春を謳歌《おうか》するふうであった。そういう時代は、永くつづくはずがなかった。しかし、今日でも語り草になるほど、その時代は全くの好況時代であった。（『仲間屋真小伝』）

その後、一九二九年に発生した世界恐慌《きょうこう》が沖縄のカツオ業界をも直撃し、多くの漁船の経営を窮地においこむことになったが、逆にその不況によって沖縄のカツオ漁師は、はるか南にひろがる未開拓の太平洋へ操業の打開策を見出《みいだ》さざるをえなくなった。南方カツオ漁のはじまりである。この南方カツオ漁によって佐良浜の漁民たちは海洋民という名にふさわしいスケールをもつことになっていくのである。

4

佐良浜に来てからの私は、もっぱらその南方カツオ漁の経験者をさがして話を聞くことに時間をさいていた。

戦前にはじまった佐良浜の南方カツオ漁は、太平洋戦争により中断を余儀なくされたものの、戦後の一九六〇年代に再興して最終的には二〇〇〇年代初頭までつづくことになる。つまり一つの集落による集団出漁が、中断をはさんで約七十年間にもわたってつづけられてきたわけで、それだけでも日本漁業史において特筆にあたいする出来事だといえる。

佐良浜のことをしらべはじめてまもなく、私は、補陀落僧による漂流伝説にはじまる佐良浜海洋民の物語は、この戦前の南方カツオ漁で一気にヒートアップし、戦後の南方カツオ漁でハイライトをむかえることを知った。どうやら南方漁によって佐良浜海洋民の行動範囲は一気に太平洋一帯に拡大し、その流れのなかで漁船の行方不明事故が何度かおきて、本村実船長による漂流事件も発生した、という流れらしい。その意味でも南方カツオ漁こそ佐良浜海洋民文化をささえた大きな柱であったことにうたがいはなく、佐良浜を理解してそこから本村船長の漂流の実相をとらえようとしていた私にとって、南方漁の経験者に話を聞くことがこの地でまっさきにとりかかるべき命題であるように思えた。

資料を読むと戦前の南方カツオ漁の漁場は、現在の国名でいうと西はインドネシアのボルネオ島から東はミクロネシアのポナペ島まで、じつに中西部太平洋全体にまたがる広大なものだったようだ。この地域で生産される鰹節は〈南洋節〉とよばれ、多い年で日本全体の鰹節生産量のなんと六割に達し、本土の製造業者をおびやかす存在だったという。

ひとくちに南洋といっても戦前はパラオ、ミクロネシア、マーシャル諸島、北マリアナ諸島からなる〈内南洋〉と、フィリピンやインドネシアなどの〈外南洋〉にわけられていた。このうち内南洋は第一次世界大戦後に日本の委任統治領となった地域で、政府は一九二二年に南洋庁を設置し、南洋興発という国策会社をたちあげて（のちに漁業は南興水産という会社に事業がひきつがれる）、事実上の植民地政策をとっていく。最初に佐良浜の漁民が進出したのもこの内南洋だった。当初こそ、近海カツオ漁での儲《もう》けがあったため、佐良浜の人たちは南方漁には全然乗り気にならなかったというが、そのうち昭和恐慌が深刻化したことから尻《しり》に火がつき、南に進出するしかないという機運が高まっていった。

佐良浜最初の南方カツオ漁は一九三〇年、大福丸という排水量二十トン、出力五十馬力の小型船がパラオにむけて出港（資料によっては一九三一年）。

その後七十年にわたる南方漁の火蓋がきられたその日、空はすがすがしく晴れわたっていた。大福丸の船長は上里金《うえざときん》という佐良浜では伝説的な船長として知られる人物だった。のちに戦後の南方カツオ漁で漁労長として活躍する甥《おい》の上里猛によると、上里金は近海で網漁をする〈ゲンブク組〉という十二、三人の集団をひきいる網元で、佐良浜の言葉で船長を意味する〝上里シンドゥ〟というニックネームでよばれていた。

その上里シンドゥの伝説として語りつがれるのが、初の南方出漁というはなしいできごとにふさわしい、いかにもという劇的な逸話である。大福丸が佐良浜から七昼夜かけてパラオに到着する前夜、上里金は神官の御宣託のようにこう言った。

「夜があけて三十分もしたら左手に島が見えるだろう。それがパラオだ」

すると夜があけて三十分したら、本当に緑におおわれたパラオの島が左手にあらわれたという。

上里シンドゥは島も岬もみえない完全な大海原のどまんなかで完璧《かんぺき》に船の位置を特定できるほど航海術にひいでていたということになるわけだ。彼が六分儀をつかった天測技術を身につけていたのかどうかはわからないが、上里猛によると、昭和初期のこの時代に佐良浜漁師が天測に習熟していたとは考えにくいので、おそらく海図とコンパスだけを利用した推測航法で位置を決定していただろうという。推測航法というのは船の進行方向と速度に、風や潮の影響を加味して現在位置を特定するかなり主観的な方法なので、正確な位置を把握するのは至難のわざである。それだけにはじめての南方出漁で、分きざみでパラオの位置をぴたりといいあてたという上里シンドゥのエピソードは、それがどこまで事実であったかはともかく、佐良浜の人たちに自分たちの海洋民としての素質を再確認させるのに大きな効果があったのだろう。

この大福丸は三カ月ほど操業して座礁《ざしょう》したが、翌年には今度は漁泉丸という船が佐良浜からパラオに出漁し、その後もぞくぞくと渡航者が急増することになった。南へわたった漁師たちは家族や友人、知人までもよびよせ、パラオやサイパンなどでは移民の数が急増して、日本語よりも佐良浜弁が通用する佐良浜の分村のような集落まで出現したといわれている。

また内南洋だけではなく、外南洋とよばれた東南アジアにも沖縄漁民の進出はあいついだ。内南洋ではとくに北ボルネオに進出した佐良浜漁民が多かった。北ボルネオは現在のマレーシアのサバ州にあたる地域で、戦前は英領北ボルネオとよばれていた。

当時の英国政庁は外国人の開発に寛容だったことから、一八九〇年代以降、日本からの移民がさかんになり、事実上の植民地化がすすんでいた。その北ボルネオでカツオ漁をはじめたのは折田《おりた》一二《いちじ》という元海軍士官で、一九二六年にボルネオ水産公司（のちにボルネオ水産株式会社）をたちあげて本格的な操業にのりだし、佐良浜をはじめとした沖縄漁民を次々と雇用していった。

調べていて意外だったのは、戦前、南洋漁場ではたらいていた日本人漁師のうち、じつに八割以上をこれら沖縄漁師が占めていたという事実だった。カツオ漁といえば沖縄よりも本土の高知や鹿児島や焼津などが先進地域として有名だが、しかし、日本の水産資本は本土のカツオ先進県より後発地域である沖縄の漁師を大量にやとった。なぜ南洋では沖縄漁師だったのか。じつはその疑問のなかに佐良浜漁師がその後、七十年も南方漁をつづけ、海洋民として飛躍することになった秘密があった。

たとえば折田のボルネオ水産の場合、最初は採餌《さいじ》の問題から操業がなかなか軌道にのらなかったという。すでに書いたように、カツオの一本釣り漁はイワシなど小魚の生餌が絶対的に必要で、新しい漁場に進出する場合、餌がとれるかどうかということが、カツオがとれるかどうかという以前に重要になってくる。折田も当初はカツオ先進県である高知の漁師をよびよせて漁にあたらせたが、ボルネオの熱帯の海では、本土で採用されている集魚灯による餌取法がうまく機能しなかった。そこで折田が目をつけたのが追込漁で餌をあつめることができる沖縄漁民だった。

沖縄漁民が戦前の南方漁で圧倒的な勢力をほこった背景には、低賃金で雇用できるという側面にくわえて、素潜りの網漁でカツオの餌を自給できるという総合的な漁撈能力の高さが大きな要因としてあった。高知など本土の先進県ではカツオ漁が産業として成熟していたため採餌とカツオ漁の分業体制が確立しており、一本釣りの漁師は、船で魚をとることはできても、自分で餌をあつめることはできなかった。全体的な経済効率性の観点からいって、一人の漁師が採餌と一本釣りの両方できたところで別段強みにはならなかったためだ。しかし沖縄では分業体制は確立しておらず、漁師は潜りの網漁で採餌もすれば、カツオの一本釣りもできた。そして南洋のような分業もへチマもない未開拓の漁場では、両方ともやれるという沖縄漁師の海人としての個人の底力が圧倒的な強みとなったのである。その結果、船は本土の船でも、漁をするのは沖縄漁師という状態となり、南洋の海の現場は事実上、沖縄からの出かせぎ漁師に独占された。なかでも佐良浜の人たちはほかの沖縄漁師が目をむくほど素潜り漁の能力にたけており、二十メートルも素潜りしてしまう男がごろごろしていたのである。

こうした理由から、折田のボルネオ水産は採餌を完全に沖縄漁民に依存するようになっていき、佐良浜からも一九三三年に漁宝丸と大徳丸という二隻の漁船が北ボルネオに向かうことになった。一九三六年に〈英領北ボルネオ移住漁業団〉が沖縄県水産会によって組織されると、佐良浜からの出漁はさらに活発になる。この移住漁業団は採餌も一本釣りもすべて自分たちでおこない、釣ったカツオはボルネオ水産に卸すというもので、宮古諸島からは九隻、そのうち佐良浜からは最多の四隻が参加した。漁業団にはカツオ漁に従事する男たちばかりではなく、鰹節工場や缶詰工場で女工としてはたらく女たちも参加したので、まさに集落総出での南方渡航という色あいが濃かったようだ。

ところで資料を漁《あさ》っていると、意外な事実が判明した。じつは本村実の父加那志も、戦前のこの北ボルネオへの移住漁業団に参加していたようなのだ。

望月雅彦『ボルネオに渡った沖縄の漁夫と女工』には移住漁業団に参加した四隻の全渡航者名簿が掲載されているが、そのなかに本村加那志の名前が見つかったのである。住所も本村富美子から聞いていた地番と同じなので、この本村加那志が本村実の父であることにうたがいの余地はなかった。実の妹の友利キクによると、加那志は戦後も南方のどこかに出漁していたようだから、彼は戦前、戦後にわたって南方漁に参加した漁師だったことになる。

いったい実は父の加那志から南方漁の話を何か聞いていたのだろうか——。

私はできれば佐良浜で戦前の北ボルネオ出漁者をさがして話を聞いて、本村加那志が感じた南洋の息吹《いぶき》を自分でも実感してみたいと考えていた。ぼんやりとだが確実に私のなかに問題意識としてあったのは、おさなかった本村実の目に南方にむかう父や集落の人たちの姿は、どのようなものとしてうつっていたのか、ということだった。仲間明典が著書にしるしたような、南方にむかう親類や友人を港で見おくったときの強烈な原風景を、彼も心のなかに植えつけられたのだろうか。

残念ながら戦後七十年、戦前の人とともなるともはや見つけることがむずかしく、たのみの仲間明典に相談しても、高齢で耳が遠くなっていたり記憶がのこっていなかったりして、正確な話を聞ける人はほとんど見つからなかった。北ボルネオへの出漁者も一人見つかったが、やはり耳が遠くなっていて、すでに会話をすることが不可能になっていた。

唯一《ゆいいつ》、戦前の出漁者でしっかりと話を聞けたのは仲間定雄という、あと三カ月で九十歳になるという矍鑠《かくしゃく》とした老人だった。仲間明典が自宅の玄関先で「アニキ、おるかねぇ」と声をかけると、仲間定雄は畳のうえに置物みたいにちょこんとすわり、解《げ》脱《だつ》した仏のような顔でおだやかな笑みをうかべていた。戦前の南方漁について話を聞きたいときりだすと、「当時はカツオ漁のさかんな島でしたから。お父さんが潜りとかカツオ船とかで漁師をしていたから、学校を卒業すると同時に、つきそいで」と思い出話を語ってくれた。

仲間定雄が父を手伝うかたちで追込漁やカツオ一本釣り漁をはじめるようになったのは、尋常小学校を卒業してすぐだったという。戦前の追込漁は酸素ボンベを背負い、ダイビングスーツを着用しておこなわれるいまの漁よりも豪快かつきびしい漁だった。何百人という素っ裸の人間が海にちらばり、素潜りで、アダンの葉っぱをたくさんしばりつけて錘《おもり》をつけた縄を海中でゆらして魚を網に追い込んでいく、そんなやり方だった。仕事は過酷で、真冬の寒い日などは砂浜にあがりぶるぶる身体を震わせながら焚《た》き火をおこして漁をつづけたが、魚の量ははんぱではなくリーフにはグルクンがあふれ、カツオも大量に回遊しており、島の西でも東でも満船になった。それでも島で漁をするより南方に出漁したほうがはるかにもうかったので、伝手《つて》がないとなかなか南方には出られなかったという。

仲間定雄が南方漁に参加することになったのは、兄が先にポナペに出漁しており、その船長にさそわれた関係からだった。そのとき十九歳だったというから、計算上、ポナペにわたったのは一九四二年前後ということになる。

ポナペ島へは当時、本州から南洋方面にでていた定期船でむかった。いまとなっては想像しにくいことだが、戦前は横浜や神戸から内南洋へ日本郵船の定期航路がひらかれており、仲間は那覇から門司港に行き、そこで十数日間待機した後、その南洋航路の船でトラック諸島を経由してポナペ島にむかった。那覇からポナペ島までは二週間以上。日数はかかったが、日本が事実上植民地化し、数多くの移民や出かせぎ労働者が渡航していた戦前の南洋は、現代のわれわれが考えるよりも心理的にはるかに近い場所だったのかもしれない。

現地では朝、出漁すると自分らで追込漁をして生餌を集め、それから船でカツオの漁場にむかった。天気は安定しており漁場も島から近く、カツオのサイズも日本より大きかった。餌がすぐにあつまりさえすれば、漁を早めにおえて町で遊ぶこともできた。中心地のコロニアという町には日本の料亭がたちならび、女給のいるカフェや映画館もあって、遊ぶ場所にはことかかなかった。カツオ船や鰹節工場だけではなく、サトウキビ農園もひろがっていて、本土からも多くの移民が住んでいたという。

「数年間滞在したけど、いっぱい大漁して、いっぱい配当があった。カツオも大きかったしね。すごかったよ。島民たちもおとなしい人ばかりで、気の荒い人はいなかった。日本人でもずっと前から来て現地人の女を嫁にして子供ができて、そういう家族もいたな」

ポナペは最高の島さと、仲間定雄は何度となくくりかえした。

日本政府が帝国主義的な南進政策を展開していたとはいえ、それ以前から糸満などの沖縄漁師たちは国の思惑とはまったくべつに独力で南洋にわたり、カツオ漁や追込漁などを展開していた。つまり、戦前の南洋の漁業は沖縄の民のバイタリティと、それに追随した帝国主義的な国家の膨張政策が密接にからみあうかたちで発展した産業だといえた。そうした全体的な趨勢のなかで佐良浜の漁師たちも次々と南洋にわたっていき、潜りと海技にひいでているという漁撈民としての伝統ゆえ、強い存在感をはなちはじめていくのである。

資料をひろげて地元の人から話を聞くうちに、私は、戦前の南方カツオ漁とは内南洋、外南洋の広大な海と島々が、佐良浜漁師の心理的な版図にくみこまれていく壮大な過程だったのだ、ととらえるようになった。戦前の南方カツオ漁があったからこそ、彼らは南洋を自分たちの活動領域だと認識することができるようになり、それが後天的な獲得形質となって彼らの子孫の遺伝子にうけつがれた。集団全体で身についた新しい認識が、それ以前の認識をぬりかえていく。その結果、彼らの精神はまさに海洋民とよぶにふさわしいものにまでひろがり、後年カツオ漁からマグロ漁に舞台がうつっても、なんら壁を感じることなく自分の庭のように太平洋を行き来できた。そういうことだったのではないか――。

仲間定雄の話を聞きながら、私は本村加那志が出漁した北ボルネオのことを頭に思いうかべていた。北ボルネオでもやはり海はゆたかで、漁場も近く、カツオは船にのりきらないほど釣れたという。島には立派な鰹節工場や缶詰工場だけでなく商店、診療所が軒をつらね、首府のサンダカンにいけば大きな花街がさかえており、夜ともなるとあやしげな光が煌々《こうこう》と街路をてらしていた。島には航海の安全をまもる金毘羅《こんぴら》神社もあり、年に二回ひらかれる金毘羅祭のときには船員や鰹節工場ではたらく女工が総出でくりだして、数多くのカップルが誕生し、子供もおおぜい生まれた。そこに流れるコロニアルな時間と空気は、仲間定雄が語るポナペの情景と確実にかさなりあっているように思えた。

もしかしたら自分がいま聞いている話は、加那志が実に語った思い出と同じようなものなのではないか。私はそんなことを夢想しながら耳をかたむけていた。

第三章　沈船とダイナマイト

1

太平洋戦争中、伊良部島では沖縄本島のような激戦はなかったが、それでも軍隊の駐屯していた佐良浜中学校付近は集中的な空襲にあい、終戦後は浜や集落のまわりに不発弾がごろごろところがっていた。戦前の南方カツオ漁に参加した人々は敗戦により一気に引き揚げることになったが、なかには現地で召集をうけ、戦死して帰らなかった者もすくなくなかった。戦争の爪痕《つめあと》は離島にある佐良浜にも確実に深くのこっていた。

終戦後の佐良浜は物資が極端に不足し、カツオ船のなかには空襲で焼かれたものもあり、人々は昔のように素潜り漁で魚をつかまえ、自分の小さな畑で細々とサツマイモをつくるといった自給自足にちかい生活をつづけた。集落で年配者に話を聞くと、終戦から戦後の南方カツオ漁が再興するまでの間の貧しさを語る人がとにかく多かった。敗戦後は日本全国どこも貧しかったが、とくに沖縄の、それも離島である佐良浜の貧しさは群をぬいていたと、この集落の人たちは考えているのだった。

当時の佐良浜の貧しさを象徴するもののひとつにサバ沖の井戸の話がある。

サバ沖の井戸は十八世紀前半に人々が池間島から佐良浜に移住してきてからずっと、ここの住民の生活をささえつづけてきた水場だ。現在の佐良浜の集落から少し北にはずれた海べりにあり、史跡のようなものに指定されているのか、道路には井戸への行きさきをしめす標識もたっている。

何度もこの井戸の話を集落の人から聞かされたので、佐良浜に来てから何日かたったときに私も足をはこんでみたことがある。井戸は高さ三十メートルほどの断崖《だんがい》の下にあり、琉球石灰岩の岩場にきざまれた、針山にきずかれたようなごつごつと先端のとがった百二十三段の急階段をおりていくと、海が広がった。風がなく、おだやかな波が岩にあたり、トクントクンとウイスキーをコップにそそいだときのような心地よい音をたてている。井戸は御嶽《うたき》の一つとされているためか、ぶあつい線香の束がそなえられていた。井戸のなかをのぞくと五メートルほど下に底があって、水は涸《か》れていた。

池間島から人々が現在の佐良浜に移住してきた理由について、文献によっては故郷である池間島がのぞめるからという感傷的な理由をあげたものもあったが、現実的にはサバ沖の井戸がちかかったからという理由が大きかったただろう。佐良浜の周辺にはサバ沖以外に水場はなく、人々はそこにより集まるよりほかなかったはずだ。そしてその状況は一九六六年に水道施設が完成するまでまったくかわらなかった。

サバ沖の井戸で苦労させられたのは女たちだった。だから井戸についての思い出話をするのも集落の老婆《ろうば》たちである。

「あの井戸はね、佐良浜の人たちにとっては本当に大切な井戸だったんだよ」

老婆たちは道のわきの段差に腰かけて、白い入れ歯をキラキラさせながら昔話を語った。この集落の女たちは水道がとおるまで、毎日急な階段をおりてサバ沖の井戸に向かい、桶《おけ》を水におとして細い腕で五メートルも引きあげなくてはならなかった。しかも、井戸は海岸ちかくにあり満潮時は塩辛くてとても飲めたものではなかったため、夜中だろうが早朝だろうが、井戸には干潮時を見はからって行く必要があった。自然と調和した暮らし、といえば聞こえがいいが、本人たちにしてみたら苦労させられただけである。そして井戸にいったときは脇《わき》の洗濯場で洗い物もすませ、衣類を肩にかけて、そのうえで水を満タンにした盥《たらい》を頭のうえにのせて階段をのぼらなければならない。当然いまのように道路は舗装されていなかったので、家に到着する直前で石につまずいて転倒し、水を全部ぶちまけてくやしい思いをすることもめずらしいことではなかった。

佐良浜では水だけではなく、居住空間も近代化されるまで時間がかかった。戦後に南方漁が再興するまでは茅葺《かやぶき》の家屋が普通で、つくりが貧相なので巨大台風が来るたびにふきとばされた。電気も戦後しばらくとおっていなかったので、鰹節《かつおぶし》工場の女工たちは作業場に松明《たいまつ》やランタンを灯しただけの暗がりで作業しなければならなかった。

女たちにとって戦後の佐良浜の苦難を象徴するのがサバ沖の井戸であるのなら、男たちにとってのそれは、終戦からしばらくつづいた密貿易とスクラップ漁《あさ》りとダイナマイト漁である。

「ナツコの世界も実際に船をうごかしていたのは佐良浜の漁師だったよ」

カラオケボックスのティンクルで泡盛のコーヒー割を飲みながら、仲間明典は語った。

ナツコというのは、終戦後の沖縄で密貿易の女王と呼ばれた金城夏子《きんじょうなつこ》をおった奥野修司のノンフィクション『ナツコ　沖縄密貿易の女王』のことである。

終戦後の沖縄では六年間ほど「ケーキ（景気）時代」とよばれる密貿易の時代があった。戦争が終結した直後の沖縄はすべてが破壊され、食べるもの、着るもの、住むところのすべてに欠乏する究極的な困窮の時代をむかえた。沖縄を占領した米軍はこの物資欠乏状況を配給によってのりきろうとし、対外貿易を禁止し、各群島間の貿易も許可制にしてモノの移動を規制した。しかし、それでは餓えた沖縄の民衆が生きていくことは到底できず、食うために自然発生的におこなわれだしたのが密貿易だった。

　密貿易の担《にな》い手となったのは〝ボーダーレスの民〟とよばれ、伝統の追込漁で西日本から東南アジアの各地にまで進出していた糸満漁師であり、取引の舞台となったのが八重山列島の西のはし、というより日本の最西端で台湾のほどちかくに位置する与《よ》那国《なぐに》島だった。沖縄の民衆は〝戦果〟と称して米軍から物資をぬすみだし、与那国の久部良《くぶら》という集落に船でそれをもちはこび台湾商人と〝バーター〟とよばれる物々交換をした。糸満出身の金城夏子は知られざる密貿易の女親分であり、大人から子供まで闇《やみ》に手をそめた異様な時代を颯爽《さっそう》とかけぬけたヒロインだった。その夏子の生涯を追うことで燦然《さんぜん》とかがやいた時代と躍動する民衆のエネルギッシュなすがたをえがいたのが『ナツコ』という作品であり、仲間明典は終戦後の混乱にふれるとき、しばしば「『ナツコ』に書いてあるよ」とこの本に言及した。

　密貿易の時代はブローカーが漁船をチャーターして香港や台湾に物資を密輸した例が多かったようで、話を聞くと佐良浜漁師もその一翼をになっていたという。

「当時はみんな闇をやっていたんだよ」とティンクルのマスターの伊志嶺朝令が言った。「うちの親父《おやじ》だって香港の密輸とかかわっていた。闇商売は来るものならなんでも売るさ。タバコからウイスキーから米軍の闇物資が、もうぼんぼんはいってきたよ。米軍から通常の価格の十分の一ぐらいでモノがはいってくる。だから百ドルでモノを仕入れたら千ドルもうかったさ」

「闇商売の時代は戦後六年ほどつづいた」と仲間明典がつづけた。「まだ琉球政府ができるまえの米軍統治の時代だから、無政府状態みたいなもんさ。佐良浜にもぼろもうけして那覇に七階建てのマンションをたてて暮らしている人もいたよ」

密貿易の時代が終わると、今度は朝鮮戦争特需にともなうスクラップブームがおきた。戦争中の沈没船のなかには艦船があり、佐良浜の漁師はそこから不発弾をひきあげて、真鍮《しんちゅう》でできた信管と火薬をぬいて売りはらったのだ。密貿易やスクラップでもうけた人のなかには一日に何千ドルという金を懐《ふところ》にいれて豪遊していた者もいた、と仲間は言った。さきほど言及した那覇にマンションをたてたという人は、当時、宮古一の大金持ちと言われた元漁師で、どこかでボーキサイトをつんだ沈没船を見つけて、そのボーキサイトを引きあげてひと財産つくったのだという。そして彼がどこでボーキサイトを見つけたかは誰も知らない。

ダイナマイトによる密漁も平然とおこなわれていた。

「戦争が終わると火器とか爆弾がぼんぼんころがっていたさ。戦後十五年ぐらいたっても、洞窟《どうくつ》のなかでは不発弾や手榴弾《しゅりゅうだん》、機関銃が見つかった。ぼくらが小学生の頃も不発弾はたくさんあったし、海岸にもいっぱいころがっていたよ」

佐良浜の人は集落にころがっている爆弾から火薬をぬきとり、それを素潜り漁をする漁師に売った。漁師は一升瓶に火薬をつめこみ、口を粘土でかためて手製のダイナマイトをつくり、それを海に放りなげて魚を気絶させて大量にかっさらうのである。そのへんにころがる不発弾は子供たちにとっては恰好《かっこう》のあそび道具でもあった。仲間自身、子供の頃は不発弾から信管をぬき火薬をとりだして、海辺にころがる流木を燃やしてあそんでいたという。

ダイナマイト漁は違法な密漁行為で、しかも一歩まちがえば命をうしないかねない危険な行為だ。だが漁業以外に生きていく道がない佐良浜の男にとって、大量の魚がとれるのであれば、どれほどの危険があっても目の前にある火薬を利用しない手はなかった。

彼らの話には酒の勢いで誇張された雰囲気もいくぶん感じられたが、しかし個人の度胸と才覚だけでのしあがることのできた時代の自由と熱気が感じられたこともたしかだった。

「昔は右手のない人、左腕のない人、片足のない人。そんなのがごろごろしていたよ」

伊志嶺朝令が名誉の負傷をした人について語るかのように言った。その口ぶりからは、佐良浜の人間は、そうまでやらないと生きてこられなかったのだという誇りと自負が感じられた。

「その腕がない人っていまもいるんですか」と私がたずねると、「そういえば最近見なくなったなあ」と二人は声をあげた。

ほどなくして実際に密貿易時代のチャーター船ではたらいていたという人と会うことができた。仲間恵義《けいぎ》という一九三〇年生まれの戦死者の遺族会の会長をしている人物である。

私が彼の家をたずねたのは、そもそも密貿易の時代について証言をえるためではなく、本村加那志が参加していた戦前のボルネオ出漁について聞くためだった。集落の長老クラスである彼なら、ボルネオ経験者でいまも健在な人を知っているのではないかと考えたのだ。だが軒先でそのことをたずねると、彼は「戦前のボルネオ出漁者はもういませんねえ」と言い、戦時中の出征先での苦労話をふりかえった。話がだいたい終わって私が家を辞去しようとしたとき、しかし、彼は急に言いわすれたことがあるという感じで「そういえば戦後の密貿易の話を聞きに来た人が本をおくってくれたこともありましたなあ」と終戦後の混乱の時代についていろいろと話しはじめたのである。

軒先のガラス扉から居間にお邪魔すると、正面の壁のめだつ位置に〈テンペスト〉というＮＨＫのドラマに主演した仲間由紀恵のポスターがはってあった。じつは女優の仲間由紀恵は仲間恵義の三十五人いる孫のうちの一人で、そのことは私もこの取材をはじめたわりとはやい段階で耳にしていた。仲間恵義には那覇にでてマグロ漁師となった次男がいて、仲間由紀恵はその娘だという。伊良部鮪《まぐろ》船主組合に出入りしていた頃も、「由紀恵ちゃんも幼いころはお父さんにつれられてよく顔を見せていたのよ」と事務員の女たちから、何度も聞いたものだった。

有名女優を孫にもつ仲間恵義が若い頃に最初に乗った船は大漁丸というカツオ船だったという。十九歳のとき、一九四九年前後だったというから、与那国での密貿易がもっとも華やかなりし頃だった。夏場のシーズン中は普通のカツオ船とおなじように日帰りで近海操業していたが、冬場のカツオがこない季節になると大漁丸は密貿易船にはやがわりしたという。

大漁丸はカツオ船ではあったが、もともとは台湾に多いカジキを銛《もり》でつくための突き船を改良したもので、重さは十五、六トン、エンジンは二十五馬力しかない小型船だった。佐良浜港から久部良港までは当時の焼玉船で二昼夜の航海である。与那国にはこんだのは、おもにHBTとよばれた暗緑色やカーキ色をした米兵の作業服や軍服が多かった。それに米国産の煙草《たばこ》、ラッキーストライクやキャメルなどだ。これらは誰かが米軍の倉庫からぬすみだした〝戦果品〟で、ほかには佐良浜で飼われていた豚なども一緒に船にのせたという。密貿易船なので昼間に到着しても堂々と港にはいることはできないため、港のそとに投錨《とうびょう》し、かならず夜になるのを待ってから取引がはじまった。

『ナツコ』によると、密貿易時代の久部良の集落は〝第二の香港〟〝東洋のハワイ〟とよばれるほどさかえており、夜になると町のあちこちで裸電球がともり、沖からは闇のなかに黄金がまかれたようにかがやいて見えたという。久部良港の水路はサンゴ礁《しょう》におおわれており、入港するには迷路のようにいりくんだ暗礁のなかを進まなければならなかった。よほど熟練した船頭でなければ入港できなかったので、夜になると港のそとで待つ船にサンパン（小型の連絡船）がやってきて物資をはこびあげたという。大漁丸ははこんだ物資を久部良の町で台湾の商人と取引して米にかえ、それを平良にもちかえり闇で現金にした。

あるとき久部良の港のそとで停泊中に台風にまきこまれたことがあった。沖縄では旧暦八月十五日の十五夜にフキャギという お餅《もち》をおそなえする習慣があり、大漁丸はこのとき、フキャギをつくる米を手にいれるために与那国に向かっていた。だが、いつものように港のそとで投錨して夜を待っていると急に海が荒れはじめた。許可のない密貿易船とはいえ、さすがに台風などの緊急時には入港しても摘発されることはない。仲間らはエンジンをふかして船を港にいれようとしたが、しかし久部良港の入口は高い絶壁にかこまれた入り江となっているため、向かい風が強く、船を進ませることができなかった。風がよわまった隙《すき》をつき、何度か強引に入港をこころみたが、三回目の挑戦のときにエンジンが波をかぶってしまい、ついに船は動きをとめた。

「いまのエンジンならなんでもないけどね。焼玉だから塩水がはいってとまってしまった。流されたね、風に。これは大変なことだ。小さい船だし、揺れるしね」

大漁丸は大時化《しけ》の東シナ海上で予期せぬ漂流をはじめたのだ。船員たちは横波をくらって転覆するのをさけるため、シーアンカーを流し、はげしく揺れる船内で夜があけるのをじっと待った。シーアンカーとは荒天時に海中に流すパラシュート形の錨《いかり》で、船のむきを風上にたもって横波があたるのをふせぐためのものだ。なんとか無事に朝をむかえたが、朝をむかえたところでエンジンは焼玉なので、火をおこして玉を焼かないかぎり船を進ませることはできない。船体はどこもかしこもずぶ濡《ぬ》れで、火をおこすことは絶望的か、と思われた。だが、最後の手段として船頭が船体の床板を三枚引きはがしたことが功をそうした。木材にひもで棒をこすりつけて摩擦熱をおこし、そこに火打石をうって、なんとか火をおこすことに成功したのだ。エンジンは復活し大漁丸は久部良の港にもどることができた。

船頭の機転がなければ彼もまたウラセリクタメナウや本村実のように漂流者として、どこかの島に流れついていたかもしれない。

「船頭はちゃんと考えていたんだね」と仲間は言った。「一昼夜でどのぐらい流されたのか、潮と風を計算して、与那国島の位置をぴたりとあてた。あのときは久部良港のそとで二十隻《せき》ぐらいの密貿易船が台風でちりぢりになったけど、それでももどってきたのはぼくらが一番はやかった。二十五馬力の船だったけど」

彼の記憶によると、久部良港には沖縄の船よりも、むしろ本土のほうから密貿易船が多く来ていた印象があるという。なかには百トンぐらいの大きな船もあり、一度、その百トン船の錨が停泊中に切れてしまい、海に潜って切れた錨をさがしてもらえないかと依頼されたこともあった。沖縄の漁師が素潜りを得意としているのを、その船の人たちは知っていたのだ。大漁丸の船員らが裸になり海に潜ってみると、深さ二十メートルほどの海底に錨が沈んでいるのが見えた。ただ、いくら潜りに慣れている佐良浜の海人といえども、二十メートルもの深さにまで潜れる者はそうはいない。仲間恵義も一瞬、これはダメかなと思ったが、そこはさすがに佐良浜の船で、大漁丸の船員のなかには二十メートルの素潜りをできる者がいたのだという。

「その船員はロープを引っぱって潜っていって、錨にしばって、ぼくらがそれで引きあげた。お礼にその船からはお米を六斗俵（九十キロ）かな、もらったことがある」

大漁丸をおりてからは、べつの三十トン級のすこし大きなカツオ船に乗り那覇方面の密貿易ともかかわったという。那覇には島の製糖小屋《シートーヤー》でつくった黒糖や、サトウキビのしぼり汁を原料にした焼酎《しょうちゅう》などをもちこみ、サンパンで港のおくにはこんで闇商人と現金取引した。沖縄本島では警察の臨検があるので、そのときはもちこんだ物資にブイをつけて海のなかに沈めてかくし、そして臨検が終わると海に潜って引きあげたこともあった。まさに素潜りにたけた佐良浜漁民ならではの危機回避術だった。

「つかまるリスクというのは……？」

「駐在につかまったら大変だけど、当時は取り締まりもきびしくなかったから。時代が時代だからね。そういうアレもあったと思う。なんかして食い物さがさなくてはいかんから。佐良浜ではほかにも何隻かやっていました。平良に闇取引のブローカーがいて、そのブローカーが船をえらぶ。この船にはこの人がというのが、何人かそういう専属のブローカーがついていていました」

沖縄全体が密貿易にわいていた一九四六年から五一年の間、本村実はちょうど五歳から十歳の少年時代をすごしていた。

当時の子供たちのあそび場は海しかなく、学校が終わると子供たちは岩の海岸の合間にひろがる白い砂浜に向かってかけだした。大きくなると自分で銛をつくってそれで魚を突いたり、ゴムと金具で小道具をつくってそれでサザエをとったりもした。そして中学生になると男の子はだいたい皆、ベニヤ板や角材をくみあわせて小舟をつくり、ちかくの浅瀬で漁の真似事《まねごと》のようなことをしてあそんだという。

集落の人に聞いていて興味深かったのは、子供たちがその舟をつくるために墓場泥棒みたいなことをしていたという話だった。元来、沖縄の葬送の方式は日本本土とはことなり、火葬や土葬ではなく複葬制とよばれるものだ。沖縄における複葬制とは簡単にいうと、死者を棺桶《かんおけ》にいれて横穴式の墓穴におさめ、三年後に棺桶のなかで白骨化した遺体をとりだし、洗骨（遺体から骨をひろって布でふく）して骨壺《こつつぼ》にいれなおすというものである。当時の佐良浜にはまだ火葬場などという近代的な施設はなく、この複葬制の葬送がのこっており、墓地にいくと六畳ほどの横穴のなかに遺体のはいった棺桶があった。子供たちが小舟をつくるためにねらったのはその棺桶だった。洗骨は正式には死後三年がたってからおこなうものだが、現実的にはそのかぎりではなく、三、四カ月もしたら遺体は白骨化するのではやめにすます場合も多かった。三年もたてば板はくさってしまうが、一、二年なら十分、おもちゃの舟の建材につかうことができたのだ。舟をつくろうと目論《もくろ》んだ子供たちは墓地に行っては、洗骨が終わって用ずみとなった棺桶がころがっていないかさがした。

また墓場だけではなく、子供たちは工事現場や学校にある床板も虎視眈々《こしたんたん》とねらっていた。彼らは仲良しのグループ内でいくつかのチームを組み、夜中になったらチームごとに工事現場や学校にしのび込んで板をぬすみだした。そしておたがいの〝戦果〟をもちよって、十日ほどかけて舟のかたちにくみたてていったという。板の隙間にテントのキャンバス地をつめこみ、沖のタンカーから捨てられて海岸に漂着したコールタールの塊をひろってきて、それを塗りつけてかためた。

友利キクが話していたことだが、子供時代の本村実は板で小舟をつくるのが得意だったようだ。当時のあそび仲間によると、本村実はベニヤ板や釘《くぎ》をぬすむのを弟の栄やその同級生らにまかせて、自分は舟をつくる役割に徹していたという。後年、船の機関士の資格をとるだけあって、子供の頃から工作や機械関係をいじるのは好きで、中学校にあったディーゼル発電機の管理をまかされて、それを家にもちこんでもいたらしい。手先が器用で舟をつくるのもうまかった。

舟が完成すると、子供たちは宮古本島との間の海に漕《こ》ぎだし、銛で突いたり大人から網を借りたりして魚をとった。ときによっては舟にのりきらないぐらい大漁する子供もいた。とはいえ子供がつくったものなので、舟はすぐに浸水してしまう。そのたびに子供たちはアカ（海水）をくみだし、半分沈みかかった舟を泳いでおして帰るという遭難すれすれのトラブルもよくあった。年中そのようなあそびをすることで、佐良浜の子供たちは泳ぎに熟達し、自分と海との間にあった垣根をとりはらっていったのである。

私は当時の本村家の様子を知るために彼らが住んでいた家をたずねてみることにした。本村家は港から坂を登った、前里添の集落のかなり上手のほうにあった。佐良浜にはめずらしいトタンの屋根が葺かれた古い木造モルタルの平屋建てで、いまは誰も住んでおらず空き家になっていた。裏庭にまわってみると、雑草がのび放題で、家のわきに放置されたステンレスのシンクには長年にわたる風雨のしみがのこっている。周囲の家が南方カツオ漁でかせいでたてた柱のふといコンクリート住宅ばかりだったことが、そのわびしさをいっそう引きたてていた。

となりの家に、小さい頃に本村家で暮らしていたという本村実の従兄弟《いとこ》の浜川新吉が住んでいた。浜川新吉によると、彼らが子供の頃の本村家は赤瓦《あかがわら》屋根の木造家屋で、いまとはちがうもっと古い家だったという。台所をいれて部屋が四つあり、なかには竈《かまど》があって物置もあった。煮炊《にた》きは竈でしていたにもかかわらず煙突がなかったので、家のなかは煙が充満していたという。

当時の本村家は芋畑をたくさん所有しており、馬でサトウキビを圧搾《あっさく》する小規模な製糖小屋も四つもっていた。集落のなかでは比較的くらしにめぐまれたほうだったが、もちろんめぐまれていたといっても、それは現金収入が多かったことを意味していたわけではなく、畑で芋がたくさんとれるのでほかの家のものをぬすむ必要がなかった、という程度の豊かさである。実の父の本村加那志は非常に実直な性格で、畑から帰ってきてはいまの港のちかくの浜に潜り、夕食のおかずにするためにイラブチャーという青い魚やタコを銛で突いてはとってきたという。

浜川は本村実より年齢が一つうえだという。小さい頃の思い出をたずねると、「ミノルは身体《からだ》が大きかったよ」と言った。「毎日のように一緒にあそんだけど、貝とったり魚釣ったりする程度でね。ぼくらが小さい頃はカネなんか見たことなかったな。今日、明日、食べるものがあるかわからんのに、終戦後は泥棒しても巡査もべつに強くとがめはしない。死ぬよりはぬすんで食べるしかない。ない人がある人からぬすむしかない」

「実さんの人柄は……」

「気前のいい人だったよ。もっている分は全部飲み食いした。散財。奥さんは家計のやりくりが大変だったみたいだ。でも怒るということはなかった。怒りかたを知らないような人だった」

「兄弟みんな漁師ですね」

「みんな自然とそうなった。ここにいると小さい頃から仕事は漁師になることと決まっていた。漁船はきついからね。とくにマグロ漁船は夜もねむれない。一日二十時間はたらかんといけん。町に帰ってきても飲み屋で全部つかってしまう。人生に落第した人間がやる仕事さ」

浜川は話し方がどこかつっけんどんで、目つきもにらむように鋭く、言葉には独特の棘《とげ》がひそんでいた。「人生に落第した人間がやる仕事さ」というひと言に、私は彼の、というより佐良浜の人たちの海にたいする複雑な感情をのぞき見た思いがした。

浜川新吉は小学校三年生ぐらいまで本村家でくらしたというが、本村家の家族と一緒に住んでいたわけではなかった。じつは彼が小さい頃、本村加那志とその妻、それに子供たちの一家は、集落の少し下のほうにある防空壕《ごう》のようなところに住んでいたのだという。なぜそのような別居暮らしをしていたのか、浜川新吉は明確な理由を知らなかったが、しかし彼の推測によると、おそらく加那志の妻と母、つまり嫁 姑《しゅうとめ》の間でかなり深刻ないざこざがあったことが原因ではないかとほのめかした。

彼やその他の親族によると、本村実は本来、本村姓ではなく上地《うえち》という姓のはずだったという。本村加那志の父、すなわち本村実の祖父は上地姓だったが、そこにとついできた加那志の母が非常に性格の強い頑固な人で、自分の旧姓である本村姓をかえたがらず、どういういきさつがあったのかわからないが、嫡男《ちゃくなん》である加那志やその息子である実ら兄弟姉妹を全員本村の戸籍にいれてしまったというのだ。そのせいで本村家の戸籍はかなりみだれたらしく、加那志も兄弟らから姓を上地にもどすようしつこく説得された。親族らはユタ（沖縄のシャーマン、巫女《みこ》）にも占ってもらい、姓をもどすようにせまったが、しかし強情な加那志の母は一顧だにしなかった。

この姓をめぐる一連のごたごたが加那志の妻と母との間の諍《いさか》いをまねいたのか、浜川はそこまでは明確にしなかった。ただ、彼が口にしたのは、この問題が本村実ら兄弟の不幸をまねいた原因であるという、いささか飛躍しているとも思える考え方だった。

「長男の宝も船で死んだ。次男の寛一も若い頃に爆死した。実も行方不明。まともじゃないよ。ユタにかえろと言われたのに、おバアが頑固で姓を本村でやりとおした。だからみんなややこしいことになった」

彼は怒りにふるえるような口調でそう口にしていた。

2

子どもたちがすこやかな笑い声をあげながら、盗んだ木材で小舟をつくっている頃、漁業のほうも戦後の荒廃からたちなおりのきざしをみせていた。佐良浜のカツオ船は戦争で多くが破壊されて数をへらしたが、漁師たちはどこからともなくおんぼろの中古船を手にいれてきて、自分たちで手なおしして徐々に船数は増えていった。集落のなかには近海でカツオをとるばかりでなく、尖閣諸島へカツオ漁やカジキ漁に出たり、東沙群島（プラタス）へ回虫駆除薬の原料海人草をとりに向かったりする船もすくなくなかった。

　プラタスは香港の南東約三百四十キロに位置する環礁で、佐良浜からは当時の焼玉エンジンつきの漁船で四昼夜ほどだった。戦前は日本の植民地だった台湾の高雄から出漁できたが、戦後は台湾海軍が九十日間の入漁許可をだし、その許可をえないと操業できなかったという。操業許可をえた船は乗組員を募集して二十人から三十人ほどの頭数を確保し、南へとむかった。漁期は春と秋の二回で、いずれも三カ月から四カ月は帰ってこなかったので、家で留守をあずかる女たちは集落から島の北西にあるフナウサギバナタという岬まで歩き、夫や父や兄弟が出漁する船に手をふった。そして山のなかの道をあるいて家の竈にくべるための薪《たきぎ》をひろって帰宅するのが、プラタス見おくりのさいの恒例行事となっていた。

　当時の出漁者に話を聞くと、プラタスで海人草とりの現場となったのは砂のうえに木が生えているだけの、はしからはしまで一キロぐらいしかない小さな島だという。佐良浜からは八重山をこえ、古来、船の難所としてしられる台湾の南のバシー海峡を西にむかった。台湾をすぎると台風にまきこまれることが多く、行きも帰りも命がけの航海だった。

　それでも儲《もう》けが大きかったぶん、知人や親戚《しんせき》などの伝手《つて》がないと簡単には海人草とりの船にはのれなかった。海人草は海底に生えており、漁といっても素潜りして手袋でひっこぬくだけである。一年ごとに生えかわるので豊作の年もあれば不作の年もあったが、春の漁期だと平均して一万二千円、秋だと六千円ぐらいの収入にはなった。当時は米軍が発行したB円が通貨として流通していた時代で、琉球政府の上部組織である琉球列島米国民政府（米国民政府）の職員の月給が百二十B円から千B円だったというから、三カ月で一万二千円というのはたいへんな額だった。なかには春と夏にプラタスに行っただけで木造平屋建ての家屋をたてる者もいた。

そのほかに佐良浜の男たちがやる仕事といえば素潜りのアギヤー、つまり大規模な追込漁だった。

糸満漁師から佐良浜にカツオ追込漁がつたわったのは一九一二年頃だった。『伊良部町漁業史』によると、宮古の周辺で追込漁をしていた糸満の〈まんこう〉というリーダーから、佐良浜の漢那計徳《けいとく》という人物が技術をおそわったのがはじまりだった。追込漁は大規模な漁法なので、漢那計徳は多数の漁夫をあつめて〈まんこう組〉を編成し、糸満の〈まんこう〉からならった技術を教えこんだ。漁が軌道にのりはじめたところで漢那計徳は〈組〉を実弟の漢那加根《かね》にゆずった。漢那加根は組織をさらに発展させて、戦前期には北ボルネオでも追込漁を展開している。漢那加根のアギヤー組は佐良浜では〈マルジュウ組〉という屋号でよばれた。当時の佐良浜にはほかにも二組のアギヤー組織があったが、〈マルジュウ組〉はその規模においてほかの〈組〉の追随をゆるさなかった。

追込漁は、漁夫たちが水深十数メートルのあたりまで素潜りして一列にならび、アダンの葉をぬいこんだ錘石《おもりいし》つきの縄で海の底をたたきながら魚を網のほうに追いこんでいくという漁法で、肉体的に非常に過酷である。海中で複雑な縄操作が必要となるうえ、全員で息をあわせて行動しなければならないので、一人一人の漁夫たちに技能への熟達がもとめられた。深いところで大量に泳ぐ魚をねらい、ときには水深二十メートルまで潜水し、肉体的に限界ぎりぎりまで自分を追いつめるため、海面にあがるときには小便をもらしてしまうこともめずらしくなかった。

ただし、これはあくまで教科書的な説明である。〈マルジュウ組〉をひきいた漢那加根の息子の漢那招福《しょうふく》によると、実態として、当時の佐良浜のアギヤー漁師はこの教科書的な漁のやり方に、たくみにダイナマイトをくみあわせて魚をとっていたという。

漢那加根の〈マルジュウ組〉は二、三百人もの数の漁師が、二十隻ものサバニに分乗して漁をおこなう大規模アギヤー組織だった。漁師達は朝六時頃に港にあつまって船に乗り、親分である漢那加根の動力船にしたがい、八重干瀬か来間《くりま》島近辺のリーフにむかった。その日の漁場がきまると船はいっせいに周辺にちらばり、漁夫たちは海に潜って網にグルクンを追いたてる。しかし網が見えてくると魚もにげようとするので、そのタイミングを見はからって小さなダイナマイトを投入するのだ。ダイナマイトが爆発すると魚はにげずにまっすぐ網に突っこむので、そこを文字どおり一網打尽にする。漁が終わるととれた魚をすべて一隻の船にあつめて、宮古本島の平良港にはこび蒲鉾《かまぼこ》屋に売却して現金にかえた。

配当金は当日の晩、親分である漢那加根の自宅で支はらわれた。寝ていても波の音が聞こえるほど浜のすぐちかくにあった漢那家は、敷地面積が八十坪をゆうにこえ、十二畳の大部屋を三つかかえるほどの、佐良浜では屈指の大きさをほこる家だった。家のなかにまねかれるのはサバニの船主だけで、二百人近くいる若い船員はその間、家のそとで待たされた。まだ電気のとおっていない時代である。家のなかには石油のランタンがともり、黄色く光った大部屋のなかで漢那加根は各船の人数を訊《き》いて、そのぶんを頭わりし、売上金のなかから船主たちに配当金を手わたした。ほとんど計算もせずに船の人数だけ聞いて次々と配当金を支はらっていく姿には、見ているものをうならせる迫力があったという。そして支はらいが終わるとみじかい酒盛りの時間となり、そとで待たされていた若い船員には南部の製糖小屋から馬車ではこばれてきた黒糖がふるまわれた。

当時のアギヤー漁師によると、一回の漁でとれる魚はだいたい三トンほどで、末端の乗組員にわたるのは平均一日一ドルほどだったという。四人家族で一日二十五セントあれば生活できる時代だったので、きつい仕事ではあったが、わりのわるい仕事ではなかった。

その漢那加根が〈マルジュウ組〉の網元をやめることになったのもまた、ダイナマイトがからんでのことだった。

息子の招福によると、漢那加根は配当金の支はらいが終わると毎晩、自室にとじこもって翌日につかうダイナマイトのつめこみ作業をおこなっていた。事故がおきたのは招福が小学校三、四年生ぐらいのときだった。その晩も漢那加根はいつものように床にすわりこみ、両足で瓶をおさえて火薬をつめこみ、雷管をとりつけて導火線をいれていた。すると突然ダイナマイトが暴発した。漢那加根は奇跡的に一命をとりとめたものの、手の指の三本と片方の目の視力をうしない、ちかくにいた招福も爆発のあおりで破片が左目にはいり病院に搬送された。家の床には大きな穴があき、漢那加根はアギヤーの網元を廃業せざるをえなくなったという。

ただ、事故がおきてもアギヤーの組は漢那加根から実弟の漢那勇《いさむ》に継承され、屋号も〈ティドゥユイ組〉と改称されて、ひきつづき隆盛をほこった。漢那一族のアギヤー組織は漢那計徳、加根、勇と兄弟の間で順々に継承され、最終的には一九八二年ごろまでつづくことになった。

じつは漢那加根の息子の招福は、本村実とは母方の従兄弟関係にあたる。つまり本村加那志の妻と漢那加根の妻は姉妹同士だった。そのような親類関係にあったので、私は漢那招福に会ったとき、本村加那志がアギヤー漁に参加していなかったかたずねたことがあった。

「来ていたと思うけど……」漢那招福は私の質問にそう言った。「親父さんは銛で魚を突くのが上手だった。うちにも五十センチぐらいある大きなシャコ貝をもってきてくれたことがある。しかしアギヤーには親父さんより、亡《な》くなった次男のほうがよく来ていたね」

「寛一さんですか」

「あれはようアギヤーに来とった」

「寛一さんはマルジュウ組だったんですか」

「あれはもうずっとアギヤーやっていて、ぼくらが中学卒業するぐらいまでおったかな」

友利キクが兄弟のなかで一番できた兄で、誰も追いつけないほど足がはやかったと語る次男の本村寛一は、沈船のスクラップの引き揚げ作業中の爆発事故で亡くなったと聞いている。

「寛一さんはスクラップで亡くなったと……」

そう私が問いかけると、漢那招福は「佐良浜の若い連中が大勢亡くなったんです」と答えた。「次男もまだ独身だったわけだ。跡継ぎもなにもないよ。あの兄弟で最初に亡くなったのが寛一さんよ。母ちゃんも相当泣いただろうな」

3

漢那加根が事故にあったように、戦後の佐良浜ではダイナマイト事故はそれこそ日常茶飯事だった。戦争で漁船や漁具がうしなわれた彼らが魚をとるには、そのへんにころがっている不発弾から火薬をぬきとり、それをつかうよりほかなかったのである。沖縄全体のなかでも宮古群島はとくにダイナマイト密漁がさかんな地域で、実際、佐良浜の古い漁師に話を聞くと、終戦後の武勇伝として彼らの口から語られるのは密貿易や密航船の話よりもダイナマイト漁の話ばかりで、その事実がダイナマイトが彼らの生活といかに深くむすびついていたかを物語っていた。

当時の事情を知る漁師によると、終戦後の佐良浜にはダイナマイト密漁で当面の生計をたてている船が五、六隻あり、ダイナマイトの製造にはおもに海底に沈んでいる不発弾の火薬をつかったという。船で沖にでて適当なところに停泊し、ダイバーが二、三十メートルほどの深さまで潜り、海底を一時間ほど物色すると、だいたい重さ二、三十キロ程度のめぼしい不発弾が簡単に見つかった。不発弾を発見すると専用の網のなかにいれ、船員がロープで船上に引きあげて海岸の洞穴や日のあたらない場所にはこぶ。そしてその場に何人かがのこり、雷管をはずしてなかの火薬だけをぬきとって家にもち帰った。

こうした作業はまっ昼間におおっぴらにおこなわれたが、摘発されることはめったにあることではなかった。米軍統治時代の沖縄では伊良部島のような離島まで当局の監視の目はとどいておらず、島に駐在している警官は巡査が一人だけだった。表向きは警察もダイナマイト密漁のとりしまりに力をいれているとさかんに広報発表し、平良にも海上の警備艇が一隻あったというが、現実的には警備艇とは名ばかりで、不発弾を引きあげているサバニのほうが米国の中古車のガソリンエンジンを搭載しているぶん、船足ははやいぐらいだったという。警備艇が出動したことに気がついてからにげても十分ににげきれたのだった。

漁師たちはそうやってもち帰った火薬を家で一升瓶のなかにつめ、雷管と導火線をいれて自家製のダイナマイトをつくった。雷管や導火線は沖縄本島から来ているブローカーからいくらでも入手可能だった。製造のさいに注意が必要なのは導火線の長さである。ダイナマイト密漁では、追込漁のときのように小型のダイナマイトで魚を混乱させるというような間接的なつかい方をするわけではなく、爆発で魚を圧死させる直接的なつかい方をするので、ねらう魚群がどの深さにいるかを読んで導火線の長さを決める必要があった。つまり魚群がより深い位置にいる場合は導火線を長くし、浅いところにいる場合は線を短くしなければならない。魚群の位置の読みがはずれると、魚に効果的な打撃をあたえることができず漁は失敗に終わる。

ダイナマイト漁は違法な密漁だったが、しかし佐良浜の人たちに話を聞いていると、当時のダイナマイトは密漁というような大げさなものではなく、漁のときにかならずもちいる便利な小道具とでもいうような認識だったようだ。アギヤー漁でつかわれていただけではなく、たとえばプラタスに海人草とりに出漁するときも、彼らはダイナマイトを持参した。海人草は手で引っこぬくだけなのでダイナマイトは関係なさそうに思えるが、この場合は海人草をとるためではなく自分たちの食事のおかずに魚をとるという、たったそれだけのためにつかっていたのである。

もちろんダイナマイト密漁は命を落としかねない死ととなりあわせの手法でもあった。悲惨な事故につながる原因として一番多かったのが、着火の際のかんちがいだったそうだ。通常、導火線に火をつけると小さな炎がシュッと吹きでるが、しかし線がしめっているときはその炎がでない場合がある。それをかんちがいして再度点火しようとしているうちに爆発して死傷するのだ。当時の新聞を読むと、密漁中にダイナマイトが爆発して漁師が死亡したという記事はそれこそザラにあり、またひと昔前まで佐良浜では片腕や片足のない人がめずらしくなかった、というのもよく聞く話だった。

そのダイナマイト漁にかんして私が疑問だったのは、それほど危険な漁法であるにもかかわらず、なぜ彼らはほとんどなんの躊躇《ためら》いもなくそれをつづけることができたのかということだった。

もちろん物資が窮乏しており、魚をとるにはダイナマイトにたよるしかなかったという現実もあっただろう。だが同時にダイナマイト漁が横行していた事実は、彼らの死生観というか、それだけ当時の佐良浜の漁師達が人間の命がかるい世界で生きていたことをしめしているように思えてならなかった。もともと佐良浜では漁撈《ぎょろう》採集による事実上の自給自足という死が間近にある特殊な生活環境のなかで歴史がはぐくまれ、彼らの精神には死を恬淡《てんたん》とうけとめるような独特の死生観ができあがっていた。そこに戦後という食うものにもことかく追いつめられた時代がのしかかってきた。時代は無軌道な死であふれていた。身近な人間の死や、あるいは自分自身の死が特別ではない、そういう生と死の境界線が不分明な混沌《こんとん》とした生活環境のなかでは、ダイナマイトに手をだすのをさまたげる精神的な壁など彼らの意識のなかにほとんどのこっていなかったにちがいない。ダイナマイト漁をやろうとやるまいと、どちらにしても彼らにとって死が身近にあることは変わりなかった。だったらつかわずにいるのは馬鹿《ばか》げたことだった。

そのような時代のなかで一九五〇年代後半に、ダイナマイトが原因で二つの大きな沈船爆発事故が発生した。

最初の事故は一九五七年六月三十日に、慶良間《けらま》列島の座間味村阿嘉《あか》島の西方沖で発生した。

当時の新聞報道によると、この海域には戦時中に魚雷攻撃をうけた米国の八千トン級の大型貨物船が沈没しており、船内には銃弾や手榴弾、弾頭付き薬莢《やっきょう》など約三千トンが積載されたままになっていた。一九五〇年頃から沖縄では米軍の基地建設や朝鮮戦争の特需で屑鉄《くずてつ》が高値をよぶスクラップブームがおきており、陸上のスクラップがあらかた回収されたあとは、このような沈船にのこされた火薬や金属類が次にねらうべき宝の山となっていた。もちろん爆発物の大量につみこまれた巨大な沈船処理は技術的に困難で、政府でさえ手を出しあぐねる危険な代物《しろもの》である。しかし仕事にあぶれて命知らずになっていた漁師たちにしてみると、どんなに危険度が高くても目の前にころがるお宝をみすみす見のがすことはできなかった。そしていつしか沖縄本島や周辺の島々、それに佐良浜からも漁師達がサンパンに乗って不法に沈船にむらがるようになり、ダイナマイトをしかけて勝手に船を解体し、武器弾頭をはこびだしはじめたのである。

悲劇がおきたのは同日午後六時頃だった。突然、大地をゆるがすような大音響が四回、あたりに響いたかと思うと、海から高さ二百メートルにも達する水柱が吹きあがり、上空にはキノコ雲が立ちのぼった。その爆発音と振動のすさまじさは、付近の住民の多くに再び戦争がはじまり広島、長崎のようにピカドンが糸満あたりに落とされたにちがいないと確信させるほどのものだった。この爆発で作業にあたっていた座間味と糸満の四隻のサンパンが跡形もなくふきとび、三十一人の漁師が死亡した。

そして翌年、この慶良間の事故とおなじような巨大な沈船爆発事故が、今度は沖縄本島の読谷《よみたん》沖で発生する。爆発したのは沖縄戦のさなかに日本軍の神風攻撃をうけて沈没した、カナダ・ビクトリー号という米国の一万トン級の弾薬船だった。この沈船には百二十ミリと百五十五ミリの砲弾が満載されたままとなっており、事故が発生する二年前の一九五六年から佐良浜や周辺の漁師たちにより、ダイナマイトをしかけて船を解体する不法な沈船漁りがつづけられていた。前年の慶良間列島の大事故の影響で沈船漁りをする船は一時的に減ってはいたものの、しかしまもなくその数は回復し、事故当時は連日十数隻の船が警察当局の警備艇のとりしまりをかいくぐり弾薬を引きあげていたという。そのような状況だったので、当然のように地元では慶良間と同じ大事故がそのうちおきるのではないかという不安の声があがっており、所轄《しょかつ》の嘉手納《かでな》警察署長は〈こちらがいくら取り締まりをきびしくしても沈船付近は蜂《はち》の巣をつついたみたいにダイバーがたかっている。（中略）彼等は警察の取締りをあざわらっているとしか思えない〉との呆《あき》れ気味のコメントを新聞紙上にだしていた。

しかし、こうした懸念《けねん》もスクラップにむらがる男たちの耳にはいっこうにとどかなかった。その結果、この警察署長の心配は現実のものとなる。一九五八年四月十七日、ダイバーらが船にしかけた自家製ダイナマイトが積載されていた武器弾薬の大爆発を引きおこし、ふたたび沖縄の海に大音響と巨大なキノコ雲がわきあがった。付近の海上は黒い油でドロドロとなり、あたり一面に焦《こ》げくさい臭《にお》いが充満したという。この事故で沈船漁りをしていたサンパンやダイバー船五隻がふきとび、慶良間列島の事故を上まわる四十人が死亡した。

一件目の慶良間の事故では、佐良浜のダイバー船だった三笠《みかさ》丸という船が偶然、事故直前に現場を引きあげたこともあり、犠牲者のなかに佐良浜の人間はふくまれていなかった。しかし、二件目となる読谷沖の事故ではその三笠丸も爆発にまきこまれ、結局、総計十八人もの佐良浜の若者が命をうしなったのである。

そのなかに本村実の兄である寛一の名前もあった。

4

私は佐良浜をあるいていて、この沈船爆発に間接的にかかわった二人の人物から話を聞くことができた。その一人が、二度目に爆発した読谷沖の沈船の引きあげ作業にかかわっていた前泊潤一《まえどまりじゅんいち》だった。沖縄全体がスクラップブームに沸いていた頃、前泊潤一は自分のサバニを沖縄本島にもちこんで、銛で突き漁をしていた。そのとき本島に来ていた佐良浜の知人からさそわれ、しばらくの間、座礁船から砲弾を引きあげる作業にたずさわっていたという。彼の話は事故現場の生々しい裏話というばかりではなく、戦後の佐良浜の人間の生きざまをつたえる貴重な証言として非常に興味深かった。

前泊潤一のスクラップ作業はなかば火事場泥棒のようなことからはじまった。目をつけたのは、とあるダイバー船の引きあげ作業である。その船のダイバーらはダイナマイトで沈船を爆発させると一度港にもどり、翌日に砲弾を引きあげていた。前泊らは彼らが港に帰ったすきを見て、夜中に電灯を片手にこっそり海に潜り、おこぼれにあずかっていたのだ。ねらいは高値で取引されている真鍮だった。真鍮は海中でも黄色く光ってすぐに見わけがつくので、作業自体は一時間もあれば終わる。一日一ドルの収入があればくらしていけた時代に、簡単に四、五ドルのもうけが手にはいったのだから、これはじつに旨味《うまみ》のある仕事で、すぐに仲間の数が七、八人にふくらみ、そのうちサバニにパイプをとおしてウインチをつけて大きな鉄類もひろうようになった。

「佐良浜の人間はスクラップで相当もうけたよ」と前泊は言った。「亀浜太郎さんとか仲地浩さんとかね。仲地さんなんか嘉手納でダイバー船を三隻ももっていた。あの人はもうすごかったよ。朝は無一文でも夜になるとポケットに札束つめこんで、那覇まで十数人をタクシーに乗せて飲みあるいていたからね。カネをすてているようなもんだったよ」

その後、前泊は一時的にだが、読谷沖で爆発した沈船カナダ・ビクトリー号の沈船漁りにも関与するようになった。ただ、関与といってもダイバー船の乗組員として砲弾の引きあげに直接たずさわったわけではなく、ダイバー船が引きあげた砲弾を嘉手納港から糸満の業者に運搬する船の乗組員としてはたらいていたのだという。

前泊によると、もともとこの巨大な沈船を発見したのは佐良浜の者ではなく、ひばり丸というべつの地域の小さな船だった。沈船が発見されたあとはしばらく、ひばり丸によって砲弾の引きあげ作業はおこなわれていたが、気の荒い佐良浜漁師たちがその噂《うわさ》を聞きつけると状況は一変した。

「佐良浜の人たちが知ってしまったんだ。佐良浜の人間はもうこんなんだからね。知ったらゆるさんよ、絶対に。横どりでもなんでもやるし」

佐良浜の男たちは利権を横どりするため、第一発見者であるひばり丸の船底をはがし、船を浸水させ、さらにエンジンも故障させて航行不能の状態におとしいれて、自分たちで砲弾をあげはじめた。その後、ほかの佐良浜の船もハイエナのように続々とこの沈船をねらって付近にむらがるようになり、嘉手納に妻子をよびよせて部屋を間借りする者もあらわれた。もちろん利権をうばわれたひばり丸のほうもだまってはおらず、当時、沖縄一と呼ばれたヤクザの親分にたのみこみ、この紛争の処理を依頼した。親分の名前を聞いた佐良浜の連中はふるえあがった。結局、各船の収益から二割をひばり丸に納入することで決着がつき、ひばり丸も労せずしてもうけをえられることになったという。

カナダ・ビクトリー号には四千トン以上の砲弾がつみこまれており、佐良浜の船だけで十数隻、沖縄本島の船もふくめると数十隻もの船が沈船漁りにむらがっていたという。発見当初は数カ所のハッチがひらいていたので、そこからダイバーが進入して簡単に砲弾を引きあげることができた。引きあげた砲弾は糸満の業者が買いとり、前泊は業者が買いとった砲弾を嘉手納港から糸満の東の浜まで運搬船ではこんでいた。砲弾はすべてまだ新品で、薬莢にはいったまま信管もピカピカと光っていたため、火薬も金属の外殻もすべてが売り物になった。しかし、そのうち開いているハッチからとれる砲弾はすべてとりつくしてしまい、最後は閉じているハッチを吹きとばすしかなくなった。そして自作のダイナマイトをしかけることになり、結局はその威力が強すぎてなかの砲弾に引火し、船ごと大爆発を引きおこしたのだ。

爆発事故がおきたとき前泊潤一はすでに運搬作業からは手を引いていたので、現場の状況については人伝《ひとづて》に聞いただけだという。

「ハッチの蓋《ふた》をあけて砲弾をとるためのしかけをほどこしたらしい。一斗缶に火薬いっぱいつめてダイナマイトつくったわけよ。普通、ダイナマイトといったら一升瓶ぐらいだけど、一斗缶だったたって。そしたらなかの砲弾が全部ふきとんだ。もう何もなかったってよ。ちっちゃいダイバー船の燃料タンクか何か、あつい鉄のやつがひとつのこっていただけだって。爆発した瞬間は海から水がなくなったって話も聞いているよ。誰が見たのかわからんけどね」

読谷沖の沈船漁りとはべつの話だが、前泊自身も火薬のぬきとり作業中に爆発にまきこまれ、あやうく死にかけたことがあったという。

「嘉手納の海岸道路から少しはなれたところに岩礁というか、まわりが岩にかこまれたところがあるんだよ。そこで砲弾をはずして火薬をぬきとっていたことがあった。行政が船で回収して不発弾を投棄している場所があって、そこから砲弾をひろってくるんだ。火薬だけじゃなくて砲弾の留め金も砲金《ほうきん》でできていたので、いいカネになったよ。四隻の船のグループが一緒になって、そのときは四十人近くいたかな。それぞれが砲弾の玉をかかえて、鏨《たがね》やハンマーでガンガンやっていたんだ。そしたらそれが爆発してしまった」

「爆発ですか？」私はつい声をあげた。佐良浜に来てから何度、このような素っ頓狂《すっとんきょう》な声をあげたことだろう。

「バーンという音じゃないよ。ゴーンと鐘をたたいたような音で空気がふるえて、意外と音は小さいんだ。その瞬間、まっくらでさ。しだいに明るくなってくるんだよ。そしたらもう血の海だよ。はあ。こっちで人が死んでいる。むこうでも人が死んでいる。八人ぐらいが死んだかな。わしの両隣は死んでいた」

「もう身体はぐちゃぐちゃになって……」

「いや、ちがう。一人は破片で顔だけがやられていた。もう一人はお腹《なか》がやられていた。もう見るのがやっとさ。あとは目もくれず誰が誰だかわからんまま逃げたよ」

現場の岩場の広さは六畳ほどしかなく、男たちはそこで車座になって作業にあたっていたという。まんなかには砲弾の玉が山積みになっており、みんなそれを手にとってては次々と火薬をぬきとっていた。このまんなかの砲弾の山に引火しなかったのは不幸中の幸いだった。爆発の規模からおそらく破裂したのは砲弾一個で、その場にいた四十人近くのうち破片が直撃した不運な人だけが死亡したのだという。

「足の大きな人がいたんだよ。普通の足袋じゃはけないような。その人の胴体がなくなって、足だけがのこっていた。だからみんな、この人がやっている玉が爆発したんだなと思った。ほかの死体はみんな胴体がのこっていたからね」

現場は海岸道路の近くだったので、爆発の騒ぎを聞きつけた警察や軍の車両がすぐに駆けつけた。火薬の抜きとりは違法だったので、生きのこった人々はつかまったら終わりとばかりに死体をおきざりにして一目散で遁走《とんそう》した。幸いなことに、ちょうど干潮の時間帯でリーフが海面からでていたので、彼らは沖に向かって走り、それから少し遠まわりして港に泳ぎつき、知らぬ顔で自宅にもどったという。

「新聞にはのらなかったんですか」と訊ねると、

「ばりばりのっている。どのぐらいの人間がにげたとか、みんな見ている。走ってにげたという証言が書いてあった」

そう言った後、前泊潤一はそれがいかにも愉快なことであったかのように、ハハハと大笑いをした。私は一瞬当惑した。

「みんなダイナマイトで相当やられているよ。一度に三人も四人も死んだりしてね。火薬抜きとって鉄を売って、それでもだいぶやられたんだ」

そう語る前泊潤一の言葉にはどこかあっけらかんとした響きがあった。

佐良浜で出会った沈船爆発事故のもう一人の関係者は漢那武三《たけぞう》だった。武三は佐良浜でアギヤー漁を創始した〈まんこう組〉の漢那計徳の四男である。

計徳はアギヤー漁を軌道にのせて組を弟の加根にゆずったあと、湧徳《ゆうとく》丸という船を購入し、生活の軸足をアギヤー漁からカツオ一本釣り漁船と鰹節工場の経営にうつした。そして、計徳がカツオ事業にのりだしたころから、彼の長男、すなわち武三の実兄である漢那憲徳《けんとく》という人物が那覇で鰹節店の経営をはじめている。

じつはこの憲徳はのちに徳洋漁業という会社を設立し、本土の大手水産会社である大洋漁業（現・マルハニチロ）と組んでソロモン出漁をしかけ、佐良浜に莫大《ばくだい》な利益をもたらすことになる戦後南方カツオ漁の立役者だった。いわば戦後の佐良浜を象徴する立志伝中の人物である。そのような人物であっただけに、私はこの取材をはじめてからまもなく『伊良部町漁業史』などの文献で漢那憲徳の名を知るようにはなっていた。ただ、彼がどのようにして大洋漁業と組むほどの資金力や人脈をきずいたのかはよくわからず、私のなかでそれは佐良浜の戦後史をめぐるひとつの謎《なぞ》になっていた。

しかし、この沈船爆発事故の取材をしている最中に、私にはもしかしたらそういうことではなかったのか、と閃《ひらめ》くことがあった。

当時の新聞記事に目をとおしていたとき、私は読谷沖の爆発事故を報じた沖縄タイムスの記事のなかに、〈三笠丸（船主漢那次郎氏）は、さきの座間味での爆発事故のさい爆発寸前に現場からひきあげた幸運の船だったが、十一人乗ったまま行方をたっている〉との記述があることに気がついた。つまりこの三笠丸という船は、一発目の慶良間沖の爆発のときはたまたま現場を撤収して九死に一生をえたのだが、翌年の読谷沖の爆発にはまきこまれて、乗船していた佐良浜の若者十一人全員が死亡したとの内容の一文である。新聞を読んだだけでは、この漢那次郎という人物が誰なのかは皆目見当がつかなかったが、しかし漢那加根の息子の招福に会ったときにそのことをたずねてみたところ、じつはこの漢那次郎というのは漢那憲徳の通称なのだとおしえてくれたのだ。

だとすると憲徳はダイバー船の船主として砲弾の引きあげ作業にたずさわることで、かなりの金額をもうけていた可能性がある、と私は思った。なにしろ前泊潤一にかぎらず、スクラップでもうけた船主たちがポケットに札束をつっこんで那覇や平良で豪快に散財していたという話を、私は佐良浜にきてから耳にタコができるほど聞いていたのだ。もしかしたら憲徳は多くの佐良浜の若者が命をうしなった沈船引きあげ作業でひと財産稼ぎ、それを元手にすることで戦後南方漁に進出することができたのではないか——。そのようなストーリーが思いうかび、私は興奮した。戦後の貧しさから人々を脱却させ、島にコンクリートの〝カツオ御殿〟を林立させせて、佐良浜に一時の栄光と隆盛をもたらした南方カツオ漁の出発点が、もし多くの若者の爆死とひきかえに成立していたのなら、それは補陀落《ふだらく》僧の漂流以来、つねに死ととなりあわせに生きてきた佐良浜海洋民の光と影をどこか象徴するような話に思われたのである。

私が憲徳の弟の漢那武三の家をおとずれたのも、実際に憲徳が沈船の引きあげ作業でひと財産きずいたのかどうか確認するためだった。武三はいまも兄である憲徳のことをしたってやまないようだった。周囲からは気むずかしくてとっつきにくい人物だと聞いていたが、実際に家をたずねてみると、彼はそのしたっている兄の話を聞きに来てくれた人間がいたことがことのほかうれしかったみたいで、私をよろこんで家にまねきいれ、「兄貴が、兄貴が」と何度も口にしながら、たっぷり二時間ほど思い出話を聞かせてくれた。

武三の話は、父の計徳がアギヤー漁の組をゆずりカツオ漁に進出した頃からはじまった。計徳は宮古本島の造船所で湧徳丸というカツオ船を建造したが、当時は終戦直後で物資がとぼしく、ボルトひとつ手にいれるのにも苦労するようなありさまだった。終戦後の佐良浜には十隻前後のカツオ船が操業しており、湧徳丸はそのなかでも大漁船とよばれた一隻だったが、武三によると実際には「中身はからっぽ」だったという。

「量的にはとれたんだけど、当時はカツオの値段もあまり高くないさ。船主の場合はどうしても資金が不足するので、沖縄の商人から借金して鰹節で支はらう感じでやっていた。カツオ船というのは四年に一回は大漁するんですよ。でものこりの二、三年は不漁。漁期も一年のうちに二、三カ月だから、あとは収入がないのよ。支出も大きいし、もつわけない」

カツオ漁だけでは資金ぐりがきびしい状況のなか、漢那家は当時の混乱した世相に乗じて闇商売にも手をだした。父の計徳は集落内の人望があつく自治会長のような役職についていたので、米軍から住民にくばられるコメやミルクなどの配給物資は、すべていったん漢那家のもとにあつめられた。彼らはその配給物資のなかからあまったぶんを闇に流してカネにかえたという。また、長男の憲徳は夏のカツオ漁の時期が終わると湧徳丸を密貿易のチャーター船に衣がえさせて、豚を買いあつめて那覇にはこんで売却した。憲徳はしょっちゅう商売だと言っては家のカネをもちだし、そして失敗してはカネをうしなって帰ってきたので、そのたびに父から怒鳴りちらされていたという。一度、密貿易で摘発をうけてどこか離島の留置所に放りこまれて三年ほど服役したこともあったらしい。そうやって那覇と佐良浜を行き来しているうちに、憲徳は那覇に腰をすえて商売をはじめるようになった。

憲徳がなぜ三笠丸というダイバー船を所有するようになったのか、武三はそのいきさつを知らなかったが、しかし三笠丸の乗組員をしていたので沈船の砲弾引きあげ作業のことについては非常にくわしいことを覚えていた。

「当時は真鍮類の値段があがっていたからね。また沈船がたくさんあって、一万トンとかいうアメリカ船がそのまま沈んでいるわけよ。その砲弾をとって薬莢を売るわけさ。それで相当もうかっていた」

「佐良浜の人がだいぶむこうでやっていたみたいですね」

「ほとんど佐良浜」と武三は言った。「人間がありあまっているわけだから、那覇で固定給の仕事があると聞けばよろこんで来る。佐良浜では仕事といってもカツオ船かアギヤー漁しかないからね」

船にはダイバーが五、六人、それに一般乗組員が六、七人乗っていた。ダイバーが潜ってモッコ（網でできた運搬用具）に砲弾を乗せて、それを船にいる乗組員がウインチで引きあげた。給料は砲弾がまとまっているところで作業した場合、船上作業する一般船員で今の金額になおして一カ月約五十万、ダイバーは危険なのでさらにその四、五倍の収入になった。

ダイバーが危険だというのは爆発云々《うんぬん》より、数十メートルもの深さに潜ることで潜水病のリスクが高まることにむしろ主因があった。そのため、一般船員のなり手は佐良浜でさがせばいくらでも見つかったが、ダイバーのほうは頭をさげなければ来てくれなかったという。危険作業なだけに発言権もつよく、ダイバーが作業できないと判断すると船主もしたがわなければならなかった。

「みんなカネにはよわいからね。ダイバー連中は飲み屋に行っても派手だった。でも結局潜って潜水病になって死ぬわけ。もちろんその補償なんかない。船主もぎりぎりの生活をしているから補償できるわけがない」

最初に爆発した慶良間のほうの沈船は、武三によると水深三十二尋《ひろ》（約六十メートル）のところに沈んでいたという。沖縄タイムスの記事には、漢那憲徳の三笠丸は〈爆発寸前に現場からひきあげた幸運の船だった〉と書かれていたが、実際に乗船していた武三によると、本当に爆発寸前に奇跡のようなことがおきて船は現場をたちさったのだという。

「あのときは那覇のスクラップ船とぼくらの船が作業していた。なかに砲弾がいっぱいつまっているハッチがあって、そこをあけないといけないから、一斗缶に火薬をつめて信管をいれてブリッジの上において、電気でスイッチをいれたんだ。そしたら不発なんだよ。爆発しないわけ。ぼくらの船はアンカーをいれていたんだけど、なぜかそのときにちょうどアンカーのロープが切れて船が流されはじめた。兄貴もダイバー連中も、もう一回アンカーをおろして潜ろうと言ったんだけど、ぼくはなんだか港に帰ったほうがいいような気がして、とにかく喧嘩をして絶対に帰ると言ったんだ。兄貴は怒って、こいつを港におろして出なおそうと言ったけど、結局はぼくの意見に負けて一度帰港することにしたわけだ。そして慶良間の港の砂地に船をあげたときに、沈船が大爆発をおこした」

その瞬間、周囲は派手な大音響につつまれ、ついさきほどまで作業をしていた現場から原子爆弾のようなキノコ雲がたちのぼっていた。地震のような地鳴りがおきて、そのゆれでちかくの小高い丘から山羊《やぎ》がごろごろころがり落ちるのが見えたという。すぐに警察が来て、死体の捜索に協力するよう要請されたが、現場に行ってみると、まともな死体などただの一体も見つからず、唯一《ゆいいつ》、上半身をうしなった人間の足の部分だけが海の上に浮かんでいるのが見つかっただけだった。

船員たちは突然の爆発に驚愕《きょうがく》するより、自分たちがまきこまれなかった幸運をよろこびあっていた。しかし九死に一生をえた三笠丸がその事故に懲《こ》りて、沈船漁りをやめたかというとそうではなかった。彼らはすぐに慶良間をはなれて沖縄本島に向かい、そして性懲りもなくふたたび読谷沖での巨大な沈船漁りにくわわって、ふたたび連日海に潜って砲弾を引きあげつづけたのである。

つぎの読谷沖の爆発事故がおきたのは一九五八年四月のことだが、武三によると、このときまでに沈船カナダ・ビクトリー号からは弾薬の半分ぐらいが引きあげられていた。この爆発事故のさいも憲徳と武三の兄弟は直前まで三笠丸に乗船していたが、前日に仕事が終わり港で船を洗浄していたときに急に武三の目が見えなくなり、そのことがきっかけで二人の間に口論がおきて、翌日の乗船を見あわせることになったという。

「仕事から帰ってきて船を洗うさね。そこで目が見えない。全然一寸先が見えなくなった。兄貴からは、おまえいままで船洗っていたのになんで目が見えなくなるの、バカじゃないのって言われて喧嘩になったんだけど。ぼくはその場にいた船員に病院につれていってもらって、翌日は仕事にいけんさね。兄貴も腹をたてて船に乗らなかった。そしたら翌日さ。帰ってこないさ。出たら最期《さいご》さ。そこが運命だろうね」

翌日、漢那兄弟をのこしたまま出港した三笠丸は爆発事故で木端微塵《こっぱみじん》にふきとび、本村寛一をふくめた十一人の船員は跡形もなくどこかに消し飛ばされてしまったのだ。そして武三によると前日に彼を眼科につれていってくれた船員というのが、ほかでもない本村寛一だったという。

「優秀なダイバーでしたか」とたずねると、「彼はダイバーではなく乗組員じゃなかったかな」と武三は言った。私はその答えを意外に思った。妹の友利キクからなんでもできるスポーツ万能の兄で、漢那招福からはアギヤー漁にもよく顔をだしていたと聞いていたので、てっきり本村寛一は潜りにも秀《ひい》でており、砲弾回収事業でもダイバーとして活躍していたのだと思っていた。

「非常に無口な人だったね。あまり大げさにしゃべらない。性格はよかったね。あんな若い連中が飛んじゃうんだから」武三は遠くを見るような目をした。

佐良浜でアギヤー漁に精をだし、スクラップブームがおきると率先して沖縄本島に出稼ぎし、躊躇《ちゅうちょ》なく危険の渦のなかにとびこみ、生きるために警察の目をぬすんでは巨大な沈船相手に砲弾をかすめとり、そして最後は派手に命を飛びちらせた本村寛一は、この時代の佐良浜の空気を一身に体現した生き方をした人物だった。彼の死を弟の実や栄がどのようにうけとめたのかはわからない。しかしどのようなかたちであれ、彼らの潜在意識の底に兄が綱わたりのような人生の果てに爆死したという事実は強くこびりついていたにちがいない。

三笠丸の船主である漢那憲徳も崖っぷちぎりぎりを歩くような生き方を強いられていた。沈船の砲弾漁りで蓄財し、それを元手にして後年南方カツオ漁に進出したのではないかという私の鼻息の荒い見たては、武三の話を聞いているとどうも見当ちがいであったようだ。

三笠丸が爆発でふきとんだ頃、憲徳はヤクザに追われて逃げまわっていたのだという。

「兄貴は当時、夜逃げをしたみたいなかたちになっていた。慶良間の集落に誰かが引きあげておいてあった真鍮の薬莢があったわけさ。大きい袋で二十袋ぐらい。それを兄貴は夜中にかっぱらって那覇で売ったわけさ。そしたらこれがヤクザ関係だったわけ。それでヤクザに拉致《らち》されて殺すよと脅された」

ブツがなくなっていることを知ったヤクザ連中はスクラップ業者を徹底的にあらい、すぐに漢那兄弟の仕業であったことを突きとめた。首謀者である憲徳は拉致され、那覇にある琉球八社の一つである波上宮《なみのうえぐう》の崖の上に連行され、海につきおとすぞと脅迫されたという。彼は必死に命乞《いのちご》いをし、弁済方法を決めてなんとかゆるしてもらい釈放された。そうこうしているうちに今度は読谷沖の沈船爆発事故がおきて三笠丸がふきとんだ。船をうしないヤクザから追われた憲徳は、夜逃げするように住居をうつし、鰹節店をはじめて原付バイクで行商をしながらなんとかその後の人生を立て直そうとしていたという。

蓄財どころか、当時の漢那憲徳は流亡《るぼう》の民のような生活をおくっていた。彼がソロモンに船団を派遣して南方カツオ漁で佐良浜を隆盛にみちびく道筋をつけるまでには、まだ十年以上の歳月があった。

第四章　消えた船、残された女

1

佐良浜の人たちから聞く戦後の生活には混沌《こんとん》と動乱が渦まいており、会話のなかから火薬物の硝煙の臭《にお》いが漂ってくるようだった。そこから感じられるのは時化《しけ》て白波がはじける夜の暗い海のなかを、小さなクリ舟（丸木舟）でこぎ進むかのような危うさと頼りなさだった。しかも、そのような先の見えないおそろしい航海のような生活は、いつ終わるともしれず、ふとした拍子に足をすべらせてクリ舟から海のなかに転落してしまえば、その人生は一巻の終わりで、実際にそういう人間はたくさんいた。

そのような死が間近にある生活、常に死を意識しながら展開される生に、私は畏敬《いけい》とも畏怖ともつかない気持ちをいだいた。

個人的な話になるが、私が北極やヒマラヤの辺境のようなところに冒険旅行をくりかえすのは、日常生活のなかで死を感じられなくなったからだと思っている。消費文化の価値観にどっぷりと浸《つ》かった現代の都市生活においては生や死のいっさいは漂白され、われわれの目には見えなくされている。生や死を想起させる風習、肉や血などの生々しい物体、生きていること自体に由来《ゆらい》する汚らしくて猥雑《わいざつ》な空間などはすべて忌避され、隠蔽《いんぺい》され、私たちはアルファベットの横文字がならんだ、消臭剤の匂いが漂ってきそうな清潔で小ギレイな居住空間で日常をいとなんでいる。生は肉体という物理的な有機物によって生存期間が限定されており、死が不可避であるにもかかわらず、その死を具体的に想像できない空間のなかに私たちの生はとじこめられているのである。

本来の生というのは死を感じることができなければ享受《きょうじゅ》することができないものである。科学技術や消費生活が進展することで都市における生は便利に、安逸になり、快楽指数も上昇したが、そのことによって私たちが知ったことは、日常が便利で快適になることと、自分の生が深く濃密になることとはまったく関係がないということだった。現代の都市生活者は死が見えなくなり、死を経験することができなくなることで、死を想像することもできなくなった。そしてその結果、生を喪失してもいる。私が冒険旅行をするのは、ただたんに死の想像できない都市をはなれて、時々本格的に死と対峙《たいじ》しないと自分の生の輪郭がうしなわれてしまうような気がしてならないからだ。だから私は日常生活のなかで死をとりこむことのできていた頃の人々の暮らしに単純に敬意をおぼえるし、自分の冒険旅行も所詮《しょせん》は日常に死があった頃の生活の追体験にすぎないとも思っている。

本物は生活のなかにある。佐良浜の人から聞く彼らの戦後の暮らしは、まさに死をとりこんでいた人たちの日常だった。彼らの生活には私が冒険にもとめている目的そのものがあるように思えた。日常の暮らしのすぐ脇《わき》に具体的な死があることによって彼らの生の輪郭はかたちづくられており、だからこそ彼らの生は日常のなかでも漂流しておらず、彼らの身体《からだ》はがっちりとした輪郭線をともなって、その場、その瞬間にゆらぐことなく存在できていたのだろう。

死が近くにある生。佐良浜の人たちの話に耳をかたむけているうちに、私には、それが彼らの世界観を形成していることはほぼまちがいないことのように思えてきた。私が彼らに接したときに感じていた、生にたいしてどこかわりきった感覚、過去や人間関係のしがらみや執着のなさなどは、そこに起因しているように感じられた。つねに日常のなかで生の限界を見すえているからこそ、彼らは死すら淡々とのりこえることができたのではないだろうか。それはたとえば棺桶《かんおけ》で舟をつくってはしゃぐ子供たちの話を聞いてもわかることだった。彼らの生活のなかにはふとした、さりげない瞬間に死がはいりこんでおり、死を生手《なまで》でとりあつかうことによって佐良浜での生はつむがれていた。本村実がフィリピンまで漂流したときに別段動じず、わりあい淡々と自らの運命と状況をうけいれることができたのも、子供時代から死をいつもそばで見つめていたからであったように私には思えた。

密貿易、ダイナマイト密漁、沈船爆発。戦後の佐良浜の生と死の世界を形成していたそうした裏面史的な出来事とならび――いやそれ以上に――私が関係者に話を聞きたかったのは、例の行方不明船のことだった。約五十年も昔に、佐良浜の若者を乗せて忽然《こつぜん》と行方をたったという第一富士丸というマグロ延縄《はえなわ》漁船と、そしてもう一隻《せき》、ほぼ同じ時代に同じように佐良浜の若者を数多く乗せた第十一金栄丸という船についてである。

この二隻の行方不明船に何があったのか、私は密貿易やダイナマイト密漁や沈船爆発よりも、はるかにつよい関心をもって佐良浜にきていた。というのも、私がはじめて行方不明船のことを耳にしたのは、泊港で出会ったマグロ漁師と伊良部鮪《まぐろ》船主組合においてだったが、そのときの彼らの口ぶりからは、どこかそれを話したがらないような雰囲気が感じられたからである。あるマグロ船の船主の妻からは「そんなことは訊《き》かないでくれ」と露骨に煙たがられたし、組合の事務員にたずねたときも最初はしめしあわせたように口をつぐんだ。そんな彼らの様子を見ていると、佐良浜の人間にとって第一富士丸などの行方不明船は、当時のくるしかった集落の記憶をよびさます、うすいカサブタにおおわれた生傷のようなものではないかと感じられたのである。

行方不明船は戦後の佐良浜のひとつの時代を象徴した神話のようなものかもしれない。いつしか私はそんな考えをもつようになった。

その当時の佐良浜の若者たちはカツオ船とアギヤー漁しか仕事がない郷土を見かぎり、多くが稼ぎを得るために沖縄本島にうつり住んだ。そうした出かせぎの若者たちを吸収したのは、ちょうど遠洋漁業を奨励する行政府のあと押しにより急速に肥大化しつつあった那覇のマグロ業界だった。そもそも島にいようと、那覇にいようと、どちらにせよ佐良浜の人間は海の仕事をする生き方しか知らなかったし、見とおしももっていなかった。漁船が次々と建造され、しかも大型化していく時代のうねりのなかで、あいかわらず海技に伝統的な強さをもつ佐良浜の若者たちは業界から船員として重宝され、必然的にマグロ漁船員となり、まるでそれが運命であるかのように皆、南の海へとのりだしていったのである。

それはあきらかに時代の風景だった。しかし、その時代の風景には、同郷の若者が大量に乗った船が連続して忽然と行方を消すという大きな傷をともなった。海にしか仕事がないという自分たちの運命を忠実に生きた結果、彼らは帰ってくることができなかった。海しかないのに、彼らは海によって殺されたのだ。それは佐良浜の人たちにしてみると、ある意味で自分たちの素性が世界から否定された事件であったのと同時に、海からの裏切りでもあっただろう。

もちろん、そのような行方不明事件は古来、海洋民である彼らの歴史にはつきものだったのかもしれない。そもそも彼らが祭神と崇《あが》めるのはウラセリクタメナウという補陀落《ふだらく》僧と思《おぼ》しき元漂流者なのだ。行方不明船の存在は古《いにしえ》の補陀落僧同様、彼らに、自分たちは残酷な海という大いなる空間のなかで生きていかざるをえないこと、そうまでしなければ生きていけないのだということをあらためて自己認識させる大きな契機となった。その共有体験が海洋民としての同郷意識を醸成し、郷土と海にたいして愛着と呪詛《じゅそ》のいりまじった複雑な感情を形成させたのだ。そのような意味で、第一富士丸と第十一金栄丸という二隻の行方不明船は、死ととなりあわせだった時代と海洋民としての遺伝子を彼らにいやでも思いおこさせる神話となっていた。

第一富士丸の遭難が佐良浜の人の大脳皮質にどのようにすりこまれているか、そのことをもっとも鮮烈に私にしめしてくれたのが、ほかでもない本村富美子と友利キクとの会話だった。

それは二人がサバ沖の井戸の思い出話について私に語ってくれたときのことである。集落の高齢女性たちと同じように、彼女たちにも若い頃、井戸の水汲《く》みで苦労させられた経験があったが、そのなかでもとくに富美子の記憶に強くのこっているのは、中学生ぐらいのときに体験したつぎのような出来事だったという。

その日もまた彼女がサバ沖の井戸に水汲みに行っていた。水を満タンにした重い盥《たらい》をもって百二十三段の階段をのぼり、足場のわるい道を家路についた。彼女の家は佐良浜の集落のなかでも一番上のほうにあったので、中学生の女の子にその道のりはとても遠く、毎日の水汲みは肉体的にきびしい作業だった。田圃《たんぼ》のなかの道をこえて、ようやく家が見えてきたとき、彼女はもうちょっとだとの気持ちになった。水汲みが終わったら、家のお手伝いから解放されてようやく友達とあそびに行くことができる。しかし、家が見えて最後のひとふんばりをしていたとき、急に近くにいた二、三歳年上の男子グループが近寄ってきて彼女に悪戯《いたずら》をした。男子たちはふざけた声をあげながら、富美子の胸などをさわって逃げていった。

富美子は急にへんなことをされたせいで、せっかくはこんだ水をすべてこぼしてしまった。

「もうあれが悔しくて悔しくて。またあと一回とりに行かんといけん。私の家は井戸から遠いさ。はあー。あれだけは本当に悔しかった。石でもとって投げてやろうかと」

そう言って彼女は本当に悔しそうな顔をした。

「大変な思いをしてはこんでくるもんね」とキクがうなずいた。

富美子が思いもよらないことを言ったのは、そのときだった。

「もうね、あの人たちも帰ってこない」

その言葉にキクも、「うん」と神妙な口調で相槌《あいづち》をうった。

帰ってこない？　富美子は「あの人たちも」と言った。「も」ということは、本村実と同じように彼らも帰ってこないという意味で、もしかしたら彼らは行方不明になったとかいう富士丸というマグロ船に乗ったのではないか、と私は反射的に推測した。

「あの人たちもマグロ船に乗って帰ってこないよ。五十年ぐらいになる。何丸か知らないけど。たしか二つか三つ上だよ。とにかくうちにちょっかい出した人たちは帰ってこない」

やはりそうだった。富美子に悪戯した男子たちは大人になって富士丸か金栄丸かわからないが、とにかく行方不明になったマグロ船の船員となったのだ。私は富美子の話のむこうに、富士丸で行方不明になった若者の無邪気な顔がサッとよこぎったような気がした。きっとその男子たちは、お目あての女の子を待ち伏せするために、道端で屯《たむろ》していたのだろう。そして富美子が来たのを見てその胸をさわり、富美子が悲鳴をあげると、笑い声をあげながらどこかに走り去っていった。それはどこにでもいる少年たちの姿だった。富士丸の行方不明事故というのは、要するに、そのような昨日までとなりで笑っていた無垢《むく》な少年たちが集団で一度に消息を絶ってしまったという出来事だった。

富美子のみじかい記憶は、私にとって文字列の知識でしかなかった富士丸の遭難に、はじめて具体的な映像をあたえてくれるものだった。子供の頃に時間と空間を共有していた同年代の顔見知りが突然、消息不明になるのは、やはり記憶の奥底にいつまでもこびりつく出来事だったにちがいない。富美子の記憶にこのシーンが深くきざまれているのも、水汲みという重労働をもう一度強いられた口惜しさのためばかりではなく、重労働を強いたその男たちがある日、この世界から忽然と退場したことと無関係ではないように思われた。

2

その第一富士丸が行方不明となったのは一九六二年四月だった。

富士丸は百五十五トンのマグロ延縄漁船で船員は二十五人、そのうち本土からの船員が船長以下七人で、沖縄の船員は十八人だった。そして、沖縄人船員のうち佐良浜の出身者は山口栄春甲板長を筆頭に少なくとも十三人にのぼり、二人の池間島出身者をふくめると船員の半数以上が池間民族の若者によって占められていた。

その二年前の一九六〇年から、琉球政府は遠洋マグロ漁業を振興するため、日本政府と本土のマグロ業者と折衝し、本土の遊休漁船二千二百五十トン分を五年以内に導入することを決めていた。富士丸はもともと愛媛県西宇和郡の漁協が所有する船だったが、この二千二百五十トン枠によって沖縄に導入されることが決まり、那覇市の光洋水産という会社がチャーターして運航していた。

行方不明となったこの航海は、光洋水産がチャーターしてから三回目となる航海だった。三月二十三日に那覇港を出港したあと、一度、宮古島の平良港にたちより、最後の準備をすませて二十五日に平良港を出発している。翌二十六日に「凪《なぎ》やや悪いが、目下南下中。北緯二十一度三十分、東経百二十五度三十分」との無線通信がはいったのを最後に完全に通信がとだえてしまった。

行方不明が発覚したのは出港から約一カ月後だった。船には約七十日分の食糧と十六トンの水、七十トンの燃料がつみこまれていたので、連絡がなくなってからしばらくは無線が故障しただけではないかという楽観的な見方がなされていた。ところが、いくら日にちがたっても船は姿をあらわさず、なんの連絡もなかった。外務省や海上保安庁、米国民政府が捜索を開始したが、結局手がかりは何もえられなかった。

当然ながら、船の失踪《しっそう》についてはいくつもの原因が検討されることになった。まず考えられたのは海況の悪化による遭難の可能性である。だが、最後の連絡があった三月二十六日の天気図によると沖縄南方海上の天候は晴れ、また風力も一～二と弱く、とても気象遭難を想定できる状況ではなかった。そのため、ひとまず最後の連絡があった三月二十六日の時点では船に大きな異変はおきておらず、無線が故障したまま目的地の漁場に向かっていたはずだと推測された。

つぎに問題となったのは第一富士丸がいったいどこに向かっていたのかということだった。現代の感覚では考えられないことだが、当時、船主やチャーターしていた光洋水産の社長もふくめて誰も同船の目的地を把握していなかったのだ。

前述したとおり、このときは富士丸が光洋水産にチャーターされて三度目の航海だった。これまでの二度の操業についていえば、一度目はインドネシアのバンダ海からチモール海周辺で操業し八トンの水揚げを記録、二度目はニューギニア島北方海上を漁場としたが目立った漁獲をえられず帰国、との結果をのこしていた。こうした過去の操業実績から、船の関係者は、三度目はインドネシアとフィリピンの間にひろがるセレベス海で操業していたのではないかと予想した。四月のはじめに富士丸が発信したと思われる微弱な電波が、セレベス海周辺で沖縄のほかの漁船に感知されていたことも、その根拠のひとつとされた。

気象状況から沈没などの遭難は考えにくく、さらに操業海域はインドネシア周辺が有力である。だとすると考えられる可能性は一つしかなかった。インドネシア当局による拿捕《だほ》である。

じつはその当時のインドネシア海域では、沖縄の遠洋マグロ船が当局に拿捕されるという事件があいついで発生していた。富士丸失踪の二年前にあたる一九六〇年、沖縄のチャーター船である第三十五平和丸というマグロ漁船がアンボンに入港後に拿捕され、四十二日間連絡がとれなくなるという事件が発生している。また、富士丸とほぼ同時期――わずか一週間前――にも、第一球陽丸というマグロ船がやはりセレベス海付近で操業中に突如、領海侵犯を理由にインドネシア海軍の哨戒機《しょうかいき》から機銃掃射をうけ、船員一人が死亡し、三人が重傷を負うという大事件がおきていた。このため富士丸が行方を絶ったときも、やはりインドネシアかフィリピン当局に拿捕され、連絡がとれなくなっているのではないかとの見方が有力となっており、米国民政府もその筋で各政府当局へ照会を打電していたのである。

ところが、六月九日になり、インドネシアとフィリピン両国の政府から非公式ルートで拿捕の事実はないという回答がとどいた。結局、その後も拿捕の事実はみとめられず、手がかりがないまま事件は風化していったのである。

第一富士丸は神隠しにあったように、どこかに消えてしまったのだ。

そして、それから四年半後にふたたび同じような行方不明事件が発生する。今度は第十一金栄丸というマグロ船が忽然と行方を絶ったのである。この船にも富士丸と同じように多くの佐良浜の若者が乗っていたという。

第十一金栄丸は七十二トンのマグロ船で、一九六四年に高知県から購入されて以来、糸満の船として操業していた。行方不明となったのは糸満船籍になってから十三回目となる操業においてだった。十八人の船員を乗せた第十一金栄丸は一九六六年十一月二十日に那覇港を出港し、インドネシア海域の漁場をめざして南下したが、それ以降、船からの無線連絡はとだえた。その後、十一月下旬と十二月下旬に二隻の琉球船籍の漁船からインドネシア周辺海域で金栄丸らしき船を目撃したとの情報がよせられたが、それも決め手とはならず、そのまま行方がわからなくなってしまった。

可能性としては座礁《ざしょう》や漂流、あるいは第一富士丸と同じようにインドネシア当局による拿捕などが考えられたが、最終的には決定的な手がかりが何もえられないまま捜索は中断され、第十一金栄丸の船舶原簿は抹消された。やはり金栄丸についても何もわからないまま何十年という時間だけがすぎさっていったのである。

実際に佐良浜に来てみると、しかし、この五十年前の二隻の行方不明事件は決して決着のついた話ではなかった。そしておどろいたことに、富士丸や金栄丸は北朝鮮に拉致《らち》されたらしいという説が、人々の間ではかなり信憑性《しんぴょうせい》のある話としてうけとめられていたのである。

はじめてこの北朝鮮拉致説を耳にしたときは、率直にいってまともにとりあうのがバカらしい、うさん臭い話に聞こえた。手がかりが何もないからといって原因を安易に北朝鮮に帰すのはなんとなく陰謀史観めいていて、安直すぎるように思えたのだ。

ところが佐良浜に来てまもなく、私はこの北朝鮮拉致説の発信元がほかならぬ仲間明典であることを知った。

「あれは北朝鮮だよ」

佐良浜一のインテリで事情通でもある仲間明典は一点の迷いもなく、晴れわたった秋の空のような顔でそう言うのだった。彼には北朝鮮拉致説を事実と考えるだけの説得力のある根拠があるみたいで、それをおそらくティンクルやスナックで酔っぱらって吹聴《ふいちょう》するうちに佐良浜全体にひろまっていったようだった。

たしかに話を聞いていると、彼の説には強い信憑性が感じられた。仲間明典が北朝鮮拉致説をとなえるようになったのは、彼が三十代の頃に、とある新聞記事が地元紙に掲載されたと聞いたことがきっかけだったという。仲間によると、その記事には、宮古島のある人物が中国の某港をおとずれたときに、行方不明になっていた富士丸の船員二人と出会ったとの内容が書かれていた。その宮古島の人は船員二人の水産高校時代の同級生で、異国の地でばったり旧友の姿を見かけたことにおどろき、声をかけようとした。すると急に後ろからべつの人物が近よってきてその場から二人をつれさり、結局、会話をかわすことができなかったという。

宮古島市議となった仲間明典はそのような記事が掲載されていたことを人伝《ひとづて》に聞き、独自に情報収集を開始した。彼はまず、富士丸に乗船する予定だったけれど出港時に遅刻して船に乗れず、結果的に行方不明にならなくてすんだ、という幸運な人物を見つけだし、その人物から富士丸と金栄丸の船員の名前をすべて聞きだして名簿をつくった。そして件《くだん》の中国の港の記事が掲載された新聞社の知人に連絡をとり、事実関係を問いあわせた。

「ぼくはその記事は見てないんだけど、そういう記事が載ったことがあるというのを聞いて、新聞社にさがしてもらった。しかし、取材した記者はもういないので具体的な話はわからないと言われたものだから、それならいいやということで、記者じゃなくて実際に船員の姿を目撃した人を見つけることにした。新聞には名前はでていなかったけど、うわさでは西辺（宮古島市西原。佐良浜と同じ池間島の分村のひとつ）の人で、Tという人物だということだった。Tは中国で二人の同級生を見たとき、彼らが行方不明になっていることを知らずに声をかけようとしたらしい」

奇遇にもTの妻は仲間の宮古高校時代の下宿先の家の知人だった。その関係かどうかはわからないが、仲間がTをさがしていることを聞いたTの妻本人から電話がかかってきて、「Tが怖がっているのでさがさないでほしい。この件にはかかわりたくない」とつたえてきたという。仲間は無理やりTと接触しても迷惑をかけるのでこの線はあきらめ、宮古島市長に拉致問題について調査をすべきではないかという提言をおこなった。

「行政が動いたほうがいいんじゃないかという話をしたら、その術《すべ》がわからんというから、外務省の担当課とか拉致専門の機関に接触したほうがいいと。しかし、拉致被害者と認定されていないから動きようがないというわけ。その時点で市長にやる気がないのはわかった」

「それは議会で公《おおやけ》に提言したんですか。それとも内々で？」

「内々に。宮古島の議会で質問するには、この問題はグレードが高すぎるわけさ。ぼくはそのとき与党議員だったから、議会で一般質問するさいには、どういう回答が引きだせるかを事前に打診するわけ。市のほうにどうかと訊いたら、その質問はきびしいというから、もう少し確証のもてる情報をおさえてからだなと思った」

　そんな折、今度はまったくべつの方面から、この件にかんして仲間の携帯に連絡がはいってきた。電話はGと名のる、北朝鮮関係の情報が集まる機関に所属しているという人物からだった。

　――仲間さんが拉致問題についてしらべていると聞いたので電話をした。情報交換をしたい。――

　Gはそう言って協力をもちかけてきた。Gは非常に聞きとりにくい、相当高齢であることを想像させる声の人物で、ＦＢＩだかＣＩＡだかで二年間研修をうけたことがあるとの話をした。自分のブレーンとして、テレビでよく見かける北朝鮮問題についてくわしい自民党の有名議員の名をあげ、仲間の電話番号は佐良浜の漁協に電話して確認したと語っていたという。

Ｇからは週に一回程度の頻度で電話がかかってきたが、そのたびに電話番号がかわっていた。あるときＧが富士丸や金栄丸の船員の名前をたずねてきた。仲間が「教えてもいいが、生存は確認できるか」と逆に質問をなげかけると、Ｇは「何人かはできるかもしれない」と自信ありげなことを言う。そこでこのあやしげな人物が本物かどうか確認するために、仲間は網をはってみることにした。

行方不明になっている船員のなかに仲間の二期先輩の男がいた。中学生の頃は足のはやい暴れん坊で、喧嘩《けんか》ばかりしており、懸垂をさせたら教師がとめるまでつづける身体《からだ》からとめどもなくエネルギーがあふれているような子供だった。宮古水産高校を一年で中退し、仕事がないので那覇に向かいマグロ船の募集に応じて乗船したところ、そのまま行方不明となってしまったという。その彼の名前には正《まさ》という字がはいっていたのだが、仲間はその〈正〉の字を〈政〉にかえてＧにつたえてみた。するとそれから一週間後、仲間が佐良浜から平良に向かうフェリーに乗っていると、ふたたびＧ

から電話がかかってきた。エンジン音がけたたましく鳴りひびく甲板のうえで、Gがはっきりとこう言ったのを聞いたという。

――仲間さん、彼の名前のマサの字は〈政〉ではなくて〈正〉ではないですか。

――

「それを聞いたときに、これは本物だと思った」と仲間明典は言った。「Gによると、その彼は北朝鮮で生きており、こっちでいうところの区長のような役職についているという。西辺のTが中国で見かけたという富士丸の船員も生存が確認されているという話をしていた。結局、彼からは計五、六回連絡があった。最後の電話では、韓国の大統領が李明博《イミョンバク》にかわって北朝鮮に強硬な姿勢をとるようになったので情報をとるパイプがなくなったと話していた。それ以来、彼からの連絡はとだえてしまった。ぼくも最後に彼からかかってきた番号を〝北朝鮮〟という名前で携帯に登録していたけど、もう消してしまったよ」

「しかし、かりに犯人が北朝鮮だとしても、なんの目的で拉致したんですかね」

「北朝鮮は水産業を振興したいけれど技術が未熟で船も近代的ではない。だから船員ごと拉致して、技術指導をしてもらいながら漁に行かせるんだというようなことをGは言っていたよ。ぼくはそれで納得したけど」

仲間から北朝鮮拉致説を聞いて以来、私は暇を見つけては図書館に足をはこび、例の西辺のTの目撃談が掲載されているという新聞記事をさがしたが、結局、見つからずじまいに終わった。見落としたか、あるいは新聞社内で目撃情報が流れたものの記事化が見おくられたということなのだろうか。

記事は見つからなかったものの、私は以前のように北朝鮮拉致説を突飛な話のひと言でかたづけなくなっていた。じつは後日知ったことだが、〈特定失踪者問題調査会〉が北朝鮮に拉致された可能性があるとして公表した失踪者リストのなかに、例の本村実と同時期に行方不明となった第十五武潮丸や、一九七七年に連絡を絶った第八協洋丸というべつの沖縄の行方不明漁船の船員の名前もふくまれていたのだ。リストには富士丸や金栄丸の名前はなかったものの、こうした情報に接するうちに私は、やはり仲間が言うように、この二隻の船が北朝鮮に拉致された可能性もあながちないではないと考えるようになっていた。

3

その後も私は佐良浜をおとずれるたびに、富士丸の関係者に接触をこころみようとした。だが、仲間明典に富士丸や金栄丸の話を向けると、かならず彼は「佐良浜の人は富士丸のことにはあまり触れたがらないよ」と語った。

たしかにそれも頷《うなず》ける話ではあった。佐良浜の人が行方不明船のことを話題にしたがらないのは、彼らが死者ではなく行方不明者であることに理由があった。

もし富士丸や金栄丸が沈没し、船員の死が確定していれば、それは大変な悲劇にはちがいないが、のこされた人々は過去の出来事としてその遭難に決着をつけることができる。しかし彼らは死が確定した者ではなく、あくまで行方不明者であり、運命の未決勾留《こうりゅう》者だった。しかもこの場合の行方不明は、大震災や大事故などで死はほぼ確定しているが遺体が見つからないという意味での行方不明ではなく、海で忽然といなくなったという言葉の真の意味での行方不明だ。つまり、彼らはいまもまだどこかで生きているかもしれないのだ。Gという謎《なぞ》の人物が言うように北朝鮮で本当にくらしているかもしれないし、インドネシアやフィリピンのどこかの小島で人知れず生きのびている可能性もゼロではない。そして彼らが生きているかもしれない存在であるということは、もしかしたらフラっと佐良浜にもどってくるかもしれない存在であるということも意味していた。

フラっともどってくるかもしれない存在。それが佐良浜の人々の心に、二隻の行方不明船にたいする、どこかわりきれない複雑な距離感をつくりだしているようだった。つまりそれはこういうことだった。行方不明になったとき彼らは皆、若かった。同様に彼らの妻たちも皆、若かった。遭難から五十年たち、のこされた女たちのなかには新たな人生をきりひらき、べつの者と結婚し、子供をもうけ、孫ができている者も少なからずいるという。今では彼女らは前の夫が行方不明になった時点とは別の家で安定した幸福をきずいており、それだけに、まだ生きているかもしれない行方不明者は、もしもどってきたらその新しい暮らしを揺さぶりかねない不穏な存在となっているのである。

「女一人で生きていくのは大変だからね。いろいろあるからね。あまり触れたがらないね。行方不明になってから後の自分の時間をひっくりかえさないといかんし」と仲間明典は言った。「兄弟のなかにはいまさら帰ってきてもしょうがないという人もいたよ」

行方不明者は生者でもなければ死者でもなかった。生と死の境界線上でふわふわと浮遊する、どこかで生きているかもしれない曖昧《あいまい》な存在だった。そしてそのような半死半生の亡霊のような存在となることで、彼らは佐良浜の人々の心のなかで現在も継続する神話となって生きつづけているのである。マグロ船で遠洋に向かい、忽然とどこかに消え、いまもどこかで生きているかもしれない人たち。仲間明典の妙に説得力を感じさせる北朝鮮拉致説は、「いまさら帰って」くるかもしれない人たちに対する佐良浜の人たちの心の奥底によどむ屈折したやりきれなさに、潜在的な現実味をあたえていた。

「あまり触れたがらないよ」

何度となくそう口にしていただけに、仲間が行方不明者の家族を紹介することに心理的抵抗を感じていることは、私にもつたわった。だが、無理を承知でどなたか話を聞かせてくれる人はいないかとたのむうちに、彼は私を一人の女性のところへつれて行ってくれた。

彼がつれて行ってくれたのは小さな美容室だった。なかにはいると散髪用の椅子《いす》が二台と、かなり古びたパーマ用の加温器が二台ならび、小柄な女性が近所の男の子の髪を切っていた。仲間明典がうちとけた感じであいさつして加温器の椅子にすわり、女性は男の子の髪をととのえながら談笑をはじめた。だが、見たことのない私の顔が気になるみたいで、何度かチラチラと視線をなげかけてきた。

「今日はどうしたの?」女性が言った。

「いや、富士丸のことさ」

仲間がそういうと、女性は意外にも「ああ、北朝鮮にでもいるってかい」と、とくに屈託を見せずに笑った。そして男の子の髪を切りながら、「本当、不思議だねえ。むこうで元気にやっているのかねえ」と、まるで夫が北朝鮮で生存していることが確定しているかのような口ぶりで言った。

「むこうで別の家族と暮らしているんじゃないのかい」

男の子の祖母が冗談めかして笑うと、女性は「それまでは別の船に乗っていたんだけど……」と当時の回想をはじめた。「前の晩に突然家に帰ってきて、翌朝出港しちゃったの。当時はまだ電話なんてなかったからなんの連絡もなくてね。港に見おくりに行くことさえできなかった……」

男の子の散髪が終わり料金の五百円をうけとると、女性は床の髪の毛を掃除して散髪台にすわった。彼女の名は浜川シゲといった。私が名刺をさしだし、本村実の漂流について取材する過程で佐良浜の郷土史についてもしらべていると説明すると、シゲは夫が富士丸に乗ることになった経緯について語りはじめた。

彼女の夫は働きはじめてすぐにマグロ船の船員になったわけではなく、那覇と平良の間で運航していた定期客船に乗っていた。それが突然、夫が二十八歳だったある日の深夜未明に佐良浜に帰宅してきて、寝ているシゲを起こして、明日の朝マグロ船で南方へ出発することになったと告げた。つまり富士丸の航海は彼にとって最初で最後のマグロ漁だったのだ。

　第一富士丸は那覇港を出港したあとに一度、平良港にたちよって最後の準備をおこなっている。船員らはそのみじかい寄港中に借り船で佐良浜にもどって、あわただしく家族にわかれの挨拶《あいさつ》を告げた。シゲと夫が最後に一緒にいたのもわずかな時間だった。そのとき彼女はお腹《なか》のなかに二人目となる子供を身ごもっており、航海日数によっては夫の留守中に出産となることも考えられた。そのため二人の間では子供のお産についても会話がかわされたという。第一富士丸の航海予定期間は七十日。船員といってもそれまでは平良と那覇の定期航路船だったので、夫がそれほど長い間家をあけるのははじめてのことだったのだ。

　あとからふりかえると、安定した客船の船員という立場をすて、遠洋マグロ船に乗る決断をしたことがこの夫婦の運命のわかれ道だったことになる。彼女の夫はなぜマグロ漁などという何がおきるかわからない世界に足をふみいれることにしたのか。

「夫はたぶん家を建てるために一発あてようとしたんじゃないかと思います」とシゲは明確に言った。

　シゲによると、その頃の佐良浜にはまだ古い慣習がのこっていて、若い男女が結婚しても家をたてるまで二人は一緒に住むことができなかったという。長男は実家をつぐので同居できたが、次男、三男は結婚したら家にカネをおさめ、それをつみたて、新居をたててからでなければ同居できなかったのである。彼女の夫は三男だったので、結婚してからシゲの実家に入り婿《むこ》のようなかたちで住みこんでおり、早く家を建てる必要にせまられていた。

しかも佐良浜ではヒドリといって家を建てなければならない年齢まで、あらかじめ決められていた。仲間明典によると、ヒドリは本人の干支《えと》とその年の干支をかけあわせるなど複雑な計算をすることで決定されるとのことだが、いずれにせよ二十八歳の彼にはそのヒドリが近づいており、おそらくそのタイミングで那覇に行ったときにマグロ船の船員にさそわれたため、応じることにしたのではないか、というのがシゲの考えである。

「客船は給料制なので収入的には限界があるでしょう。マグロ船でもうけて家をたてようとしたんだと思います」

「当時は茅葺《かやぶき》の家が多かったから、新居をたてるといっても木造の家さ」と仲間がつけくわえた。「だいたい十坪ぐらい。十二坪あったら上等な家だった」

夫の乗った船の行方がわからなくなっているという情報は、多分ラジオのニュースをつうじて知ったはずだという。

「この島には新聞をとっている人はいませんでしたし。たしか帰港予定日をすぎても連絡がないとラジオで流れていたんだと思います。船を運航している会社からも連絡があったと思いますよ」

「電話で？」

「当時は電話もなかったので、たしか誰かのところに連絡があって、船員の家族につたえられたんじゃないかな。会社や政府も捜索していたはずですし。私は行かなかったけど、那覇で船員の家族を集めた説明会みたいなものもあって、夫の母が出席したと思います」

「行方がわからないとなると、相当、気を揉《も》んだんじゃないですか」

私がそうたずねると、意外にもシゲはそれどころではなかったという意味の発言をした。

「それよりも、そのときは生活のことで頭がいっぱいで……。夫の実家のほうも本人がいるのといないのとでは、私にたいする接し方がだいぶちがいましたから」

ちょうど夫の船が行方不明となり、様々な情報が錯綜《さくそう》していた時期におなかに身ごもっていた娘を出産した。

「生まれたのは七月十六日でした。それから美容学校にはいって、私の生きるための戦闘がはじまったの」

彼女がつかった〈戦闘〉という強い言葉に、その後の道のりの険しさがこめられていた。

シゲは那覇にうつり住んでいた母と弟をたよりに、一緒の部屋に住まわせてもらって美容学校にかようことにした。五歳の子供と零歳《ぜろさい》の赤子をかかえながら、学費をはらうため、裁断された生地を縫って洋服をしたてる縫製の内職をはじめた。夫の生存に希望をうしなったわけではなかったが、それよりも二人の子供をそだてるために、手に職をつけることに必死だったという。那覇の美容学校を卒業すると今度は日本本土にわたり、大阪の岸和田にある麻縄工場で半年間はたらいて、ある程度の貯金をつくった後、東京にうつって代々木にある山野高等美容学校に三カ月間かよった。那覇で自分の美容室をもつのが目標だったので、代々木の専門学校で研究科にすすみ、那覇の美容学校では教えてもらえなかった花嫁衣裳《いしょう》や着物の着付けの勉強をはじめることにした。

那覇にもどってからは琉球政府の母子福祉資金という融資制度を申請し、低金利で開業資金を借りて那覇の市街地の一角に念願の美容室を開業した。

「その間、再婚するつもりはなかったんですか」

「再婚なんて余裕はなかった。あっちに行ったり、こっちに行ったり」

　一度、那覇の市職員からも、私と同じ不躾《ぶしつけ》な質問をされたことがあったという。

「東京の専門学校に行くときに、福祉関係の部署にお金を借りられないかたずねたことがあったんです。そのときに再婚したらどうですかって言われました。結婚なんてそう簡単にできるもんじゃないのに……。だから再婚はまったく考えなかった。それよりもなんとかして仕事の技術を身につけたい」

　彼女は、それに……と付けくわえるようなかたちで言葉をついだ。「まだあきらめていないこともあったし。帰ってくるんじゃないかと……」

「それはやはり、沈没とかはっきりとした痕跡《こんせき》がないから」

　シゲは無言で小さくうなずいた。

「母に経済的なゆとりがあれば大学にかよって教師になるという選択肢もあったけど、そんな余裕もなかったし、美容師のほうがてっとりばやいなと思って」

　一九八〇年ごろ、シゲは島に帰りたいという母の要望を聞きいれるかたちで十八年ぶりに佐良浜にもどり、現在の美容室をひらいた。苦労してそだてた息子は本土でホテルマンとして就職し、現在は平良にもどり、娘も美容師となり那覇で生活しているという。白い壁にかこまれたこの子供の散髪料がわずか五百円の小さな美容室は、言ってみれば彼女の五十年間におよぶ生きるための戦闘のささやかな成果であった。

北朝鮮の話もされていましたが……と話を向けると、たまにその噂《うわさ》が流れるのねと彼女は少し苦笑するかのような表情を見せた。

「船がいなくなった当時も北朝鮮にやられたんじゃないかって話はあったんですよ。いまもまだ、もしかしたら、なんとなくそうかもしれないという気持ちがどこかにありますね。年も年だし、むこうで健康に暮らしているかねえって」

「やはり旦那《だんな》さんのことはいまも思い出すんですね」

「沈没していたらたすからないと思うけど、拉致だったら百分の一でも望みはあるかなって思う」

「いまでも会いたいですか」無粋な質問だとは了解しつつも、私はそうたずねずにはいられなかった。

「そうですね」とシゲは少し困惑したように言った。「でも一応、お葬式は出したんですよ。行方不明になってから八年後に」

葬式といっても、まだ生きているかもしれない行方不明者なので骨もなかった。しかし海洋民である佐良浜の人々の間では、昔から海で消息を絶った人を弔う独特のやり方があった。それは海で石をひろってきて、遺骨のかわりに疑似的に墓に納骨するという、ただそれだけのことである。石を死者の頭と体と足に見たて、骨壺《こつぼ》にいれて箱にしまい、死者の魂を慰めるためにユタを呼んで供養《くよう》してもらい墓におさめるのである。シゲは骨がわりの石をひろってきて、夫の本家の墓にその疑似的な納骨法要を執りおこなった。

「海で亡《な》くなった人はいつまでも溺《おぼ》れて苦しんでいるという言いつたえがあるので、かならず陸にあげて供養してあげなくてはならないんです。船員のなかには葬式をしなかった家もあったと思います。絶対に帰ってくるから、葬式はあげないというお母さんもいましたから」

4

その後、私は佐良浜でさらに二人の行方不明者の妻と会うことになった。いずれも浜川シゲと同じように夫が第一富士丸で行方不明となり、しかしその後も再婚せず、どこかで生きているのではないかという思いを引きずりながら生きている女たちだった。それぞれにドラマがあり、わりきれない思いをかかえており、生きているかどうかもわからない夫の健康を気づかっていた。

佐良浜で理容室を経営している野里タミエも第一富士丸で夫の消息がわからなくなった一人だった。彼女の理容室は、海べりから丘のうえにあがる急勾配《こうばい》の階段の途中にあった。ガラス窓越しになかの様子をのぞくと、私の挙動があやしかったのか、野里タミエは不審そうな眼差《まなざ》しをむけたが、なかに入って第一富士丸のことについて取材させてもらいたいとお願いすると、彼女は静かな声で、何ものこっていなかったんだって。現場には、船もないし……と話しはじめた。

「私はインドネシアのセレベス海だって聞いているんだけど、そこには何もなかったって。漁船だからいろんな道具があるでしょ」

「ブイだとか、ロープだとか」

「それがなかったんだって。海には何もなかったんだって。それで何もないって言われて終わったんだけど。富士丸の遭難の前に沖縄の船がインドネシアとかで色々やられて、あるんだよ」

「インドネシアに拿捕されたという話ですね」

「そうそう。でもそうじゃないっていうんだけど。んで、北朝鮮がむこうにつれて行ったという人もいるし」

タミエが北朝鮮の話をはじめたので具体的にそれはどういう話かと確認すると、最近北朝鮮に行って現地で富士丸の船員の名前を聞いた人がいるという話を耳にしたと、彼女は答えた。そして、その北朝鮮に行った人というのは西辺の人で、本人がもうその話題には触れたくないと言って話をしなくなったとも聞いたという。

タミエが話す北朝鮮の話は、細部が少し変形しているものの、ほぼそっくりそのまま仲間明典がとなえる北朝鮮拉致説と同じだった。彼女は最近までずっと那覇でくらしており、三年ほど前に佐良浜にもどってきたときにはじめて、夫の船が北朝鮮に拉致されていたかもしれないという噂を耳にしたのだという。それまで夫は死亡したのだとばかり思っていたが、その噂を知ったことで、彼女は夫の安否について明るい希望がもてるようになった。

夫といっても五十年も前に生き別れた夫である。それでも彼女はこう言った。

「もう亡くなったって聞いていたから。元気だったらいいけど。帰ってくるかどうかわからんけど、でも元気だったらそれでいい」

彼女の夫は富士丸に乗船するまでは、佐良浜では有名な漁泉丸というカツオ船に乗っていた。しかし、佐良浜の友人からマグロ船に乗らないか、とさそわれたことがきっかけとなり漁泉丸をおり、那覇で富士丸の乗組員となった。富士丸は行方不明となる最後の航海の前にニューギニア島の北方海域で操業し、さほど漁獲がないまま那覇にもどってきたが、タミエの夫はそのニューギニア島の航海のときから乗船していたという。

夫がニューギニア島へ操業に行ったとき、タミエは長女を出産した。そしてその子供が十カ月をむかえる頃、富士丸はふたたび南方に向かうことが決まった。

南方行きが決まるとタミエは、娘があと二カ月ではじめての誕生日をむかえるのだから、今回はマグロ船に乗らないでほしい、と夫に懇願した。すると、彼女の必死の懇願に心を動かされたのか、夫はいったん次の航海には乗船しないことに決め、出港前に自分の荷物を船からおろして部屋にもち帰ったという。ところが夫は船にいなくてはならない人間だった。彼は無資格の甲板員ではなく、機関長ではないものの機関士の免許をもつエンジンまわりをまかされた船員の一人だったのだ。そのためほかの船員から「お前が船に乗らないのはこまる」と責めたてられ、部屋にもって帰った荷物をふたたび勝手に船にはこばれて、結局、乗船せざるをえないことになってしまったのである。

那覇を出港した船が最後に平良港に寄港した際、彼女の夫もまた、ほかの船員と一緒に家族に別れを告げるため佐良浜に立ちよった。夫は前のニューギニア島の航海のときも長期間家をあけていたので、十カ月になる自分の娘を目にしたのは、このときがはじめてだった。そして自分の腕で小さな娘をだきあげ、みじかい時間ではあったが玄関先の道端で子供の手をとり楽しそうにあそんでいた。タミエのまぶたには子供とあそぶ夫の笑顔が鮮烈な残像となっていまも焼きついている。

翌朝のはやい時間に船員たちは佐良浜から平良港にもどった。船員の妻もほとんどが船で平良に向かい、富士丸が出港するのを見おくった。タミエもそのなかにいた。彼女は十カ月になる赤ん坊を腕にだき、船のなかでほかの女たちからかわいいねえ、かわいいねえと声をかけられて平良に向かった。そして港の桟橋で皆が紙テープで出港を見送るなか、彼女もまた夫にむかって元気に帰ってきてねと手をふったのだった。

「まさか、あんなんなると思わなかったから。もう五十年も前のね。娘も五十一になるから。十カ月で行ったから。顔も知らないんだよ。写真だけ見てそだったの……」

夫が行方不明になった後、やはり彼女も生活のために親類をたよって那覇に出たという。遭難の見舞い金が会社から出たが、すべて夫の実家がうけとり、タミエのもとには一銭もはいらなかった。那覇に来たときには十カ月だった娘は四歳になっていた。財産とよべるようなものは何もなかったので、親類の家にころがりこむように世話になり、姉の夫が散髪屋をひらいていたことから、そこで小遣いだけもらって無給ではたらきはじめた。そのうち自分でも散髪技術を習得して理容師の免許をとると、那覇の安里の蔡溫橋のちかくに自分の店をかまえ、アパートも借りて、それ以来、女手ひとつで子供をそだてあげたという。

再婚をすすめる話は、彼女にもないことはなかった。娘が二、三歳のときに、ある男との縁談話がもちあがり、むこうの親がタミエのもとにおしかけて結婚するように強く説得してきたことがあった。女がひとりで子供を育てるのは大変だし、大学に進学させたほうが子供の将来のためにもなる。タミエはそう諭されたが、大学なんてそんなものは関係ない、元気であればそれでいいと強硬に突っぱね、娘の手を引いて逃げだすようにその場をあとにした。

「しかし、のこされた奥さん方のなかには再婚された方がいっぱいいるわけでしょう」

「ここにのこった人はほとんど再婚した。再婚していないのは三人か四人ぐらいかな」

「なぜ、再婚しなかったんですか」

「なぜって、子供は自分でそだてんといけんから。人にまかせるわけにはいかない。自分で責任もってそだてんと、主人にもわるいかなと思って」

「かなり苦労されたんですね」

「ふふふ」と彼女は昔を思い出したように笑った。「二人だけだったから、そんなに苦労ってのはなかったよ。学校出すのは大変だったけどね。高校まではなんとか卒業させたんだけど、高校卒業したらはたらきなさいって言ったんだけど。そしたら娘が突然、合格したよっていうわけ。何がって訊いたら、短大に合格したって。保母さんになるんだって」

「お坊さん？」

私の聞きまちがいにタミエは爆笑した。

「保母さん。それで短大卒業して、保育園ではたらくようになった」

会話の最中、タミエは何度となく、私のような部外者からみると生きている可能性は少ないと思わざるをえない夫の健康について気づかう発言をくりかえした。タミエのなかで夫はかなりの確率で北朝鮮で生存していることになっており、それだけに彼女の言葉には私の胸を深くえぐる哀切があった。

「男の人だからね、奥さんはむこうで探していると思う」

「北朝鮮で生きているとしたら、ということですか」

「生きているとしたらよ。亡くなっていたらアレだけど、元気だったら奥さんはいると思う」

「やはりまだ無事なんじゃないかということは、ずっと思っていた」

「自分の目で見てないからね、亡くなったという感じがしないのよ。旅に出て、そのままもどってこない感じ」

そしてふたたびタミエは、元気だったらね……と独白するようにつぶやいた。

「元気だったらね、帰ってきてほしいんだけどね。奥さんがいても、一緒に。でも、何十年とあんな、行ったり来たりできるところじゃないから、期待できないね。帰ってくるなんて」

私はかえす言葉が見つからなかった。


最後にもうひとり、第一富士丸の船員の妻の話を紹介したいと思う。この人は内間芳子といって、やはり夫が消息を絶ってから再婚せずに一人で子供をそだてたという女性である。仲間明典に家の場所を教えてもらいたずねてみると、なかからは物音ひとつ聞こえず、あかるい陽射《ひざ》しだけが窓からそそぎ、家は夏の昼さがりの静寂につつまれていた。不在かと思ったが、何度かよびかけると奥の部屋から返事がして、背の低い、初老の女性があらわれた。富士丸の話を聞きたいと用件を告げると、予告もなく訪問したせいか、彼女は少し逡巡《しゅんじゅん》した様子をみせたが、それでも玄関先で「全然わからん」とひとこと発すると、約五十年前の出来事をつい最近おきたことであるかのように事の不条理さについて一気にまくしたてた。ノートとペンをとりだすきっかけを見つけられなかった私は彼女の話を必死に頭にたたきこみ、話を聞き終わると大至急、宿にもどって、忘れないうちに一気にパソコンにうちこんだ。

以下はその彼女の話の概要をまとめたものである。

〈全然わからん。船がいなくなってからなんの連絡もないし。ただ、出港する前日に平良から借り船がやってきて、船員にさそわれて夫も乗船することになった。

夫は入り婿で、佐良浜で潜りの漁師をしていたけど、それだけだとどうしても現金収入が少ない。うちの父は戦前、台湾で漁をしていて、そのときにコメやら金やらの物資を大量に持ちはこんでいて、戦後はそれを闇《やみ》に売りはらってひと財産つくったんです。それで食っていたので、婿である夫はもしかしたら肩身のせまい思いをしていて、マグロ船にでも乗って自分の手でかせぎたいと思ったのかもしれないね。息子も三歳だったから。こんなことになると思っていたら止めていたけど、わからんから。とくに心配もしなかったさ。

富士丸が出港してから、ある釣り船がちょうどすれちがうかたちで戻ってきて、その船の人が言っていたんだけど、どこの国のかわからないけど飛行機が飛んできて、その釣り船は日の丸を掲げたから助かったけど、富士丸は日の丸を掲げていなかったから絶対にやられたぞと言っていた（筆者注・この〈船の人〉の話は、第一富士丸と同時期にセレベス海付近でインドネシア海軍から機銃掃射をうけ、船員ひとりが死亡した第一球陽丸の事件をうけての発言である可能性が高い。当時の復帰前の沖縄の遠洋マグロ船は日本船籍ではなかったため、日の丸を掲げることができず、国際的に認知されていない琉球船舶旗を掲げて運航しなければならなかった。第一球陽丸が機銃掃射をうけたのは、琉球船舶旗を認知していないインドネシア海軍機に、適切な国籍表示をしていないと判断されたことが大きな理由としてあったのである。そのため、ちょうど第一富士丸が行方不明になっていた頃、沖縄の船舶が日の丸を掲げられないという問題は、そもそも根っこが米軍が占領していることに由来《ゆらい》しているだけに大きな政治問題と化し、議会や新聞でさかんにとりあげられていた。要するにこの〈船の人〉は内間に、富士丸も球陽丸と同じように日の丸を掲げていなかったため攻撃されたのではないかと語ったのだ）。その話をきいたときは危ないなんて思わなかったけど、北あとから考えるとそれにやられたのかもしれないと思った。海賊にやられたのか、北朝鮮にやられたのか、何もわからんさ。なんの連絡もないし。のこされたのは女だけで、頭がわるいから、どうしたらいいのかわからんかった。男がいたら対策したり、考えたりできたけど。あの頃は機関銃で頭を撃ちぬかれた夫の姿が夢に何度かでてきたよ。いまはもう思い出すこともないけど。もう五十一年もたったからね。

消息を絶ってから半年か一年かしたときに、うちの母が、もう帰ってこないから海でくるしんだままにしておくより引きあげてあげたほうがいいよというもんだから、ユタをよんで、夫の父とうちの母と四人で海に行って、木でおもちゃの船を二隻つくってね。一隻は沖に流して、これは行った船、そしてもう一隻は波に浮かべてもどらせてきて、これは浜に帰ってきた船というふうにして願いをしたさ。そういうふうにして死者の魂を海からもどしてあげた。あとは石をひろって、小さな箱にいれて、それだけさ。葬式も何もしていないよ。でも、ほかの船員の家族のなかには、そういう願いをしていないうちも多かったよ。それはあんたのところが入り婿だからできるんだと言われた。うちは絶対にしないと言っていた家族もいたけど、でもそういう家族も五年ぐらいたってからは同じことをやっていた。

あれから母が平良で仲買人の仕事をしていたので、それを手伝ったり、あとは父がのこした台湾の物資を売り払った財産もあったから、それで生きていくことはできた。息子は中学を卒業して十七歳から二十五歳ぐらいまでの間、南方カツオ漁に出て、最初の二、三年でかなりかせいだよ。今の家はそのときのかせぎで建てたものさ。どこに行っていたのか、私は知らないけど、二、三カ所、外国に行っていたんじゃないか。

別に富士丸のことがあったからといっても心配はしなかったさ。でも、最後は船員が抑留される事件がおきて、しばらく帰国できなかったことがあった。そのときは船長の家に定期的に連絡があって、いまはここにいる、こうしていると逐一情報がはいってきて、あつまった家族に報告があったのでとくに心配することもなかった。最後はちゃんと帰国したけど、南方漁はそれで終わりにして、いまは東京に出てはたらいています。〉

第五章　マグロの時代

1

第一富士丸と第十一金栄丸の行方不明事件がおきた一九六〇年代は、多くの佐良浜の若者が出稼ぎのために島をはなれた時代でもあった。

密貿易やスクラップブームといった一攫千金《いっかくせんきん》の冒険の時代が終焉《しゅうえん》すると、人々は地に足をつけた生業でくらしていかなければならなくなった。しかし、島の伝統漁であるカツオ漁や追込漁をしたところで、かならずしも安定的にまとまったカネを手にできるわけではなかった。カツオ漁は船によって大漁船とそうでない船の差が大きいうえ、漁期が夏の一時期にかぎられていたし、また長時間の潜水に耐えなければならない追込漁は肉体的な負担が大きく、佐良浜の若者といえども敬遠する者が多かったからだ。戦後に南方カツオ漁が本格的に再開し、島がカツオ景気でにぎわいをみせるようになるまで、まだ十年近くの空白期間があり、それまでの間、島の若者の多くは中学高校を卒業するとすぐに沖縄本島にわたり、当時、隆盛をむかえつつあった大型遠洋マグロ船に乗ることになった。富士丸や金栄丸にはそうして島をはなれた若者が多数乗船していたのである。

本村実もまた島を出た若者の一人だった。実だけではなく本村宝、幸男、栄、昭吉と、沈船漁《あさ》りで死亡した寛一をのぞく兄弟の全員が、時代のうねりにおし流されるように沖縄本島でマグロ船員となった。まず長兄の宝が那覇にわたり、つぎに幸男がつづいた。四男の実は兄弟のなかでは比較的マグロ船員になるのがおそく、五男の栄にややおくれて遠洋マグロ船に乗るようになったようである。

富美子に話を聞いたとおり、実は二十三歳で結婚してからいったん義父の野里勝也の鰹節《かつおぶし》工場で働き、その間に義父の提案もあって船舶の乙種二等機関士の免許を取得している。おそらくこの免許をもっていたことが要因となって、何者かにさそわれて船に乗ることにしたのだろう。ちょうどこの時代、琉球政府の拡大策をうけたマグロ業界は急速に膨張しつつあり、佐良浜を筆頭に離島から出稼ぎにきた漁師たちの多くは船員不足に悩む業界に吸収されていた。とりわけ実のような資格をもっている人間は貴重な人材で、経験の有無にかかわらず船会社から重宝されることになった。

沖縄のマグロ漁にはそれほど長い歴史があるわけではなく、『沖縄県農林水産行政史』によると、那覇で操業がはじまったのは一九二三年（大正十二年）になってからのことだったという。

那覇が沖縄のマグロ漁の根拠地となったのには、マグロという魚の性質にともなう必然性があった。マグロは鰹節にできるカツオとことなり、ツナ缶が製造されるようになるまでは、ほぼ百パーセントが鮮魚需要にささえられていた。そのため都市の大消費地の近くで水揚げしないと鮮度が落ちて、産業として成立しなかったのだ。また鮮度を保持するための氷の製造も不可欠であり、氷供給能力もマグロ漁が産業として成立するための必要条件だった。沖縄でこれらの条件をみたす地域は那覇以外にはなかったのである。

いまでこそコンクリートで埋めたてられ米軍基地や軍港に姿をかえてしまっているが、戦前まで現在の那覇港の南側には垣花《かきのはな》とよばれる漁村があり、大正年間や昭和初期の黎明《れいめい》期はその垣花の漁民が小さなクリ舟に乗って近場の海でマグロの一本釣り漁をしていた。それが昭和十年代にはいり、ラインホーラーとよばれる縄のまきあげ機械が普及したことから、一本釣りにかわってマグロ延縄《はえなわ》漁が本格化し、戦前期になると四十隻《せき》前後のマグロ漁船が那覇港を基地に操業するまでになった。とはいえ当時は十五馬力から二十馬力しかない個人経営の小型船が、那覇から三十キロほど西にある慶良間列島近海で三、四日ほど操業して、一トンから三トンほど水揚げするといった程度の小規模な近海漁業がおこなわれていたにすぎず、遠出するといっても宮古や八重山までがせいぜいだったという。

ところが、そのような沖縄の牧歌的なマグロ業界は、戦後に危機的な食糧難の時代をむかえたことから、逆に大型化し産業化が進展することになった。敗戦後は肉も米も手にはいらなかったが、海を見るとカツオやマグロが黒潮にのって自然と回遊してくる。これを人々の蛋白《たんぱく》源に利用しない手はない。当時の行政当局は食うためにとるという原始的な欲求にもとづいた政策を実行するため、マグロ漁業の大規模化、遠洋漁業化をはかることにした。遠洋漁業化を推進する原動力となったのが、米軍政府による援助だった。戦後の混乱により低迷していた経済活動を浮揚させるため、沖縄を統治した米軍政府は〈ガリオア資金〉とよばれる援助金を各産業発展のために投入した。その〈ガリオア資金〉が水産業界にも適用されることになり、まずは大鵬《たいほう》丸と銀嶺《ぎんれい》丸という二隻の百五十トン船が沖縄初の遠洋マグロ船として西太平洋漁場をめざすことになった。

やがて米軍による〈ガリオア資金〉の調達がきびしくなると、琉球政府や沖縄のマグロ業界は日本政府にたいし、港に係留されて使用されなくなっている本土の遊休船を沖縄に導入して活用できないか、再三にわたり交渉をはじめた。その結果、日本政府は一九六〇年に第一次導入枠として二千二百五十トン分の遊休漁船を沖縄に導入することを決定し、翌年にはそれが三千三百五十トンに増加された。さらに一九六二年には第二次枠として二千二百五十トン分の導入も決まり、沖縄の大型マグロ船の規模は一気にふくらみ、漁獲量も右肩あがりに上昇した。

こうして俗にいう沖縄における〝マグロの時代〟が到来し、そこに佐良浜の若者が吸収されることとなった。

佐良浜から那覇にもどった私は、すぐにでもこの遠洋マグロ漁の最盛期にとびこんだ本村実の足跡を追おうと考えた。ところが実際に取材をはじめてみると、その作業が決して生やさしいものではないことを思い知らされた。

そもそもマグロ漁師をつかまえること自体が難しい。たとえば現在、泊港を基地に操業している十九トン船の場合、一度航海に出ると三十五日から四十日は港にもどってこない。もどっても一週間ほど停泊しつぎの航海の準備がととのってしまえば、すぐにあわただしく海にでてしまう。私はマグロ漁師というのは一度帰港したらつぎの長い航海にそなえ、しばらくは飲んだり食ったりして英気をやしない、ゆっくり身体《からだ》を休めるのだとばかり思っていたが、しかし現実のマグロ漁師たちには陸にあがる時間があまりなく、われわれ陸の人間が考えるよりもはるかに長い時間を海ですごしている。漁船というのは燃料費、接岸費、定期検査費用など諸々《もろもろ》の諸経費がかかり、係留しているだけでもカネがかかる代物《しろもの》だ。船主の立場からすると、船を港であそばせておいてもカネがとんでいくだけなので可能なかぎり海で操業してもらわないとこまるのである。

したがって、かりに「誰それが本村さんと仲が良かったよ」という話を聞いても、私が那覇に滞在している短いタイミングで、その肝心の〈誰それ〉がうまいこと帰港している可能性はかぎりなく低かった。そしてひとたび海にでてしまうと、彼らは代理店や無線局や家族との無線電話による交信以外、基本的にそとの世界と連絡はとらないので、私のような外部の人間が話を聞きたいといっても不可能なのである。

また意外なことに、マグロ漁師同士が直《じか》に接触する時間が少ないことも取材を困難にさせた大きな要因だった。彼らは操業中は常に無線で連絡をとりあっているが、陸にいる期間がみじかいため、帰港するタイミングが偶然かちあわないかぎり実際に顔をあわせることはない。そのため泊港で操業している現役のマグロ漁師に話を聞いても、本村実にかんして知っていることといえば、彼の名前と、佐良浜出身であるということと、フィリピンまで漂流してその後行方不明になってしまったということぐらいで、同じ時期にグアムで操業していたけど顔は見たこともない、という人が何人もいた。佐良浜出身の漁師に聞いても、せいぜい酒が好きだったとか、細かいことに動じない肝のすわった人物だったというぼんやりとした人物描写が聞けるぐらいで、彼が若い頃にどの遠洋マグロ船に乗っていて、その後は誰の船に乗り、どのような経緯でグアム基地で操業するようになったのかという具体的なことになると、全員から「いやー、わからん」「そんな昔のことはおぼえていないさあ」とかるくあしらわれてしまう。

二度も漂流した特異な経験をもつ漁師について話が全然あつまらないという不条理な現実を前に、私は、なぜ佐良浜のマグロ漁師はそんな簡単なことまでおぼえていないのかと、なかばやつあたりに近い感情をいだき、泊港で憮然《ぶぜん》としていた。

そんななか、私は宮古島市内に住む佐良浜出身の奥原隆治から、彼の従兄弟《いとこ》で元マグロ船主だという人物を紹介された。

奥原は伊良部町漁協の組合長をつとめたこともある佐良浜漁業の生き字引ともいえる人物で、戦後の南方カツオ漁やグアムのマグロ基地の開拓にも深くかかわった立役者である。私が取材の手助けに頻繁に参照していた『伊良部町漁業史』は、この奥原の記憶を著者が聞きとりしてまとめた本だと仲間明典から聞いたことがある。

佐良浜から那覇にもどる途中で宮古島に立ちよったとき、私はその奥原の家をたずねてみた。奥原は高齢のため身体の調子があまりよくなく、半分横になった状態だったが、それでも佐良浜についてつたえなければならないことがあるという責任感が強いのか、眉間《みけん》に深い皺《しわ》がきざまれた異様ともいえる鋭い眼光で、私の顔をにらみつけるようにして昔のことを回想した。

奥原からはダイナマイト漁であやうく命を落としかけたときの話や、尖閣諸島でのカツオ漁やプラタスでの海人草採りなど若い頃に経験した数々の冒険的漁のエピソード、それにグアムでマグロ漁場を開拓した経緯などを急ぎ足で聞いたが、そのなかでも群をぬいて私の心をとらえたのは、小さい頃に経験した彼自身の原風景となる印象譚《たん》だった。

「若い頃におじいさんにつれられて毎日海に行った。一本釣り、昼も夜も……。小さいサバニだから、二人乗って、ぼくが船のはしに乗って、帆をあげる綱をつかまえて、そうすると波が走っていくわけ。風上のほうに。あの頃、雨具があるわけでもないし、ぶるぶる震えながら……。冬におじいさんにつれられていくんだ。夜、船の前の部分に乗せられて、漁場に着いたらアンカーをおろして。おじいさんが釣り終わるまで、ぼくは眠っていた。終わったらアンカーをあげて。島にもどったら、おかあさんがぼくを抱いてくれた。北風の強い佐良浜から、下地島あたりまで行って、そのあたりは凪《なぎ》だから。佐良浜に帰れないときは、そこの集落にあがって、魚を売ってそこに泊まった。おかあさんが恋しいから、佐良浜を見て、泣いていた……」

そんな話を奥原は、話すのもつらそうな途切れがちな声で語った。

「十三歳のときに、泣きながら海へつれていかれたときのことを、いまも忘れられない」

すでに八十歳をこえた奥原は、約七十年前の少年時代に経験した寒風ふきすさぶきびしい漁の記憶を、いまだに、おのれの生をかたちづくる実存の核の部分に保持しているのだった。彼によって語られる佐良浜は、郷土への愛着というよりも、むしろ呪《じゅ》詛《そ》に近い響きをもって私の耳にとどいていた。私は佐良浜にいるときに、「漁師なんて人生の落ちこぼれがやる仕事」だとか「バカがやる仕事だ」という恨み節のような強い自嘲《じちょう》の言葉を何度も聞かされ、そのたびに当惑させられたが、それは、漁師は海という大自然を愛していて、海のロマンに生きていて……というような、世間一般に流布《るふ》している一面的理解、固定観念とはかけはなれた海にたいする複雑な感情を彼らが有していることを吐露する言葉だった。奥原が語る子供時代の感傷的な原風景はこうした佐良浜人の海にたいする一筋縄ではいかない感情に具体的な映像をあたえてお り、その鋭い眼光もあいまって、私の胸の深いところをつきさした。

話が終わり、彼の家を辞去しようとしたとき、奥原は「ところで実は何している の？」と私に質問してきた。私は、本村実が行方不明になっていることを彼が知って いるとばかり思っていたので、意表をつかれた思いだった。

「グアムで操業中に行方不明になりましたけど……」

そうつたえると、奥原は、

「まさか……」

と絶句した。

「それはいつのこと？」

「十年ほど前の話ですが……」

すると奥原は「本村実が、本村実がいなくなった……？」といささか狼狽《ろうばい》したよう に言った後、「海賊にでもあったのかな……」と一転して冷静につぶやいた。そして、 横になっていた身体をおこして、いままでのつらそうな様子が嘘《うそ》だったみたいに器用 に携帯電話のアドレス帳を操作したかと思うと、「実のことを知っている人物ならぼ くが知っている。那覇に住んでいる人。実の従兄弟で、ぼくの従兄弟でもある」といって、その人の携帯番号を教えてくれたのだった。

それが漢那招福だった。漢那招福は佐良浜の追込漁の網元である漢那加根《かね》の息子である。追込漁についてふれたくだりですでに紹介している。

率直にいうと、私は彼と会うまではまた取材をことわられるか、あるいはいつものように「そんな昔のことはおぼえていないさあ」とかるくいなされる結果になるだろうとあまり期待していなかった。ところが漢那招福は佐良浜のマグロ漁師としては異例といっていいほどの記憶力の持ち主で、そればかりか事実を系統だてて話せるという稀有《けう》な能力をもちあわせていた。しかも語り口は軽妙でユーモアにみちており、その話し方には人を惹《ひ》きつける魅力があった。

アロハシャツを着て、麦わら帽子をかぶった漢那招福はつねに飄々《ひょうひょう》としていた。どこか洒脱《しゃだつ》な雰囲気を身にまとい、人生は面白ければなんでもいいという哲学につらぬかれた表情をいつも顔にうかべていた。

彼とはじめて会ったのは泊港の近くにある〈とまりん〉という客船のターミナルの待合室だったが、二階にある喫茶店に移動しようと私が再三提案したにもかかわらず、彼は「いや、ここでいい」と言って、人々の絶え間ないざわつきが聞こえるなか、缶コーヒー片手に二時間も三時間も取材に応じてくれた（まわりがうるさいので私は二階の喫茶店に移動したかったが、それでも彼はかたくなにそれを拒むのだった）。佐良浜のマグロ漁師はそとの人間とあらたまって話すのが苦手で、「私は取材者で、これこれのことで少し話が聞きたいんですけど」と自己紹介しようものなら、鬱陶《うっとう》しがられて、船に用事があるからといって逃げだされるのが普通だった。それだけに漢那招福の気さくな応対は、それだけでほとんど驚異的といってもいいものに私の目にはうつった。

実際に彼は本村実のことをよく知っていた。それだけでなく、彼自身、本村実や栄とほぼ同じ時代に那覇に来てマグロ漁師になり、同じ時代に遠洋マグロ船に乗り、同じ時代に小型船にうつり、そして船主として自分の船をもち、グアムでも同じ時期に操業していた。したがって彼の人生を聞くことは、そっくりそのまま本村実が身をおいていたマグロ漁師の世界にふれることでもあった。私は那覇をおとずれるたびに彼と会い、そのたびに三時間も四時間も〈とまりん〉で話を聞いた。

2

漢那招福は小学生の頃、学校から帰ると毎日のように従兄弟で同級生である本村栄と遊ぶために彼の家にかよった。夕飯の時間まで遊んでいると、栄や実の母親から

「あんたのぶんのご飯はつくってないから、早く自分のお家に帰りなさい」と追いだされることもしばしばだった。というのも、網元をしている漢那家の夕食にはいつも魚がならび、本村家の夕食よりははるかに豪勢だったからだ。泳げない栄を背負って海に飛びこんだこともあれば、実と一緒にベニヤ板で小型の舟をつくって海に漕《こ》ぎだしたこともあった。

佐良浜中学を卒業してから、漢那招福は佐良浜でおこなわれていた漁業活動をひととおり体験することになった。まず、昇山丸というカツオ船に乗り、三月から九月まではカツオ漁に従事した。当時の佐良浜には十隻ほどのカツオ船があったが、昇山丸は大漁船として有名で、「船がかたむくぐらいによく釣れた」という。カツオの漁期が終わると、今度は実家の生業である追込漁にも何度か参加した。父親の加根はすでにダイナマイトの爆発事故で手の指を三本うしない網元を弟の勇にゆずっていたが、自分の船はまだ保有していた。しかし、父の船に乗ると自分のぶんの報酬を配当してくれないので、招福はかならず兄の船にのって漁に参加した。また、当時、横行していたダイナマイト密漁にも手伝いのようなかたちでかかわった。佐良浜にはダイナマイト密漁を手掛けていた船が五、六隻あり、彼を私に紹介してくれた奥原隆治の船もそのなかの一隻だった。彼らは海辺や海底にころがっている爆弾をひろっては火薬をぬきとり、一升瓶でダイナマイトを自作し、グルクンの群れを見つけては人目につかない場所をさがして爆発させた。ダイナマイトの音を聞くとサメがかならずよってきて、爆発で死んだグルクンをかっさらっていくので、サメと競争するように魚をかき集めなければならなかった。

「日本に復帰するまでは自由だったからね」と漢那招福は何度か言った。「亡《な》くなる人も結構いましたよ。手を切ったり、足を切ったり、そういうの、普通だし」

しかし、佐良浜で追込漁やカツオ船に乗るのがいやになり、一年で逃げだし、那覇でマグロ船に乗ることにしたという。

漢那招福が那覇にわたるきっかけをつくったのは本村実の長兄である本村宝だった。当時は本土から沖縄への遊休船の導入が決まった時期で、那覇の遠洋マグロ業界は全盛期をむかえようとしていた。ただ、本村宝はその興隆しつつあった遠洋漁業ではなく、垣花の漁民が昔からつづけていた近海操業の小型船に乗っていたという。宝がその船で佐良浜にもどってきたときに、仕事もせずにぶらぶらしていた漢那招福に「一緒に船に乗ろう」と声をかけてきた。招福は「ぼくは行かん」と断ったが、宝から「もう切符も買ってあるから行かんと駄目だ」と言われ、なかば強引に連行されるようにつれてこられた。

佐良浜や宮古出身の船員が多い遠洋船とはことなり、宝の乗っている十九トン船は沖縄本島の船員が大半だった。最初は佐良浜の方言が通用せず、沖縄の言葉がわからなかったため招福はさびしい思いをしたという。それに延縄作業も慣れるまではきびしいものだった。マグロ延縄漁は簡単にいうと、縄に一定の間隔で針をぶら下げ、それを海に投げいれ、しばらく放置しておいたのちに回収するというものだ。放置している間に針にマグロが食いつくので、それを釣りあげる。延縄を海に投下する作業を〈投縄《とうなわ》〉、揚げるのを〈揚げ縄〉とよぶが、揚げ縄は夕方から朝方までかかり、それが終わっても今度は投縄に数時間かかるので、操業中はほとんど寝る暇もない過酷な労働である。縄もいまみたいにナイロンのラインではなく、麻縄にコールタールを塗ったものをつかっていたので、作業が終わるころには手がグローブのように腫《は》れあがった。

宝と一緒だったこの船での航海は、宮古近海や大東島付近での十五日から二十日間のみじかいものだった。料理の経験がないにもかかわらず飯炊《めした》き係を命じられた招福は、揚げ縄が終わる頃にソウメンチャンプルをつくり、投縄が終わるとご飯を炊いて刺身や野菜炒《いた》めをだした。

招福はこの船には三航海しか乗らなかったという。理由は配当金を宝にピンハネされていたことが判明したからだ。当時、那覇警察署近くの与儀《よぎ》の一角には、料亭や連れ込み宿が多数軒をつらねており、招福は陸にあがると船の友人と一緒にちょくちょく遊びにいっていた。そこで友人から一航海の配当金が三、四十ドルあると聞かされる。ところが招福のほうは一航海で五ドルしかもらっていない。どうやら招福のかわりに配当金を受けとりに行っていた宝が大半を中抜きしてしまっていたらしかった。

招福によると、本村宝は「がっちりとした力もちの男だった」という。近海では一本五、六十キロのキハダがよく釣れたが、「宝兄さんはそれをようけ担《かつ》いではこんでいた。あの兄弟はみんな力もちで、若い頃は実も栄も力もちだった。宝兄さんはずっと四十ぐらいまで独身だったはずよ。しょっちゅう飲み屋に行って酒ばっか飲んでいたけど、たぶんカネは実家におくっていたと思う。あれは弟がたくさんおるから、カネをおくらんと大変なんですよ」

理由が家族をやしなうものであったにせよ、ピンハネが発覚した以上、宝と一緒の船に乗るわけにはいかなかった。招福はこっそり歯ブラシと寝具だけもって船をぬけだし、小型船中心の泊港から大型の遠洋船が停泊する那覇港にうつることにした。そして同級生の友人をたよって、琉球水産という会社が所有する銀星丸という古い木造船にもぐりこんだ。

銀星丸は百三十トンほどの船で船員は二十人近くいた。「内地から買った古い中古船だった」というので、おそらく政治折衝で導入が決まった本土の遊休船だったのだろう。船員の半分近くは佐良浜出身で、そのほかには佐良浜と同じように大量のマグロ船員を輩出した宮古島の久松という集落の若者も多数乗っていた。銀星丸はまずニューギニア沖で三、四カ月ほどの単独航海をした後、サモアでの基地操業に向かった。サモアには米国の大手水産会社が経営する缶詰工場があり、そこで一年半ほどの間、トンボマグロ（ビンチョウ）を水揚げした。

当時の若い佐良浜の船員たちは気儘《きまま》で豪快なその日暮らしを満喫していたようである。銀星丸乗船時の漢那招福の収入は月に七十ドルから八十ドル、一年半の航海を終えると一千ドルもの貯金ができていた。当時の佐良浜は二千ドルで家一軒がたつといわれる時代だったので、これは途方もない額のカネだった。長い遠洋航海が終わると、若い船員たちはつぎの船にすぐには乗らず、町にくりだしては後先を考えずに船でのかせぎを浪費した。

サモアから帰ると漢那招福は友人と二人で旅館の一室を借り、カネがつきるまで前島や栄町《さかえまち》の飲み屋街や与儀の料亭にくりだして遊び呆《ほう》けたという。前島の飲み屋街は、いまはすっかりさびれてしまったが、当時はカフェやジュークボックスのはいった洒落《しゃれ》たバーがたちならび船員たちでにぎわっていた。佐良浜の若い船乗りたちは散々、飲み歩き、女を抱き、やがて稼いだカネをつかいはたすと、ようやく港にもどってつぎに乗る船をさがした。遠洋の大型船が増加する一方だった当時の沖縄のマグロ業界は完全に船員不足の売り手市場で、適当に船会社に行って船員の空きがないかたずねると簡単に仕事が見つかった。船に乗れるだけではなく、こづかいをねだると給料を前借りすることもできたので、そのカネでまた遊ぶのだ。

佐良浜の船員たちの遊び方の放埒《ほうらつ》さは、ほかの土地の船員とくらべてもケタはずれだった。よく比較されるのが久松の人たちだ。同じ宮古列島の漁村といえども、佐良浜と久松の人間は気性が正反対だという。今その瞬間が楽しければいいとばかりの豪快にカネを散財する佐良浜の人間とはちがい、久松の漁師は堅実でマグロ船でかせいだ金を貯蓄にまわすような性格の人が多かった。だから佐良浜の人間に言わせると、久松の連中はケチで全然面白くないということになり、久松の漁師も気性の荒い佐良浜漁師を毛嫌いした。

「久松の人と一緒に飲みに行くことはなかったですねェ」と招福は言った。「行っても連中はカネをださないんですよ。佐良浜の人だったらわりかんにしようとか、ここは自分が払うからつぎの店であんた払えばいいとなるけど、久松の人は絶対に払わん。

だから一緒に歩かんわけさ。もちろん沖では一緒に仕事しなければならないから喧嘩《けんか》はしないけど、陸にあがったら一緒には歩かない」

サモアから帰国すると、漢那招福はいつのまにか二十歳をすぎていた。佐良浜にのこった友人は地元で成人式をすませており、本村実や栄の兄弟ともひさしく顔をあわせていなかった。

招福は、彼らがいつ頃からマグロ船に乗るようになったのかくわしくは知らないが、実よりも弟の栄のほうが船に乗るのは早かったはずだと言った。

「栄は二十歳すぎてからだろうな。二十二、三歳頃かもしらん。ぼくがサモアの基地に行って帰ってきてから乗ったはずだから」

彼の記憶によると、本村栄が最初にマグロ船に乗ったのは光洋水産という、例の行方不明になった第一富士丸を所有していた那覇の水産会社の船だったという。招福自身、何隻ものマグロ船をわたり歩いていたので、仲の良い幼馴染《おさななじみ》だった栄とさえ、よほどのことがないかぎり再会する機会はなかった。遠洋マグロ漁の世界では一度、船に乗ると、一年も二年も郷里や知人との関係が断絶するのが普通だったのである。

それでも長い漁師歴のなかで一航海だけ栄と同じ船に乗りあわせたことがあった。しかも、それは本村兄弟の三男である幸男が船長をつとめる琉球水産の銀洋丸という船だった。

サモアからもどった招福はしばらくの間、友人にさそわれて近海で操業する五、六トンの小さな船に乗っていた。するとそこに幸男がやってきて、船員が足りないから一緒に乗ってくれとたのみこまれた。幸男の依頼をことわりきれなかった招福は、やむなく「佐良浜においてきた母が急病で島にもどらなければならなくなった」と船主に嘘をつき、幸男の銀洋丸に乗ることにした。銀洋丸はどこにも寄港しない単独航海の船で、那覇港から十日間ほどでニューギニア島沖に到達し、そこで二カ月ほど操業した。

その後、大けがをして入院したときに栄とは再会したことがある。

招福は沖縄冷凍の拓洋丸という五百トンクラスの大型冷凍船に乗っていたことがある。当時の沖縄の遠洋マグロ船は那覇で水揚げするのではなく、操業が終わったら三崎や焼津など東京の市場にちかい港で水揚げするのが普通で、拓洋丸も三崎に向かった。水揚げを終え、清水の造船所で整備もすませて神奈川にもどると、しかし、船内で火事が発生した。あとからわかったことだが、ある船員が風邪をひき室内でヒーターをつけていたらしく、そのヒーターから布団《ふとん》に着火したのだ。運がわるいことに出火した部屋は招福のとなりの部屋で、しかもその晩、招福はべろんべろんに酔っぱらっており、自分の部屋に火が燃えうつっても気がつかないぐらい熟睡していた。身体が焼かれてようやく大声でさわぎはじめたが、まだ完全に酔っぱらっているので起きあがることができず、ほかの船員に水をかけられ部屋から引っぱりだされてなんとか命拾いしたという。

このときに横須賀で入院中だった招福につきそったのが本村栄だった。栄はそのときすでにマグロ船に乗っていたが、たまたま那覇港で招福の父加根の愛人の娘とばったり出会い、招福がもうじき死ぬから見てやってくれとたのまれ、仕事を放りだして駆けつけてきたのだ。栄が来たとき、招福はすでに死の瀬戸際《せとぎわ》から脱していたが、それでも栄はしばらくの間、怪我《けが》でうごけない招福の世話をした。

一方、実のほうとはしばらくの間、接触がなく、彼が富美子と結婚したと聞いたのもサモアからもどってだいぶたってからのことだったという。

「実は宮古水産を中退して、その後は東村《ひがしそん》の開発青年隊のほうに行って重機の免許をとったと思うんです。それで石垣のパイン工場ではたらいていたみたい」と招福は言った。

「パイン工場ですか？」

「何カ所もあったからね。むこうで何か重機を運転していたんじゃないかな。陸の仕事をしていたはずだ。でも佐良浜にもどってからは、あんまり仕事していなかったよ。遊んでばっかり。トミヨ（佐良浜の同世代の人は富美子のことをなぜか皆トミヨとよぶ）といつ結婚したのかも知らん。佐良浜でぶらぶらしていたときに結婚したのかもしらん」

本村実が義父の野里勝也のはたらきかけで機関士の免許をとり、それがきっかけでマグロ漁船に乗ることになったことは、すでに富美子から聞いていた。だがどこの会社の何という船に乗ったのかまではわからなかった。そのことを漢那招福にたずねてみると、彼は実が最初に乗ったマグロ船は南海漁業の南海丸だったと明言した。

「ぼくらがサモアに行ったときに、同級生で辺土名《へんとな》朝仁《ちょうじん》というのがいたんです。その辺土名がサモアからもどった後に機関長の免許をとって、この辺土名が機関長、実がファースト（一等機関士）で行ったと思うんです。南海丸はサント島で基地操業をしていたんじゃないかな」

「基地というと、サモアみたいに缶詰工場があったんですか」

「たぶんそうだと思う。あの当時は米国の会社が缶詰をつくっておったから」

「この南海丸の話を実さんから直接聞いたことはないですか」とたずねると、漢那招福は「辺土名に聞けばそのあたりはわかるんだけど……」と言った。「あれはぼくの一番の友達で、サモアから帰ってきてもよく酒を飲んだ。おたがいに自分で船をもって、グアムでも操業していたからね。あれはいま何やっているのかな……。たしか三高物産の船にも乗っていたから、三高に聞けばわかるんじゃないかな」

三高物産というのは、私が最初に那覇に来たときに取材におとずれた水産会社である。

招福は本村実のそれ以降の足どりについても、かなりおぼえていた。南海丸に乗った後、実はつぎに上原《うえはら》水産の南琉丸という船に乗ったはずだという。富美子は、ある船会社の社員が家に来て、大金をつんで頭をさげたことがあると話していたが、もしかしたらそれは上原水産の社員だったのかもしれない。漢那招福の記憶によると、上原水産の南琉丸は単独航海の大型船で、半年ほど航海して静岡の焼津か神奈川の三崎で水揚げしていた。実はその船の機関長か一等機関士をつとめていたはずだという。

そして実が乗っていたマグロ船としてもう一隻、招福は私にも聞きおぼえのある船の名前をあげた。

「南琉丸の後に武潮丸に乗ったか、どれに乗ったか……」

武潮丸という船のことについては私もよく知っていた。本村実がフィリピンに漂流したのとまさに同じ時期に、フィリピンの東方海域で忽然《こつぜん》と消息を絶ち、第一富士丸のように神隠しだとさわがれた那覇のマグロ漁船だ。実が武潮丸に乗っていたという話は富美子からも聞いていたが、武潮丸の事件は本村実の漂流と時期も同じなら現場海域もかさなっていたので、富美子からその名が出たときは、両者の間になにか強い因縁めいたものを感じておどろきをおぼえたものだった。

招福もまた、実はたしかに武潮丸に乗船していたことがあるというので、私は少し心がたかぶるのを感じた。

「武潮丸というと例の行方不明になった……」

そう前のめり気味に質問する私にたいし、招福は半分肯定し、半分否定するようなことを言った。

「武潮丸といっても同じ船じゃないよ」

彼によると武潮丸というのは二隻あり、一隻は木造の古い四十九トン船で、もう一隻が行方不明になった十九トン船、本村実が機関長として乗っていたのは行方不明事件とは関係ない四十九トン船のほうだったという。つまり、本村実は彼の漂流と同時期に同場所で行方不明になった、まさにその船に自分でも以前乗っていた——という私の、つい面白い話をもとめてしまう書き手の業《ごう》からうまれた期待まじりの憶測ははずれた格好となった。

ただ、両方の武潮丸とも船主は同じで、賀数静夫という人物だった。

「賀数さんはもともと教員だったんです」と招福は話をつづけた。「それをやめてマグロ船がもうかるということで船の経営をはじめた。最初はもうかっていたはずよ。一発で新造船を二つつくってきたから。これに実は乗っておって、機関長していた。あの当時から実は酒ばかり飲んでおった」

「武潮丸に乗っていたのは、いつごろでしょうか」

「あれはいつかねェ。ぼくは武潮丸のような近海の船ではなく、その頃は大きな遠洋船に乗っていたから。しかし、拓洋丸で火傷《やけど》したあとかなァ、たしかに実が武潮丸に乗っているのは見たことがありますよ」

「長い期間、武潮丸に乗っていたんですか」

「わからない。そのときに実と会ったことは会ったけど、長らく乗ったか。このへんで水揚げはしていたけどね」

　本村実の当時の足どりを知るには、船主の賀数静夫に会って直接話を聞くのが一番確実であるように思えた。しかし、彼の所在を確認しようと私が「賀数さんはまだ……」と口にした途端、招福は機先をせいするように「いや、あれは船で亡くなった」と即座に私の質問をさえぎった。

「マグロ船の経営も途中からガタがきとったみたいで、奥さんと二人でアパートに住んでいた。最後は自分で漁の経験もないのに小さい船を買ってきて、船員やとって、自分も一緒に乗ってイカ釣りをやっておった。それが台風か何か時化《しけ》にあって。冬さ。台風はない時期なはずだから、大時化で船がひっくりかえったのかもしらん。それで行方不明になった。もうずいぶん前だよ。全然何も見つかってないさ」

また行方不明か――。

私は唖然《あぜん》とした。この取材をはじめてから、いったい何度、人間が行方不明になったという話を聞いただろうか。本村実に富士丸に金栄丸に武潮丸に……。誰かに話を聞こうと所在をたずねると、その人は海で消息がわからなくなっていたり、沈没していたり、蒸発していたり、自殺していたり、そんなことが何度もつづいた。われわれ陸の人間が考えている以上に、海の漁師たちは頻繁に死亡したり消息不明になっていたりしていた。海という世界がもつ底暗い闇《やみ》の奥深さに、私はあらためて暗然とした気持ちになった。

3

漢那招福の話を手がかりに、私は本村実と直接現場で漁にたずさわったことのある人物をさがすことにした。

最初に会ったのは、実のはじめてのマグロ船である南海丸で一緒だったという辺土名朝仁である。辺土名が三高物産とかかわりをもっていたという話を聞いた私は、早速同社の馬詰修に再会したときに彼のことをたずねてみた。最初の取材以来、馬詰は私の取材をさまざまな面から手だすけしてくれる大変ありがたい理解者になっていた。辺土名はやはり数年前まで三高の船に乗っていたらしく、馬詰はすぐに連絡をとってくれた。

辺土名朝仁は本村実のことをはっきりと記憶していた。

「南海丸で行ったのはサント島の基地で、一年か一年半ぐらいやったんじゃないですかね。おぼえているのは、自分は開発青年隊に行って重機とかの免許をもっていて、これから船に乗ると言っていたことです。マグロ船ははじめてだという話をしていました」

彼の話はおおむね漢那招福から聞いていたとおりだった。辺土名朝仁はまず招福と一緒に琉球水産の銀星丸に乗り、サモアでの基地操業に従事した。サモアから帰国すると、会社側から依頼されたこともあり、二十日間ほどの講習と試験をうけて、当時の乙種一等機関士という免許をとった。当時の沖縄では大型遠洋船が次々と本土から導入されてはいたものの、海技試験をうける船員が少なく、水産会社は航海士や機関士の資格をもっている船員を確保するのに苦労していた。そのため年に二度ほど自社の船員をあつめて、講習と試験をうけさせて免許をとらせていたのだという。

会社のすすめで機関長の免許をとった辺土名だったが、しかし免許を取得したからといって彼がそのまま継続して琉球水産の船に乗ったわけではなかった。ある同級生の船員から「一等機関士はいるが、機関長がいないために出港できずにこまっている」と相談をうけ、まったく別会社の船である南海丸に乗船することになったのだ。南海丸はすでに出港の準備がととのっており、そこで一等機関士として機関場にいたのが本村実だった。

本村富美子によると、実がはじめて遠洋マグロ船に乗ったのは、長女が満一歳の誕生日をむかえる前のことだったというから、辺土名と実が出会ったのは一九六七年の年あけ前後になる。船は第十八南海丸という九十トンぐらいの大きさの船で、船員は約二十人。そのうちの機関長、一等機関士をふくめた六人が機関員としてエンジンまわりをまかされていた。ただ、機関員といっても全員がつねに機関室につめているわけではなく、機関長の辺土名以外の機関員は一般の甲板員と一緒に投縄や揚げ縄の作業にあたり、エンジンの調子がわるくなったときだけ甲板からおりてきて修理にあたった。

「実はマグロ船ははじめてだったから、最初は仕事もぎこちなくてね。ただエンジンのことはよく知っていたので、一等機関士としては十分でした」

南海丸が操業基地としたサント島とは、オーストラリアの東にあるバヌアツのエスピリトゥサント島という小さな島で、那覇を出港した南海丸は約二週間でこのサント島に到着した。当時の新聞記事によると、サント島は英国とフランスの共有領で、約二万人のポリネシア人のほか、英国人、フランス人が合計千人、それに和歌山からの漁業者も百七十人ほど在留していた。また島には日米英合弁による水産会社があり、この会社が漁船が水揚げしたマグロを買いとり、冷凍にして英国やフランスに輸出していたという。沖縄からは第十八南海丸のほか第十一南海丸も操業しており、ソロモン諸島やオーストラリア近海の漁場で一航海につき五、六十トンの魚を水揚げした。

「一航海でだいたい一カ月ぐらい港をはなれていたと思います。マグロを釣って島にもどると、港には二千トンも三千トンもある巨大な冷凍の中積み船が停泊していて、その中積み船に魚を水揚げするわけです。沖縄だけじゃなく日本の船もけっこうな数が操業していて、サモアを基地にするマグロ船もよく来ていました」

島には宿舎や酒場、劇場などがあり、フランス人が開業する病院もあった。帰港して準備をして、再び出港するまで一週間にもみたなかったが、港に停泊している間はしばしば酒場にくりだして陸の生活をたのしんだという。映画館やプール、カジノなどが併設されたシーメンズクラブがあり、そこで一杯やってから船で飲みなおすというのがよくあるパターンだった。

南海丸の船員の半数は佐良浜出身者で占められていた。辺土名は小学六年の冬から中学時代の三年間は石垣島ですごし、その後、本島にもどって沖縄水産高校を卒業して琉球水産の船に乗ったが、とにかく南海丸にかぎらず遠洋マグロ船はどの船も佐良浜出身者がはばをきかせており、本島の漁師は肩身がせまかったという。

「琉球水産の船なんか佐良浜の漁師ばかりですから、沖縄の言葉がつうじないわけです。またむこうは漁村だから、小さい頃から船にも海にも慣れている。潜りなんか、もうすごいんですよ。だから何にしてもむこうのほうがうえ」

そう言って辺土名朝仁は苦笑した。

「やはり佐良浜の人って、沖縄本島やほかの島の人と少しちがうんですね」

「そうですよ。素潜りで二十メートル近く潜るんですよ。びっくりしました。自分らは一、二メートルしか潜れないのに」

海にたいする壁のなさだけでなく、佐良浜の人間の気性の荒さにもカルチャーショックをうけたという。

「とにかく酒を飲んだら気が荒いんですよ。普段おとなしい人でも、酒がはいったらガラッとかわる。刃物をもって暴れるし、刃物を抱いて寝る人もいた」

刃物を抱いて寝る？　と私は思った。「何のためですか？」

「わかりません」と辺土名は笑った。「性格でしょ。酒癖だから。自分ら本島の人間は彼らの言葉がわからないから、雰囲気がおかしくなってきたら消えるわけです。だからトラブルをおこすのは佐良浜の人同士だった」

佐良浜の船員には酒を飲んだら刃物をもち歩くのがだいたい一隻に二、三人はいて、そういうのが深酔いするとコック長は包丁をかくすのに必死だったという。また甲板長は職務上どうしても目の敵にされやすく、酔っぱらった船員からひと晩中追いかけまわされることが頻繁にあった。しかし、どんなに酔っぱらっても翌日になったら一変し、ケロッとした顔でまじめに仕事にとりかかっていた。「そのへんは小さい頃からおじいさんなんかにきびしく鍛えられているんでしょうね」と辺土名はふりかえった。

「本村さんはどうだったんですか」とたずねると、「彼は全然そういうことはなかった」と言った。

「酒好きだったけど、飲んでも荒れなかったね。ギャンブルも好きだった。マージャン、花札、トランプ。それしか楽しみがないから。ほがらかで、沖縄の人ともつきあいが上手でしたよ。一年間も船で一緒にいると、たいていはもう顔も見たくなくなるんだけど、あの人だけはそういうことはなかった。一年間飲み歩いてもたのしいし、いい人でした」

当時の遠洋マグロ船は操業を終えると、那覇にまっすぐもどらず、だいたい本土の大きな造船所のドックにはいって整備をした。南海丸もサント島を出発すると、一度、鹿児島の山川港に寄港して大きな造船所に向かったという。ドックにはいると船長、漁労長、機関長などの職長はそのまま船にのこるが、職長以外の一般船員は解散となった。整備中、各職長には給料が支はらわれるが、船員には賃金がでないため、整備が終わるのをまつよりほかの船をさがしたほうがすぐに仕事にありつけるからだ。

辺土名は機関長として山川港にのこったので、実とはそこで別れた。それ以来、同じ船に乗る機会はなかったし、また彼がどこの船に乗っているかも聞いたことがなかったという。のちに辺土名朝仁は自分で船を購入し、船主兼船長として、ちょうど実と同じ時期にグアム基地で操業したが、その間も酒を飲みかわして旧交をあたためあうというようなこともとくになかったという。

「グアムで自分も船に乗っていたから、実が兄弟で船をもっているという噂《うわさ》は聞いていたけど、沖で無線で話をするぐらいで、その程度なんですよ。入港のスケジュールがあいませんから。あ、ゴルフは一回一緒に行ったかもしれんね。グアムで一時ブームだったから」

若い頃に一年間も同じ釜《かま》の飯を食った仲間だったわりには、その後の関係はずいぶんとあっさりしているな、と私は思った。船に乗っている間は濃密な人間関係をきずくが、一度、陸にあがってはなれてしまうと、その後はべたべたとくっつかないということなのだろうか……。

「そのへんの人間関係のあり方も陸の人間とは少しちがうんですね」と私は言った。

「そうですね。船に乗っている間はね、本当に家族みたいにたすけあうけど、いったんおりると、ほかの船に行ったり、入港時もめったに会わないし。たまに会ったとしてもそんなに話はしないし、つきあいがないんですよね」

人間関係に少し淡泊なところも、今、現在という時間のなかでしか生きていないマグロ漁師という〈人種〉の気質なのかもしれない。考えてみると私にとっての登山仲間と少し近い関係のようにも思えた。山で一緒に岩登りや氷登りをするパートナーとは、一本のロープで命をたくしあう関係にあるが、山をおりてしまうと、街でプライベートで会って酒を飲むというつきあい方はあまりしない。一緒に山を登らなくなったら、それで関係がとぎれる、ということもわりと普通におこなわれる。

取材が終わって家を辞そうとすると、辺土名は「そういえば……」と言って、本村実と仲がよかったという佐良浜の漁師の名前を教えてくれた。それは仲間能男《よしお》という人で、彼なんかに話を聞くといろいろわかるかもしれないと辺土名は言った。だが連絡先をたずねると、それはやはりわからないとのことだった。

仲間能男の自宅はＮＴＴの番号案内に照会すると、あっさりと判明した。つぎの日に家をたずねてみると、仲間能男本人が出て、笑顔で自宅のなかにまねきいれてくれた。

仲間能男は一九四四年（昭和十九年）生まれ、本村栄、漢那招福、辺土名朝仁と同学年にあたり、とりわけ漢那招福とは子供のときから仲がよかったという。佐良浜中学を卒業した後、島のカツオ船に二年間乗り、そのあと漢那招福ら友人三人と池間島の宝山丸というカツオ船でもはたらいた。しかし島での生活に嫌気がさしたことから、招福と二人で給料を前借りし、沖縄にちょっと出かけてくると嘘をついて、そのまま逃げてきたという。那覇に来ると漢那招福は、彼が話していたとおり本村宝にさそわれて彼の船に乗り、一方の仲間能男は親類が船長をつとめていた関係から琉球水産の銀星丸に乗りこみサモアの基地漁業に向かった。

佐良浜を出た理由をたずねると、やはり島での仕事がきつかったからだという。

「冬はよ、潜りさな。寒かったからもう、海より山のほうに行けって、招福らと西《いり》表《おもて》に行って木材の伐採のアルバイトをしたこともあったよ。カツオ船も自分で潜って餌《えさ》をとらないといけないし、つらいさ」

「潜りの仕事というのはおもしろいものではないわけですか」

「全然おもしろくない」と仲間能男は即答した。「自分らは一番下だし、こき使われるだけだしな。布団で寝ていても、おい、煙草《たばこ》に火をつけろって。昔のおじいとか、すごいわけよ。もう潜りがこわくなって、ほとんどの人間が逃げている。寒いし、きついし。あの頃の佐良浜の人間は、潜りをやらん人はみんな沖縄に逃げてきて、マグロ船に乗ったわけさ。その後に南方カツオ漁がよくなってからは、島にもどってカツオ船に乗ったのが多かったな」

琉球水産の銀星丸は百二十九トンの船で、仲間能男の記憶によればそこに二十四、五人の船員が乗っており、佐良浜と久松の人間でほとんど占められていた。仲間能男は銀星丸でサモアに行った後、別の水産会社の船をはさんで上原水産の南琉丸に乗ったという。

南琉丸という船名を聞いたとき、私はふと漢那招福の話を思いだした。たしか本村実は南海丸のあと南琉丸という船に乗っていたと言っていたはずではなかったか……。

「それは実さんも一緒じゃなかったですか」とたずねると、「一緒だったよ」と仲間能男はあっさり言った。「南琉丸で一等機関士をしていた」。思わぬところで本村実の足跡がまたひとつ判明し、私は心中、快哉《かいさい》をあげた。

第一南琉丸は三百トン級の大型冷凍船で、神奈川の三崎を基地にしており、船長と漁労長は三崎の漁師だった。めずらしく佐良浜の人間は五、六人しか乗っておらず、久松の男たちが船員の多数を占めていたという。乗船が決まった船員たちは那覇から飛行機で本土に飛び、三崎で乗船し、二十日間ほど航海した後にハワイに到着した。本村実が船に合流したのは、そのハワイにおいてだった。どういうわけかほかの数人と一緒にハワイまで飛行機でやってきて、そこで乗船したのだという。

「実はもう長いこと南琉丸に乗っていたみたいだな。仕事も慣れていた。エンジンの腕もなかなかいいみたいだったよ」

ハワイで燃料を補給すると、十五、六日ほどかけて太平洋を横断しパナマ運河に到着した。パナマ運河は巨大な閘門《こうもん》でしきられた人工湖に海水が給水される構造になっていて、船は一段ずつ階段をのぼるようにして反対側の大西洋にすすんでいく。運河をこえて大西洋に到達した南琉丸は、そこで二カ月から三カ月もの間、延縄漁《はえなわ》の操業をつづけた。揚げ縄はマグロが針に食いついていると大変な力作業だ。手袋をはめて作業したが、海水で常時濡《ぬ》れているため、手がふやけて荒れ、そのうちかたくはれあがった。また、大型冷凍船である南琉丸では釣った魚を凍結させるのも重要な業務で、マグロが釣れると一度氷点下四十度にまでさがる冷凍庫にいれ、一昼夜以上かけて完全に凍結させて保管庫のなかにきれいにならべなければならない。

もちろん、操業中の気晴らしがまったくなかったわけではなかった。若い船員にとっての一番のたのしみは、やはり上陸したときの酒と女だった。南琉丸のような大型冷凍船の単独航海の場合、普通は巨大なタンカー船がまわってきて洋上で燃料補給をうけることが多かったが、南琉丸の場合は三崎出身の船長が当代きっての女好きで、燃料補給を名目にいくどとなく近くの港に上陸しては女を漁《あさ》った。もちろん船員たちも陸にあがってはぱんぱんにみなぎった下半身を爆発させた。また船員の数が多かったため、投縄作業は一日ごとに交代があり、翌日の投縄が休みのときは徹夜でマージャンとなるのが通例だった。仲間能男と本村実は甲板と機関場と操業中は仕事場がちがったので、船内での交流はあまりなかったが、ギャンブルに目がない実が卓をかこんでいるところは何度となく目にしたという。

辺土名と同じように、仲間能男も本村実と同じ船に乗ったのは一回かぎりで、それからは琉球水産の銀洋丸に乗り、二年間ほど大型船の船員をつづけた。

ただ、仲間能男の場合は辺土名朝仁とちがって同郷の友人ということもあり、その後も実との交流はとぎれなかった。実がフィリピンまで漂流したときは三十七日間も行方不明だったのでもうダメかと思ったが、生きていたと知り度胆をぬかれた。実が生還して帰国した後、ほかの友人と三人で集まって仲間能男の家で宴席をもうけたこともあった。

「漂流について何か話していましたか」とたずねると、「おうおう、ここでよ。一緒に酒飲んでおって」と独特の威勢のいい口調で語った。「島も見えないし、いつ、どこに着くかわからんでしょ。だから言われたってさ。一緒にいたフィリピン人の船員から、食べるときはあんたから食べるんだよと、このフィリピン人の船員は言っておったって」

実は漂流のことを誰かに話すとき、かならずフィリピン人船員から食われそうになったという話を、いくぶん面白おかしく語っていたようだ。

「あれも冗談ばかり言う人だから。また、あれだけ流されても死なんからな、たいしたもんだよ。死ぬ人はパッと死ぬからな」

「精神的に強いというか、図太いところがあったんでしょうね」

「そんなんじゃないと、たすからんだろうな。そんなに考えておったら、もう。あんだけゴムボートで流されて……。一週間なら話はわかるけど、一カ月以上も流されて」

そう言って仲間能男はなつかしそうな顔を見せた。

4

遠洋に向かう大型マグロ船に乗っている時代、本村実の家族のもとには毎月、船会社からの給料が郵便配達人の手によってとどけられた。マグロ漁師と聞くと、どうしてもわれわれは腹巻に札束をつめこんであるく豪放磊落《らいらく》な人物を思いうかべがちだが、富美子によると、それは事実であり、実際に遠洋漁業が最盛期をむかえていた時期は、いまでは考えられないような大金が送金されてきたという。

「一回、漁に出ると、いまでいえば何百万円というお金が家にはいった。すごかったです。自慢じゃないけど」

一年とか一年半にもおよぶ航海からもどると、本村実はほとんど家によりつかず、十日のうちの八日は飲みあるくという、佐良浜漁師として典型的な日々をおくった。マグロ船の船員には家族に送金される定期的な給料にくわえ、漁獲高におうじて〈歩合〉とよばれる配当金が支はらわれる。実はその配当金をすべて飲み代やスロットにつぎこみ、たりなくなると生活費につかうはずの固定給のほうにまで手をつけた。遠洋からもどって一カ月か二カ月の間は陸でそうした無頼な生活をつづけ、遊ぶ金がなくなると、またひと稼ぎするためふたたび海にもどり、一年以上も家に帰ってこないのだ。

一方で若い頃にカメラをだしにして富美子をさそったことからもわかるように、実には趣味人の一面もあり、時間のあるときは小説を読みふけった。映画や音楽やドラマも好きで、自宅には石原裕次郎のドラマのビデオやレコード、それに老後に引退したあとに読むための文庫本を大量にためこんでいた。引っ越し作業のときなど部屋のなかからそうした昔の本やレコードが次から次へとほりだされて大変だったという。

本村実と富美子は四人の子宝にめぐまれた。長女の恵利香は実が最初の船である南海丸に乗る前にうまれたが、二人目となる長男の実篤《さねあつ》、三人目の次女美香《みか》は実が家をあけている間に誕生した。しかし、だからといって実が子供のことに無関心だったかというとそうではなく、操業先の外国ではいつも子供の命名に頭をなやませていたらしい。

「その頃、西田佐知子の『エリカの花散るとき』という歌がはやっていて、たぶん長女の名前はそこからつけたと思うよ。長男は最初ジュンジって名前だった。それがむこうから電報がとどいて、実篤と命名しろと。男の場合はこの名前、女の場合はこの名前って、いちいち電報がとどくんです。美香の場合は、最初は美海にすると言っていたけど、これも電報で美香にかわった。三女が生まれたときは自分で市役所に出生届を出すと言って、家を出るときはシズカという名前にすると言っていたのに、帰ってきたら由加利《ゆかり》になっていた。なんでか知らんけど」

そう言って富美子は笑った。

実が酒や博打《ばくち》に散財するので貯金はいっこうにたまらなかったが、その頃のマグロ船はまだかなり売りあげがあったのでとくに生活に苦労するほどではなかったという。ただ、夫は一年に一回ほどしか帰宅しないし、子供も大きくなって子育てから解放されて時間ができてきたため、富美子はしたの子が幼稚園にはいる頃、実にだまって団地の近くの製粉工場にはたらきにでたことがあった。ところが一家の主《あるじ》としてのプライドに触れたのか、妻が仕事をはじめたことを知った実は激怒した。

「もうカネは家賃分しかおくらない。生活費は自分でかせげと怒られて。めったに怒らない人だったから本当にこわかったよ」

実の逆鱗《げきりん》にふれたことで富美子は製粉工場の仕事はやめた。だが、ころあいを見てまたはたらきにでかけ、それからは家計をたすけるために様々なパートをこなした。泊港の近くにあった生協で八年間はたらき、弁当屋には六年間つとめ、印刷会社に八年間かよい、新聞社では清掃の仕事を七年間つづけた。

私は取材をつづけたが、本村実が南琉丸の後にどの船に乗ったのか、結局はっきりわからないままだった。ただ唯一《ゆいいつ》、富美子と漢那招福の二人の話からうかびあがってきたのが武潮丸という船の存在だった。富美子によれば、実が武潮丸に乗っていたのは彼女が現在住んでいる県営団地にうつる前のことだったので、ちょうど四十年ほど前、すなわち一九七四年前後のことになるようだ。

一九七四年に武潮丸に乗っていたというのは、時代背景を考えると矛盾のない話だった。

ちょうどその頃、沖縄の水産業界では遠洋マグロ漁業の経営にかげりがさしはじめていた。大型船の経営が悪化していく直接的なきっかけとなったのは、一九七三年の第四次中東戦争を契機にはじまった石油危機である。中東の産油国が原油の公示価格を引きあげたことから、燃料費が以前の何倍にもはねあがる一方、漁獲高は横ばいのままのびなやみ、大型遠洋船の経営を圧迫していった。

沖縄の遠洋マグロ漁業は琉球政府時代に第一次、第二次枠を設定して本土から遊休船を導入することではじまっており、そもそもが行政が主導することで成長した業界だった。当時のマグロ漁船は一トン百万円が相場といわれており、たとえば三百トンの船を建造するとしたら単純に三億円という膨大な額の資金が必要だった。そのため行政側は低金利の融資制度をもうけることで漁船の大型化を積極的にあとおしし、那覇には大型冷凍船をかかえた水産会社がいくつもできあがり、〝マグロバブル〟とでもよぶべき状況が現出した。だが、大型船の購入に多額の資金を投入したこれらの会社は、石油危機の発生により一気に赤字をかかえこみ、つぶれていくことになったのである。

大型船の非効率性が次第にあきらかになるなかで、漁船のトレンドも大きく変化していった。本村栄や漢那招福と同じ一九四四年生まれで、沖縄水産高校を卒業後、一貫してマグロ漁業で生きてきた沖縄県漁連会長の國吉眞孝によると、那覇では大型船の後、より燃費がよく効率的な経営が可能な四十九トン船が一時的にブームとなったという。

「当時は宮崎や大分で四十九トンの木造船をつくっていて、グアム沖、フィリピン沖、インドネシア沖まで進出するのがいっぱいいたよ。それがもうかっていると聞き、沖縄でもみんなとびついた」

だが沖縄では四十九トン船のブームはわずか五、六年で終息し、つぎに十九トン船がとってかわった。

四十九トン船から十九トン船に移行した背景には魚の鮮度保持の問題があった。四十九トン船は長期で遠洋を航海する大型船とちがい、航海日数が四十日から五十日と比較的みじかい。そのため釣ったマグロは冷凍処理せず、氷点下をやや下まわる温度の水（凍らないように海水をまぜている）で保存し、市場には鮮魚のまま出荷する。しかし航海日数がみじかいといっても、操業のはじめの段階で釣った魚は出荷まで一カ月程度かかるため、どうしても鮮度がおちてしまう。時代はちょうど市場でも高級志向がたかまり、マグロの鮮度がとわれはじめた時期だっただけに、より航海日数がみじかく、鮮度のよいまま出荷できる十九トン船が主力となっていったのである。

國吉によると、四十九トン船のブームは沖縄が本土復帰してから二、三年後、すなわち一九七四、五年あたりが最盛期だった。富美子や漢那招福の話だと、本村実はちょうどその時期に四十九トン船の武潮丸に乗っていたことになる。おそらく武潮丸の船主である賀数静夫は大型船時代が終焉《しゅうえん》した後におとずれた四十九トン船ブームの波をうまくつかみ、新船を建造し、一時的にかなり好調な業績をあげたのではないか。その賀数の船に実は機関長として乗船していたのだろう。そう私は推測した。

賀数静夫は十五年ほど前にイカ釣り漁船で行方をたったが、漢那招福によると、彼の自宅は、戦後復興の雰囲気をいまなおのこす栄町商店街の近辺の大道《だいどう》という地区にあったはずだという。奥さんが健在だったら本村実のことをなにかおぼえているかもしれない。そう思った私は、思いつくままに大道の町をあるいてみた。例によってNTTの番号案内で照会すると、大道には賀数という姓の家が二軒登録されていた。せまい地区なので賀数静夫となんらかの血縁関係があるのではないかと期待してたずねたが、一軒は空き家で、もう一軒の主人からはそういった名前の親戚はいないし、聞いたこともないと素っ気なくつげられた。

招福からおそわったもうひとつの話として、賀数夫妻は大道近辺のアパートに住んでいたという情報もあったので、私はその付近にたつ、とりあえず目にはいった古そうなアパートを虱潰《しらみつぶ》しに一軒ずつまわった。郵便箱の表札を確認し、表札がない場合は在宅していそうな部屋の呼び鈴をならし、このへんに賀数さんというお宅はありませんか、とたずねてまわったが、結局、いっこうに手がかりはつかめず、聞きこみによる賀数静夫夫人さがしは暗礁《あんしょう》にのりあげた。

身体を闇雲にうごかす取材に限界を感じた私は、方針をきりかえて頭をつかうことにした。賀数静夫が海上遭難しているということは、事故当時に海上保安庁から報道機関むけに広報発表があったはずだ。通常、警察や海保の広報資料には当事者の氏名、年齢、住所が明記されているので、それが入手できれば賀数静夫の自宅の場所がわかることになる。十五年も前の出来事なので広報用紙はすでに廃棄されている可能性が高かったが、ダメもとで那覇にある第十一管区海上保安本部の広報担当に用件をつたえると、数日後に広報用紙が見つかったとの連絡があった。早速、たずねてみると、その担当官は親切にも依頼した広報資料に遭難をつたえる当時の新聞記事まで用意してくれていたが、残念なことに、肝心の賀数静夫の住所が記載されているはずの第一報の広報資料は紛失しており見つからなかったとのことだった。通常、事件事故の広報発表資料は第一報にしか当事者の住所はのっていない。第二報以降は重複するためいちいち記載していないのだ。

取材でであった漁業関係者にも賀数静夫の自宅を確認したが、当然、おぼえている人など一人もおらず、そもそも賀数夫人も存命しているかどうか非常にうたがわしかった。そのため、私はこの線からの取材をほぼ断念しかけた……が、夜中に宿にいるときに、ふと、船舶原簿のことを思いだした。船舶原簿とは船の登記簿のようなもので、船名や総トン数や造船所の名前などとともに所有者の氏名や住所なども記載されている。原簿は都道府県の水産課が管理しており、一定の料金をおさめれば閲覧し、写しをうけとることも可能だ。翌朝、私は沖縄県の水産課に電話し、武潮丸と、賀数静夫が最後に遭難した嘉賀丸というイカ釣り漁船の原簿がないか問いあわせたところ、一時間ほどでおりかえしの電話があり、武潮丸は見つからなかったが（紛失だの、見つからないだの、それ自体、役所の資料管理のあり方としては非常に問題があるのだが、それはさておき）、嘉賀丸の原簿は発見できたとのことだった。

はげしい雨のなか、船舶原簿に記載された住所に車でかけつけてみると、そこは築年数がかなり経過した三階建ての公営団地のような建物だった。住所が見つかったとはいえ、原簿に書かれているのはすでに十五年前の情報である。正直なところ私にはいまも賀数夫人が存命し、しかも同じ住宅に住んでいるとは思えなかった。私がこの住宅をおとずれたのは、取材というよりもむしろ接触可能な取材先を放置し、あとになって徹底的に取材しなかったことを後悔するのがいやだという自分自身の内面処理の性格が強かった。

ところが、該当する部屋の前に行ってみると、窓からは高齢者が在宅していることをしめす大相撲のテレビ中継の音声が聞こえてきた。そして、ごめんくださいと声をかけると、なかからいかにも人のよさそうな、気品のある高齢女性があらわれたのだった。

賀数静夫夫人である武子はすでに八十歳をこえており、私が用件をつたえると、「もういいですよ。昔のことは。かなり大変な目にあったから……」とやや迷惑そうな顔をした。それでもいくつか質問すると、みじかいながらも、いくぶん海や漁業へのうらみ節をまじえながら丁寧にこたえてくれた。

予想されたことではあったが、夫の賀数静夫の人生もまた、本村実やほかの佐良浜の漁師たちにまけずおとらず起伏のはげしいものだった。何人かの漁師から聞いていたとおり、彼はもともと那覇市内の中学校で社会科をおしえる教員だったが、若い頃から海釣りが好きで、それが高じて教員をやめて漁船経営にのりだすことにしたのだという。

最初に船を購入したのは一九七〇年のことで、信漁連をつうじて開発金融公社から融資をうけ、高知県の馬詰造船所に発注して第五武潮丸という四十九トンの木造船を新造船した。一九七〇年というと第一次石油危機が勃発《ぼっぱつ》する三年前で、まだ遠洋マグロ漁業が本格的に落ち目になるまえのことである。その段階で四十九トン船を購入したということは、賀数静夫はすぐれた経営判断の目をもっていたのかもしれない。そして期待どおり、造船してからしばらくの間は好調な漁獲量を維持し、夫人の言葉をかりると「船員たちもたくさんの希望をもって漁にでていた」のだという。

ところが二年後の一九七二年、すなわち沖縄が本土に復帰した年に二隻目となる第八武潮丸を建造してからは、しだいに雲ゆきがあやしくなってきた。

その理由についてたずねると、武子は船員たちにたいする愚痴のようなものを少し口にした。

「うちの人は責任感が強くてまじめな性格だったので、船員さんがカネを前借りにくると、すぐに安請けあいしてしまうところがあったんです。彼らは酒に酔うと夜中でも平気でカネを借りにきました。当時は船員不足だったので彼らの立場が強くて、お金を貸さないと、じゃあほかの船にうつるぞという脅しみたいなことも言われるわけです。それにいちいち応対してお金を貸していたから、本当にいくらあってもたりませんでした」

本村実が機関長として乗船していたのもこの頃だったが、彼女によると実はあまり長い間、武潮丸に乗船していなかったようで、残念ながらとくに強い印象があるわけではないという。

「どういう経緯で本村さんが乗ったのか、なぜすぐにおりたのか、そのあたりのくわしいことは聞いていません。あの頃は本当に漁の調子がわるいと、みんなすぐに船をおりてべつの船にのりかえたので」と彼女は言った。

運がわるいことに、新造船した二隻のうち第五武潮丸は、定期検査にだしている間に整備会社が倒産してしまい、エンジンをはずされた状態のまま放置され、最後はいかんともしがたくなり海中に沈められたという。

だが、最終的に賀数静夫を苦境においこんだのは、例の本村実の漂流と同時期におきた、フィリピン東方海域での行方不明事件だった。四十九トン船の経営が思わしくなくなって以降、賀数静夫は十九トンのファイバー船を徳島から中古で購入し、第十五武潮丸として操業をはじめたが、その船が一九九四年二月、フィリピンの沖合から交信があったのを最後に連絡がとれなくなってしまったのだ。

当時の新聞報道によると、同年一月四日に泊港を出港した武潮丸は、連日、沖縄県漁業無線局と定期交信をかわしていたが、二月二日に僚船をつうじて交信したのを最後に、突如連絡をぷつりと絶った。消息を絶ったのはフィリピンのサマール島の東方約三百七十キロの沖合で、当日の天候は晴れ、北から風速十二メートルの風がふいていたという。船には佐良浜の漁師一人をふくむ七人がのっていた。

賀数静夫が第十一管区海上保安本部に捜索依頼をだしたのは、連絡がなくなってから九日後の二月十一日のことだった。帰港予定日は二月十五日、無線が故障しただけの可能性もあったが、大事をとってとどけをだしたという。ところが、航空機と巡視船が出動しても見つからず、捜索は二月二十二日をもってうちきられ、それ以降、なんの情報もあがってこなかった。富士丸、金栄丸などと同様、武潮丸もフッとこの世界から消えていったのである。

武子によると、第十五武潮丸はこの最後の航海に出港する直前、船内装備をすべてきれいに整備し、新船みたいにこざっぱりした状態で出発した。そのとき整備を担当した冷蔵設備の専門業者から「こんなきれいな船は海賊にねらわれるから、注意しないといけないよ」と警告をうけたそうだ。すると本当に船の消息がわからなくなってしまった。しかも事件の後に賀数静夫が漁師のあいだをまわって話を聞いたところ、やはり現場海域には海賊が出没するという情報を聞きおよんだらしく、二人であたかも冷蔵業者の警告が実現してしまったような暗い気持ちになったという。

海賊と聞き、責任感の強い賀数静夫はいてもたってもいられなくなった。彼は船の名前を書いた板を用意し、そこに船員の名前や顔写真をはりつけ、たった一人でフィリピンに捜索の旅にでかけたのだ。一カ月ほどかけて武潮丸が行方を絶った地域の沿岸をあるきまわったが、結局、何も手がかりはえられず那覇にもどってきた。それから何年かのちに漁師の間で、行方不明になった武潮丸がインドネシアの海上を航行しているらしいという噂が流れたことがあり、賀数はある漁師から捜索に行かないかともちかけられたが、あやしげな噂話にはつきあいきれないと言ってことわった。

二人がこの古びた集合住宅に引っこしてきたのは、船が行方不明になったことで自宅が抵当に入れられ競売にかけられたためだった。賀数静夫は当時、沖縄県近海鮪《まぐろ》漁協の組合長をつとめていたが、その月給では到底借金を返済できないのでこれを退職し、三百万円で嘉賀丸という六・六トンの小さなイカ釣り漁船を購入した。若い頃から海にあこがれてきた彼は七十歳をすぎて、ついにみずから海にでることを決断したのである。当然、漁の経験がなかったため、船長と機関長をまかせる漁師をやといいれ、彼らをたよりに細々と操業をつづけた。

そして一九九九年十二月、今度はその夫が乗った嘉賀丸が行方不明となった。

操業中、賀数静夫は毎日かならず妻のところに船舶電話をいれ、天気予報を聞く習慣だったが、同月十六日夜の電話を最後にその電話連絡がとだえてしまった。十七日もまる一日電話がなかったため、翌日になり夫人は自分から船に電話をいれたが、電話は不通になっていた。

漁協からの通報をうけた第十一管区海上保安本部は二十日から捜索を開始し、二十一日昼頃、海上自衛隊の航空機が那覇の南東約二百二十キロの場所で転覆している嘉賀丸を発見した。急行した海保の巡視船により、付近で漂っていた船員一人の遺体が回収されたが、しかしその後の潜水士らによる船の内外の捜索にもかかわらず、賀数静夫らほかの三人の消息はわからなかった。

「行方不明になって十五年になります」と武子は言った。「沖縄の漁師はみんな貧乏していますよ。海はほんとうに大変です。事故の保険金で金融機関や漁協からの借金はすべて返済しましたが、それでも親類から借りていたお金はかえせないままです。いまでも親戚づきあいはとだえたままなんです」

玄関先でのみじかいやり取りではあったが、それでも私は人間の人生における、鮮烈で、かつ誠実な残像を見せつけられた思いがして、その場にたたずんだ。

家を辞去する前に最後にひとつだけ質問をした。

「ご主人は自分の決断を後悔していなかったんでしょうか」

「おれは後悔してないよと彼は言っていました」と夫人は言った。「こんな大変な目にあったのに。強がりかもしれないけど」
そう言って彼女は、でも……と複雑な表情をうかべた。

第六章　再興南方カツオ漁

那覇で遠洋マグロ漁が隆盛をむかえようとしていた頃、佐良浜でも戦前、隆盛をほこった南方カツオ漁がふたたびはじまろうとしていた。

1

戦後の南方カツオ漁は、戦前に多くの佐良浜漁民や女工が渡航したボルネオのシアミル島での操業からはじまった。仲間明典『佐良浜漁師達の南方鰹《かつお》漁の軌跡』によると、一九五九年に本土の大手水産会社大洋漁業からボルネオ出漁の要請があったことが、その第一歩だった。一九五九年という年は本村寛一が死亡した読谷沖の沈船爆発事故の翌年にあたる。すなわち、佐良浜漁師たちの戦後〝シノギ〟の一つだった沈船漁《あさ》りがちょうど終焉《しゅうえん》をむかえようとしていたタイミングで、集落に空前の活況をもたらす戦後南方漁がはじまった、ということになる。実際に船がボルネオに向かったのは一九六〇年のことで、出漁した三隻《せき》の漁船のうち一隻が佐良浜の第一漁泉丸だった。戦前の南方漁の成功と戦後の困窮の双方を体験してきた佐良浜の人々にとって、南方漁の復活はいわば悲願であっただけに、桟橋にかけつけ、ボルネオに旅だつ総勢七十人の同朋《どうほう》を見おくった人々の胸には大きな期待と不安が渦まいていた。

このボルネオ出漁には本村実の父加那志も参加していたようである。漢那招福によると、彼は中学生の頃、実や栄と一緒に毎月送金されてくる給料を加那志が乗っている船の船長の家にうけとりに行っていたという。一九四四年生まれの彼が中学生の頃というと、ちょうど一九六〇年前後にあたり、その頃に佐良浜から南方に出漁している船はボルネオ以外になかった。

しかし、戦後初のこの南方出漁は思わぬかたちで幕切れとなった。シアミル基地が海賊に襲われ、佐良浜の船大工一人を含む日本人二人が殺害されてしまったのだ。事件が発生したのは一九六二年十二月二十三日、接岸したボートから男たちがおりてきて、基地ではたらいていた作業員に銃で襲いかかった。当時、シアミル基地には漁船四隻が操業中で百人以上の沖縄人漁師が船に乗りこんでいたが、襲撃時は沖合にでていたため難をのがれたという。

佐良浜に滞在中、私は当時のボルネオ操業に従事していた上地安雄に事件のあらましを聞く機会があった。上地はボルネオで漁泉丸の無線係をまかされており、操業中、一時間に一回、船の位置や漁獲状況などを基地の事務所に報告するのを業務としていた。事件がおきたのは午後三時ぐらいのことだった。上地はいつものように無線で事務所と交信して帰港時間をうちあわせしようとしたが、どうしてもつながらない。何度もためしても連絡がとれないので、何かトラブルが発生したのではないかと心配になり、船は急遽島《きゅうきょ》にもどることになった。島に到着してみると事務所はひどい有様で、無線や機械類はすべて破壊されている。基地の人間から、海賊に襲われて二人が殺害されたことを聞いた船員たちは、おそろしくなり、あわてて船で沖に逃げたという。

「こわかったんですよ。もう命がないもんだと思って、ふるえてね。でもそんなにまでしないと生活できないからね、ここの人は」

一九三七年生まれの上地にとって、戦後南方漁がはじまるまでの佐良浜での生活は貧しさと苦難の記憶によってきざまれていた。中学を卒業すると、彼は島のほかの男と同じように潜り漁をすることで、どうにかこうにか生きてきた。それはタコをとったり、エビをとったり、魚をとったり、また畑でとれるイモを食べたりして日々をしのぐ自給自足に近いくらしで、「船では年よりから奴隷《どれい》のようにこきつかわれ」、「カネなんか一銭も見たことがない」「昭和だったのに明治時代のような生活」だったという。そうした貧困を強いられていただけに、南方カツオ漁が再開して船員の募集があると聞いたとき、彼はその話にとびついた。

しかも上地がボルネオに向かったのは、例の第一富士丸の行方不明事件が発生した直後だった。大勢の顔見知りの若者が海で忽然《こつぜん》と姿を消したことで、漁泉丸の船員の間でも大きな不安がひろがっていた。

「ちょうどぼくらと同じ年ぐらいの若い連中が二十人ぐらい行方不明になったんです。あの頃はもう佐良浜の連中もだいぶマグロ船に乗っていたからね。富士丸がどんななったかわからんかったけど、同じときにぼくらも南方に出発したもんだから、もうふるえているさ。ボルネオには行くだけでも十五日、二十日かかるからね、その間に海賊がくるんじゃないかと、それが気になって。でもそれでも行かんと食われん時代だったからね。島におっても仕事がない。どこでもいいからはたらかんといかんということで、南方にも、マグロ船にも行ったさ」


ボルネオ出漁は突然の幕切れとなったが、しかしさほど間をおかずしてふたたび南方カツオ漁への話がまいこんできた。

今度の舞台は戦前に日本で内南洋とよばれ、沖縄からも多数の移民が渡航していたミクロネシアの島パラオだった。パラオへの出漁は、米国の缶詰会社であるバンキャンプ社と沖縄の水産会社との間で、現地住民への水産技術指導と漁場開発を目的とした総合的なカツオ事業を開始することが合意されたことではじまった。

当時の新聞報道を読むと、パラオでの一本釣りの実動部隊として本土のカツオ漁師ではなく沖縄の漁師を指名したのは、米国のバンキャンプ社のほうだったようだ。バンキャンプ社は当初、韓国と提携する意向をもっていたが、事前交渉のさいに現地の行政府から、戦前のカツオ漁で高い実績をほこった沖縄漁師を技術者としてよびたいという要望があり、方針を転換することにした。

その意味で戦後の南方漁は、潜りとカツオ漁に秀《ひい》でた佐良浜という土地の風土と歴史、そして戦前の南方漁の成功という布石の上になりたったものだった。カツオ一本釣り漁は生餌《いきえ》を確保できるかどうかが成否の鍵《かぎ》をにぎっている。そこはやはり戦前とおなじで、南洋のような未開拓地では採餌《さいじ》と一本釣りが分業体制になっている本土のカツオ漁師より、追込漁で餌《えさ》をとれて一本釣りもできる沖縄漁師のほうが企業からの需要は高かったのである。そして、沖縄漁師のなかでも一本釣り漁にすぐれ、かつ追込漁の能力が高かったのはなんといっても佐良浜漁師だった。そのためパラオにしても、その後はじまるパプアニューギニアにしても、戦後の南方カツオ漁はしだいに佐良浜漁師の独壇場の様相を呈していく。そのくるしさ、きびしさ、つらさゆえ、多くの若者が島から逃げだす要因となった潜りの追込漁だったが、しかしその潜りの技能ゆえに佐良浜漁師はふたたび南洋の海で活躍する機会をあたえられたのだった。

パラオ出漁が決まると、二十五トンの木造船が新造船され、一九六四年六月に水先案内船をふくめて七隻の船が那覇港から出港した。波止場には大漁旗がはためき、見おくりの人々との間におびただしい数の紙テープがむすばれた。七隻の船に八十四人の漁師が乗りこみ、そのなかには戦前のパラオ経験者も少なくなかった。そのため船内では故郷に帰るような気分も漂っていたという。

パラオで成功すると今度はニューギニア海域での開拓がはじまるわけだが、その戦後の南方カツオ漁の初期の段階で活躍した佐良浜漁師の一人に池村洋右《いけむらようすけ》がいた。

池村はパラオで大漁、パプアニューギニア領ニューブリテン島のラバウルでも大漁をつづけたすぐれた漁師で、いまでは沖縄のカツオ一本釣り漁でひろく利用されるパヤオ（浮き礁《しょう》）を導入した人物としても知られている。べらんめえ調ではあるが非常に話好きな好人物で、家をたずねるとパラオからラバウルにいたる佐良浜の戦後南方漁の流れというか、みずからの大漁伝説のような話を、自分でもおしとどめることができないとでもいった早口でまくしたてた。私は彼の家のソファーに二時間以上すわって話を聞いたが、その間、質問をさしはさむ隙《すき》をほとんどあたえられなかった。カツオ漁に秀でていただけではなく、いかにも佐良浜人らしく気が荒くて喧嘩《けんか》っ早いところがあるようで、彼の話を聞いていると南方に魚をとりにいったのか、喧嘩をしにいったのか、よくわからないところがあった。

池村が生まれたのは戦争が終結する十年以上前の一九三四年で、生地は佐良浜ではなく、のちに彼が出漁することになるパラオだった。父が戦前の南方漁に出漁していたことから一家全員でパラオに移住しており、国民学校の三年生まで同地でそだったという。戦前のパラオではコロール、マラカル、アラカベサンという三つの町が漁港として栄えており、製氷工場や冷凍施設がつらなり、百隻以上もの真珠貝の採取船がマストをならべていた。池村が生まれたアラカベサンの町には水上飛行場がすぐ近くにあり、父が所属する会社の宿舎で暮らしてコロールの国民学校にかよった。

大きくなって沖縄にもどると、池村は商船会社につとめてまず船長の資格をとった。佐良浜にもどると何人かの船主にたのまれて近海カツオ船の船長をしたが、経験不足で結果をのこすことができなかったという。パラオ出漁の話がもちあがったのは、その後だった。平良にいたバンキャンプ社の代理人が佐良浜にやってきて、パラオで船に乗らないかと話をもちかけてきた。パラオに行ったところで大漁できる自信はなかったが、もうかるかどうかということより、自分の生まれ故郷を見てみたいという一心でその話にのることにした。

「ユタに占ってもらったら、生まれた土地ではたらいたら元気になって、健康で思うような仕事ができると言われたもんだから、カネもうけはべつにして、一年間ぐらい休むつもりでいってきたんです。そしたらものすごい量の魚が釣れた」

当時の新聞を読むとパラオではあたかも初年度から大漁がつづいたように報道されていたが、池村によると事実はかならずしもそうではなく、初期の頃はさっぱり魚が釣れず、パラオはダメだという悪評が佐良浜ではひろまっていたという。そのため船員をあつめるのにも非常に苦労した。

「パラオには飛行機でいってバンキャンプの船に乗るんですが、現地につくとぼくらと交代する前年のメンバーがまだいるわけです。二週間ぐらい一緒に漁をしてやり方をおそわるんだけど、なんでこんな魚の釣れないところに来るんだと言われるわけ。実際に操業してみると、たしかに彼らの言うとおり一カ月ぐらいは不漁で全然釣れなかった。しょうがないから、本当は禁止されているんだけどリーフで別の雑魚《ざこ》を釣って、それを闇《やみ》でさばいてカネをかせいでいたんです。それがバレてとりしらべをうけたこともあった」

しかし渡航から一カ月後、突如、カツオの大群が回遊しはじめた。きっかけは一本の流木だったと池村は説明した。

「次々に魚がではじめた。流木の下にものすごい数のカツオがついている。一本、流木見つけたら、そこにいって釣るでしょ。そしたら八隻あったパラオの船がもう全部満船。ものすごい釣った。二カ月も三カ月も毎日満船、毎日満船とつづいたもんだから、バンキャンプの冷蔵庫がまにあわなくなって、パンクしてしまった」

冷蔵庫がパンクしたバンキャンプ社は、たまらず水揚げ量を一日十五トンに制限した。しかし、制限しろと指示されること自体が、負けん気の強い池村には我慢ならないことだった。彼は「そんな契約はなかった、ぼくは沖にでて釣るだけだから、いくらでもとってくる」と啖呵《たんか》をきって無制限に釣りつづけた。しかし釣ったところで冷蔵庫にあきがない以上、魚は投棄せざるをえない。しまいには腐った魚が海にながれこんで非常に不衛生な状態となり、いいかげんに釣るのを止《や》めろと会社側とトラブルになったという。釣りすぎが原因で池村は一年契約を途中でうちきられ、半年で佐良浜にもどってくる羽目になったが、操業中はこの大漁で少なくとも月三百ドル、多い月には五百ドルもの金を家族に送金したという（当時の佐良浜では二千ドルあれば家一軒が建つと言われた時代だった）。ちなみにこのときの流木で大漁した経験がきっかけとなり、池村はのちに筏《いかだ》にアンカーをつけたパヤオを開発し、それが南洋で操業するカツオ船にひろまり沖縄に逆輸入されることになる。

池村は翌年もパラオの操業に参加し大漁をつづけたが、その後はまたべつのさそいがあってパプアニューギニアのラバウル基地に向かった。

パプアニューギニア漁場を開拓したのも、米国や日本本土の大手水産会社で、米国のバンキャンプ社やスターキスト社のほかに、本土の極洋捕鯨や報国水産、大洋漁業、海外漁業、それに沖縄の光洋水産などが様々に業務提携することではじまった。出漁の話がもちあがると東京の会社の人間が続々と佐良浜におしよせた。船主たちもあらたに船を購入したり建造したりして、佐良浜からパプアニューギニアの島々をめざして新船が大漁旗をなびかせ、旅だっていった。

池村によると、佐良浜の本当の南方カツオ漁は、バンキャンプ社がすべてお膳《ぜん》だてしたパラオではなく、実質的にはこのパプアニューギニア操業によって開始されたという。なぜならパラオでは現地に用意されたバンキャンプの船に乗って魚を釣るだけだったが、パプアニューギニアのほうは正真正銘、佐良浜の漁師たちが自分たちでリスクをせおって船を用意し、島から回航して操業した彼ら自身の事業だったからである。パラオではかりに不漁でもバンキャンプ社が赤字をだすだけなので緊張感はあまりなかったが、しかしパプアニューギニアでは魚が釣れなかったら同郷の船主の生活に直接打撃をあたえる。自然と気持ちのはりもちがったという。

「佐良浜の船主から、あんたがラバウルに船をもっていってくれんかと言われたから。前は会社の船だったけど、今度は個人の船でしょ。失敗したらあぶないなと思って、かなり不安でした。でもそのときはパラオの成功があったから、佐良浜の雰囲気もかなり盛りあがってきていたんです。船主さんも大漁したら、あんたに二人前配当するからいってくれと言う。それならいってみようかと思って、佐良浜で船員をあつめて、さあやってみようと。あのときは船主も乗組員ものすごくいきおいがあったね」

「出港するときは、村人からの期待も非常に高かったんじゃないですか」

私がそうたずねると、池村は「そうですよ」と言い、話のいきおいはさらに加速した。

「もう宴会、宴会でね。東京の会社からも部長が来て、酒飲んでどんちゃんさわぎ。でもね、ほかの船は四十トンとか五十トンなんだけど、ぼくが乗ることになっていた船は少し小さくて二十五トンしかなかった。それで宴会のときにその部長が、おい、君の船は小さいけど、これで魚は釣れるのかねと言うんです。だからぼくは言ってやった。部長、魚は人間がとるものであって、船がとるものじゃないですよって」

ラバウルでの操業がはじまったのは一九七〇年、最初は餌がとれずに苦労したが、それが軌道にのりはじめると池村を筆頭に佐良浜の漁師たちはここでも釣りまくった。ラバウルには現地の工場や冷蔵施設があるわけではなく、沖に停泊している五千トンほどある巨大な母船に水揚げし、それを中積み船が運搬するというシステムで操業していたが、あまりに釣れすぎたため中積み船による運搬がまにあわず、開始から半年で母船が満船になった。そのため、ここでも五トンの漁獲制限が課され、釣りすぎた魚は海に廃棄された。

彼の話のなかで興味深かったのは、生餌のとり方の話である。佐良浜といえば素潜りの追込漁。その伝統と能力があったからこそ、彼らは水産会社から南方カツオ漁の担《にな》い手として指名されたわけだが、しかし池村によると、実際のところ現地では追込漁ではなく集魚灯をいれて餌をとっていたという。しかもそれは戦後のことだけではなく、戦前のパラオでもそうだったというのだ。

「戦前は集魚灯のはじまりの頃だったね。潜りでとる場合は相当深く潜らないと餌はとれないんですよ。だから普通は潜らんで集魚灯でとっていた。集魚灯でとれなかったら潜りでとるんですけど。カツオ船には年よりも若いのも行くわけだから、みんながみんな十尋《ひろ》も二十尋も潜れるわけじゃないからね」

正直に言うと、この話を聞いたときは、なんだ、追込漁じゃないのかと残念な気持ちがないわけではなかった。しかし少し考えてみると、その考え自体が少し浅かったのかもしれない。佐良浜といえば追込漁という認識自体が完全にあやまっていたことを思いしらされたのである。追込漁云々《うんぬん》ではなく、常識や規格、固定観念にとらわれず、利用できるものならなんでも利用することのできる融通無碍《ゆうずうむげ》さこそ佐良浜海洋民の特性なのだ。

なんにせよ池村はラバウルでもカツオをとりまくった。結局、五年間ラバウルで操業して二位にすべりおちたのは一年だけ、あとの四年間はずっとトップの成績をまもりつづけ、出発前に自分を見くだす発言をした会社の部長を見かえしてやったという。

2

南方に向かった佐良浜の男たちは現地に十カ月ほど滞在し、正月前に島にもどって二カ月間ほど休暇をたのしみ、また現地にもどるという生活をおくった。出港のときは家族総出で平良港までいって漁船を見おくり、そして港をでた船は一度佐良浜の沖合にまでもどって、ウハルズ御嶽《うたき》に大漁と航海の安全を祈ってから南に向かった。それを見とどけるのが冬の佐良浜の風物詩となっていった。

漁業の島であると同時に、古くからつづく神願いの島でもある佐良浜では、南方に出港する前になると船員が漁労長の家に集まり、豚を炊《た》き、骨を炊き、そして肉を炊いてつくったお供え物を神棚に捧《ささ》げ、ユタをよんで願かけすることが習慣となっていた。また、旧暦の二月と十一月には、海の神である竜宮神に大漁と航海安全を祈るヒダガンニガイという荘厳《そうごん》な儀式が執りおこなわれた。男たちが浜で生きた豚を解体して神への生贄《いけにえ》とし、白衣をきたツカサンマとよばれる巫女《みこ》たちがウハルズ御嶽や浜で海への願いをうたいあげるのである。

パラオ、パプアニューギニアと南方カツオ漁が盛況になるにしたがって、佐良浜もながかった貧困の時代を脱し、いよいよ活気づいてきた。一九七八年発行の『伊良部村史』には、〈現在南方出漁に渡航している漁船の数は二十一隻で、乗組員は約五百名〉との記述がある。これらおびただしい数の乗組員から地元へ送られてくるカネは、毎年十億円をこえた。太い柱にかこまれた、コンクリート二階建ての小型のパルテノン神殿みたいな〝カツオ御殿〟がたちはじめたのも、この頃からだった。一九七二年に本土に復帰するまで、佐良浜では二千ドルあれば家が一軒たつといわれており、実際に親、子供、兄弟と一家の男が皆で南方カツオ漁に参加すれば一年で十分に立派な家がたったという。

このように集落の住民がこぞって家をたてかえた背景には、人々の潜在意識にしみこんだ台風への恐怖があった。

戦後の宮古列島には一九五九年のサラ台風、一九六六年のコラ台風、一九六八年のデラ台風と現在も語りつがれる巨大台風が三発襲来したが、なかでも佐良浜の人々の記憶に深くきざみこまれているのがコラ台風である。

この台風は、宮古列島を直撃時の中心気圧が九百十八ヘクトパスカル、最大風速六十・八メートル毎秒、最大瞬間風速にいたっては八十五・三メートル毎秒と現在でも日本観測史上一位を記録しているおばけ台風で、くわえて進行速度が時速十キロメートルと極端におそく、まるまる二日間も宮古にいすわったため、まだ茅葺《かやぶき》の家屋がめずらしくなかった佐良浜の集落は、奇跡的に死者こそでなかったものの、家屋倒壊など甚大《じんだい》な被害をうけたという。

仲間明典にこの台風のことをたずねると、「はんぱじゃなかったよ」とのこたえがかえってきた。「大きいのが来るというのはわかっておったんだよ。熱帯低気圧が発生したら、まずウスバキトンボが群れで飛んでくる。島一面トンボにおおわれたりするから、台風が来るねって感じて。あのときは長時間吹き荒れて、台風の目にはいったよ。午後だったかね。急にあかるくなってね、終わったかなって思ったら、吹きかえしがすごかった。家がきしむさ。ぼくの家も古かったけど、茅葺の家なんか一発さね。跡形もなくなった。まあ、でも茅葺の家はすぐにつくりかえられるけどね」

当時の彼の自宅は瓦《かわら》屋根の家で、北東側に石垣をつんで台風にそなえていた。だがそれでも家のなかの桁《けた》が落下し、危険なのでコンクリートでできた近所の商店に逃げこんだ。台風がさって自宅にもどると、むかいの家のトタン屋根は吹きとんでおり、自分の家も壁と畳の間に十センチ近くのすき間ができ、建てかえざるをえなくなっていた。

「当時の家は七坪半の家がほとんどで、なかに竈《かまど》があって、おじいとおばあと子供がすわっている。そんな家だったから、まともに直撃したところは全滅だった。台風で家がとんでいくときは、ねじれるように動くわけさ。木造の家はなかなかねじれないけど、壁が一枚とんだら終わり。あの台風のあとからみんな家をつくりかえたよ。ちょうど南方も動きはじめた頃だったからね。あの頃、南方に行った人はみんな新しい家をたてたさ。だから漁師はもちろん、大工さんの景気もよくなった」

南方漁の少し前から水道や電気が開通し、家の建てかえが進んだことで佐良浜でもようやく文化的な生活がおくれるようになってきた。そして、人々は過去のくるしい時代を教訓にして堅実な生活を選択するというより、やはり海洋民的に、突如手にした大金を浪費にまわすのだった。戦前のあのときと同じように生活は奢侈《しゃし》になり、定期船で宮古本島におしかけて平良の繁華街で飲み食いに散財することで、佐良浜の人々は宮古島全体の経済をささえた。最盛期となった一九八〇年の年間水揚げ高はなんと五十九億円、役場の元企画室長である仲間によると、戦後の南方漁がはじまる一九六〇年から終焉をむかえる二〇〇〇年までの間に、佐良浜の人々は大ざっぱにいって平良に約一千億円のカネをおとした計算になるという。平良から銀行員が船長の家に足しげくかよい、船の乗組員をあつめて預金勧誘のために山羊《やぎ》料理をふるまったのもこの頃だった。

「南方で景気がいいときは古希の祝いとか結婚式の引き出物とかは布団《ふとん》とか毛布だよ。高級毛布。年間十人古希の祝いにいったら毛布が十枚ふえる。三年したら三十枚。家中、毛布だらけではいらんさ。バカバカしかったよ」

仲間がそう苦笑する滑稽《こっけい》とさえ言いたくなるような光景が展開された。

佐良浜にもどってきた冬の二カ月の間、南方漁の船員たちは家でひたすら酔いつぶれていたという。仲間によると飲む酒はジョニ黒などの高級ウイスキーが普通だった。「それとジョニーウォーカーのブルーラベル。いまでも一本一万円以上する。そういう酒で〝お通り（口上をのべながら次々と杯をかわす宮古の飲酒の風習）〟をする。三人で一本、五人で二本。学校の運動会の慰労会で先生たちと十七本あけたことがあるよ。泡盛なんか飲むようになったのは、南方漁が下火になりつつあった一九九二、三年頃からだよ。それまでは毎晩、シーバスとかオールドパーが普通だった。それでもカネはあまっていた。南方から帰ってくるときにみんな、船底に一人一ケースとか二ケースとかかくしているわけさ」

一方で、もともと後先のことを考えない土地柄なので、カネを手にした人々の心は荒廃し、集落の風紀や治安は一時期かなり乱れたともいう。当時の佐良浜の実像を物語る裏話としていまも人々の口にのぼるのは、選挙のたびにはげしく乱れとんだ札束合戦についてである。有権者には立候補者から五万円、十万円と露骨に現金がくばられ、人々の間ではカネを多くくれた候補者に投票するという悪習がまかりとおった。

仲間明典によると、選挙で現金買収が公然とおこなわれるようになったのは、一九六九年に下地島空港開港問題がもちあがったあたりからだったという。下地島空港は伊良部島に隣接する下地島に建設された民間パイロットの訓練専用空港で、日本政府がこの島を候補地にあげたのは一九六八年だった。しかしそれ以降、地元では軍事転用の懸念《けねん》がたかまり、反対派と賛成派にわかれてはげしい運動が展開された。六九年にはいると反対運動のたかまりから琉球政府は一度建設中止を表明したが、しかしすぐにこれを撤回し、今度は誘致を決定するなど方針は二転三転し、伊良部島では誘致をめぐって殺人事件がおきるほど大きな政治問題となった。

「この問題と選挙がかさなった。開発か環境保全か、さらに地元振興で大きなカネがうごくという目算もくわわって、これに選挙がくっついてしまった。それまでは荷馬車にカツオ節をつんで、街頭演説するときに来た人に一本ずつくばっていたわけさ。黒糖をあげたりもしていた。それがエスカレートしてカネをくばるようになった」

買収の具体的方法はつぎのようなものだった。まず選挙人名簿を支持順に◎、○、△、×と順位づけする。それぞれの記号は、◎は支持がかたいので現金はくばらない、○は有力だが一応くばる、△は微妙なので多めにくばる、×は完全に相手陣営支持者なのでくばらないという意味である。現金は封筒にいれて女の運動員にわたした。担当を女にするのは、男の場合だと中抜きする可能性があり信用できないからである。なにしろ証拠をのこしてはいけないカネなので、中抜きされるとしらべようがないのだ。買収金額は一票につき五万から十万が相場で、もっともはげしかった町長選では片方の陣営だけで四億から五億ものカネがばらまかれたという。

町長選と町議選が同日にある場合などは途轍《とてつ》もない金額が各家庭にころがりこんだ。かりにその家に十人の選挙人、すなわち十票分の投票権があったとする。まず町長選の買収金は一票五万円が相場なので、それだけで五万円×十票＝五十万円がころがりこむ。さらに町議選があると、金額こそ町長選よりも相場が落ちて一票二万円程度になるらしいが、それでも立候補者が増えるため、たとえば十人の立候補者のうち五人から買収されたとすると、二万円×立候補者五人×十票＝百万円となり、町長選とあわせると百五十万円ものカネがはいりこむ計算になるのだ。

もちろんカネづくりも政治家の才覚で、選挙資金は基本的に建設業者から集めていた。役場も半分グルになっており、公共工事を発注するときに設定する工事予定価格の諸経費を約三割と多めにうわのせする。この余分に支はらった諸経費で建設業者をもうけさせておき、選挙のときはそこから資金を拠出させたという。

「もうなんでもありだったよ」と仲間は言った。「もともと海に潜れば、食い物はいつでも手にはいるという土地柄だから、もうデタラメさ。ブレーキがきかんのよ。そしてカネがからむから人間がすさんでいった。南方漁が一番盛んだった昭和五十年代（一九七五～八四年）は、もちろんカネはあったんだけど、夜は外をあるけないほどだったよ。聞いていると、瓶のわれる音がする。喧嘩をしているわけさ。毎日が喧嘩だったよ」

南方漁景気にわいた時代は、佐良浜の人々にとってはひと時の酔夢のようなものだったのかもしれない。南方漁でうるおったことで佐良浜には光も射《さ》したし影もできたのである。

パラオとパプアニューギニアにつづき、一九七一年からは戦後南方漁で最後まで継続されることになるソロモン操業がはじまった。

ソロモンの操業にみちびいたのは、ダイバー船三笠丸の船主で、慶良間列島や読谷沖の沈船爆発事故で難をまぬがれた漢那憲徳だった。ヤクザの追及から夜逃げし、原付バイクによる鰹節の卸売で苦労して生計をたてた漢那憲徳は、日本の水産大手である大洋漁業から提案されるかたちでソロモン出漁をひきうけることになった。漢那憲徳は多額の借金をして二隻のカツオ船を建造し、南洋カツオ船主協会なるものを設立し、大洋漁業と手をくみ船をソロモンに出漁させた。憲徳はまもなく佐良浜に徳洋漁業という会社をたちあげた直後に急死したが、その後、同社はツラギ基地とノロ基地の二カ所で長年事業を展開し、佐良浜に南方カツオ漁景気の最盛期を現出させることになった。

ソロモンで名漁労長として活躍した上里猛は、この一九七一年の第一回目の出漁時から船団の一員として名前をつらねていた。追込漁にカツオ船、それにダイナマイト密漁に遠洋マグロ船の乗組員と、上里には戦後の佐良浜の漁師が体験してきたあらゆる種類の漁業活動に従事した経験があり、じつに総合力の高い海人だといえた。

そもそも彼の生まれそだった家庭環境がいかにも佐良浜的だった。彼の父親は彼が六、七歳のときに、宮古本島でダイナマイト密漁中に爆発事故をおこして死亡したのである。

「上半身がふきとばされて、かえってきたのは足の二本だけだって。あのときは三人ぐらい亡《な》くなっているさ。うちの親父《おやじ》はダイナマイト投げる係だったから、もっていて爆発してね。足の二本だけ墓場にいれたみたいよ」

上里はショッキングな内容の話を、じつににこやかな表情で飄々《ひょうひょう》と語った。本人は父親の記憶はまったくのこっていないという。

前にも少しふれたが、彼は戦前にパラオに船を回航した名船長で〝上里シンドゥ〟とよばれた上里金の甥《おい》である。中学を卒業するとすぐに、その上里金が網元をつとめるゲンブク組にくわわり、リーフで雑魚をとったり、また季節によっては追込漁にも参加したりして潜りの漁師としての実力をたくわえていった。父無し子である彼には経済的に高校にかよう余裕はなかったが、向学心はあったので、『船長読本』という本を独学で勉強し、平良でひらかれた航海士試験の講習をうけて資格をとった。そして、何もない大海原でも自分の位置を決定できるように天測をおぼえようと、那覇のマグロ船に一等航海士として乗船することにした。

彼が乗ったマグロ船は佐良浜の先輩が船長をつとめる二百三十トンほどの大型遠洋船で、三カ月ほど単独航海しインド洋でミナミマグロを追いかけた。当時、佐良浜で近海操業している漁師に天測を修得している者はいなかったが、このマグロ船の先輩には六分儀で正確に位置を決定できる能力があったという。「天測といっても、技術さえあれば誤差は船の全長の範囲内におさまるさ」と、そう先輩からおそわった上里は、連日練習にはげみ、やがて正確な天測技術をマスターした。

佐良浜のカツオ船が南方でもうけているという噂《うわさ》を耳にするようになったのは、ちょうどマグロ船に乗っている頃だった。天測の自信がついた上里は二度目の航海が終わったところでマグロ船をおりて、島にもどってカツオ船に乗ることにした。

「わしがマグロ船に乗っている間に、パプアニューギニアあたりでやっているわけさ。南方が盛りあがっているという評判だった。島にもどると景気がいいわけさ。平良への連絡船に乗ると、押しあいでびっしりだった」

上里が船長兼漁労長としてソロモンに向かったのは三十一歳。乗組員は三十五人で、全員が佐良浜と池間島の船員だった。佐良浜でもソロモンははじめての出漁で、出港のときは大勢の家族が平良港に見おくりにつめかけた。南方出漁という冒険だったが、郷土の先人たちが営々と歴史をつむいできただけに怖さはなかったという。

上里の船と一緒にパラオに向かう船が五、六隻港をでたが、しかし天測の技術をもっているのが上里一人だったため、一度パラオまで随行することになった。おじの上里金と同じように、彼もまた大海原で島の位置をぴたりと特定して島の仲間をパラオへとおくりとどけ、それからソロモンに向かったのだ。

出発前は戦争の影響で地元民の感情が悪化していることが懸念されたが、現地についてみるとそうでもなかったという。むしろ、戦前生まれの上里の目から見ると、現地の人の生活はついこの前までの佐良浜の生活と何も変わらなかった。カヌーで海にでて、魚をとり、ヤシの実を食べる、そういう生活だ。その質素な暮らしぶりに、上里はなつかしさと共感をおぼえた。そして円滑な操業のためには現地住民との融和が必要だと考え、キリスト教徒の多いソロモン人に配慮して週末のミサにはかならず顔をだし、船員から小銭をあつめて五十ドルほどの寄付をつづけた。また新しい集落を見つけると、お土産を片手に顔をだして良い印象をあたえるように心がけた。

「あるとき海の近くに集落があったので、ちょっとたちよって挨拶《あいさつ》しようかなと思ったら、みんな山へ逃げてしまったわけさ。浜に子供が一人とりのこされて、わんわん泣いている。それで、お菓子をあげて、しょうがないから船にもどったんだけど、そしたらみんな山からおりてきて手をふるんだよ。そうやってなかよくなっていった」

彼の話でおどろいたのは、やはり餌とりにかんするものだった。池村洋右が語ったように、やはり採餌はソロモンでも集魚灯をつかっておこなわれたらしいが、しかし集魚灯でとれなかったときの予備のために、なんと彼らはひそかにダイナマイトを船のなかにしのばせていたというのだ。

「ソロモンでも佐良浜と同じように餌としてグルクンの稚魚をとるつもりでいたわけさ。でも集魚灯で絶対とれるとはかぎらない。だからダイナマイトもいっぱいもっていったわけよ。グルクンの稚魚はダイナマイトをポンと爆発させたら、逃げないんだよ」

逃げないんだよと無邪気に話す彼の姿に、私は佐良浜漁師の真髄を見た気がした。ソロモンの初出漁は一九七一年である。敗戦からすでに二十六年が経過しており、翌年には沖縄の本土復帰をひかえた年だ。そんな時代になってもこの人たちはまだ違法で危険なダイナマイト漁をしていたのか、と思うと、驚きや呆《あき》れをとおりこし、私ははっきり言って感服した。

「その当時でもまだ普通に砲弾から火薬をぬきとっていたんですか」

「普通じゃないけど、かくれてとっているわけさ。まだあったんだよ、火薬は。モチみたいに丸くして、そのなかに雷管いれて。そういうダイナマイトがあったよ。十センチぐらいかな」

「しかし禁止でしょう」

「禁止さ。ソロモンでも禁止だよ。それをわからないようにもっていくわけよ」

結局、集魚灯で餌がとれることがわかったため、不要となった何千発というダイナマイトはそのへんの無人島にこっそりすてることにしたのだが、しかし全部すてたわけではなく、時々港からはなれたところでサバの群れなどを見つけたときなどは、そのダイナマイトで漁をした。

あるときダイナマイトをつかって魚をとっていると、大洋漁業の社員が視察にやってきた。佐良浜漁師たちが海底に潜り、次々と爆圧で死んだ魚を口にくわえて海面にうかびあがってくる姿をみて、社員たちは度胆をぬかれたという。

「ああ、この沖縄の人たちはすごいねェ。潜って口にくわえて魚をとるんだねェって言っているわけよ。ダイナマイトをつかっているの、知らないわけさ」

そういって上里はエヘヘと笑った。

家を辞去する前、私は自分のなかで謎《なぞ》となっていたつぎの質問を彼にぶつけてみることにした。

上里は一九三九年生まれで本村実の二年先輩にあたる。ちょうど多くの若者が那覇にでてマグロ船に乗った世代だ。しかし彼自身は、天測の習得のためにマグロ船に乗ることは乗ったが、それを生涯の仕事にする気はなかったという。同じ佐良浜の漁師でも、本村実のようにマグロ漁師になった人と、ならなかった人がいる。両者の間にはどのようなマインドのちがいがあったのか。

その答えとして上里は潜りができるかどうかという明快な差をあげた。

「マグロ船に乗った連中は島に仕事がないわけよ。ぼくらには追込みがあるけど、それはなかなかできないんだよ。だからあの人たちは那覇に行ってマグロ船に乗るしかなかった。佐良浜生まれといっても潜りができるのは泳ぎが達者な人だけ。できない人はほかの漁業をするしかないわけさ」

「しかしマグロ船はもうかっていたわけですよね」

「もうかることはもうかるよ。ここの島の漁業よりはずっともうかっていた。しかし、あの人たちは帰ってきて配当したら、二晩、三晩でみんなつかってしまうわけよ。よほどの人じゃないと貯《た》めないんだよ」

私はこれまでに出会った佐良浜漁師のことを思いかえしていた。たしかに島にのこって潜りやカツオ漁をつづけた人と、遠洋船に乗ってその後も那覇やグアムでマグロ漁師として生きている人との間には、同じ佐良浜の人間といってもどこか気質のちがいがあるように感じられていた。佐良浜を根城に南方漁に参加した人は、大金を手にして一時的に暮らしが荒れたとしても、そこにはやはり台風に耐えられる家をかまえ、たくさんの家族と暮らしていることからくる安定感があった。それにくらべると島をはなれたマグロ漁師は、より独行的で、常識や良識にとらわれず、一般的な社会性からハミ出したタイプが多いように思われた。とくに船主となる道をえらんだ漁師のなかには最終的に経営に失敗し、人生の破綻《はたん》を見た人も少なくなく、人間的にもアクがあってクセも強く、接触しづらい人が多かった。

このちがいはどこから来るのだろう。私にとってそれは大きな疑問だったが、上里の話を聞いていると、もしかすると属している世界のちがいが反映した結果なのかもしれないとも思えてきた。同じ海で生きる人間でも、佐良浜にのこった人には佐良浜という生活の基盤となる歴史にささえられた地域共同体があり、人生をトータルにとらえると陸上という世間に属している。しかしマグロ漁師となると生活のほとんどを船のうえですごすため、陸上の共同体からきりはなされ、完全に分割された独立した個人として海で生きるしかない。

マグロ漁師は佐良浜から海洋民としての遺伝子だけをうけつぎ、佐良浜という地域共同体からも遊離し、独立した個別の運動体となって太平洋という宇宙でマグロを追いかけまわしているのだ。

3

佐良浜で南方カツオ漁が最高潮に達する頃、逆に那覇の遠洋マグロ業界は石油危機を契機に完全に終焉の時代をむかえつつあった。琉球水産や上原水産など那覇に本拠地をかまえ、大型船を保有していた水産会社は経営の採算があわなくなり、倒産するか事業を整理するかなどし、次々と遠洋漁業から撤退する方向にすすんでいった。

現在、沖縄鮮魚卸流通協同組合の顧問をつとめる當山清は石油危機当時、豊国水産という会社を経営していた。一九七三年から七四年にかけて、二百九十トンと二百トンの二隻の大型冷凍船を新造船したが、ちょうどそのタイミングで石油危機が発生し、彼の会社の経営を直撃したという。

「あのときはオイル一トンが一万円になり、それからずっと燃料費があがりつづけた。一トンというのはドラム缶六本分で、船一日につき二、三トン食いよったからね。うちの大きい船だったら二億の水揚げがあっても五千万は燃料でとんだ。三十パーセントぐらい燃料でとられるから、船をつくったはいいけど大きな利益がでないわけよ。二、三年やったけど、その間、人件費も燃料費もあがるけど魚価はあがらない。物価は上昇するのに魚価が安くて追いつかないわけ。これはやばいと思って、すぐに頭をきりかえて船を処分した」と當山は語る。

この頃になると、沖縄もそうだが本土のほうでも大型船が増えてきて、船ごとの漁獲量はピーク時にくらべて漸減《ぜんげん》していた。マグロ船は基本的に満船するまで港に帰らないので、魚が釣れないということは航海日数が長くなるということである。そして航海日数が長くなるということは、燃料費と人件費がかさむということだ。そこに石油危機による燃料費の高騰《こうとう》が直撃したのである。

くわえて各国がきびしく二百海里規制をしくようになったことや、それまでであれば高度成長にともなう物価の上昇で見のがされてきた大雑把で非効率的な経営が、成長の曲線がゆるやかになることで通用しなくなってきた面もあったという。

「いきおいのあった時代は物価が上昇したから五年で元がとれたさ。一億かりて船をつくっても、五年後はその一億の価値がさがっているからかえしやすい。それでまた新船を買えた。しかしこれが払いきれなくなると、割高だけど十年はつかえる船をもたなくてはいけなくなる。それで小さい船のほうが効率がよくなった」

當山はそれぞれ二億五千万円と一億八千万円で購入した二隻の大型船を、本土の商人に仲介してもらい、両方とも漁業権をつけて約一億五千万円で売りはらった。遠洋マグロ漁の最盛期には那覇に二十隻ほどの大型船が登録されていたが、それらも同じように次々と本土の業者に売却されていった。そしてそれといれ替わるようにして四十九トン船、それからさらに小型の十九トン船の時代がやってきたのである。

ちょうどその頃、那覇にかよいはじめたのが、冒頭の取材で会った三高物産の馬詰修だった。彼がはじめて沖縄に来たのは一九七六年、沖縄が本土復帰して四年後のことだった。高知の馬詰造船所の次男である彼は、当時徐々に製造を開始していたＦＲＰ船の造船を営業するため、一カ月に一回ほどの割合で那覇にかようようになった。

すでに那覇では大型船のあとに一時期ブームになった四十九トン船や五十九トン船も港から姿を消し、木造の十九トン船が中心となっていた。鹿児島や宮崎、大分から購入した安い中古船が多かったが、翌年の一九七七年になると新造船の受注が徐々に増え、彼が言うところの〝十九トンブーム〟がやってきたという。

大型船から十九トン船に漁の中心がうつると、それまで遠洋船に乗っていた佐良浜のマグロ漁師のなかからも、自分で船を購入して漁船経営にまわる者がでてきはじめた。いまでも泊港にとまっているマグロ船の多くは十九トン船であり、沖縄は全国でも屈指の十九トン船の基地になっているが、その泊港の十九トン船の少なくない数が佐良浜出身者によって経営されている。

当時の沖縄には馬詰だけではなく、西日本から多数の造船業者がつめかけたという。

「船というのは普通は地元でつくるんですが、沖縄だけは地元の造船所がなかったんです。たとえばうちが宮崎にいこうとしたら宮崎に造船所があって、よほど特殊な能力がないと地元の造船所にはかなわない。しかし復帰時期の沖縄には十九トンクラスの船をつくれるところがなかったから、西日本の造船所の草刈り場になりました。うちだけじゃなくて鹿児島の造船所も宮崎の造船所も大分も熊本も山口も愛媛も、いろんなところからおしかけて船をつくらせてくれとまわったんです」

十九トン船ブームがおきた背景には、遠洋漁業没落にくわえて沖縄ならではの特殊要因がかさなったという。ひとつは法律上の要因で、当時の沖縄の水産業界は二十トン以上の漁船の許可枠を本土の業者に売ってしまってのこっていなかった。そのため誰でも自由に操業できる十九トン船に一気に流れていったのだという。もうひとつ、沖縄の本土復帰も大きかった。沖縄が一九七二年に返還されると、本土との経済、社会格差を是正することを目的とした沖縄振興開発計画が策定され、沖縄の諸産業はかなり有利な条件で融資をうけられるようになった。当然、漁業もその対象になった。直截《ちょくせつ》的な言い方をすると、かなり大雑把というか温情的な審査で融資を受けられたようで、馬詰本人もそれを存分に利用することで、かなりの数の漁師と造船契約をむすぶことができた。

とくに佐良浜漁師の船をつくる場合は、この融資制度はかなりてきめんな威力を発揮したようである。

「当時は沖縄振興開発ということで、なんとかせないかんという時代でしたから、資金が比較的でやすかったんです。たとえば那覇のほうにでてきている佐良浜の人たち、彼らはべつに財産をもっているわけではないから、小さなアパートに住んでいるんです。普通は垣花の漁師なんかも那覇のほうに住んでいる人たちはアパート暮らしではなく、一軒家をもっているんですが、佐良浜の人たちはそういうバックボーンがない。行ってみたら、やっぱりなんとか団地に住んでいる」

そりゃそうだろうと私は思った。航海からもどっては酒に博打《ばくち》に散財するのが彼らの流儀だったのだから。家などもちようもないし、あまり関心もなかっただろう。

「言ってみれば、ただの船員のままだった」

「そうですね」と馬詰は言った。「彼らは財産がありませんから、船をつくるために佐良浜の芋畑をずいぶん担保にいれましたね。あの当時はそれを担保にみとめさせたんですわ。そのへんもある程度、開発公庫の人たちが経済的な配慮をしたんだと思います。抵当が離島の三千坪の畑といっても、なんにもならんだろうと思うんですけど、そういうのをバンバンやったんです」

しかし融資をうけるさいには担保だけではなく自己資金が必要である。アパート暮らしの佐良浜漁師には、そのような財産は皆無だった。そのため馬詰はつぎのような嘘《うそ》みたいな方法を採用したという。

「一億融資するには二千万円ぐらい必要ですが、ぼくら造船所がそれをかかえて走りまわったんです。たとえば、角幡さんが船をつくるとします。ぼくらがよっしゃよっしゃと言って、銀行へ行って二千万の定期預金をします。定期預金の証書もらいますね。翌日、預金したカネを抜いて、今度はべつの船主のところにいって定期預金をするわけです。その二千万円をぐるぐるまわして、自己資金にした。そのうち開発公庫の人が、なんでみんなこんなにカネもっているんだと気づきましたが、そのあたりも結局おしこみましたね」

「ちょうどタイミングとしては大型船がなくなって、佐良浜の人たちも自分の船をもたなくてはいけない時期だった」

「……そうですね。そうだと思います。まあ、そうすることを彼ら自身、希望したというか……。自分たちでもそういうことができるのではないかということになったんじゃないでしょうか」

このようにして那覇のマグロ業界では大型船の時代が終焉し、十九トン船の時代に突入した。馬詰はこれまで六十隻ほどの船を沖縄でつくってきたが、そのうち半分ほどは佐良浜漁師からの受注だったという。十九トン時代になることで佐良浜の漁師たちはみずから船主となるか、あるいは船長や機関長といった現場の責任者となり、沖縄のマグロ業界のなかで独特の存在感をしめしていくことになった。

取材を進めるうちに、私は佐良浜漁師のなかで最初に十九トン船を購入した人物に話を聞いてみたいと考えるようになった。なぜならその人物が船主という道を開拓したことで、本村栄や漢那招福らほかの漁師たちが船主としてあとからつづき、その先に本村実の漂流があったような気がしたからである。

佐良浜に滞在していたときに、本村栄の旧友から「佐良浜のマグロ漁師のなかで一番はじめに十九トン船を買ったのは栄だった」という話を耳にしたことがあった。それが事実なら、本村栄こそ佐良浜のマグロ漁師全体の動向に大きな影響を与えた張本人だったことになる。しかし結果から言うと、たしかに本村栄はかなり初期の段階で十九トン船を買ってはいたものの、最初ではなかった。

その頃、すでに私の最有力情報源になっていた漢那招福によると、最初に十九トン船を買ったのは下里洋二という人物で、招福も実際にその下里の船に乗ったことがあったという。招福は下里についてつぎのように語った。

「これは頭のきれる人ですよ。大きな船の免許をもっていますから。甲一種（甲種一等航海士）の免許もっていますから、とびきりの人ですよ。神奈川の三崎あたりで船長をしていたと思う。あれに乗れない船ってないよ。どんな船でも船長できる人だ。年はぼくの四つぐらい上かな」

少し斜にかまえて物事を皮肉まじりに語る傾向のある彼が、このように他人を絶賛するのはめずらしいことだった。

また、本村栄本人に面会したときもこの点を事実確認したことがあった。

「佐良浜の人で十九トン船を最初に買ったのは栄さんだと聞いたんですが……」

そうたずねると、栄は言葉を途切れさせながら、こう言った。

「下里洋二……。洋二さんはいま何やっているの？」

「栄さんが船を買おうと思ったきっかけは、なんだったんですか」

「洋二さんの船に……二回乗って……大漁したものだから……それで」

要するに下里洋二の十九トン船は大漁船で、漢那招福も本村栄もその船に乗っていたことから、これはもうかりそうだと判断し、自分たちでも船を買うことを決断した、ということのようだった。だとすると、下里洋二がその後の佐良浜マグロ漁師の動向にあたえた影響ははかりしれないものがある。

漢那招福は下里洋二の連絡先を知らなかったが、「糸満で桂《かつら》丸という船に乗っている。もうそろそろイカの準備をしているかもしらんね」と言っていたので、私はその足で糸満港に向かい、桂丸がどの船かを漁師たちにたずねてまわった。岸壁につながれた桂丸は最近火災をおこしており、操舵《そうだ》室《しつ》が黒く焦《こ》げていた。漁師たちによると「火事があってから親方は姿をみせていない」とのことで、私はちかくの水産会社で下里洋二の携帯に連絡をとってもらった。

彼と会えたのはそれから一年後のことだった。取材のアポイントメントでよい返事をもらうことができなかった私は、最終的に彼の住む団地におしかけることにした。一度、面会をことわった相手が無遠慮にあらわれたにもかかわらず、下里洋二は私を丁重に家のなかにまねきいれてくれた。休日にもかかわらずきちんとした身なりをしており、丹念に髪を整髪料でなでつけ、佐良浜漁師というより県庁の農林水産部長のような堅実そうな人物に見えた。最初に取材をことわったのも、いまさらマグロ漁師の話を聞きにくる人物がいるとはとうてい思えず、からかわれているのだと思ったためだという。

漢那招福の言うとおり、たしかに下里洋二は佐良浜のマグロ漁師としては「とびきり」の経歴のもちぬしだった。宮古水産高校を卒業したあと、富山県にある水産高校の専攻科に編入し、最終的に甲種一等航海士という大型船の船長資格をとっている。東京証券取引所で一部上場していた大手の宝幸水産の大型船の甲板員となり、甲一種の資格をとってからは船長もつとめた。その後、神奈川の三浦にあったべつの水産会社の船にうつり、あわせて十五年ばかり本土の船で遠洋漁業に従事、その間に那覇にもどってきて上原水産の南琉丸やほかの船に乗ったこともあった（南琉丸といっても本村実の第一南琉丸とちがう第三南琉丸という船だった）。

「南琉丸ではケープタウンまでいったね。トンボ（ビンチョウ）を釣ろうと思ったけど、釣れなくてね。それで頭かかえて、一年ぐらいしかやらなかったね。あのへんの海も荒れたら、すごいですよ。ちょうど前線のとおり道で、潮も速いし、時化《しけ》もあるし。ケープタウンから東に出たときに、大西洋はたいしたことがないんだけど、インド洋側がわるかったね」

下里が最初に自分で船を所有したのは、十九トン船ではなくて、その前にブームになった四十九トン級船だった（登録は四十七トン）。購入したのは一九七三年で、ちょうど石油危機が発生して遠洋漁業の凋落《ちょうらく》が顕著になる頃だ。最初に購入した四十七トンの第十八興洋丸は、「ひどい船」だったという。どこから船を買ったらいいのかわからなかったので、神奈川の三崎の海員組合の世話役に相談したところ、鹿児島の業者に連絡をとってくれた。下里は船を買う以上、一千万以上の出費を覚悟していたが、話を聞くと、どうもタダでゆずってくれるということになったらしい。

「あの頃、鹿児島は大型化していて木造船を全部つぶしていた時代だったから、それで手にはいった。でも、もう船じゃないですよ。当時の鹿児島の木造船は急に数が増えてバタバタとつくった船が多いから、材木を乾燥させていないの。継ぎ目がひろがっていってね。しかしね、その頃はこういう船はいくらでもあったんです」

興洋丸は鹿児島から回航してくる航海で、いきなり船全体からじわじわと浸水をはじめた。なんとか整備してパラオの近海などで漁をつづけたが、波にたたかれるたびに浸水するような有様で修理の連続だったという。そのため漁獲はわるくなかったものの二航海しただけで処分した。

つぎに購入したのが第一江栄丸という十九トン船だった。これが佐良浜のマグロ漁師としてははじめてとなる十九トン船である。購入したのは興洋丸を処分した直後だったというから、おそらく一九七四年のことだったと思われる。第一江栄丸は宮崎県南郷町《なんごうちょう》（現日南市）の目井津《めいつ》漁港から買った船で、興洋丸と同じ中古の木造船だったが、船としてのできには雲泥《うんでい》の差があった。

「この船は丈夫でした。板の継ぎ目もきれいにされているし、少々の時化でもびくともしない。競争相手もいなかったから、いい目を見ましたよ。四、五人しか乗れない船だったけど、八人ぐらいが乗せてくれって言ってきましたね。釣れましたからね」

その八人のなかに本村栄や漢那招福がいたわけだ。

どの海で操業していたのかたずねると、下里は「近いところでしか操業しませんでしたよ」と言った。しかし、佐良浜のマグロ漁師の身体《からだ》のなかにくみこまれている地図と行動領域は、われわれ陸の人間がもつそれとは、その広大さにおいて次元がことなる。彼らにとってパラオやミクロネシアの海はあくまで〈近海〉だ。したがって、その距離感覚をもとに表現される〈近い〉という形容詞を簡単に鵜呑《うの》みにすることはできない。話を聞くと、やはり第一江栄丸はパラオどころかインドネシア周辺まで足をのばして操業していたという。

「昭和何年だったかね。台風三号が三月か四月に発生したんですよ。その時期はパラオまで台風がくるわけないんだけど、東から西にかなりの速度ではしってきたから、用心して南にくだったんですよ。普通は北緯十度から十一度で操業するから、本当は油がもたないんですけど、燃料節約して北緯六度までいってね。インドネシアのハルマヘラ島の近くで台風をかわしたんです。でもそこまでくだってよかったね。そのときに何隻か遭難したからね。沖縄の船も遭難して人が死んだし、宮崎の船も逃げまわっていたよ。台風かわして操業して帰ってきたんだけどね、このときもよく釣れた」

第一江栄丸は大漁船だった。十九トン船の場合、一航海三十五日から四十日として一年間に六、七航海ぐらいしかしない船もあるが、第一江栄丸の場合は出漁したらすぐ満船してしまうため一年間で十八航海もした年もあった。まだ十九トン船で操業している者がほとんどいない時代だったので、漁場は第一江栄丸の独壇場だったのだ。しかも市場ではマグロが高値で取引されていた。いまではキロあたり千円を越えたら高値だといえるが、当時、キロ千円というのは普通の値段だった。

操業は好調がつづき、下里洋二は第一江栄丸を購入するときに借りた千二百万円の借金を、わずか一年で完済した。そして、その成功を本村栄や漢那招福といった乗組員たちが横目で見ていた。

「あ、できるんだな、と思ったんでしょうね。そのあとね、申し込みする人が何人かいましたよ、佐良浜の人がね。ぼくが一年で船代をはらったもんだから、信漁連としても大丈夫なんだという目で見るさね。そのあと、いっぺんに五人ぐらい融資をうけて木造の中古船を買いました。そういう意味ではぼくは功労者かもしれない。何もないところからはじめたわけだからね」

第一江栄丸は三年間にわたり活躍し、一九七七年になると下里洋二はＦＲＰの十九トン船である第三江栄丸を馬詰造船所に発注し新造船した。この新しい第三江栄丸で、一九八七年から本格化したグアム基地での操業にも参加している。

4

一方、武潮丸に乗ったあとの本村実の足どりはなかなかつかめなかった。佐良浜の漁師に聞いても「弟の船に乗っていたから、彼に聞けばいい」という答えがかえってくるばかりで、栄の船以外については誰もおぼえていなかった。下里洋二の船にも乗っていなかったらしく、実が乗っていた船として彼があげたのはやはり武潮丸の名前だった。たのみの漢那招福も、十九トン船が中心になってからグアム操業がはじまるまでの間については、実がどの船に乗っていたのかほとんど記憶をのこしていなかった。

　唯一《ゆいいつ》、具体的な話を聞けたのは佐良浜にいる実の従兄弟《いとこ》の浜川新吉からだった。浜川は一航海だけ自分が船長、実が漁労長兼機関長で、佐良浜の漁師を船にのせて漁をしたことがあったという。現役時代の浜川はおもに貨物船の船長をしていたが、ちょうど船会社が倒産して仕事がなかったところに実から船に乗らないかとさそわれ、応じることにした。

　このとき実が乗っていたのは四十トンクラスの漁船で、自分の免許では船長をできないので、資格のある浜川に船長を依頼してきたという。二人は那覇港をでて西表島の南の北緯二十一度近辺の海域で二十日ほど操業した。漁労長である実の勘がさえたのか、脂《あぶら》ののった高く売れそうなメバチが六トンほど釣れ、正月後のご祝儀《しゅうぎ》相場も予想され、これはモノになると二人の期待も高まったという。

　ところが、燃料がきれて石垣島に緊急入港しなくてはならなくなったことが運のつきだった。石垣島には石垣港という大きな港があるが、じつはこの船には船員手帳をもっていない不逞《ふてい》の輩《やから》が数人乗船しており、石垣港に入港してそれが海保にばれると面倒なので、二人は同じ石垣島でも海保がくる心配の少ない白保港に急遽、しかも夜中にはいることにしたのだ。

しかし、船長の浜川は白保港には行きなれておらず、海底の地形をよく知らない。そのうえ、そんな港に入港することなど想定していなかったので、くわしい海図も用意していなかった。浜川が夜中にウロウロほとんど目かくし状態で船をすすませていると、突然ゴーンと轟音《ごうおん》がひびき左舷《さげん》側がリーフにのりあがった。三時間ほどねばったが、結局、最後は潮がひいて船はゴロンと横倒しになり沈没してしまったという。釣ったメバチは船主がダイバーをやとってあらかた回収したが、浜川は彼自身が「怒りかたを知らないような人だった」と評するほど温厚な実から、なんの免許もっているの、あなたはと怒鳴りつけられ、海保からもたっぷりとしぼられて海技士の資格停止処分をくらった。

浜川によるとその座礁事故がおきたのが三十四、五年前だというので、一九八〇年前後のことだったようだ。それ以外の足どりはさっぱりわからなかったが、しかし考えてみるとそれもあたりまえだという可能性もあった。なぜなら十九トン船の時代をむかえてから、彼は本当に栄の船にばかり乗っていたかもしれないからである。そうだとしたら栄が病気で会話がほとんどできなくなっている以上、事情を知るのがむずかしいのはやむをえないことだった。

本村栄が十九トン船を購入したのは漢那招福よりもはやく、『伊良部町漁業史』によると一九七六年に第一彰徳丸という船を手にいれている。同書には一九七三年以降に泊港を根拠地とした佐良浜出身者のマグロ船の船名が一覧になっており（ただし、すべての船名が記載されているわけではないらしく、たとえば下里洋二の第一江栄丸はのっていない）、栄の彰徳丸は下里の四十七トン船である第十八興洋丸のつぎの二番目に書かれていた。つまり、彼が相当はやい段階でこの彰徳丸を購入したことはたしかなことなのだ。

漢那招福は栄のこの彰徳丸という船を非常に鮮明におぼえていた。下里洋二の船をおりたあと、栄にこわれて彰徳丸に乗っていた時期があったからである。

招福によると、彰徳丸はもともと宮崎の木造船で、栄は同年生まれの友人で、琉球水産の遠洋船でも一緒だった池間島出身の前川優美《まえかわゆうみ》と折半してこの船を購入した。船主となった栄は基本的に船には乗らず、前川優美が船長をつとめた。ところがこの彰徳丸という船はまったく釣れない船だったらしい。一回目の航海は宮古周辺で操業したが、台風にあったことから緊急避難的に平良に入港した。台風がすぎると操業を再開して最後は那覇にもどったが、結局、漁獲のほうはさっぱりだったという。船長の前川優美は招福が太鼓判をおすほど腕のたしかな漁師だが、彼の腕をもってしても彰徳丸は釣れなかった。

そんな彰徳丸を招福は「へんな船」といって悪《あ》しざまにこきおろした。

「ぼくはこの船に二、三航海乗ったんですね。人間がいないから乗ってくれと言われて。彼は従兄弟だし。でも乗ったら全然もうからない。優美は腕は抜群さ。栄もその腕を見こんで優美に船長させたと思うけど、ダメだも。釣りきれんも。これには耐えられんさ。ぼくはもう本土《やまと》のほうから奥さんをつれてきていたからね。あーまずいと思ってぼくはやめたよ。優美もこの船をやめてからは、またバンバン釣っているさ。やっぱり船長と船がうまくあわんと魚は釣れんと思うよ」

あまりにも釣れないので、招福は彰徳丸からおりて自分の船を買うことにした。佐良浜にもどり伊良部町漁協に融資の相談をしたところ、手つづきがうまくいったので、すぐにマグロ基地として有名な大分県津久見市の保戸《ほと》島に向かった。保戸島の造船所につくといかにも釣れそうな船があったので交渉してみると、まもなく船主は新船をつくるので、その船を売却する予定だという。招福は即座に購入をもうしでて、千二百万円で話がついた。

漢那招福が木造の十九トン船ゆり丸を手にいれたのは、栄が彰徳丸を買ってからわずか三、四カ月後のことだった。この船は彰徳丸とちがい大漁船だったという。

「出るたび出るたびに、もう、二十日ぐらいで満船になった。千二百万円の借金と五・五パーセントの利息がありましたが、一年ではらってしまった」

以前から大漁船と不漁船のちがいがどこにあるのか私には謎だったので、そのことを招福にたずねてみると、彼も「わからん」と首をひねるばかりだった。

「船にもよると思うけど、栄の船はへんだったよ。あっちにかたむき、こっちにかたむき。へんな船を買ってきたわけさ。あの頃はどの船もみんな水揚げがよかったんですよ。一度海にでれば二週間か三週間で満船してかえってくる。一人あたりの配当がだいたい一航海で三十万円以上になったんです。みんながもうけだしたもんだから船の数も増えた。信漁連もどんどん融資したわけよ。だけど栄の彰徳丸は絶対魚が釣れなかったさ」

ゆり丸の成功で波に乗った招福は「よし、新造船するぞ」とつぎなる目標に意欲をもやした。ゆり丸購入からわずか二年後の一九七八年、彼は信漁連に六千万円の融資を承諾させて、大分の造船所で最新式のＦＲＰ製十九トン船である第八ゆり丸を新造船した。この新しい第八ゆり丸も釣れる船だった。

船主が乗ると船員がいやがるので、招福は船主になってからは基本的に、人手が見つからないときをのぞいて自分の船には乗らないようにした。しかし、どうしても新造船した船を実際に体験したくて「一回だけ乗せてくれ」と船員にたのんで第八ゆり丸に乗ったことがあった。そうしたら「もうすごかった」という。通常は一航海につき二週間から二十日間ほどかかるところを、第八ゆり丸はわずか十一日で満船し、泊港にかえってきた。いきおいに乗った招福はさらに二年後の一九八〇年に、今度は馬詰造船所で一億円のＦＲＰ船、第十一ゆり丸を新造船することになる。

招福が第八ゆり丸を新造船してイケイケになっている頃、栄のほうは大分県の保戸島から第五豊栄丸という十九トンの木造船を購入した。豊栄丸は彰徳丸とちがって、言ってみれば血統書つきの優良が保証された船だった。招福によると「大分のトップ船で、保戸島で操業していたときは優勝しているぐらいの大漁船だった」らしく、建造年数もそれほど経過しておらず、造船所の人も「これを買う人は儲《もう》かるはずだ」と話していた。

ところが栄の手にうつった途端、この船も釣れなかったという。

「釣れる船と釣れない船、どこに差があるんですか」

私がかさねてそうたずねても招福は首をひねるばかりだった。

「なんだか知らんけど……。船に問題があるんじゃないか。しかし、この豊栄丸は保戸島で一番になっている船だから」

「いい船のはずなんですね」

「まちがいなく船はいいわけよ。しかし魚は釣れなかった。これが不思議なんじゃ」

船主のなかには船主兼船長として自分の船に乗りつづける人もいるが、栄も招福も船主になってからは自分の船には極力乗らなかった。したがって、釣れるかどうかは彼らの漁師としての腕とは別問題である。招福の話を聞いているかぎり、栄は漁船経営者としての運に見はなされていたとしかいいようがなかった。

はじめての訪問以降も、私は何度か本村栄が入所している老人福祉施設に顔をだし、往時の話を聞きだそうとこころみた。栄の病状はじわじわと悪化し、会うたびに彼の記憶力は減退しているようだった。それでも彰徳丸や豊栄丸など、自分の初期の持ち船を購入した経緯についてはぼんやりとおぼえていたみたいで、私の質問に彼は声をとぎらせながら、暗闇のなかでまさぐるようにして消えかかった事実をほりだそうとした。

漢那招福が話していたとおり、最初の船である彰徳丸はやはり宮崎の船主から買ったそうだ。栄によると、当時の泊港には宮崎や大分の十九トンの木造船が数多く入港しており、船主たちは新しい船をつくるために古い木造船を積極的に売りにだしていた。そこである程度の商談がまとまったのか、彼は彰徳丸を五百万円で購入することになったのだという。

一方、栄が船主になってからも、兄の実はいっこうに船を買わなかった。その理由についてたずねると、栄は明快に、実には「カネがなかったから」だと答えた。栄が船を買うことができたのは、遠洋船時代のもうけで、ある程度まとまった額の貯金があったためだという。

「むかしは独身で……あそこに行ったからさ。……基地に。一年半乗って……一万五千ドルぐらいもうかってきたかな」

「どこに行っていたんですか、そのときは」

「佐良浜の人だけ……いっぱいいたよ。二十七人ぐらい……。一番最初乗ったのは……四十九トンの……なんだったかな。そのあと……大きい船に、うつったから。銀嶺丸、銀洋丸……」

また、下里洋二の第一江栄丸で大漁した後に、今度はべつの十九トン船に乗って、かなりの額の配当を手にしたこともあったらしい。

「あの船は出るたびに満船だった。満船で……魚の値段も高い。三千万、二千八百万、二千万、二千万……。四航海やってきて……。たくさん儲かったよ。……そのときが一番もうかった。……それで自分でも船を買って、やってみたんだけど」

やはり栄本人の話でも彼の最初の十九トン船である彰徳丸は釣れない船だったとい

う。さらに、じつは彰徳丸のあとにもべつの木造の十九トン船をほかの宮崎の船主から一千万円で購入したことがあったそうだ。栄はすでに船名を思いだすことはできなかったが、その船もまた不漁がちな船だったことだけはおぼえていた。結局、もうからないので八百万円か九百万円で売却し、そのつぎに保戸島でトップをとった大漁船である第五豊栄丸を購入したのだという。

栄は第五豊栄丸の購入資金について「四千八百万円だ」と、これだけはかなり自信のある口調で断言した。よほど口惜しい記憶としてのこっているのかもしれない。豊栄丸を購入するために預金通帳にはいっていた前の木造船の売却金をすべて資金にあてる一方、それだけではまにあわないので、佐良浜の実家の不動産を担保にいれることにした。当然、この担保は自分だけの資産ではないため、豊栄丸は宝、幸男、昭吉と兄弟たちとの共同購入というかたちになった（なぜかその中に実はふくまれていなかった）。

豊栄丸は長兄である宝の名義となり、栄はみずから船に乗りこみ操業にあたった。おそらく本村兄弟にとってこの豊栄丸は勝負をかけた船だったはずだ。しかし栄が乗っている間は大漁することはなかった。また、この船には実も何度か乗ったことがあったようで、栄は何度か「平良で実が乗っていた」というようなことを口にした。いずれにしてもたいして魚は釣れず、途中から宮崎の優秀な船頭をつれてきて操業させると、ようやく十トンから二十トンの比較的好調な水揚げをつづけた。

しかし、最後はどうも宝と栄の兄弟間の確執が原因で、豊栄丸は見すてられた船になってしまったらしい。

これはべつの機会に妹の友利キクと末弟の昭吉から聞いた話だが、もともと本村家は伊良部島にかなり広大な畑や山を所有していた。だが、栄が船を買うたびにそれを次々と担保にいれたため、最後は土地も家も全部さしおさえられ、競売にかけられ、家も落札した所有者から借りるような状態になったという。どうもその借金の少なくない部分が、長男の宝名義で豊栄丸を購入するときにあてられたのではないかという。しかし宝名義で借金しているにもかかわらず、栄がそれを全然返済しないものだから、そのうち宝が激怒して自分が乗ると言って栄から豊栄丸をとりあげてしまったらしいのだ。宝は「栄に操業させて、これ以上借金をふくらませるぐらいなら、港につないでいるほうがいい」と言って、旧知念村（現南城市）の港に豊栄丸を放置した。

豊栄丸のことについてたずねると、栄は「豊栄丸は、あれ、すぐ悪くなって、雨漏りがして……」と言った。

「雨漏り？」

「水洩《も》り……。つかえなかったよ……」

「四千八百万円もしたのに、ダメな船だったんですか」

「なんで高かったかというと……、あの船は（建造から）まだ二年しかたっていなかったわけ」

「操業はどのへんで」

「……もうわからんね」

「豊栄丸にはずっと実さんが乗っていたんですか」

「ああ、おいしい」

栄は私がお土産にもってきたどら焼きをうまそうに頬張った。そして、漢那さん何やっている？　とひとり言のようにつぶやいた。招福はいまも時折、栄を見舞いに来るという。

「豊栄丸はすぐに処分したんですか」

「幸男が……三万円で処分したと言っていたよ」

「三万円？」

「うん、あんな言って……。桟橋につないでおいたら……北岸に……漏れて……正月すぎて……そして、実……おかしいよ……」

話はしだいに支離滅裂なものになってきた。さきほど、五分たったら記憶をうしなってしまうと話していたので、そろそろ会話をつづけるのが困難な状態になってきたのかもしれない。これ以上の長居は負担になりそうだったので、私は雑談に会話をきりかえてそろそろ辞去しようとした。すると栄は不意に正気にもどったような目つきになり、前後の会話とまったく脈絡のない質問を、唐突に私にあびせてきた。

「酒は飲むかね？」

その一言が、なぜか私の心にぐさりとつきささった。

「……まあ、普通に飲みますけど」

「もう……あそこからでてから酒というのをさわったことないよ。……さわろうとしても、カネがないから」

あそこというのがどこかわからなかった。だが、たぶん自己破産する前にわかれた妻と住んでいた自宅のことを言っているのだろう、と私は思った。

「お酒は好きだったんですか」と私はたずねた。

「昔は好きだったよ」と彼は言った。

その一言に船主となってからの彼の苦悩がにじみでている気がした。

第七章　漂流船員の証言A

1

グアム国際空港に到着したのは、管制塔の明りが黄色くともった深夜二時のことだった。タムニン地区の古い安ホテルに電話をいれると、急だったにもかかわらず宿の人は泊まれるというので、空港から外にでてタクシーをとめた。暗い街中をぬけてタクシーが向かったのは、白い外壁にヒビのはいったさびれた感じがする三階建てのホテルだった。ロビーは節電しているかのようにうす暗く、宿直員は眠たげな辛気くさい顔をしている。部屋にはブラインドのかかった小さな窓があり、安っぽい冷蔵庫と、腰をかけると三十センチほどしずみこむすわり心地の悪いソファーがあった。蒸し暑さにたえかねてエアコンの電源をいれると、ひさしぶりに作動したかのような空まわり気味の大きな音をたてて、ねっとりとした生暖かい風がおくられてきた。

タムニン地区はリゾートホテルがたちならび観光客でにぎわうタモン地区から、歩いて一時間ほどのところにある。南国の観光地といった風情《ふぜい》からはほどとおく、白い雲と青い空、じっとりと汗ばむ陽気、ココヤシの並木道とマリンロードを左に向かったところにひろがるさざ波をたてるアガニャ湾が、かろうじてそこがグアムであることを私に思いださせた。ホテルはそのタムニン地区のほこりっぽい一角にたっていた。うらには韓国人が経営している売店やスナック、バーやパチンコ屋のはいった平屋の建物があり、目の前のマリンロードを少し歩くと、あきらかに売春宿をかねていると思われるマッサージ店が数軒見つかった。佐良浜のマグロ船の船長や船員は、グアムの港にたちよるとこのホテルに一泊か二泊し、うらのスナックやタモン地区の韓国クラブで遊ぶことがおおいという。本村実も現役の頃はこのホテルに泊まっていたと誰かから私は聞いたことがあった。

グアムに来たのは、この取材をはじめてから一年がたった七月の暑い日のことだった。それまでに何人ものマグロ漁師に話を聞いていたが、やはり話を聞くだけでは、この世界のことを実感し、咀嚼《そしゃく》するところまではいかないことを私は痛感していた。本村実が漂流したときに操業していたグアム基地やマグロ延縄《はえなわ》漁の操業の様子、船員たちの労働環境、現地の天気や海の色や風の強さ、波やうねり、海での具体的なリスク、操業中の船員たちの会話の中身、何より大海原で一カ月間船にとじこもって生活することと、そうした海と漁にかんする一切合切を肌身で感じ、本村実が見ていた風景を追体験しないかぎり、この物語はとうてい書けないのではないかと、そう感じていた。

一航海でいいからマグロ船に乗ってみたい。そう考えた私は以前から取材に協力的だった三高物産会長の馬詰修に、グアムで船に乗せてもらえないかと半分冗談でたずねてみたことがあった。すると私の無理な注文に、馬詰はかまいませんと即答し、私に船員ビザを取得するための雇用証明書を発行してくれた。つまり私はかたちのうえでは三高物産の臨時船員としてグアムにやって来ていたのである。

翌朝の七時半ごろ、馬詰が私のホテルまで車でむかえに来てくれた。彼は普段からグアムの事務所につめているわけではないが、たまたま現地法人の責任者が夏休みにはいったため、しばらくの間、現地で操業の陣頭指揮をとることになっていた。

ホテルから港のあるアプラ湾までは車で二十分ほどだった。

「例の九・一一以降、港の警備は非常にきびしくなりまして、以前は観光客が勝手に埠頭《ふとう》にはいって来て、マグロの水揚げを見学していましたが、もうそういうことはできなくなりましたね。私どももね、許可証をもった現地のスタッフにエスコートしてもらわないとなかに入れないんですよ。社長だろうと会長だろうと関係ありません」

そう言うと馬詰はひとなつっこい笑みをうかべた。

馬詰修ははじめは造船所の営業担当として、その後は三高物産という実際にマグロ延縄漁を操業する会社経営者として、沖縄のマグロ業界に深くたずさわり、その内側から観察してきた人物である。現在、糸満市に会社のある三高物産はこれまで沖縄のほかインドネシアやシンガポール、フィリピンなどで操業の経験があり、グアム基地の開拓にも初期の段階からかかわってきた。彼に何度も会い話を聞き、その足跡を知ることで、私は沖縄のマグロ漁船が十九トン船ブームをむかえたあと、なぜ、どのようにしてグアムで操業するようになったのか理解できるようになっていった。

いまでこそ三高物産は自社船を所有しグアムで操業しているが、元来、馬詰は造船業に徹した人間で、自分でマグロをあつかう気はさらさらなかったという。そのため三高物産もそもそもマグロ漁とは無関係な会社としてはじまっていた。馬詰が造船の営業のために沖縄に来たのは一九七六年、それから彼は十九トン船の新造船ブームにのって次々と造船契約をものにし、最終的には佐良浜漁師の船を中心に六十隻《せき》もの漁船を建造することになるのだが、その過程で造船した船主たちに部品や設備、資材関係の物品を販売する必要性にせまられるようになり、そのためにつくったのが三高物産だった。

その本来マグロとは無関係だった資材会社が、なぜ自分のところで操業までするようになったかというと、ある一隻の造船契約が中止になったことが発端となったという。

「うちが請けおった船で、融資がとまったために契約がストップしたのがあったんです。うちも仕事がないもんだから、注文をうけたら融資確認をしないで着工したんです。融資がとまり売れる目途がなくなったんだけど、そのままずるずるつくってしまった。その船、一隻六千万かかったんです。しかし六千万かかっても、ほかで売ったら値段がさがりますよ。漁船というのは全部同じように見えるけど、船主のオーダーをうけてつくっているから、それぞれ仕様がちがうんです。船をつくったからといって誰でも買うものではない。それでどうするかとなったときに、インドネシアに売れるかもわからんという話になった」

馬詰がインドネシアの国営水産会社に連絡をとり漁船の購入をもちかけたところ、むこうから、出入りの業者に話をすることは可能だが、しかし六千万円もの代金を支払うことはできないだろうとの返事がきた。そこで両者の間で、ある種のバーター取引が成立することになった。その取引とは、まずメバチ一キロを五ドル五十セント、キハダ一キロを四ドルなどというふうに魚価を設定する。インドネシア側はその価格で魚を日本に輸出するが、しかし日本からは一ドル五十セントずつ抜いて、メバチは四ドル、キハダは二ドル五十セントしか送金しない。つまり一ドル五十セント分は船代金として日本側が抜いてしまうという取引である。このやり方だと、たとえば当時のレートで一ドル二百円として計算した場合、二百トン分のマグロをおくってもらえば、一ドル五十セント（三百円）×二百トン＝六千万円で、一隻分の建造費用が相殺《そうさい》されることになる。建造にかかった費用分が完済した時点で船はインドネシア側の所有になるという内容で話はまとまり、馬詰は同じ契約でほかにも二隻建造して合計三隻をインドネシア側に売った。そして沖縄人船長三人をおくりこんで操業を開始し、三高物産が日本側の代理店をつとめることになった。同社がマグロを直《じか》にとりあつかうようになったのはこのときからだった。

「昭和五十八年か五十九年の話で、あの当時は情報のやりとりは全部テレックス。うちの人間はしょっちゅうKDDに走ってました。実際に船がうごきはじめて最初のマグロを五トンおくるときに、あれは朝の五時頃でしたが、本当に売れるかどうか半信半疑なんです。端末からでてくる紙をじっと見ていたら、市場のほうからあれが売れた、これが売れたと流れてくるわけです。ちょっと感激でしたね。それから船が次々と入港してきて、それなりのカネがはいってくるようになった」

インドネシアとの取引はその後もつづき、それ以降、馬詰は計十四隻の漁船をバーター取引で卸すことになった。

一方、馬詰がインドネシアと事業取引する数年前から、那覇のマグロ業界ではそれまでの市場の限界をうちやぶる物流革命ともよぶべき変化がおきていた。その革命とはマグロの空輸である。それも冷凍ではなく、鮮魚マグロの空輸だ。

一九七〇年代にはいって遠洋マグロ漁業が衰退し、那覇のマグロ業界は十九トン船による近海漁が中心になった。半年から一年以上にわたり航海する大型遠洋船とちがい、一カ月から一カ月半で一航海を終える十九トン船や四十九トン船の場合、とったマグロは冷凍せずに鮮魚のまま水揚げして市場に卸す。十九トン船の時代になってからしばらくは船の数が少なく、また魚価も高かったため、船主は利益をだすことができたが、もうかるとわかると今度は船の数が増えて過当競争となり、魚がダブつき値段がつかなくなった。供給が多すぎて、那覇の小さな市場では水揚げされた鮮魚をすべてさばくことができなくなってしまったのだ。

そこであみだされたのが鮮魚マグロをコンテナに氷詰めにし、飛行機で本土の市場にとばす空輸方式だった。それまで那覇で水揚げされたマグロは沖縄本島で消費されていたが、それがダブついてしまったのであれば、そのぶんを大消費地である本土の市場におくってしまえばいい。この空輸方式を発案し、航空会社と契約をむすんだのは大蔵水産の蔵元広という人物だった。蔵元はのちに経営にいきづまり、沖縄本島の残波岬に車をとめて焼身自殺することになるが、彼により空輸方式が開発されたことで沖縄の十九トン船は魚のうばいあいによる共倒れをふせぐことができたのである。

「結局、船が増えてくると大漁貧乏になる。内地におくるというのは自然発生的だったんです。マグロが内地で売れるということになって、それからは飛行機のスペースのとりあい合戦になった」

のちにグアムなどの海外基地が開拓されることになったのも、基本的にはこの空輸方式が沖縄で成功したことが背景にあった。要するに、日本との間に積載能力が十分な大型旅客機の定期的航路さえひらいていれば、魚をとるのが沖縄だろうと太平洋の小島だろうと条件はかわらない。十九トン船に乗って近くの海でマグロをとり、それを港にはこんで飛行機で日本におくってしまえばいいのだから。グアムはこのような沖縄マグロ業界の歴史的文脈のなかで開拓された基地だった。

実際にグアム開拓に着手したのは佐良浜出身の男だった。その男とはほかでもない、私に漢那招福を紹介してくれた、眼光のするどいあの奥原隆治である。

『伊良部町漁業史』によると、奥原がグアムに目をつけたのは一九八六年頃のことだった。当時、那覇の泊港には百隻前後の十九トン船がひしめいており、その半数ほどを佐良浜漁師の船が占めていた。近海操業の十九トン船といえども、彼らはマグロをとるためパラオやミクロネシア海域まで南下する。しかし那覇からミクロネシアまで南下するには一週間程度の航海が必要になり、また帰港するにも同じ程度の日数をついやしてしまう。奥原の目にはこの移動にようする時間が無駄にうつった。漁船というのは魚をとっている時間が長ければ長いほど経営効率は高まるので、船主にとって漁場への移動や港での係留はたんなる経費の無駄づかいなのである。しかも沖縄は台風が頻繁に襲来するため、それをやりすごすために港につないでいる時間もバカにならない。それならばミクロネシアの海から近く、また台風の接近も少ないグアムを基地にすれば様々な無駄がはぶけると奥原は考えたのだ。

奥原はつきあいのあった会社経営者とともにグアム基地の開拓を計画し、第八蛭子《えびす》丸、第八あきら丸、第十八妙聖丸という漁船三隻を出漁させて、実際に操業にあたらせた。ところが最初の二カ月間は漁場をうまく見つけることができず、漁獲量が思ったようにのびなかったという。魚がとれないと判断した奥原はグアムの操業から撤退したが、彼とともに開拓に着手した人物はその後も基地の経営をつづけた。やがて魚が回遊してくる海域が判明し、グアム全体での漁獲量は上昇したが、水揚げや空輸などを代行する代理店の内部で衝突がおき、人間関係がかなり乱れたという。そうした混乱のなかで、最初に出漁した三隻のうちの第八蛭子丸の池間隆という佐良浜の船主が親しかった馬詰のところに泣きついてきた。

「グアムの操業は、最初はうまくいかなかったんですが、そのうち魚があがりはじめたんですね。しかし池間隆が、あれはけっこうズケズケものを言う人間だから、会社の経営者たちから疎《うと》んじられたんです。それで、お前はもう沖縄に帰れということになった。だけど池間は魚がとれることを知っているから、私のほうになんとかたすけてくれと懇願してきた」

そのころ馬詰にはすでにインドネシアでの事業にくわえ、成功にはいたらなかったがシンガポールでもグアムと同じように空輸方式による基地操業をこころみた経験があった。グアムに足場はまったくなかったものの、親しくしていた人物の窮地を救おうという義侠心《ぎきょうしん》もはたらき、馬詰は池間隆の船の水揚げと空輸を代行することに決めた。時間がなかったので、ひとまずマグロをつみこむ箱だけ八十箱用意し、飛行機で現地に飛んだ。事務所も何もないのでホームセンターで木材などを購入し、自分で金《かな》槌《づち》をふるって箱をくみたて、そこにキャンバス地の布をはって水揚げ時につかう水槽にした。池間の船が入港して水揚げが終わると、すぐに日本航空の事務所にはこんだ。値段交渉でもめたものの、馬詰は交渉が妥結する前に隙《すき》をみて、飛行機のなかにマグロの箱を全部勝手にはこびいれてしまったという。

　水揚げを一回手伝うためだけにやって来たグアムだったが、結局、馬詰の三高物産はそのままとどまり、水揚げや空輸を代行する代理店をいとなむことになった。

　経営者から見たグアム基地の魅力について、馬詰は三つのポイントをあげた。ひとつ目は実際に操業するミクロネシアの海が港から近いこと。つぎに日本への直行便があること。三つ目はアメリカの領土なので政治的トラブルが少ないことである。発展途上国の漁場のように不条理な税金をふっかけられることもないし、唐突に拿捕《だほ》されたり、ゲリラに拉致《らち》されたりといった政治的リスクも少ない。たしかにミクロネシアのマグロは、より北の漁場でとれるクロマグロなどにくらべると品質はいくらか落ちるものの、日本近海の漁場のように季節的な漁期にしばられることがなく、ほぼ一年中とれるので、そうした安定性も魅力のひとつになっている。

　最初は漁師の間であまり評判の高くなかったグアム基地だが、釣れるとわかるとまたたく間に船がおしよせてきた。高知、宮崎、熊本、三重、大分……、開拓から二年後には全国各地から八十隻もの船が操業にあたっていた。しかし、そのなかでなんといっても、戦前から南洋に進出しミクロネシアの海は半分地元とよんでもいい沖縄の船がグアムでは強く、全体の約半数を占めていた。そして沖縄の船のなかでも、圧倒的に多かったのが海洋民気質がつよく、腰のかるい佐良浜の船だった。船が増えるにしたがい水揚げや空輸を業務とする代理店が三高物産以外にも次々と設立されたが、そのなかのひとつに佐良浜出身の湧川和則らが設立した丸和商会もあり、島の同朋《どうほう》がつくった会社ができたことで佐良浜の漁師にとってグアム基地はさらに身近な存在となった。

馬詰はそんな独特の動きをする彼らを〝佐良浜人〟と呼んだ。

「基本的に漁船というのは毎日無線で交信していますから、どこで誰が何やっているのか、何百キロはなれていても手にとるようにわかる。そうするとおれも行こうかな、お前も来たらええよみたいな、そういう話になる。それで佐良浜の人たちがワーッとでていった。彼らは根っからの出稼ぎで腰がかるいですからね。那覇だろうとグアムだろうと、魚が釣れるならどこでも関係ない。それに丸和商会の湧川は佐良浜だから、彼らはみんな来るわけです。彼らの血の濃さというか、仲間意識というか、仲間というよりあれは兄弟ですからね。誰と誰が従兄弟《いとこ》で、それと誰が従兄弟で、そんなのばかりですから。だから佐良浜のやつがおるとなったら、みんなそこに集まる。あの感覚は内地の人間には考えられない。ぼくらだったら代理店が兵庫だろうと宮崎だろうと、そんなこと気にしないじゃないですか。彼らは沖縄ともちがいます。伊良部人、佐良浜人ですね。あれはちょっとちがいますね」

「たしかに佐良浜の船長って顔つきや表情や目つきがほかの地域の船長とちょっとちがいますね」

そのような漠然とした印象を私がのべると、馬詰も同意した。

「全然ちがう。彼らはね、冒険者なんですね。冒険者」

2

そのグアム基地に〝佐良浜人〟のひとりである本村実がはじめてやって来たのは、奥原隆治らが開拓してまもなくのことだったようだ。

実は漂流直後の写真週刊誌『フォーカス』の取材にたいして、〈私は8年前からグアムを基地にして漁をやってる〉とこたえており、同時期の沖縄タイムスの記事には、実が〈グアムに行くようになって七年〉との妻富美子のコメントが紹介されている。

一方、漢那招福は実がグアムで操業するようになったのは「自分よりもあとだった」と明言している。招福の第八ゆり丸は、池間隆らによる最初の三隻につづく第二陣として一九八七年にグアムに出漁している。彼はグアム基地が開拓された当初から、従兄弟である奥原隆治に「グアムにいけ」とけしかけられていたが、最初はあぶない橋はわたらずに様子見を決めこんだ。そしてあとになって同じく従兄弟である池間隆から「グアムはもうかる」との情報を聞くにおよんで出漁を決断し、一カ月に二航海するほど大漁をつづけた。その招福よりも実のほうがグアムに来たのはおそかったという。

漂流の七、八年前で、招福のあと。漂流が一九九四年だったことを考えると、実がグアムに来たのは一九八七年という蓋然性《がいぜんせい》が高そうだ。

実が誰の船でグアムに来たのか招福にたずねてみると、彼は「あれは……當山のカイトクだったかねぇ」と少し首をひねったあと、「そうだ、海得という船だった」と断定した。

「當山勇。これは二、三隻もっていたよ。もう倒産したからどこにいるかもわからんけど、実は最初は海得で行っています」

海得丸の當山勇は、以前、遠洋漁業が衰退した経緯を取材したときに話を聞いた當山清の弟だったので、すぐに連絡先が判明した。當山勇はマグロ業界をはなれて二十年前後が経過していたが、かろうじて本村実のことはおぼえており、たしかに彼がグアムに船を出漁させたとき、本村実は船長として自分の船に乗っていたと証言した。

當山勇は兄の清が経営する豊国水産の専務をつとめていたが、やがて独立して沖縄近海漁業というべつの会社をたちあげた。沖縄でマグロの航空輸送を発案し、その後、焼身自殺をした蔵元広の大蔵水産が倒産したとき、同社が所有していた十九トン船が競売にだされたため、そのうちの三隻を購入して第一、第三、第八海得丸と名づけて運航したのである。本村実はそのうちの一隻に船長として乗りこみ、グアムで一年か二年ほど操業し、ほどなくつぎの船長にかわったという。

本村実と親しかったのか、とたずねると、とくにそういうわけではなかったと當山は素っ気なく答えた。

「漁師さんはどの船にも乗ったり降りたりしているから、港でたまに顔をあわせるという、ただそれだけの関係ですよ。べつに酒を飲む仲でもないしねぇ。このときはどっちから声をかけたかわからないけど、そのあともつきあいはなかったですね。フィリピンまで漂流したことも知らなかったし、行方不明になったのもあとから聞いたぐらいだから」

「ほかの人に船長がかわったのは、何か失敗があったとか」

「そういうわけじゃないですね。普通に操業して、べつにトラブルも何もなかった。漁船に乗る人はコロコロ変わるから」

當山のたよりない記憶によると、本村実は海得丸をおりたあと、弟の栄の船に乗ってグアムで操業をつづけたはずだという。本村栄は豊栄丸を兄の宝に召しあげられた後、しばらくの間はほかの船主の船に乗り、みずから船長としてグアム基地を根城にマグロ漁に従事していた。豊栄丸のつぎに彼が購入した船は一九九一年三月に買った第一保栄丸である。したがって當山の話が事実だとすると、海得丸をおりたあとに本村実が乗ったのはこの第一保栄丸だったことになる。

言うまでもなく、第一保栄丸は実がフィリピンまで漂流したときの船だ。この船は十九トン船ではなく五十九トンの、それも時代おくれの鋼船だった。しかも実はこの船をまったく整備にだしていなかったらしく、船体は塗装が剝《は》げて赤錆《あかさび》でおおわれており、異様なまでの印象を見る者にあたえたらしい。グアムに停泊していたこの船の姿をおぼえている者は、一様に「デカいぼろ船だった」と口をそろえており、よごれた風体の図体《ずうたい》のでかい無頼者が周囲を圧するがごとき得体のしれない存在感をはなっていたようだ。

沖縄では十九トン船が主流になってからすでに二十年近くが経過していたにもかか

わらず、本村兄弟がこのような効率のわるい時代遅れの五十九トン船を購入したのは、ひとえに価格が安かったからである。

第一保栄丸は一九七八年に和歌山の造船所で建造され、豊栄丸と同じ大分の保戸島のマグロ延縄船として操業していた。末弟の昭吉によると、保栄丸のことを紹介してくれたのは豊栄丸の元船主で、昭吉たちは実際に保戸島まで足をはこび、船体を確認したうえで五、六百万円ほどの金を支払って購入したという。船の名義は実の名前で登録されたものの、実に船を買うだけの資金はなく、実際にカネを出したのはもっぱら栄と昭吉だった。

昭吉によれば「あの当時は十九トンより大きな船はよ、みんな廃船になるというアレだったからよ、安かったんだよ」ということだが、この言葉をもう少しくわしく検証すると、保戸島の鉄の五十九トン船が安く売りにだされていた背景には戦後日本マグロ漁業史からよみとくべき一面があった。

これは三高物産の馬詰修に聞いた話だが、じつは日本のマグロ延縄船の世界ではかつて保戸島の五十九トンの鋼船が業界を席巻《せっけん》した時期があったという。マグロ漁船の盛衰にはそれぞれ地域差があり、沖縄で五十九トン船がすたれたからといって、日本全国で一律にすたれたわけではなかった。沖縄では四十九トン船や五十九トン船は一九七〇年代前半の時点でおとろえ、その後は十九トン船がとってかわったが、保戸島ではその五十九トン船がそれからもしばらくの間は主力でありつづけたのだ。

地域によって漁船の有利不利に差がでるのは、単純に港と漁場との位置関係にちがいがあるためだ。近海やミクロネシア漁場といった南方の海で一年中操業することが多い沖縄の船の場合、地元から漁場が比較的近いので、一航海一カ月の十九トン船でも十分に漁場まで往復することができる。ところが日本本土のマグロ船の場合、七月から十一月にかけては三陸東方の東沖漁場、そのあとの冬場は北緯十度から十五度周辺の中南漁場といったように、季節ごとに操業する海がかわる。とりわけ中南漁場は本土からの距離が遠いため、一カ月しか航海できない十九トン船より、船足がながく、ゆうに四十五日間は航海できる五十九トン船のほうが有利な面も多かった。保戸島の漁師はその利点を存分にいかし、全国的には十九トンのＦＲＰ船の時代にはいってからも鉄の五十九トン船でおしとおした。そして実際にその戦略はかなりの成功をおさめ、馬詰の言葉をかりると「保戸島といえば肩で風切っていましたからね」というぐらい景気がよかったらしい。ところが、石油危機以降の燃料費の高騰《こうとう》と鮮度をもとめる市場の要望はとどまることをしらず、燃費がわるく、十九トン船ほど魚の鮮度も保持できない五十九トン船は最終的に淘汰《とうた》されるよりほかなかった。特定の自然条件に特殊進化した生物種がわずかな環境変化で一気に絶滅してしまうように、地域全体で鉄の五十九トン船に特化した保戸島は、時代の変化に対応することができなかったのだ。

本村兄弟が購入した第一保栄丸はそのような盛衰をたどった保戸島の五十九トンの鋼船だった。すでに時代遅れとなりタダ同然で放出された船だったので、安いのはあたりまえだった。

漢那招福はこの保栄丸についても「あれはすてるはずの船だった」と身も蓋《ふた》もない寸評をし、栄や実が購入したことを呆《あき》れた調子でふりかえった。どこまで根拠があるのか不明だが、すでに大分ですてられていた船をブローカーにだまされて買った、とまで彼は断言した。昭吉は豊栄丸の船主から保栄丸を紹介してもらったと説明していたが、招福はそうではなく、栄の知人に大分で漁船保険の外交員をしている人物がいて、その保険屋が保栄丸を栄に紹介したはずだと語った。

「あのぐらいの船だとすてるのに何百万とかかるんですよ。だから持ち主はタダでもくれるわけよ。でも安いからって買ってきたら、あとで失敗する。つかえない船を買ってきても、カネをつっこまんとうごかんよ。このへんでも中古でもらった船、いっぱいあるさ。でも整備しないとうごかん。あんな船で漁はできん」

しかもボロ船であること以外にも問題があった。保栄丸のような五十九トン船はサイズが大きすぎて、実や栄がもっていた免許では操縦することができなかったのだ。日本では船長としてこの船を操縦できなかった実は、遠洋時代に大型船の船長をしていた佐良浜漁師をグアムまで船を回航させるために雇いいれ――この船長の所在をたずねると、招福は「あれはもういないはずよ。頭がおかしくなってこのへん歩いてったけど、もう死んだんじゃないかな」と言った――、そして自分は機関長として乗船し、保栄丸の話をもちこんだという大分の保険外交員も無線技士として船に乗せた。グアムについてさえしまえば資格がなくても保栄丸を操業することはできるという目算が、実にはあったのだろう。日本の当局の目がとどかないグアムでは、経験をたよりに無免許で操業することはさしてめずらしくなかったという。

第一保栄丸が那覇を出港したのは一九九一年四月二十日、グアムに到着して数カ月後に無線技士として乗っていた大分の保険外交員は日本に帰国し、また那覇からつれてきた大型船の免許をもつ船長も翌年七月に日本にもどっている。おそらくは人件費がかさむので、実が帰国させたのだろう。それ以降、実はフィリピン人船員だけを雇い、あとは基本的に自分一人で船長、漁労長、機関長をかねてミクロネシアの海で操業をつづけた。グアムの海は彼にとっては自由な別天地だったのかもしれない。

3

グアム基地の操業は、まず港をでてから四、五日かけてミクロネシアの漁場に向かい、二週間から二十日間にわたり、海に延縄を投げいれてはそれを引き揚げるという毎日をくりかえす。満船するか、あるいは餌《えさ》や燃料がなくなると再び四、五日かけてグアムにもどり、二日か三日の間、島に滞在して水揚げとつぎの出港準備をして、それが終わるとまた海にもどる、その連続だ。当然のことながら、佐良浜の漁師たちは陸にあがると憂《う》さをはらすかのように遊びにカネを浪費した。

グアムでの遊びの王道は韓国クラブである。一番景気のよかった頃の佐良浜の漁師は港にあがるとその足でグアム一の繁華街であるタモン地区に向かい、モデルのようにスタイリッシュな女たちのそろうクラブで派手に飲みちらかした。クラブでの相場はグラス一杯が二十ドル、シャンパン一本が二百ドル。もちろん接客にあたる女もつぎからつぎへとグラスをかたむけるし、佐良浜の男たちはジョニ黒やシーバスをたのんで〝お通り〟で一気飲みの連続だから、一晩で五千ドルぐらいは平気でなくなった。請求される金額はいわば〝漁師価格〟で、地元の客に請求する金額よりもかなり高めに設定されていた。言い方をかえると、単にぼられているにすぎないわけだが、そんなみみっちいことを気にして値段交渉したり値切るような安っぽい男は佐良浜の漁師にはいなかった。それどころか、気にいった女がいれば気前よく五千ドルや一万ドルをプレゼントすることもめずらしくなかったし、カネが足りなければ代理店から前借して、つぎの航海で大漁したときの歩合から返済すればいい。ママから三千ドルと言われれば三千ドルを支払い、五千ドルと言われれば五千ドルを支払うのが佐良浜漁師の流儀だった。

ほかの行儀のいい客層とはちがって、彼らはすぐにオッパイをもむし、会話もストレートに下品で露骨だったが、それでも豪快にカネを落としてくれる佐良浜の男たちは、店にとっては完全に上客だった。お店の韓国人ママたちはカネばなれのいいお目あての船長の入港予定期日がちかづくと、毎日のように代理店に電話をいれて予定を確認し、入港日ともなると埠頭にまでやって来ては、円熟した色気をたっぷりとふりまきながらライバル店のママとの営業合戦にはげんだ。いまでこそ監視がきびしくなったが、二〇〇一年に米国同時多発テロがおきるまで、グアムの港湾内部には誰でも自由にはいることができた。佐良浜漁師の帰りをまつ彼女たちは、グアムの日本人水産関係者から〝岸壁の母〟とよばれ、アプラ港の一種の名物としてしたしまれていた。

佐良浜漁師たちは高級クラブだけではなく、韓国人女性が施術《せじゅつ》するマッサージ店にも足しげくかよった。もちろんマッサージ店とは名ばかりのピンク色にライトアップされた事実上の売春宿である。マッサージ店でもカネさえはらえば酒は飲めるので、人によっては上陸している間ずっとこうした店にいりびたって出てこないのもいた。当然マッサージ嬢と親密になり男女関係におちいる者も少なくなく、なかには交際にとどまらず結婚にいたり、子供ができてグアムに家庭をもつ男も何人かいた。外国で女を買うところまでは理解できても、その相手とねんごろになり、現地に住んで子供をもうけるとなると、普通の感覚のもち主なら二の足をふむ。しかしそれを自然体でやってのけ、かつ受容できるのが佐良浜の男たちであり、海洋民風土の懐《ふところ》のふかさだった。

もちろんこうしたグアムでの放埒《ほうらつ》な遊びと無軌道な生活をささえたのは好調な水揚げだった。ちょうど本村実が海得丸でグアムにやってきた昭和から平成にうつりかわる頃がグアム基地の最盛期だった。当時、グアムでは八十隻前後の船が操業し、一カ月で計一千トン前後のマグロが水揚げされていた。その大量の生マグロは〝ジャンボ〟とよばれたボーイング七四七の腹につみこまれ、翌日には日本の各市場にならんだ。この頃はマグロの資源量がいまほど枯渇《こかつ》していなかったばかりか、漁場も現在より近くにあったため、二週間もでれば満船してグアムにもどってくることができたのだ。約二十隻で月二百トン前後の水揚げにとどまっている現在の状況とくらべると、港周辺のにぎやかさも漁師の豪快さも、そして財布の中身の潤沢さも雲泥《うんでい》の差があった。

本村実が海得丸でやって来て、保栄丸で漂流するまでのグアム基地はこのような調子であった。無類の酒好きだった実もまた、基地に帰港するたびにタモンの韓国クラブや、定宿である安ホテルの裏手にある小さな韓国スナックに出入りをくりかえしたという。

そしてあいかわらず五十九トン船の免許がないまま操業をつづけ、気儘《きまま》にマグロを追いかけていた。

ただし気儘といっても問題がないわけではなかった。資格の問題から船の定期検査をうけられなかったのである。五十九トン船は船舶安全法にもとづき定期検査を二年に一度うけなければならないが、実は五十九トン船の操縦資格をもっていなかったため、日本にもどって検査をうけるためには、免許をもつ船長をべつに雇いいれなければいけない。しかも検査や整備には数百万円の費用がかかる。船長への支払いや日本までの航海実費を考えると出費はいくらになるかわからない。どうやらそのような経済的な理由から、本村実はこの定期検査を無視することにしたのだろう。海難審判庁の裁決によると、保栄丸は本来一九九二年七月に中間検査をうける必要があったにもかかわらず、実はそれをいったん十二月に延期申請したうえ、結局検査をうけないままうちすてている。

自由で融通無碍《ゆうずうむげ》、なんでもありの佐良浜漁師とはいえ、未検査・未整備の船で操業をつづけるような不敵な真似《まね》をする者はさすがにほとんどいなかった。整備不良で船が故障したら結局、損害はほかでもない自分にふりかかってくるからだ。しかし物事に動じず、こまかいことに頓着《とんちゃく》しない性格だった本村実は、あくまで悠然と全然気にしないで韓国スナックで酒ばかり飲んでいた。

もちろん船も人間の身体《からだ》と同じで、長年酷使したら時々ドックにはいって修理をしないとガタがくる。建造から十六年、検査をうけてから四年がたっていた保栄丸は、プロペラの軸封装置のパッキンの摩耗がすすみ、漏水がひどくなっていた。この問題を根本的に解決するには一度造船所で船を上架し、劣化していた船尾側のパッキンを交換しなければならなかったが、カネのなかった実は、海上にうかべたままでも作業が可能な船首側のパッキンの交換のみに対策をとどめていた。ときどき喫水線の下の船底部や海水管を自分で見てまわり、腐食した海水管があったらパイプ交換して修理をしていたが、結局はそれも対症療法にすぎなかった。

漂流の四カ月ほど前、保栄丸が台風にまきこまれて港内の海岸に座礁《ざしょう》するというトラブルがおきたことがあった。このとき実はたまたま用事で日本に一時帰国していたが、幸いにもグアムの救助業者が船を座礁地点からうごかしてくれて大事にはいたらなかった。だが船尾管から機関室に異常なまでの浸水が見つかったため、この救助業者は軸封装置のパッキンを増しじめして浸水をとめ、ポンプで排水するなどの対策をとったという。またキールや舵板《かじいた》に小さな亀裂《きれつ》や腐食も見つかった。実はグアムにもどってからこの業者から状況を確認したが、なにぶんフィリピン人の船員を間にはさんでのやりとりだったため、要領をえず、機関室に浸水したことを正確に把握することができなかったようだ。

この事故によるダメージが漂流に直結したのかどうかは不明だが、第一保栄丸が整備の不十分な、頻繁に浸水をくりかえす船だったことはまちがいない。実際に漢那招福はこの座礁事故とはべつのときに、保栄丸が浸水でかたむいているのを目撃したことがあった。

「保栄丸が漂流するだいぶ前だけど、機関室にアカ（ビルジ、海水）がいっぱい入って船がかたむいているんだ。あんな大きな五十九トンが。これはあぶないと思って、うちの船の機関長に『保栄のなかに入って、なんとかビルジあげてくれんか、あの船沈むよ』ってぼくがたのんだわけ。実はそのとき陸にあがっていたから、さがして連れてきて船のなかを見せた。そしたら水がいっぱい入っている。ぼくも見たよ。でも実はそれを見ても、この程度なら大丈夫だって言うわけよ。酔っ払っているわけさ。それでまた飲みにいきよった」

漢那招福も舌をまくほど、本村実には少々のトラブルではびくともしない図太さと大胆さがあった。さまざまな人物の印象を総合すると、彼はどんなときも決して余裕をうしなわない、何がおきてもつねに海のように悠然、泰然とかまえる人物だったようだ。しかしその悠然さは、同じ佐良浜の漁師の目から見てもいきすぎといわざるをえないところがあった。この彼の過度に楽観的な態度のなかには、あきらかにわれわれの社会常識の枠を逸脱しているものがあった。

そうした佐良浜人の海洋民としてのなんでもありのふてぶてしさが、結局はこのケースではわるいほうに出てしまったのではないか。漂流事故と佐良浜の郷土史の双方から取材をしていた私の目には、この漂流を引きおこした深層構造がそのようなものとしてうつっていた。第一保栄丸の沈没と漂流という事態の間接的な要因となったのは本村実のこの神経の太さであり、それは長い歴史のなかでゆっくりと醸成された佐良浜人の気質の先鋭化したかたちでもあったのではないか、と。

第一保栄丸は、外板にまっ赤な錆をまとった図体のデカい異形の船としてグアムの港に停泊していた。しかしその内部はすでに病魔にむしばまれており、沈没はまぬがれないものとなっていた。

4

アプラ港の施設内にはいり駐車場に車をとめると、三高物産の現地従業員がすでにその場に待機していた。物腰の丁重な大きな身体の男で、私と馬詰は彼にうながされて警備室でのチェックをすませた。チェックはお役所仕事の最たるもので完全に型どおりに終わった。

どこの商業港でも同じだが、アプラ港にもおびただしい量のコンクリートが流しこまれて建設された巨大な埠頭があり、そして頑丈なだけが取り柄のごつごつとしたひどく殺風景な建屋がたっていた。目の前の岸壁には十九トン型のマグロ延縄漁船四隻がつながれていて、となりに大型の中国の貨物船がとまっている。少し遠くの埠頭には二隻の大きなタンカーが停泊していた。背の高いクレーンが貨物船からコンテナをおろし、ゴムタイヤでまわりを装甲したタグボートがゆっくりと航跡をえがきながらタンカーのほうに進んでいく。おだやかな風がふき、海にはさざ波がたっていた。空気には重油の臭《にお》いがしみこんでおり、全然うごいていないのに私の額からは早くも脂《あぶら》分をたっぷりとふくんだ汗がしたたりはじめた。

頭のどこかで八〇年代、九〇年代の猥雑《わいざつ》なにぎわいを想像していたせいか、アプラ港の様子は思っていたよりも活気にとぼしく、面白みに欠ける場所のように私の目にはうつった。船の出入港時と水揚げ時をのぞき、埠頭には人の動きはほとんど見られない。船員だろうと誰だろうと、常駐している従業員以外の人間が付近をうろうろしていると、巡回している警備員から尋問をうけるのである。そのせいか埠頭にはどこか休日の官庁街のような整然とした静寂さがあり、〝岸壁の母〟が裏がえった声で船長の名前を連呼した往時の光景を想像することはむずかしかった。

従業員の男が建屋の入り口のシャッターをあげると内部はがらんとしており、私は馬詰のうしろにつづいて建物のすみにある小さな階段をのぼった。建屋には、倉庫のようなひろい空間の上部に、後からつけたしたような二階部分があり、そこに三高物産の現地法人の事務所がはいっていた。二階にあるせいか、エアコンを全開にしても粘りつくような高湿度の空気をかきまぜるだけで、私の身体から汗はいっこうにひかない。馬詰は私をソファーにすわらせると早速、私が会いたいと所望していたフィリピン人の船員をよびにやった。

私がわざわざグアムまで足をはこんだのはマグロ船に乗ることだけが目的ではなかった。じつはもうひとつ、いま馬詰がよびにやったフィリピン人船員に会うことも大きな目的だった。

本村富美子に電話して、はじめて実が行方不明になったと耳にしたときから、私のなかにはつねに保栄丸のフィリピン人船員を探しだして話を聞きたいという思いがつよくあった。実がいなくなった以上、彼らに会うよりほかに漂流時の具体的な状況を知る手立てはなかったからだ。したがって私は、とくに手がかりはなかったものの、ゆくゆくはフィリピンに渡航して当時の船員の居所を捜索して面談にこぎつける腹づもりでいた。

しかし那覇ではじめて馬詰に会ったとき、その事情は少しかわった。私がフィリピン人船員の居所をさがそうと思っていることを何気なくつたえると、彼は「じゃあ、うちの船員に聞いてみましょうか」と捜索の協力を約束してくれたのだ。「彼らには彼らのネットワークがありますから、名前さえ教えてもらえれば、今どうしているかある程度のことはわかると思います。もしかしたらいまもグアムで船に乗っとるかもしれん」と彼は冗談半分に言った。

東京にもどると、私は当時の新聞記事をひっくりかえす一方、マニラに在住する物書きの知人にたのんで現地の新聞記事をとりよせて、船員の名前とその英語表記、出身地をわりだした。それを馬詰につたえると、彼はグアムの責任者と連絡をとりあい、すぐに調査を指示した。ほどなくしてグアムのほうから調査の回答がよせられたが、それは思いもよらない内容だった。本村実と漂流した八人のフィリピン人船員のうち、エンリキート・デュランとエディ・アボルターへという二人が三高物産の船でいまも現役船員として働いているというのだ。取材が可能かどうかをたずねると、むろん問題ないとのことだった。

グアムに到着した翌日、私がはじめてアプラ港にあるこの三高物産の事務所をおとずれたときに馬詰がよびだしたのは、ほかならぬ漂流船員の一人、エンリキート・デュランだった。デュランは年の頃は五十半ば、いかにもフィリピン人らしいきわめて陽気で快活な人柄で、長期漂流という、人によっては思いだしたくもないだろう辛《つら》い記憶を、とてつもなく面白い出来事をふりかえるように語ることのできる男だった。長年マグロ船に乗ってきたせいか肌は煮しめたような浅黒い色をしており、少し肥えた身体からは汗をかいては乾くというサイクルを何十回とくりかえした乾物みたいな体臭がした。

もう一人のエディ・アボルターへは、私が乗船予定だったいろは丸の甲板長をつとめており、デュランの船とは帰港日が一週間ほどズレていたので後日話を聞いた。エディのほうはちょうど五十歳。背が高く、どちらかというと内向的な性格なようで、信頼できそうな口ぶりではあったが、質問をしてもニヤニヤと困惑した笑いを浮かべることが多く、口数が少ないのが取材者泣かせだった。

彼らから話を聞くことで、私は細部における新事実や、不安や動揺といった心理の変化を知ることができ、またそこから新聞など紙の資料を読んだだけではつたわってこない生の証言がもつ迫真性を感じることができた。あきらかな誇張や記憶ちがい、事実誤認と思われる話を差っ引くと、二人の漂流経験はおおむねつぎのようなものだった。


本村実の陳述にもとづくと思われる海難審判庁の裁決によれば、漂流までの経緯はつぎのように推移している。

第一保栄丸がアプラ港を出港したのは一九九四年一月二十一日午前六時（新聞報道では十九日出港とされている）、六日後の二十七日午前七時半にはミクロネシア連邦内の漁場に到着し、実はいつものように船をとめて操業を開始した。だが二月三日にトラブルが発生し、主無線の送信機が故障して無線を発信することができなくなった。当時はまだインマルサットなどの衛星通信システムがそなえつけられておらず、この時点で保栄丸は、生きている受信機で他船の交信をひろうことはできたが、自分の側からグアムの代理店や僚船に連絡する手段をうしなった。

漁果があがらなかった保栄丸はその後、漁場をもとめて右往左往する。二月六日から北西方向に移動を開始したが、そこでも同じようにマグロが釣れていないとの情報を無線でキャッチしたため、二月八日未明にふたたび進路を北東に変更する。それから二十時間ほどが経過した午後十一時、本村実は機関室のうえから一度、浸水の状況を確認した。しかし異常がなかったため操舵室《そうだしつ》で仮眠をはじめた。

本格的な浸水がはじまったのはその直後だった。海難審判庁の裁決は、この浸水の原因を軸封装置のパッキンの老化にあったと断定している。

〈こうして本船は、プロペラ軸の回転を長期間受けて著しく劣化衰耗していた軸封装置内の船尾側のパッキン3本が、いつしか崩壊流失するなどして同装置内に間隙《かんげき》が生じ、これによってパッキン押えの効き目がなくなった船首側3本のパッキンの圧着も

緩み、船尾管後端からプロペラ軸との間隙を通って機関室内に海水が異常に浸水し始めた。〉

四時間後の九日午前三時四十分頃、補機の運転音の異常に気づいた実が機関室の状況を確認したところ、船底から百三十センチほどの高さにまで海水が浸入しているのを目撃する。

デュランとエディの記憶がはじまるのもここからだ。異常に気がついた実はすぐに船内の警報ブザーを鳴らし、居室内で休憩していた船員たちをたたきおこした。起床時間はまだ先なのになぜ船長がブザーを鳴らしているのか不思議に思いながらデュランが部屋からでると、通路に実が立っており、機関室が浸水しているからすぐにビルジポンプを持ってこいと大声で怒鳴っている。おどろいてなかをのぞくと、たしかにプロペラの軸から大量の海水が流れこんでいる。デュランはすぐに実の指示どおりにビルジポンプをもってきて排水作業にとりかかったが、海水の流入は迅速で、とても追いつくような状態ではなかったという。

船員たちは必死にビルジポンプで水を汲《く》みだそうとしたが、作業開始から二、三十分が経過したところで発電機が海水をかぶって停止し排水作業ができなくなった。電気が何度もショートして、シュッ、シュッと火花をちらし、流入してきた水が機関室の給水タンクのところまで上昇し、もはや足がつかなくなりそうだった。電源を喪失したせいで船内の明りも消え、実の指示で船員は全員甲板にあがることにした。

時刻は午前五時をまわっており、空には紫色ににじんだ朝日がゆっくりひろがろうとしていた。船内各所を点検したところ浸水は機関室にとどまっていたが、救助を要請したほうがいいのはあきらかで、実はＳＯＳ発信機のスイッチをいれた。

船員たちは沈没にそなえて各自、荷物をまとめ、それが終わると正午ごろに救命筏《ライフラフト》をひろげた。救命筏は緊急時用の装備なので、格納箱から出した瞬間にガスが充塡《じゅうてん》されて自動的にふくらむようになっている。用意した救命筏をマグロを引きあげるための舷門《げんもん》のよこにうかべた彼らは、それを船からはなれないようにロープで舫《もや》い、飲料水や食糧、荷物をなかにはこびいれた。

それから船員たちは実の指示で船内にとどまり推移を見守った。保栄丸は浸水からしばらくは小康状態をたもっており、のちに実本人も〈船は一昼夜ぐらいはもつと思っていたので、今晩の夕食はどうしようかなんて考えてた〉（『フォーカス』一九九四年三月三十日号）とか、〈いったん救命いかだを出したが、ようすを見て船に戻ろうと思っていた。あんなに簡単に沈むとは思ってないから、深刻には考えてなかった〉（『沖

縄タイムス』一九九四年三月三十一日付）とふりかえっているように、この時点で船員の

間に大きな緊迫感はなかったという。

しかし、彼らのその楽観的な現状認識とはうらはらに現実の状況のほうはじわじわと進展していった。いつのまにか〈機関室からあふれた海水が連絡口を経て船員室等にも浸水し、浸水区画が広がって船体は徐々に沈下〉（裁決）しはじめ、第一保栄丸の沈没は確定的なものになっていった。ＳＯＳ発信機だけをもって全員が救命筏に乗りうつることにしたのは、浸水開始から約十二時間後の午後三時三十分頃のことであった。救命筏に乗りうつったあとも実は第一保栄丸と自分の身体とを切りはなさず、ロープで筏と保栄丸をむすんだまま、五十メートルほどはなれたところで最後の瞬間までその場にとどまることにした。ＧＰＳや衛星電話がある現代とはちがい、この時代に救命筏で漂流するということは基本的に生還できないということとほとんど同じだ。救助要請できたとしても捜索機が大海原で小さなボートを発見できるとはかぎらないし、島へ漂着したところでそこが無人島であれば生還はほとんど不可能だ。したがって最後の最後まで本船からはなれないことが、海難事故に遭ったときの鉄則なのである。

それから一時間ほどの間、第一保栄丸は海上にその赤錆びた巨体をうかべていた。

だが、やがて徐々に〈甲板上の開口部からも船内各所に浸水し〉（裁決）ていき、ついに浮力を喪失して船尾のほうから沈降をはじめる。最後に流入した海水の重さで船がバランスをくずし、ぐいっと船首を上にして縦にもちあがった瞬間、本村実はついにむすんでいたロープをほどくように指示を出した。

沈没は一気に進んだ。生還後の『フォーカス』の取材に実は〈（救命筏に）乗り移ってから船が沈んでいくのは早かったなァ〉とその瞬間を思いおこしている。〈それこそ、目の前でアッと言う間に沈んでいった。慌《あわ》ててイカダと船をつないでいるロープを外したくらいですから〉

デュランもこうふりかえった。

「救命筏を準備してからも船長からはそのまま保栄丸に待機しているよう言われた。筏には、いよいよ船が沈みそうだという段階になって飛びうつったんだ。その後も保栄丸はうかんでいたけど、一時間ぐらいしたときに船首をつきたてて水中に沈みはじめたので、そのときに船長が、いまだ、ロープをほどけとさけんだ」

漂流がはじまったのは二月九日午後五時をすぎた頃だった。場所は北緯十一度十分、東経百四十七度五十五分である。波が少し高く、西日がはじける海の上で、第一保栄丸は船首を高くあげたまま海中に身を沈めていった。

船が沈没しはじめるとまもなく日も沈み、船員たちの耳には海のさざめきしかとどかなくなった。外を見ても光も何も見えない。ただ暗闇《くらやみ》のなかから海が絶えまなく活動していることをしめす鳴動だけが聞こえてきた。

救命筏は丸いかたちをした直径三メートルほどの屋根のついたゴムボートのようなもので、十三人乗りだったが、とても横になるほどのひろさはなく、九人は膝《ひざ》をかかえて車座になり背中の壁によりかかって最初の夜をこした。日没時はまだ第一保栄丸の船首が海からとびだしているのが見えたが、夜があけて視界がもどると、保栄丸の姿は跡形もなく消えていた。船は完全に海中に没し、島影も何も見えない。完全に青い闇と化した広大な海のまんなかに彼らはとりのこされた。

ただ、意外なことに実際に漂流がはじまってからも、船員たちの間には死への不安や恐怖というものはほとんどなかったという。その大きな要因は船長である本村実が、まもなく救助が来ると船員たちをはげましていたことにあった。彼らはその言葉を信じ、さほど長いこと待たずに自分たちはグアムにもどれると思いこんでいたのだ。

エンリキート・デュランは片言の日本語を話せるので、船員のなかでは最も本村実と近い関係にあったが、彼によると実はかならず警備艇か飛行機が助けにくるので問題ないとしばしば断言していたという。また実がなにやら意味ありげにSOS発信ブイをいじくっている姿も、船員たちに救助が近そうだとの錯覚をあたえた。エディは実のそうした様子を見て、「船長が救助は来ると言っていたし、無線もあったので何も心配はしていなかった」と安心感をおぼえていた。「救命筏にうつってからおれたちの間では救助のことばかりが話題になった。どうせ救助が来るから大丈夫だろうとみんな安心しきっていたよ」

まもなく救助が来ると考えていたのは実にしても同じことで、〈緊急信号を発信する遭難ブイがちゃんと作動していたし、「そう日を経ずして発見されるだろう」と楽観的に考えていた〉（『フォーカス』）。また船が沈没したあと、実はデュランにむかって、あのポンコツ船が沈んだおかげで逆に保険で新しい船を買えるかもしれないなどと呑気《のんき》なことを言って笑っていたという。彼のユーモアと精神的ゆとりは大海原のどまんなかに放りだされ自力航行が不可能になっても、まったくうしなわれていなかった。ただ実のこの根拠のうすい確信が、のちに船員との間にぬきさしならない確執を生むことになる。

また、救助を確信し不安をまったく感じていなかったせいか、フィリピン人船員たちは漂流開始からわずか数日で食糧をすべて食べつくすという暴挙にでる。

漂流開始の時点で彼らがどの程度の食糧や水をもっていたのかは、資料や証言者によってまちまちだが、救助された直後の新聞報道を読むと、漂流直後の彼らの手元には、救命筏にそなえつけられていた非常用のビスケット百五十六枚（十二個入りが十三箱）と、五百ミリリットルの水がはいったペットボトルが四十本、それにくわえて船員たちが船からもちこんだと思われるサバやコーンビーフの缶詰が三十個ほどあったようだ。これだけ食糧があると、単純に計算してビスケットだけでも百五十六枚÷九人≒十七日はもつことになるし、飲料水も全員で一日二本ぐらいで我慢すれば、それだけで二十日間は耐えられたはずだ。ところが船員たちは我慢ということを知らなかった。

　救出後の本村実によると〈ビスケットと水は、最初に全員に均等に分けちゃった〉という。〈変な言い方ですが私が食べ物を管理していると襲われかねませんでしたからね。で、管理を船員たち自身に任せた。だけど、あれは彼らの気質というのかなァ。後先も考えずにどんどん食べてしまうんです。結局、眠っている間に私の分まで食べられてしまいました〉（『フォーカス』）

　実のこの証言を裏づけるように、デュランも「食糧は三日でなくなった」と証言した。「ビスケットと小さなペットボトルしかなかったからね。水も全員がどんどん飲んでしまって、あっというまになくなってしまった。救命筏の説明書には一カ月か二カ月もつと書いてあったけど、実際には数日で飲み干したと思う。本村船長から、なぜそんないきおいで飲んでしまうんだと注意されたけど、漂流直後はとにかく日差しが強くて暑かったので、我慢できなかったんだ。それに雨も降らなかった。みんな空腹もひどいし、それでビスケットはすぐに食べてしまったんだ。本村船長は最悪だと呆れていたね。水なんか一カ月も二カ月ももつはずなのに、なぜそんなにすぐなくなってしまうんだと怒られたよ」

食糧がつきて二、三日がたった頃、救命筏のうえにとまった一羽の海鳥を、エディが咄嗟《とっさ》に素手でつかまえた。彼の話では翼をひろげると一メートルほどの白い海鳥で、船員たちは素手でさばいて生のまま口にほうりこんだ。

「そのときは昼寝をしていたんだけど、生き物の気配がしてぱっと目がさめた。入り口からのぞくと白い鳥がとまっている。手をのばしたら簡単に脚をつかめたんで、すぐになかに引っぱりこんだ。かなり猛烈な悪臭のする鳥だったけど、ナイフがなかったので、手で殺して羽をむしって肉を引きちぎった。ほかの船員も寝ていたので起こして、全員にくばって塩をふりかけて食べたよ。とにかく臭いがきつかったし、味もひどかったけど、みんな腹を空《す》かせていたからね」

デュランはこの海鳥を「黒い鳥だった」と回想している。「エディは羽をむしって皮をはいで血まみれになっていた。私はあまり食べたくなかったんだが、エディに食べろ、食べろ、なぜ食べないんだと言われて、それで我慢して食べたんだ」

海鳥をつかまえたあとは、とくに目だった獲物《えもの》は手にいれることができなくなった。実は救命筏に穴があくことをおそれて、漂流開始直後の段階で釣針やナイフなどの鋭利な金属をすべて海に投げすてたので、釣りをすることもできなかったのである。唯一《ゆいいつ》の食糧は救命筏の下にあつまるプランクトンのように小さな小蟹《こがに》だった。漂流開始から日の浅いある日、船員の一人が海中に腕をのばしたときに親指の爪《つめ》ぐらいの小さな蟹が泳いでいることに気がついた。口に入れてみると殻がかたくて苦かったが、食べられないこともないので全員で筏のなかから腕をのばして十匹ぐらいつかまえ貪《むさぼ》った。それ以来、この小蟹を漁《あさ》るのが船員たちの日課になった。船員たちは一日に一度か二度、船底に手をのばしたり、海にとびこんだりして、爪ほどの大きさしかないこの小蟹を一日一人二、三匹ほど口のなかにはこんで飢えをしのいだ。

漂流は日がたつにつれて過酷なものになっていった。漂流開始から一週間がたつと雨が降らない時期がやってきた。本村実は漂流期間中でこの水の手にはいらない時期が一番きつかったと回想している。

〈2月の15、16日くらいまでは雨も降ったし、何とかやっていけた。一番キツかったのは、2月17日からの10日間ぐらいです。ノドは渇く、雨は降らない、食べ物もない。海水も飲んだけど、飲むと猛烈にノドが渇く〉(『フォーカス』)

一方、期待していた救助のほうもいっこうにやってくる気配はなかった。漂流開始から二日後の二月十一日頃、夜中に一度だけ上空に飛行機の姿が見えたことがあった。飛行機に気づいた実は銃を用意しろと指示、デュランが救命筏の備品としてあった対航空機用の照明弾を発射した。だが、弾は虚《むな》しい打ちあげ花火のようにシューッという音をたてて夜空に閃光《せんこう》をまきちらしただけにおわり、飛行機はその光の意味に気づくことなく飛びさっていった。

飛行機が来たのはその一度きりだったが、その一方で漁船やタンカーには何度も遭遇した。事件後の新聞記事によると最初に船の姿を確認したのは二月十六日で、彼らは五百メートルほど先の漁船にむかって発煙筒を焚《た》いたが、漁船は飛行機のときと同じように気づくことなくとおりすぎていった。二月二十七日の夜中には接近したタンカーに懐中電灯で合図をおくったところ、向こうからもライトで反応があったので俄《が》然《ぜん》、救助の期待が高まったが、どういうわけかこの船も近づいてくることなくたちさってていったという。

実際には漂流中に彼らが遭遇した船の数は二隻や三隻にとどまるものではなかった。本村実が『フォーカス』にこたえた記事によると〈船は10隻ぐらい見たけど、今はオートパイロットの船が多いから、全然気づいてくれなかった〉と話している。デュランもまた、「とても、とても多くの船を見た」と同様の証言をした。

「毎日見た気さえする。大きいのもあれば小さいのもあった。近くもとおったし、遠くをとおった船もいた。見かけるたびに大声でさけんだけど、どの船も近づいてくれなかった。そのたびにこっちは落胆して、なぜ来てくれないのかと気持ちが沈みこんだ」

デュランの記憶に鮮烈な刻印をのこしているのはツガルグロリア号という巨大なLPGタンカーの姿だという。この船はあまりにも近くをとおりかかったので、彼は思わず海にとびこんで救助を求めることさえした。

「船の波がすぐに到達するぐらいだったので、ツガルグロリア号はかなりそばをとおりかかったはずだ。若い船員が甲板を歩いている姿が見えたので、おれは海にとびこんで、おい、こっちに来い！　助けてくれ！　と叫んだんだ。でも結局気づいてもらえず、この船も通過してしまった」

ツガルグロリア号と遭遇したのは二月の天気もよく、海も波のないおだやかな凪《なぎ》の日のことで、この頃になるとすでに一部の船員の衰弱はかなり進行していたという。

「ツガルグロリア号がすぎさったとき、おれはほかのメンバーの弱りきった姿に目をやった。このときはさすがに、たぶん全員死ぬだろうなと思ったね。この救命筏からは九体の死体が見つかるだろう。これだけたくさんの船がとおりかかるのに助けてもらえない。漂流者がいるのに気づいてもらえない。一体、何がおきたんだ！　なぜ助けてくれないんだ！　つい、そう大声をあげていたさ」

エディもこの船に救助してもらえなかった口惜しさをはっきりおぼえていた。

「一度、百メートルぐらい近くにまで大型船が接近してきたことがあった。あれは漂流開始から二十日目ぐらいのことだったと思う。船が徐々に近づいてくるのが見えて、おれたちは必死に手をふったんだ。ものすごく近くをとおったので衝突するんじゃないかと恐ろしくなったほどだ。あのときは発煙筒もすでになかったし、たしか衣服をぬいで手をふったんだと思う。でもダメだった。このうえもなく残念だったし、気づいてくれないことに憤《いきどお》りも感じていた」

飛行機がとびさり、何隻もの船が素どおりしたことで、次第に救助が期待できないことが判明していった。さらに雨も降らず、のどの渇きにくるしめられていくにしたがい、船員たちの間では船長である本村実にたいする反感が強まっていった。キャプテンは救助が来ると断言していたし、SOSブイもっている。自分たちもそれを信じていた。それなのになぜ助けは来ない？　船が沈む前に丸和商会と無線で連絡はとっていなかったのか。目の前を船が次々と通過していくこのザマはなんだ？　そのような反感である。

漂流直後の彼らの空気で支配的だったのは、かならず救助してもらえるという楽観論だった。どうせ助かるのだから、漂流の果てにどのような結果が待ちうけているのか、そのことに対する不安や絶望とは無縁のところで彼らの漂流生活ははじまっていた。それだけに、自分らの認識がまちがっていたことがわかったときの落胆は、船長に裏切られたという恨みに容易に転化した。救助が来ないことが明瞭《めいりょう》になったときになってはじめて、彼らは自らの生がきわめて不安定な状態にあることを認めざるをえなくなったのだ。その意味でいうと、彼らの漂流がはじまったのは実質的には救助への期待が幻だと判明しはじめた、この頃からだったといえるかもしれない。

反感はいつしか怨嗟《えんさ》に高まった。漂流開始から二週間程度がたったとき、我慢の限界をむかえたデュランが本村実を問いつめた。

「漂流がはじまってからも船長は時々、船は沈んだけど問題ない、飛行機が救助に来てくれるはずだから問題ないと話していた。でも結局、何も来ない。おれがなぜこんなに救助が来ないんだとたずねても、わからない、でも沈没して救助された例もあるから心配するなとしか言わないわけだ。おれはそのあとも何度か問いつめた。なぜ救助は来ないんですか、もう沈没から何日たっていると思いますか、ずいぶん日にちがたっていますよ、もう半月になりますよ。でも船長はわからない、わからないとくりかえすばかりだった」

船員たちの間で救助は絶望的だとの悲観論がひろがったあるとき、デュランと同じように片言の日本語を話せるエスタニスラオ・タグディナイという船員が間にはいり、全員で本村実に真相をせまった。

「救助はかならず来るとあなたは言っていた。それなのになぜ来ないのか。きちんと説明してほしい」

最後通牒《つうちょう》を発するがごとくタグディナイは詰問《きつもん》した。その背後には真剣な眼ざしで答えを待つ、十四個のやつれきったくぼんだ目があった。異様な緊張感と、潮のいりまじった粘っとしたしめった空気が救命筏の内部にはりつめた。

本村実は無言だった。何も言葉を発せず、ただじっとりとした目でタグディナイを見つめかえすばかりだった。

その沈黙に、船員たちは救助が来ないことをさとったという。

5

エンリキート・デュランが、ある神秘的な体験をしたのも、状況がもっとも過酷なものとなった、この時期だった。彼のもとに少女の幻影のようなものがたびたびあらわれ、あなたたちは最後はフィリピンにたどりつき全員救助されるだろうとの不思議なはげましの言葉をさずかったのだという。

デュランはインタビュー中にこの少女の出現について何度となく言及した。話がそのことにおよぶと、ただでさえ大げさな身振りで語る彼の口調はさらなる熱気を帯び、目にはランランとした輝きの炎がともった。

「一人の少女があらわれてこう言ったんだ。友よ、あなたの救命筏はフィリピンに行くでしょうと。四十五日後にフィリピンにたどりついて救助されるでしょうと」

内容がいささか唐突すぎるため、私は最初、彼がなんの話をしているのか理解できず、こうたずねかえさずにはいられなかった。

「夢の話ですか？」

「ノーノー、夢とはちがう」

彼は真剣な顔で夢であることを否定した。

「あなたは四十五日後に救助される。そこには小さな船があるでしょう。ゼネラルサントス市というところですと、少女はそう話すわけ。おれはこのとき、ゼネラルサントス市の名前さえ知らなかったんだよ。どの島にあるのかも知らなかった。でも、その少女はゼネラルサントス市とはっきり言った。その人が少女だということはわかった。そこに存在しているのもわかる。でも姿が見えるわけではなく、声だけ聞こえるんだ。男ではないことはまちがいなかった」

「要するに知らない少女があらわれて、あなたに話しかけたというわけですね」

「そう。少女は、これからとてもたくさんの船があらわれるが、どの船もあなたたちのことを助けてくれないとも言っていた。なぜ助けてくれないのですかと訊《き》きかえしたけど、とにかく助かるから心配するなとしか答えてくれない」。そして、デュランは一度ニヤリとして「メンバー全員が助かる。何も問題はないと彼女は話していたんだ」と力強く言った。

デュランは救命筏のなかでもこの少女の幻影の話をエディにつたえたそうだが、かえってきたのは私と同じような冷ややかな反応だったという。

「頭がおかしくなったんじゃないか?」とエディは言った。

「ちがうんだ」とデュランは反論した。「自分の気が触れていないことぐらい、おれにだってわかるさ。そうじゃない、本当に少女があらわれて言ったんだ。われわれ全員が助かるって」

デュランがそう必死に主張しても、エディはまったく相手にしなかった。

「いいや、あんたはもう頭がおかしくなってしまったんだ。いったいどこに少女があらわれたっていうんだ?」

彼の語る神秘体験は、もうしわけないが私にもたんなる白昼夢のたぐいにしか聞こえなかった。彼が何度も少女の幻影について言及するたびに、ほかに聞きたいことが山ほどあった私は、またその話かとうんざりした気分にさせられた。彼は敬虔《けいけん》なクリスチャンのようだし、状況が過酷だっただけに、不思議なお告げをうけた夢を宗教的な奇蹟《きせき》か何かととりちがえてしまったのだろう。そう真剣にうけとめることができなかった。だが後日、取材内容を整理するためインタビューの音源を文字におこしているときに、私のその考えはあらたまることになった。というのもデュランが体験したこの少女の幻影は、あきらかに〝サードマン〟とよばれる現象と酷似していることに思いいたったからである。

サードマンとは極地探検や高所登山、ヨット航海などの冒険行、あるいは災害や大事故の現場などで人間が生命にかかわる極限状況に直面したときに、しばしば報告される現象である。その特徴を簡潔にのべると、当事者から姿は見えないものの、たしかにそこにもう一人誰かがいるという圧倒的な実体感があり、それにより安心感があたえられるというものである。ときには激励や生存につながる具体的な指示をうけることもあり、サードマンによって生還にみちびかれた例も少なくないとされる。かなり不思議な現象なのでかつては神秘体験、宗教体験、あるいはオカルト的な心霊体験ととらえられてきたが、現在は脳科学の知見から解明がすすんでいる。

サードマン現象の事例を多角的にあつめて分析したジョン・ガイガー『サードマン』によると、人類史の一ページにきざまれるような昔の大きな探検隊ではかなり頻繁にみられた現象だった。

もっとも著名なのは〝シャクルトンの天使〟とよばれるサードマンである。一九一〇年代に世界初の南極大陸横断を目論《もくろ》んだシャクルトンの一行は、大陸到達前に船が氷に破壊され、人類史上最大の冒険ともいわれる極限的な脱出劇をえんじることになった。世界最悪の荒海である南極周辺の海を何十日もかけて小型ボートでのりこえたシャクルトンは、最後に小さな島の捕鯨基地に救援をもとめるため、部下の二人とともに氷雪の山を縦断する途中でサードマン現象を体験する。彼は回想録のなかでこの出来事を、〈サウスジョージアの名もない山々や氷河を越えた三十六時間におよぶ長くつらい行軍のあいだ、ときおりわれわれは三人ではなく四人いるように思われた〉(『サードマン』)と言及している。

漂流からの生還劇でもサードマン現象は報告されており、典型的なものとしてはつぎのような例がある。一九五三年、ベトナム独立同盟との戦争へ向かう途中で二人のフランス外人部隊の兵士が船から救命筏で脱走し、何週間にもおよぶ長期漂流をすることになった。食糧やワインなどの物資はすぐにつき、極限的な飢餓とのどの渇きが彼らをおそった。サメに襲撃されキャンバス地の筏に大穴があき、連日のように日照りがつづいた。近くを船が航行することもあったが、保栄丸のクルーが体験したのと同じように、どの船も彼らの存在に気づくことはなかった。いつしか二人の髭《ひげ》はのびなくなり、身体は潰瘍《かいよう》におおわれ、そしてまもなく一人が干《ひ》からびたように死亡する。のこったもう一人が仲間の遺体を海にほうりなげると、サメがむらがり、またたくまにミイラのように乾燥したその肉を貪り喰った。自分の身体がガサガサにかわいて骨と皮だけになっていく絶望的な状況のなか、しかし彼は、自分は一人ではないという不可思議な安心感をおぼえていた。

〈航海のあいだずっと、誰かが一緒にいて、私を見守り、私を危険から守ってくれているという奇妙な感覚があった。嵐《あらし》で転覆しそうになったときなど、折々にそれを感じた。時々、筏に乗っているのは二人ではなく三人のような気がした。エリクソンが死んでからは、その感覚がさらに強くなった。〉（前掲書）

デュランの経験にはあきらかにこうした現象と共通する特徴があった。彼が出会ったという少女の幻影にはサードマン特有の傾向がいくつか見られる。「姿は見えないけど、そこにいるのはわかる」という実体感、それに「全員が助かる、何も問題はない」という少女からのはげましの言葉などがそれだ。デュランがサードマンを少女という形態で感じとったのも、彼が敬虔なクリスチャンであることと無関係ではなかったかもしれない。私が「その少女は誰なのか」とたずねたとき、彼は「わからない。聖母マリアではないか」と冗談めかして答えたが、その不可思議な実体感はおそらく彼の宗教的な精神構造のなかで意味が変形的に解釈されて少女像として実像化されるにいたったのだろう。

その〝聖母マリア〟は彼のもとに二回あらわれた。それ以来、彼は彼女の言葉を信じ、毎晩の祈りのさい、生きてフィリピンにたどりつくことだけを必死に願うようになったという。

漂流生活が終わりを迎える予兆は見られなかった。のどの渇きがはげしくなってから本村実と船員たちは一日に何度か海にとびこむようになった。海の水につかるだけでも肌から水が染《し》みこむような感じがして、のどの渇きも癒《いや》される気がした。つねに死を意識せざるをえない緊張感と息苦しさからか、船員たちは夜も熟睡することはできなかった。デュランは毎晩、寝はじめてから三十分もしないうちにかならず目がさめて眠れなかったという。せまい船内で目をつぶっていると、幻聴なのか、正体不明の不可思議な雑音が聞こえてくる。それはジジジジ……という機械音のようなものだったり、ブオーブオーというエンジン音のようなものだったりした。音が聞こえると彼は顔をあげて周囲を見まわし、何かいないかたしかめたが、目の前にひろがるのは不気味なほど静まりかえった海の暗がりだけだった。ある晩のこと、いつものように彼が救命筏のなかで目だけ閉じていると、水の中からウヂュー、グワーという表現しようのない音が聞こえてきた。そのときはじめて彼はそれまでに聞こえてきた謎《なぞ》の機械音の正体が、じつは巨大な生き物の鳴き声だったのだと確信した。シャチかクジラのような巨大な海の生き物が救命筏の下に来て徘徊《はいかい》しているにちがいない、そう彼は思った。夜中にウオーン、ウオーンというエンジン音のような音が響くたびに、彼はその生き物がまた周囲を泳ぎまわっていることを知るのだった。だが、その音が昼間に聞こえることは決してなかった。すべてが闇に閉ざされ、彼が目をつぶり研ぎすまされた神経で海の音に耳をかたむける夜の間だけ、その巨大な生き物の鳴き声は聞こえてくるのだった。

幸運なことに三月にはいるとふたたび雨が降るようになってきた。救命筏に大雨が降りそそぐと、全員が大喜びで合羽をひろげ、雨水をがぶがぶとのどの奥にそそぎこんだ。だが、のどの渇きをいやせるようになったのはいいものの、食べるものといえばあいかわらずラフトの底にあつまる小蟹だけだった。漂流も終盤にさしかかると、メンバーのなかには衰弱が進行して飢餓感が極限的なものとなる者がでてきた。

「なぜこんな目に遭わなければならないんだ！　ママ、ママ！　食べ物が欲しい！　もうこんな空腹には耐えられない。なんでもいい。ママ！　ママ！」

発狂したように大声でわめく声がひびいた。

漂流開始から一カ月がたとうとする頃、一匹のウミガメが救命筏に近よってきた。

入り口の近くにいたエディが海に手をつっこんでカメをつかまえて船内に引っぱりあげると、それは一メートルぐらいのウミガメで、彼の手につかまれて海水を垂らしながらバタバタ暴れた。船員たちが無言でカメのうごきを見つめていると、本村実がカメには手をつけず逃がしてやるようにと言った。船員たちも餓えていたはずなのに、どういうわけか、その指示におとなしくしたがいカメを海にはなしたという（後日、実は収容先の病院で〈私は何故《なぜ》か、この亀《かめ》を殺しちゃいけないなと思ったんです。（中略）今思うと、あの亀を殺して食べてたら、絶対助からなかったんじゃないか。浦島太郎じゃないけど、あの海亀が助けてくれたような気がする〉（『フォーカス』）とマスコミに語ったことから、この逸話は日本に心あたたまる美談としてつたわった。ウミガメの来訪は実の心にかなり強い印象をのこしたらしく、彼は知人や近親者に漂流のエピソードを語るさい、この出来事についてかならず触れた）。

海は船員たちが危機感をいだくほど荒れることはなかったが、台風のように風雨が強まったことは二回ほどあったという。そのたびに大きなうねりが発生して波飛沫《なみしぶき》がラフトのなかにはいりこみ、衣服はずぶ濡《ぬ》れとなった。逆に身体が干からびてしまうほど日差しが強まる日もあった。サメにも何度かつきまとわれ、一度など本村実が海で水浴びして身体の渇きをいやしている最中にあらわれて、あわててラフトのうえに逃げもどってきたこともあった。日がたつにつれて救命筏も所々で空気が漏れ、全体的にたわんで居住空間もせまくなっていた。

デュランもエディも衰弱ははげしかったが、それでもほかの船員にくらべると、まだ体力はのこっているほうだったという。一カ月をすぎた頃からレイ・パグドゥラガンという二十一歳のもっとも若い船員の容態が深刻になっていった。船員たちは基本的に全員壁にもたれかかって車座ですごしていたが、レイだけはあまりにも消耗がひどかったため途中から身体《からだ》を横たえ、最後のほうはほとんど会話することも不可能となり、ゆっくりとおとずれる死を待つかのように、ただ静かに息をするだけだった。

「彼は、自分が死んでも遺体は海にすてないでくれと懇願していた」とデュランはその様子をふりかえった。「家族がぼくに会いたがるだろうからと。だけどおれたちは、それは無理だとはっきりつたえた。あんなせまいラフトのなかで誰かが死んだら、臭《にお》いに耐えられないからね。彼が死んだら海に葬《ほうむ》ることで意見は一致していた。だから彼にもそう言ったんだ。君が死んだら海に葬るよ、サメがよろこぶだろうね、でもまいこと島に漂着したら遺体はそこにおいていくからね。そう話すと、彼はそんなのは無理だ、お願いだから海にすてないでくれ、たのむ、たのむって必死にそう言っていた」

デュランのなかではすでにすべての記憶が笑い話に転化しているようで、冗談まじりに回想した。最後に少し真剣な顔つきにもどって、こうつけくわえた。

「まあ、あと三、四日救助がおくれていたら、彼は確実に助からなかったと思う」

話題が船員の生死にかんする深刻なものにおよんだので、私はそれまで訊こうと思っていたけれどもふんぎりがつかないでいた、ある質問をきりだしてみる気になった。その質問とは、漂流中に船員が本村実を襲おうとしたと発言したという例の話についてである。

この発言は彼らが生還してしばらくのち、新聞につぎのような記事が掲載されたことで表沙汰《おもてざた》になった。マニラのラジオ局のインタビューにおうじたベネール・カタクタンら二人の船員が、漂流中に万が一、誰かが死亡した場合はその遺体の肉をのこった者が食べること、また死者がでなかった場合は最初に本村船長を襲うことで船員たちの間で意見がまとまっていたと証言したのである。その後、報道の真意を問いただした代理店関係者に、この船員らは証言を撤回するような弁明をしたようだが、こうした発言があったこと自体は事実だったようだ。

当の本村実は、やはり苦難をのりこえた仲間の裏切りのような発言がかなりこたえたみたいで、私が彼の知人や親類に話を聞いたかぎり、彼が漂流時のことをふりかえるときはかならず「フィリピン人船員はおれのことを食べようとした」とこの問題に言及していた。

この発言にたいする私個人の評価は微妙なものだった。たしかに人間が極限状態まで追い込まれたとき、仲間の遺体に手をつける例が古来、数えきれないぐらいあったことを承知しているし、また、人間というのは生と死の分岐点にたたされると、それまで身にまとっている倫理やヒューマニズムが剝《は》ぎとられ、普段からは想像もできないような非道徳的行為に手をそめるという可能性についてもかなりの部分まで同意する。しかし、保栄丸の漂流がそこまで追いこまれたものだったのかということにかんしては、なんともいえないものを感じていた。どれだけ大変な苦境におちいっていたといっても、彼らは全員生還していたのである。この船員たちは、たしかにそういう発言をしたかもしれないが、もしかしたら冗談半分で語ったのかもしれないし、つい口をすべらせて誇張した話を日本のマスコミが揚げ足をとるように一部分の文言だけを切りとってセンセーショナルに報道しただけかもしれない。マスコミには表面的な事実の整合性さえつけば、その発言の真意にまでふみこまずに無頓着《むとんちゃく》に報道する傾向がある。それにこの報道にたいしてはフィリピン人をトータルに野蛮な民族だと決めつける人種差別的な思考が背景にあるとの指摘もあり、その指摘にもある程度の説得力を感じていた。

したがって、この発言は事実としてそういう発言はあったのかもしれないが、その真意や、こうした発言がおきた深層にまで想像力をはたらかせなかったマスコミの勇み足的な報道だったのではないかというのが私個人の考え方だった。

ただし気になる点がひとつだけあった。じつは本村実当人が、漂流中に船員に腕だか脚だかに嚙《か》みつかれたとの冗談みたいな話を、何人かの知りあいに語っていたことである。

生身の人間に嚙みつくというシーンがどこか滑稽《こっけい》なものを感じさせるのか、この話を聞いた多くの人は、彼の述懐を半分笑い話としてうけとめていたようである。また、私自身にもそれが事実だとは考えられなかった。ただ、かりにこの話が実のつくり話ではなかったとすると、「フィリピン人船員はおれのことを食べようとした」との彼の恨み節に近い発言は、ラジオの船員の証言報道をうけてなされたものではなく、漂流中に彼らの間で発生したなんらかの具体的な切迫した事態をうけてなされたものだったことになる。

漂流中、彼らの間では何かの抜き差しならないやりとりがあったのだろうか。

「もし誰かが死んだら、遺体の肉を食べるという話は出ていたんですか」

私がつとめてさりげなさを装《よそお》いつつデュランにそうたずねると、彼は「肉？　いや」と最初は一瞬戸惑ったことをしめす、ひっくりかえったような声を出して否定した。

「しかし、誰かが死亡したらその肉を食べるということで合意していたと日本のニュースには出ていたんですが……」

私がそう問いただすと、デュランは「ああ、その船員が言ったのはこういうことだ」と言って、つぎのような説明をした。

「船員のなかには本村船長を恨んでいるのがいたんだよ。本村船長は漂流がはじまってからは口数は少なかったけど、船で操業しているときにはきびしいところがあって、船員が少し作業に失敗しただけでバカヤローと怒鳴ることがあった。でも、逆に褒めるときは、ものすごく褒めてくれる人でもあったんだけどね。まあ、そんな人だったから、船員のなかには彼のことを嫌っている連中もいたわけだ。たしかに漂流中に襲ってやろうという話が出たのは事実で、あるとき船員の一人がほかのメンバーから、お前、船長を食っちまえ、どんな味がするかたしかめてみろとけしかけられた。その船員はものすごく困惑していたんだけど、最終的には、了解、わかった、ちょっと味をたしかめてみると言って、本当に船長の腕に嚙みついた。でも固くて食えないとか言って、すぐに腕から口をはなしたんだ」

そう言って彼はケラケラと笑った。彼の話を聞きながら、私はこの話をどううけとめていいのかよくわからなかった。話の内容は、私が事前に想定していたより、筏内の状況がはるかに深刻だったのかもしれないことを物語っていた。しかしデュランの語り口があいかわらず陽気で、さも面白い出来事をふりかえるかのように片言の日本語をまじえた少しふざけた口調でしゃべるので、彼の語る、その船員が本村実に齧《かじ》りついたというシーンが私にはどうしてもシリアスなものに思えなかったのだ。このとき私が思ったのは、本村実が漂流後に知人に語っていた、船員から嚙みつかれたという話は冗談ではなく事実だったのだということだった。そして同時に、しかし、その船員もまさか本気で嚙みついたわけではあるまいというふうにも考えていた。ニヤニヤとふざけ半分で、その場のとげとげしい空気をやわらげるために嚙みつく真似《まね》をしただけだろうとしか受けとめられなかったし、「固くて食えない」という部分など正直、完全な笑い話にしか聞こえなかった。

「何人の船員が船長を襲えとけしかけたんですか」

「二人だ」

そしてデュランはその二人の実名をあげた。

「本村船長は噛みつかれたあと、どういう反応をしめしたんですか」

「噛みついた船員を見て、なぜだと言っていたね。その一言だけだった」

「状況はシリアスなものだったんですか。冗談半分でやったんでしょ？」

そう確認すると、デュランは「冗談でそんなことはしないよ」と、一転して少し反感をおぼえたような真剣な目をみせた。

「もしあのとき、その船員が固いから食べられないと言わなければ、ほかの船員は本当に船長を襲っていたと思う。あのときみんなが追いつめられていたのは事実なんだ」

ちょうどそのとき、一人のフィリピン人船員が事務所にはいってきてデュランに昼食をつくるようにつたえた。彼は船の料理番として、ほかの船員の食事の用意をしなければならない立場だったため、「ちょっといいですか」と席をはなれ、インタビューは中断となった。

デュランの表情が最後までニヤニヤとした笑いをともなっていたものだったため、どうしても私には彼が切実な場面を語っているようには思えなかった。それに、いくら飢餓に追いこまれていたとしても、生身の人間に突然、齧りつくという行為が現実としておこりうるものなのだろうか、という疑問も消えなかった。

後日、エディにも同じ質問をむけたが、彼はそんな話は一度も出なかったと笑って話をながしただけだった。その反応を見て私は、やはりデュランの話はたんなる一部船員の戯言《ざれごと》で、たとえ事実だったとしても、エディが忘れてしまう程度の小さな悪ふざけだったにちがいないと判断した。

船員たちの目にはじめて島影が見えたのは三月十六日のことだった。島が視界にはいったとき、エディは「本当に生きて帰れるかもしれないという希望を感じた」という。夕方にはタンカーが接近したので全員で大声を出したが、これまでと同様、その船も彼らの存在に気づくことなくそのまますぎていった。しかし、もはや陸地が近いことは確実だったので、漁船がとおることを期待して彼らは筏から錨《いかり》をおろして夜をあかすことにした。

翌日は朝から雨が降っていた。船員たちはバチバチバチバチ……という屋根をたたく雨音で目をさました。腹いっぱい水を飲めるチャンスが到来したことによろこびを感じながら、彼らは漂流生活最後となる朝を、そうとは知らずにむかえた。まもなくして船員の一人が筏の入り口の隙間から、竹のアウトリガーのついたパンプボートとよばれる小さな漁船が近くを航行するのを目撃した。パンプボートを見たことで、船員たちはすぐに故郷であるフィリピン近海にいることを察知し、外にでて手をふって救助をもとめた。

最初の二隻の漁船は無情にも接近してくることなく、目の前をとおりすぎてしまった。つづいて三隻目の漁船がやって来たが、その船もやはり救命筏の前を通過したので、船員たちの間には一様に、またか……という落胆がひろがった。しかし、一度姿を消したと思ったその船は、少しはなれたところでUターンしたかと思うと、ふたたび彼らのもとにもどってきた。

船員の一人が、すでに一部の空気が抜けてたわんだ筏にしがみつき、「助けてくれ！」と何度も叫んで必死に手をふると、その漁船は接近をはじめ、なかの船員が大きな声で話しかけてきた。

それがチョドロ・ギニャレスの漁船だった。

ギニャレスの仲間がどっと救命筏にはいりこんでくると、船員たちは彼らに抱きつき、タガログ語でひたすら感謝の言葉をつたえた。船員たちの足は異様にむくみ、ブヨブヨとした水膨れにおおわれており、まともに歩くことさえできず、かつがれるようにして漁船に収容された。

漂流開始から三十七日目にして、ついに第一保栄丸の船長と船員は救助されることになった。

　漁船がゼネラルサントスという町に向かっていると告げられたとき、デュランの胸には、あの少女の幻影が語っていたお告げは本当だったのだという感慨がこみあげたという。

第八章　いろは丸乗船記

1

グアムに到着してから六日が経過した七月十五日、三高物産のいろは丸が水揚げのためにグアムに帰港した。

いろは丸は私が乗船取材することになっている船である。グアムに十隻《せき》ほどある三高物産の船のなかでこの船に乗ることになったのは、私がそれを依頼したからであった。

いろは丸の船長は、少し前に触れた、前川優美という池間島出身の漁師である。前川は本村栄や漢那招福と同じ一九四四年生まれで、大型船の全盛時代に琉球水産の船で一緒だった機縁から、栄と彰徳丸という十九トン船を共同購入した経緯《いきさつ》がある。漢那招福が「漁の腕は抜群」と評する名船長で、もうひとつつけくわえると、本村実が二〇〇二年に〝二度目の漂流〟で行方不明になったときに海上でその姿を最後に目撃したのも、じつは前川優美だった。

しかも、いろは丸の甲板長は実と一緒に漂流を経験したエディ・アボルターへである。この船には本村実の漂流と因縁浅からぬ人物が二人も乗船していることになり、どうせ船に乗るならいろは丸がいいと、私は馬詰に希望していたのである。

そしてこれは偶然だったが、いろは丸には取材に都合のいい条件がもうひとつあった。三高物産の漁船は費用の関係で、定期検査を日本ではなくフィリピンのゼネラルサントス港でうけているのだが、この定期検査の日程がたまたま私の乗船する時期とかさなったため、いろは丸は漁が終わってもグアムにはかえらず、そのままフィリピンに向かうことになっていたのである。つまり、グアムを出て、ミクロネシアの海で操業し、フィリピンのミンダナオ島に向かうことになるわけで、いろは丸に乗ることで、私ははからずも本村実の漂流に近いルートでフィリピンにいけることになったのだ。

いろは丸が入港してくると、岸壁に泊まっていた四隻の漁船はせまい区域内でパズルを解くようにこまかく位置をかえ、停泊場所をあけた。操舵室《そうだしつ》の窓越しに前川船長の真剣な眼差《まなざ》しが見える。他船や岸壁との間あいをはかりながら微妙に船の位置を修正し、わずかなスペースにすべりこませるように停泊させた。

挨拶《あいさつ》のため船長のいるブリッジをおとずれると、前川船長はすでに無線で私が乗船することは聞いているようだった。

「いま、寝る場所を用意しているけど、少し寒いと思うよ」と彼は淡々と言った。

「寝袋があるので、大丈夫だと思います。可能なら甲板作業も手つだいたいなと思っているんですが……」

私は見学だけではなく一緒に作業をすることで、船員たちと同じ地平でマグロ延縄《はえなわ》漁の世界を感じてみたいと考えていた。

「まあ、一航海ぐらいじゃ……」

前川船長は私の考えをややつきはなすように言った。

一航海では作業はおぼえられないという意味なのか、それとも一航海ぐらいでは船員の地平や世界観には到達できないので取材自体に意味がないということなのか……。

「甲板員は八人いるので、まあ見ていってください」と船長は言った。

いろは丸に乗っている船員は前川船長のほかは全員が外国人で、インドネシア人が五人でフィリピン人が三人だった。一九八〇年以降、日本の水産業界では慢性的な不況と日本人船員の高齢化や後継者不足への対応から、インドネシア人やフィリピン人を船員として雇用するうごきが急速にひろまった。グアム基地もその例外ではなく、一九八六年頃に開拓されてからわずか数年で一般船員は、彼ら東南アジアの出稼ぎ労働者が中心となった。現在、グアムのマグロ船に乗船する日本人は、多くても船長、機関長のせいぜい二人、ほとんどの船は、いろは丸と同じように日本人漁師が一人で船長と機関長をかねて操業している。日本の漁船はもはやあらがいようのない高齢化の波にさらされており、グアムの漁船ではたらく日本人漁師は六十代が主力、五十代では大変な若手、七十代で現役船長をつづけているのもめずらしくないといったありさまだ。当然、操業中に脳梗塞《のうこうそく》でたおれた、などというのもよく耳にする話で、とりわけ沖縄の十九トン型マグロ延縄漁船では後継者がそだっていないため、高齢化がすすんだ現在の船長連中が引退すると、グアム基地は必然的に終焉《しゅうえん》をむかえざるをえないとまでささやかれている。

後継者がそだたないのは、単純にマグロ漁師という職業に経済的な魅力がともなっていないからだろう。ある船長によると、グアムの漁船の船長職の収入は毎月の月給が二十五万、これに水揚げ高におうじて歩合とよばれる出来高が発生するが、「それほどあてにできるものではないので、歩合をいれても月の収入は平均して三十万ほど」だという。もちろん会社員や公務員のようにボーナスが支はらわれるわけでもない。一年間のほとんどを家族からはなれて海上ですごし、帰港しても数日で海にもどらなければならず、船内は外国人労働者にかこまれ、そばには妻も友もおらず、操業がはじまるとまともに寝る時間もない。このような独特の労働環境のなかで一年間しゃにむにはたらいてもわずか三百五十万円とか四百万円程度の収入にしかならないのでは、マグロ漁師という職業を希望する若者がとだえてしまうのも無理のない話である。魚がたくさん釣れ、魚価も高く、代理店から多額の現金を前借して韓国クラブで高級ウイスキーをあおるように飲んでいたのは二十年も前のことで、最近では「モデルのようなネェちゃんがいるタモンの高級クラブにいくと一人五百ドルは覚悟しないといけないから、三人で千ドルとか事前に上限を決めておかないとはいれなくなったよ」と同情を禁じえない話を耳にするぐらいである。インドネシア人やフィリピン人は月に三百五十ドルとか四百ドルという日本人の十分の一ぐらいの賃金で勤勉に仕事をするので、人件費の高い日本人を甲板員として雇用することなど、もはや考えられないのだ。グアム基地を中心とした十九トン船による赤道太平洋のマグロ漁は、佐良浜海洋民の精神史からすると南方カツオ漁の分流ともいえるわけで、本流であるカツオ漁がすでに終息したいま、高齢化でマグロ漁師まで絶滅したら、その時点で補陀落《ふだらく》僧由来《ゆらい》の佐良浜海洋民の遺伝子は潰《つい》えることになるのかもしれない。

わずか二日ですべての水揚げと準備が終わり、いろは丸は出港することになった。

となりに停泊している第十八福寿丸の船長がブリッジにはいってきて前川船長と相談をはじめた。福寿丸はちょうど操業のタイミングがいろは丸とかさなっており、つぎの出港の時期もほぼ同じらしい。天気予報をみるとグアムの南側に熱帯低気圧が発生しており、今日出港したらちょうどぶつかる可能性があるらしく、どうするつもりか聞きにきたようだ。

「今日出たら時化《しけ》るんじゃないかな。会社のほうは出港してもらいたいみたいだけど、時化るのはいやだし。ユウミさんが出るんなら、おれも出ようかな」

前川船長は煙草《たばこ》をふかして、ゆっくりと思案をめぐらせていた。

船は予定どおり出港することになった。正午すぎにいろは丸は舫《もや》いをほどき、静かに岸壁からはなれていった。沖に出ると海の水はこれまでに見たことがない、奇妙なほど鮮やかで濃い紫色に変化した。まもなく海にはうねりが発生し、船は上下に揺さぶられた。大気が不安定になり、ふりかえるとグアム島の上空には黒い雲がいっせいにあらわれ、いくつも激しい雨柱がたれさがった。船は断崖《だんがい》のつづく海岸線をまわりこむようにして沖合に進み、船尾からのびる白い航跡が泡となって紫紺の海にとけていった。

その日から私は船酔いでほとんど動くことができなくなった。したがってその後三日間に船で何があったのか、よく知らない。ブリッジのなかの船長室のすぐ脇《わき》にもうけられた臨時の寝床で、私は吐き気のあまり、ほとんど一日中横になっていた。どんなに長時間熟睡しても、目がさめて少し時間がたつとまた気分が悪くなって眠たくなる。食事をとってもすぐにもどしてしまい、何時間もぶっとおしで眠りつづけた。

海況は普段よりも荒れ模様らしく、前川船長によると「夏のこの時期は凪《なぎ》の日がつづくことが多いけど、今度の航海はどうも時化がつづくよ」とのことだった。運のわるいときに乗船してしまったものだと私は自分の不運を呪《のろ》った。が、三日間だけ我慢すれば船酔いはおおむねおさまることを経験上、知ってもいたので、そのときまで耐えしのぶことにした。若い頃に日本からニューギニア島にヨットで航海したことがあり、そのときもひどい船酔いでくるしんだが、三日たてばすっかり海の揺れに慣れて自然と気分のわるさはおさまったからだ。

予想どおり七月二十日から船酔いは次第にやわらぎ、インスタントコーヒーを飲み、歯をみがき、船員たちと同じように炎天下の甲板で頭から海水を浴びて汗を流すことができるようになった。上空のまっ青な空からカラリとした日差しが降りそそぎ、船内にのんびりとした南国の風が吹きぬける。翌日になると海はふたたび時化た。未明から大きなうねりが生じ、船は上下左右、あらゆる方向にはげしく揺さぶられた。これだけうねりがあるとまたすぐに船酔いするのは必至なので、私は寝床にへばりつくように横になった。だがうねりが大きすぎて身体《からだ》が右に左にゴロゴロころがされ、とても眠れたものではなかった。仕方がないので甲板に出て海の様子を見にいくと、小山のような巨大なうねりが次から次へと西から東に流れていき、いろは丸は黒々と揺れ動く海に呑《の》みこまれそうになっていた。海は全体的に不連続な段差で構成されており、ある部分が高く盛りあがり、そしてある部分は大きく沈みこんでいる。船は苦も無くもちあげられたかと思うと、つぎの瞬間には大きな衝突音とともに飛沫《しぶき》をあげて船首からはげしくたたき落とされ、そしてまたグイッと船首がもちあげられ、すぐにドンッという強い音とともに波間に落とされる。巨大な隆起と陥没が法則性もなく一面にひろがった非常に不安定な状況のなかに、いろは丸は一枚の無力な木の葉のように翻弄《ほんろう》された。

そのとき、この重くるしい海の状況とは場ちがいなヒュイッという軽快な口笛が、船尾のほうから聞こえてきた。エディがおだやかな笑顔をうかべて、こっちを見ている。その眼ざしにさそわれるように船尾の作業スペースに行くと、時化で船が大きく揺れているにもかかわらず、外国人船員たちは談笑しながら操業のときにつかう枝縄を編みこむ作業にとりかかっていた。

　マグロ延縄漁は幹縄とよばれるメインロープに、餌《えさ》と針のついた枝縄をぶらさげて魚を釣る仕組みだ。いろは丸の場合、枝縄は四十二メートル間隔で千六百針ぶらさがっているというので、単純に計算して幹縄の長さは六十キロメートル以上に達する。そしてそこからぶらさがる一本一本の枝縄の長さは二十七・五メートルで、船員たちは出港してから漁場に到着する四、五日の間にこの千六百本の枝縄を製作しなければならない。

「そこのパン、食べていいよ」

　エディが魚倉のハッチの上を指さした。見ると料理長特製のフレンチトーストが山盛りになっている。

「あんなの食べると、また吐いちゃうよ」と言うと、皆笑った。

　夕方になるとうねりがおさまったので、船員たちは翌日からの操業の準備にとりかかった。甲板長であるエディの指示のもと船員たちは手際《てぎわ》よく作業を進めていく。船尾に投縄《とうなわ》作業をするための作業台を設置し、枝縄をまきとるローラーを、釣ったマグロを引きあげるための舷門《げんもん》とよばれる開閉口のすぐ脇にすえつけた。揚げ縄作業中に甲板を照らす照明の角度を調節し、魚倉のハッチにはすべりどめのためのゴムマットを敷く。屋上ではブイやラジオブイが用意された。幹縄には合計約八十個のブイが設置され、そのうちの五つはラジオブイとよばれるものだ。ラジオブイからは無線電波が発信されており、幹縄が切れた場合はこの電波を受信して切れた縄を捜索することになる。昔の遠洋船が全盛だった頃の延縄漁ではナンキン麻やマニラ麻にコールタールを染《し》みこませた、要するに本物の縄でできた幹縄で魚を釣っていたが、現在ではおもに費用面の理由から直径四ミリほどの台湾製ナイロンラインが使用されている。ナイロンラインは基本的な強度はあるが、しかししばしば切れることがあるので、それを捜索するためのラジオブイは非常に重要な装備だ。

その夜、キャビン内の寝床で本を読んでいると、前川船長が「船が近いから灯りを消すぞ」と言って突然、船内の電気のスイッチを落とした。

窓から外を見やると、深い暗闇《くらやみ》の向こうで赤と緑色の光を点灯させた船がゆっくりと前方を横切ろうとしている。前川船長は慎重に船の向きを右にうごかし、やりすごす、という意思を相手にしめした。大きな船なのか、小さな船なのか、闇のなかに光る灯りだけでは、どのぐらいの船なのか見当もつかない。

「あれでどのぐらいの大きさがあるんですか」

「……二千トンか三千トンはあるんじゃないか」

「でかいですね。赤い灯りが見えていますが」

「右に緑、左に紅といって、あの船は左にうごいていっている」

海上で航路が交差しそうなときは、右に船を見ているほうが避ける義務があり、正面に船が来た場合は左舷同士ですれちがうのが海上交通のルールだ。しかし現実的には「あんな大きな船は避けてくれないから、小さい船のほうが退避しなければならない。ぶつかって損をするのはこちらのほうだからね」とのことである。

私は、痕跡《こんせき》をのこさず行方不明になった本村実の第八秀宝丸や三高物産の第五海皇丸のことを思いおこした。以前、馬詰に話を聞いたとき、彼は船が沈没するひとつの可能性として大型船との衝突をあげていたが、実際目の前を音もなく大型船が通過している光景を目の当《ま》たりにすると、それもあながちありえない話ではない、と思えてくる。他船の存在はレーダーによって探知されるし、夜間は屋上で船員が交代で見張りをしているが、船長が就寝している間はレーダーを見ている者はいないし、そのときに見張りの人間が疲れて居眠りしないともかぎらない。万が一、いま、目の前の大型船とあやまって衝突しようものなら、いろは丸のような十九トン型は破壊、沈没をまぬがれず、そして衝突したことに大型船のほうはまったく気づかないにちがいない。

「こわいですね」と私が言うと、

「まあ、めったにあることじゃないけどね」と前川船長は言った。

いろは丸が向きを変えたので、大型船の灯りはゆっくりと左にそれていった。

2

翌二十二日から操業がはじまった。

延縄漁で最初におこなわれるのは〈投縄〉とよばれる作業で、午前七時二十分頃に開始となった。投縄の開始地点に到着すると、屋上の船員がブイを海のうえに放りなげ、それから船はゆっくりとした速度で百九十度の方角に進んだ。ブイにはナイロンラインの幹縄がむすばれており、船の速度にあわせて船尾からその幹縄がシュルシュルと海にのびていく。幹縄には一定間隔で金具がついており、船員たちはその金具に枝縄をクリップして留めていく。そして枝縄の先端についた釣針に餌となる冷凍イワシをつきさし、ポーン、ポーンと気持ちよさげに海に放りなげていった。枝縄とイワシが二十回投げいれられると、再び屋上からブイが海に投入され、そしてまた二十回分、枝縄とイワシが放りこまれる、という仕組みだ。

延縄漁を図式的に説明すると、海面の百二十五メートル下には幹縄がまっすぐ水平にのびており、その幹縄には冷凍イワシのついた枝縄がぶらさがっている。この仕掛けは海面にうかぶブイがアンカーとなって吊《つ》るされるかたちになっており、距離にして六十キロ以上もの長さにおよぶ。この長大な仕掛けを準備するため、船員たちは朝から昼にかけての投縄で千六百本もの枝縄と餌を海に投げいれなければならない。長期間の航海で話すことが何もなくなったのか、彼らは誰も一言も発さず、機械のように淡々と作業をこなしていった。

　投縄は四時間ほどで終了し、夕方までの二、三時間、延縄はそのまま海上に放置される。これは〈縄待ち〉といって餌にマグロが食いつくのを待つ時間である。縄待ちの間は船も前進を停止し、漂流船のように波間に漂うだけ、作業はないので、操業中はこの間が唯一《ゆいいつ》、船長と船員がゆっくり休むことのできる時間となる。

　甲板で水浴びをしてブリッジにもどると、前川船長がもそっと寝台から身体をおこし、エンジンをうごかして船を前進させはじめた。ついに揚げ縄がはじまるということで気合いがはいっているのか、額にはいままで見なかった鉢巻がまかれている。無線の受信機からはウーン、ウーンというラジオブイからの電波音が鳴り、船長はその電波をたよりに先ほどしかけた延縄の位置をさがしはじめた。船がうごきだすと、部屋で休息していた船員たちも、肉体労働がはじまる前に特有のけだるい表情を顔にうかべながら、漁師合羽と長靴に身をかためてぞろぞろと甲板にあらわれた。この日も空には重苦しい色の雲がひろがり海の色は暗く沈んでいた。船員たちが配置についてしばらくたつと、右舷に陣どった船員が操舵室の船長のほうに顔をむけ、前方のほうに指をさした。目標であるラジオブイを発見したのだ。船長がゆっくりその方向に船を進ませブイの横につけると、フックを持った船員がブイを引っぱりあげ、そこからのびる幹縄をラインホーラーにかけた。そして、ラインホーラーがいきおいよく幹縄を海のなかからまきあげはじめた。

揚げ縄の作業がはじまったのは午後三時過ぎだった。揚げ縄は非常に熟練した工員による流れ作業を思わせた。まず、ラインホーラーの脇でかまえる船員が上半身を海に投げだすようにしてグイッと枝縄をつかみとったかと思うと、ものすごく素早い動作で金具をはずしてとなりにいる船員にそれを手わたす。枝縄をわたされた船員は、またべつのローラーにそれを引っかけて、海中から枝縄をまきとって回収する。撚《よ》りが出た枝縄を海に流して、きれいにほどく役割の船員もいれば、機械から蚕の糸のようにシュルシュルと吐きだされる幹縄をからまないように丁寧に籠《かご》のなかにしまっていく船員もいた。それぞれに役割分担が決まっており、船員たちは無言で、猛烈に慣れた手つきで、無駄なうごきひとつなく、テキパキとした素早い動作で作業をこなしていく。そして作業に飽きがこないように、三十分ほどするとそれぞれ持ち場を順番にまわす。

意外にも、枝縄をあげてもあげても針は空のままで、マグロはなかなか釣れなかった。私はカメラをかまえながら釣れる瞬間を待ちかまえたが、一向にマグロがかかっていないので、そのうち退屈を感じはじめた。ようやくうごきがあらわれたのは、開始から三十分たったときのことだ。枝縄をまきとっていた船員が手の平にずっしりとした重みを感じたらしく、ローラーから枝縄をはずしてとなりの船員に手わたした。枝縄をわたされた船員は自分でも感触をたしかめるように素手で一度引っぱると、その手応《てごた》えの塩梅《あんばい》からやはりマグロだと確信したようで、舷門のゲートを豪快に脚で蹴《け》っとばし、枝縄を両手でぐいぐいと力強く引きはじめた。枝縄の長さは二十七・五メートル。船員がしばらく引くと、となりで見守る私の眼にも、透明度の高い水のなかからマグロの巨体がうかびあがってくるのが見えた。そして、丸い目玉をした無表情な顔が水面に出てきたかと思うと、別の船員が引きあげ用フックの鉤爪《かぎづめ》を、無慈悲にも目玉の部分にピンポイントでつきさして、甲板のうえに力ずくで引っぱりあげた。深い海中から一気に水圧のない船上に引きあげられたせいか、マグロの口からはツルツルとしたピンク色の胃袋がとびだしていた。

中型のメバチで全長は百二十センチほどだろうか。釣りあげられたマグロはフックで反対側の左舷に引かれていき、そこで即座にさばかれた。

解体作業の光景は見慣れるまで凄惨《せいさん》そのものといってよかった。最初に魚をさばく役目がまわってきたのは、奇遇にも太い腕にもじゃもじゃとした毛の生えた、海賊みたいないかつい顔をしたインドネシア人船員で、その風貌《ふうぼう》が作業の凄惨さにいっそうの凄《すご》みをあたえていた。彼はまず両足の間にマグロをはさみこんだかと思うと、先端が研ぎすまされたT字型の特殊な刃物で脳天を串刺《くしざ》しにした。中枢《ちゅうすう》神経が破壊されたマグロは口をあけてバタバタと暴れ、そこで絶命してうごかなくなった。刃物をぬくとマグロの脳天からは血があふれ、周囲の甲板を赤く染めた。残酷な処理にも見えるが、甲板にあがったマグロは、放っておくとバタバタとはげしく暴れ、体温が急上昇して身が焼けて白くなることがあるため、それをふせぐためにまずは中枢神経を破壊してうごきをとめなければならないのだ。

このようにしてひとまずマグロを絶命させたあと、つぎにこの海賊のような顔をしてはいるけれども、じつは性格ははにかみ屋で内気、バリ島にのこした妻と娘のために出稼ぎに来ている心やさしきインドネシア人船員は、両手に包丁をもち、漫画みたいにチャキン、チャキンと刃をこすりあわせたかと思うと、尻《しり》のあたりに数センチの切り目をいれてハラワタと体の結合部分を切りはなした。つづいて包丁をエラに突きたて、器用に五、六センチ大の穴をくりぬき、そこから上手にエラを本体から切りおとす。男が胴体から分断されたエラを引っぱると、エラと一緒にハラワタもくっついて出てきた。このように効率よく引っぱりだした臓物を、船員は無造作に甲板のうえに放りなげ、つづいて尻にあけた穴からホースをこじいれ、空洞となったマグロの腹腔《こう》に大量の海水を流しこんで、イソギンチャクみたいなかたちをした特殊な洗浄用具でごしごしと馬鹿《ばか》丁寧に洗うのだった。こうして血と脂《あぶら》がつまった生きたマグロは素早く解体洗浄されることで、どこか陶器のように白くてスベスベとした感じのする商品にその性質をかえていった。

マグロは一度釣れると連続する傾向があるようで、最初の一匹のあとはつづけざまに四匹があがった。インドネシア人船員はたてつづけにはこばれてくるマグロにまたがり、いちいちチャキン、チャキンと包丁をならしては器用にさばいていった。甲板はあっというまに血と脂にまみれて赤くそまった。

マグロは釣れたり、釣れなかったりをくりかえした。連続してあがったかと思えば、その後は百針も二百針も釣れないこともあった。予想以上にマグロの量が少ないことを、私は意外に思った。正確にいうと数が少ないのではなく、投入される針の数にくらべて釣れる数の割合がひくいのだ。

実際に作業を見るまで、私はマグロ延縄漁というのはひっきりなしに魚が釣れる漁法だとばかり思っていた。しかし現実には魚を釣る時間よりも、縄を回収する時間のほうがはるかに長い。仕事も流れ作業的で、それは延縄〈漁〉というよりも、延縄〈回収作業〉とよんだほうが実態に近そうだった。船員たちの作業の主眼もマグロを釣ることではなく、撚りが出ないように縄を丁寧に回収することのほうにおかれているように見える。縄に撚りが出てしまうと、翌日の投縄作業に支障をきたすので、作業を効率よく円滑に進めるには、とにかく縄の回収を丁寧におこなわなければならないからだ。マグロは、その縄の回収作業の途中で時々引っかかっている幸運な副産物といった存在にすぎないように思えた。

船員たちの回収作業の手際のよさはきわだっていた。完全に延縄漁に無知だった私は、船に乗るまでなんとなくその古めかしい言葉のイメージから、全員で綱引きみたいに、よいしょ、よいしょと太い麻縄を引っぱって獲物《えもの》を引きあげる、そんな素朴で前近代的な作業風景を想像していた。だからそんな単純な力仕事なら自分にも手伝えると思いこんでいたのだが、実際の現場を目にすると、とてもそんなことを頼む気にはなれない。もし自分が作業にくわわったら、どう考えてもそれは〈手伝い〉ではなく〈邪魔〉にしかならない。私が作業の邪魔をしたら作業効率は大幅にわるくなり、終了時間がずれこみ、彼らの休憩時間や睡眠時間をうばうことになる。ただでさえ操業中、彼らの睡眠時間は縄待ちをしている二時間か三時間しかないのだ。残念だが、作業にくわわることはあきらめ、傍観者として見まもるよりほかなかった。

まもなく日が沈み、それからしばらくすると船は完全に闇に呑みこまれた。夜になると船外灯の明りが甲板を黄色く染め、舷にぶつかる白い波飛沫を幻想的に照らしだした。甲板は闇夜の海上に浮かびあがる舞台のようで、船員たちは観客のいないその舞台でひたすら手際よく縄を回収しつづけていた。舞台のそとの暗闇はまったく視界がとどかず、静かで力強いうねりの音だけが周囲が海であることを物語っている。時折、うねりは船体にはげしく衝突し、白い泡となってはじけ飛び、そしてまた闇のなかに吸いこまれていった。

時間がたつにつれマグロの数は徐々に増えていった。平均すると五十針に一本ぐらいのペースであがっているようだ。さばかれたマグロは甲板長のエディの手によって魚倉のハッチにはこばれた。エディは決して筋骨隆々の身体つきをしているわけではないが、五十キロも六十キロもあるマグロの、ぬめっとした口と尾ひれの部分を両手でつかむと、平気な顔でそれをもちあげ、ゆっくりとした動作で頭から魚倉の水のなかに沈めた。見た目からは想像もつかないほど怪力の持ち主のようだ。

途中で夕食をとるみじかい時間のほかは、船員たちは休憩というものをまったくとらなかった。煙草を吸う時間もないので、時折、一番若いインドネシア人の船員が気をきかせて煙草に火をつけてくばってまわり、喫煙の習慣のある者はそれを口にくわえて作業をつづけた。

夜の十二時をすぎると、船は突然、積乱雲の下に突っこんだらしく、それまで上空に見えていた星明りが消えて冷たい風が吹きはじめた。すぐに雨が降りだして、横殴りの暴風雨となった。操舵室のなかで作業を見守っていた私は唐突にはじまった嵐《あらし》にわけもなく興奮し、全身をかけめぐるアドレナリンの流れに身をまかせて合羽をはおって外にとびだした。戸をひらいた途端、風が轟音《ごうおん》をあげて吹き狂い、雨粒がバチバチと派手な音をたてて船体にぶつかる。強烈な風圧のなか、甲板の様子を俯瞰《ふかん》図的に観察するために梯子《はしご》をのぼって屋上にあがってみると、船員たちはこのような嵐のなかでもあいかわらず黙々と作業をこなしていた。強風により波とうねりは大きくなり、それが船体にぶつかってはげしい飛沫をあげ、高くとびちった白い泡が強風にのって一瞬で後方の闇に消えさっていく。屋上にいる私の顔面も一瞬で塩辛くなった。もちろん、この程度の風雨がふきあれたところで揚げ縄を中断するという選択肢は彼等にも前川船長にもないようだった。

暗く視界が閉ざされたむこうからは、風の重たい唸《うな》り声と波の衝突音がとどろき、それが闇夜の不気味さをいっそう引きたてた。屋上から俯瞰した嵐のマグロ延縄漁の現場は、黄色くライトアップされた甲板という生の世界と、そのすぐ横で黒々とした巨大な口をあけている海という死の世界、というふうに、きわめて明瞭《めいりょう》に生死の境界線で分断されていた。轟々《ごうごう》とおそろしげな唸り声が聞こえてくる海のただなかで、黄色い船外灯に照らされた甲板だけが、ぽっとたよりなげにうかびあがっている。甲板という船員たちの生がつむがれている世界がよってたつ足場は、きわめて脆弱《ぜいじゃく》だ。闇夜のなかで上下左右にはげしく揺さぶられる船の上で、船員たちはいつ死の世界にころがり落ちてもおかしくない状態にあるように、私には見えた。しかし状況がきびしくなることで逆に船員たちのコンセントレーションは高まっているらしく、年若いインドネシア人船員はいつにもまして大それた動きを見せて、海に大きく身をのりだして幹縄から枝縄のクリップをはずしていく。のりだした瞬間にタイミングわるく大波が衝突して船が右に傾《かし》いだら、バランスをくずして海＝死の世界に転落してしまうことはあきらかであるにもかかわらず、彼はそんなことはいっこうに気にせず大胆不敵に作業をつづけるのだ。その様子を見ている私は時折、あぶない、落ちる！ と目をそむけそうになるが、彼は決してバランスをくずすことなく平然と作業をこなす。

嵐は一時間ほどですぎさり、夜空にはふたたび星の光がまたたいた。それからは風も雨もおさまったなかで作業はつづけられた。終了したのは朝の六時で、この日は最終的にメバチが三十三尾、推定九百十キロの漁獲となった。

午前九時すぎに目がさめて船尾に向かうと、船員たちは、前夜の過酷な労働が嘘みたいな涼しい顔で投縄の作業をしているのだった。

3

いろは丸が操業していたのは北緯三度から三度三十分、東経が百四十一度から百四十一度三十分にかけての海域だった。位置としては本村実の第一保栄丸が漂流を開始した場所（北緯十一度十分、東経百四十七度五十五分）よりも南西に一千キロ以上はなれていた。そのため潮の流れも逆むきで、第一保栄丸が沈没したときは東から西に流れる北赤道海流にのってフィリピンまで漂流したが、今回操業していたのは逆に西から東に流れる赤道反流の影響の強い海域だった。しかも潮の流れはいつもより強いらしく、無線を聞いていると近くで操業している船は縄をいれるポイントに非常に苦労しているようだった。

漁船はそれぞれ揚げ縄を開始した直後の夕方の時間帯と、揚げ縄が終了する前後の早朝の時間帯に無線をひらき、その日の漁獲状況や潮の流れ、それに延縄が交錯しないようにどの場所に投縄したかなどを教えあっていた。

といっても、ミクロネシア近海で操業するマグロ漁船の共通言語は佐良浜弁なので、無線を聞いても私には何を話しているのかさっぱりわからなかった。もちろんグアム基地で操業するすべての船長が佐良浜出身者であるわけではなく、那覇の漁師もいれば三陸の漁師もいるのだが、基本的にグアム基地ではヤマト民族よりも佐良浜主体の池間民族のほうがマジョリティを占めているため、支配言語も佐良浜弁になっているのだ。佐良浜弁を話せない那覇や日本の漁師も長年グアム基地で操業することで佐良浜弁のヒアリングはできるようになっているようで、無線で池間民族の船長と会話をするときは相手の佐良浜弁を聞き、話すときは日本語を使用する。あたりまえの話だが、池間民族も日本語を話せるので、佐良浜弁と日本語のチャンポンでも意思の疎通《そつう》は成立する。

いろは丸の前川船長は池間島出身、〝池間・佐良浜語族〟の池間民族なので、もちろん無線では佐良浜弁というか池間弁で話す。緯度や経度など数字関係の話をしているとき以外、船長がなんの話をしているのか私には全然わからなかったので、無線が終了するたびに今回は何を話していたのかたずねることになった。前川船長によると、どの船も潮の流れが速くて苦労しているというようなことを話しているとのことだった。

「一日に三十マイル（約五十五キロ）も流れているから。普段はこんなに流れていないから、みんな話しているさ」

「潮の流れが速いと何かこまることはあるんですか」

「べつにこまることはないけど、上りきらんさ。もとの投縄の位置にもどるのに何時間もかかってしまう」

「漁獲がおちたりとかは」

「それは関係ない。潮の流れに来るときもあれば、まったく来ないときもある」

「無線を聞いていると、かなりせまい範囲に船が集まっているみたいですね」

「近い船で三十マイルか。五、六十マイル離れて操業するときもあれば、百八十マイルぐらい離れてやるときもある。もうここ三カ月ぐらい、このあたりには魚が集まっているから、みんな近くで縄をいれているよ」

　二日目以降も、いろは丸の漁獲量は順調に推移しており、七月二十三日は三十一尾七百九十キロ、二十四日は四十二尾千二百五十キロ、二十五日は四十六尾千百キロ、二十六日は四十七尾千百キロ、二十七日は四十八尾千百九十キロと、連日コンスタントに一トン前後のマグロを釣りあげた。

「これだけ毎日とれていれば大漁と言えますか」

　そうたずねると、船長は小さくうなずいた。

　いろは丸の近くには那覇の船長の船が二隻操業しており、一日の操業が終わると、かならず「おーい、ユーミ兄貴ィ」と声がかかった。前川船長の言葉はわからなかったが、那覇の船長は日本語で話すので私にも理解できた。

「南口《みなみぐち》のほうは黄色いのが多いねェ」

「×××××××」前川船長がなにか言った。

「はいはい、リョーカイ、リョーカイ」

「×××××××」

「はいはい、リョーカイ、リョーカイ。こっちは緯度が二度五十分、経度が百四十二度十分、どうぞ」

　会話の途中でべつの那覇の船長がわりこんできた。

「ナカムラさん、位置どのへんよ」

「経度百四十二度五十分、緯度二度五十分かな、はいはい」

「三十マイルぐらいのびる？」

「三十二、三マイルかなァ」

「はいはい、ありがとね。経度線五十分ね」

「こっちはね、四度十五分、三度三十五分のそれからまっすぐ南だから、三度四十分ぐらいで、おれは予定ですかね」

「はいはい、じゃあ大丈夫だね。こっちはねぇ……」

船長同士の会話は「はいはい」とか「リョーカイ、リョーカイ」という言葉が囃《はや》し言葉のようになってはずむので、聞いていて心地よかった。


投縄は毎日必ず午前中におこなわれ、午後一時頃から縄待ちにはいり、その間、船長と船員はつかのまの睡眠をとる。そして夕方の四時ぐらいから今度は揚げ縄がはじまり、だいたい明け方の四時から五時頃までつづいた。揚げ縄が終わると船員たちは真っ裸になって甲板で水浴びし、朝食をとって、そしてすぐにまた投縄がはじまった。

朝は投縄前の午前七時頃にインスタントラーメンにゆで卵といった簡単な食事をと

る。昼食はご飯にスープ、マグロの赤身の刺身が定番で、それにくわえマグロのステーキや中華料理のようなもの、また前日釣針にかかった太刀魚の炒《いた》め物やフカヒレスープなどが一、二品ついた。船員たちはマグロのモツが好物で、胃袋の炒めものもよく出るメニューのひとつだった。夕食は揚げ縄の最中の午後七時頃からはじまり、船員たちは適当に順番に手早くすませていく。メニューは昼食と同じような感じで、ご飯と刺身のほかにおかずが一、二品ついた。

時間があるとき前川船長はブリッジのなかで、しばしば魚倉の水温をしめす機械の前に腰をおろして温度管理に気をくばっていた。

十九トン船のマグロは冷凍にされるわけではなく、生のままグアムで水揚げされ、生のまま日本に空輸される。熱帯の海で一カ月にもわたって航海しているにもかかわらずマグロの鮮度を維持できるのは、魚を保管する魚倉の水に秘密があるからだ。魚倉は真水と海水がだいたい六対四の割合でまざった特別な〝半海水〟とでもいうべき水で満たされている。この水は海水がまじっているので氷点下になっても凍結せず、冷房機器でマイナス四度ほどにたもたれており、このような特殊な低温設備で保管することで長期間、マグロの鮮度を保持することが可能になっている。

しかし、機械を一定にセットしておけば自動的に適切な水温が維持されるというわけではなく、見ていると魚倉に魚をいれるペースによっても水温は敏感に変化するようだった。たとえば魚が短時間で次々と釣れて魚倉に保管されたら、その魚倉のなかは水にたいする魚の量が一気に増えるわけだから、水温が上昇することになる。そして水温が上昇した状態があまり長くつづくと魚の鮮度が落ちるので、市場に卸したときの魚価が低くなる。マグロはとにかく鮮度が命で、水揚げ量がいくら多くても鮮度がわるければ、いい値段で売ることができず水揚げ高はあがらない。船長や船員の歩合はどれだけ釣れたかを示す水揚げ〈量〉ではなく、どれだけの値段で売れたのかを示す水揚げ〈高〉で決まるので、釣ったマグロの鮮度の維持は彼らの懐《ふところ》具合に直結するのだ。釣れる漁場をかぎつけるのも漁師の腕だが、魚倉の水温を適切に維持し、鮮度のいい状態で水揚げまでもっていくことも船長の重要な仕事である。おそらくそのような理由から、前川船長はブリッジにいるときは頻繁に魚倉の水温管理に時間をさいており、揚げ縄中も釣れた魚をどの魚倉にいれるべきか、甲板長のエディにいちいち指示した。

池間島出身の前川船長は地元中学を卒業したあと、宮古水産高校に進学し、同校を卒業してから五十年間、マグロ漁一筋で生きてきた男だ。当時の沖縄の離島の子供にとって水産高校に進学するのはひとにぎりの生徒にかぎられており、同級生で宮古水産にはいったのはたったの五人しかいなかったという。ほかの四人は全員海運会社に就職したが、前川船長だけは高校時代に乙種二等航海士の資格を取得してマグロ漁師の道を選択した。遠洋漁業の全盛期は琉球水産のマグロ船に乗ることが多く、その間、乙種一等航海士というさらに段階が上の資格もとり大きな船の船長職もできるようになった。

琉球水産の船に乗っているときには本村栄と一緒だったこともあった。佐良浜と池間島でほぼ同郷ということもあり二人は中学生の頃から知った仲だったというが、同じ船に乗ったことが縁となり、資金をだしあって彰徳丸という船を購入することになった。彰徳丸は栄が最初に購入した十九トン船で、漢那招福が「へんな船」とこきおろしていた船だ。やはり前川船長の話を聞いても「あまりもうからない船だった」ようで、この船についてたずねてもあまり多くのことは語らなかった。前川船長が招福や栄のように船主となる道はえらばず、ひたすら現場の船長にこだわったのも、彰徳丸の失敗があったからだという。

グアムには太京丸という船で渡航してきたが、最初の頃はとにかくよく釣れたという。

「あの頃は鹿児島とか東北とかで操業していて、グアムがいいという話を聞いて、いってみようかということになった。最初の二、三年はよかったのよ。各船とも年間の売り上げが一億以上はあったさ。船長にも給料のほかに歩合で四百五十万ぐらいははいった。給料とあわせたら一千万ぐらいかね。もっとも手元には全然のこらんよ。港にはいったら朝から晩までパチンコとスロット。一航海してもどってきたら三十万から五十万はつかったよ」

五十年間漁師をやってきて危険な目にあったことがあるかたずねると、台風で大時化にあったときのことを語った。

「台風にまきこまれて、もうダメだと思ったことはあったよ。小さな船だったよ、あれも」

「グアムの近くでですか」

「いや、沖縄近海。結婚する前だったからなァ」

転覆しそうだった？　と訊《き》くと、船長はうなずいた。

「シーアンカーってわかる？　海が荒れるとシーアンカーを流すんだけど、あれぐらい風が強いと、もうどうにもならんさ。風速何十メートルあったか。もう、こういうのは表現しようがないよ。もう助からんと思っているんだから。船員たちもこわくてなかにはいって出てこられんさ」

「やはり台風が一番こわいんですね」

「最近はこわくないよ。無線も気象通報も発達しているから避ければいいだけだから。しかし当時はラジオで予報を聞くだけだから、天気図も何もわからんさ」

「船同士の衝突などはどうでしょう」

そう質問すると、前川船長が何気ない様子で「沖縄の近海で台湾船に衝突されたこともあるよ」と言ったので、さすがに私はおどろいた。

今度の航海でも漁がはじまる前夜に大型船が目の前を通過して以来、何度か貨物船が近くをとおりすぎたことがあった。そのため、海上では考えていたより船の往来が頻繁なのだと感じていたが、まさか船長本人に衝突の経験があるとは思っていなかったのだ。

「よく無事でしたね」と私は言った。

「あたる場所にもよるさ。まんなかから衝突されたら終わりだよ。表の倉庫のところがこわれただけだったから。船体まで浸水しなかったからね。その場で修理して操業をつづけたさ」

「相手は気がつかずにいってしまったんですか」

「いや、止まったさ。船員の姿も見えたけど、むこうもヤバイから下りてこられないわけ。こっちは船名も特定して無線局にも連絡したから、訴えて賠償金とることもできたけど、そんなことしたら解決がいつになるかわからんさ。だから保険で処理することにしようとなった。まあ、相手が七十トンぐらいの船だったからね。大型船だったら沈没して終わりだったよ」

いつ頃の話ですかと訊くと、前川船長は沈黙して、忘れたよ、そういう悪いことはいつまでもおぼえていないよと言った。

船に乗っている間に一度だけ、「漁師って面白いですか」と質問したことがあったが、そのときも前川船長は少し沈黙し、小さくつぶやいただけだった。

「べつに面白くはないさ。これしかできないもの。陸の仕事なんてできないさ」

4

操業がはじまった頃は季節はずれのうねりが大きく、海は時化がちだったが、しだいに天候は晴れることが多くなり、空も海もおだやかな状況にかわっていった。ただ、来る日も来る日も、せまい船内でとじこめられた生活をしているうち、私は海上での生活に大きなストレスを感じるようになっていった。ストレスには様々な要因があった。船内にとじこめられていたことからくる慢性的な運動不足で精神的にもだらけてきたし、それに大きなうねりはおさまったとはいえ、小さな波やエンジンの振動で船はつねに揺れていたので、腹のなかに居すわる〝船酔い以下の不快感〟がいつまでたっても消えなかった。運動不足と不快感からか、食事もおいしいと感じられず、とりわけ昼食と夕食にかならずタッパーにはいって出されるマグロの赤身の刺身は途中から見るのもいやになり、十日目ぐらいからはタッパーの蓋《ふた》をあけることさえしなくなった。しかし前川船長は逆で、ほかのおかずをのこすことはあっても刺身だけは絶対きれいに平らげた。それを見ながら私は、いったいこの人は五十年間も刺身を食べてまだ飽きないのかと、わけのわからない苛立《いらだ》ちさえおぼえた。

「飽きないんですか」。私が憮然《ぶぜん》としながらたずねると、「全然飽きない。これがないとダメだ」と言って、船長はまた旨《うま》そうにひと切れ、口のなかに放りこんだ。

会話があまりなかったこともストレスの原因だったかもしれない。船長は元々口数が少ないうえ、操業中は話しかけられる雰囲気ではなかったし、縄待ちなどの休憩時間も疲れからか自室でバラエティ番組を録画したビデオを見ることが多かった。船員たちは全員愛想がよかったが、インドネシア人船員は誰も英語を話せず、私も片言のインドネシア語しか話せなかったし、フィリピン人船員ともおたがい不得手な英語での会話となり話がはずまない。やることがないので昼間の縄待ちの時間は必然的に、一人で船縁の通路ですごすことが多くなった。せまい船内でできる運動といえばヒンズースクワットぐらいしかなかったが、ブリッジにとじこもっているよりは潮風にあたったほうが腹のなかの不快感もやわらいだ。そしてマグロの魚体のようにぎらぎらと光を反射させてかがやく青い海を見ながら、私は海という陸とはことなるもうひとつの世界と、そこで生活をいとなむマグロ漁師の世界観に思いをめぐらせた。

私が考えていたのは、なぜ本村実は一度漂流したにもかかわらず、ふたたび海に出ずにはいられなかったのかということであった。同時にそれは「海での仕事なんて楽しいもんじゃない」とはきすてるように言うにもかかわらず、陸にあがってほかの仕事にはつかず、結局しがみつくように海にもどってきてしまうマグロ漁師という存在についてでもあった。

実際に乗船してわかったのは、漁船というのは完全にとじられたひとつの王国である、ということだった。

陸の人間は船乗りという人種全般にたいして、勝手気儘《きまま》に大海原を行き来する自由な存在という固定観念をもちがちだが、船に乗ってみて、私は、それが物事の一面しか見ていない不十分な見方であると感じていた。たしかに彼らは自由なのかもしれない。しかし自由な存在である前に、まず船という閉鎖された空間に隔離された孤独で動きの制約された人間としてこの世界に存在している。それはどういうことかと言うと、彼らは単純に〈海にとりかこまれたせまい船〉という身体的にきわめて限定された空間のなかで生きているということである。彼らは基本的に船から外に出ることはできず、そういう物理的な制約が、まず彼らの性質を規定している。つまり彼らは望むと望まざるとにかかわらず、船ごとに分割されたバラバラな個体として大海原に存在せざるをえないのである。

そのように分割されて個体として存在しているという前提のうえで、マグロ漁師は船乗りとしての主体性を確保している。彼らは船長や漁労長として海の状況や天候、あるいは他船からの無線情報、燃料や餌の残量、魚倉の空き容量などをもとに判断をくだし、操業海域や運航計画などについて決定する。そしてこの判断をあやまった場合、遭難という自分の生命に直結しかねない深刻な事態をまねくおそれがある。自分で考え、行動し、その結果が自分の運命に直接はねかえってくる。海上の船という隔絶した環境で命にかかわる判断と決定を常時、連続的にくりかえし、その判断にたいする責任を最終的には自分の命であがなうことで、マグロ漁師たちは一人の人間として、海という自然、すなわちみずからを存在させている世界の基盤そのものに主体的、本質的に関与しているのである。船乗りが自由だというのは、このように自分の命を自分で管理するという責任関係を、完全に独立した一人の人間として世界と切りむすんでいるからである。

一方、外国人船員たちは基本的に船長をささえる僕《しもべ》として存在している。しかし、彼らが単純労働者として盲目的に従属するだけの存在なのかというと、決してそうではないように私には見えた。とくに私が乗船したいろは丸のように日本人は船長が一人で、のこりは外国人という船の場合、船長と船員の関係にはたんなる主従関係でわりきれない複雑な側面があるようだった。というのも、私はつねに漁船内部の全体的な空気やリズムの主導権をにぎっていたのは、前川船長ではなく外国人船員であるというふうに感じていたからである。

たしかに船長は全体的な行動や予定や進行を指揮するが、船の日常を支配しているのは外国人船員だった。食事はフィリピン人船員が彼のフィリピン的な味覚で調理し、船尾には携帯電話からインドネシアのポップミュージックが流れ、実際の投縄や揚げ縄も機関場の仕事も彼らが自分たちのペースでやっていた。もちろん船長は彼らの作業を時々見まわり、必要な指示をだしたりもするが、その指示がかならずしも具体的なものとして彼らの耳にとどいているわけではなさそうだった。何しろ私が見るかぎり、彼らはほぼ日本語を解さなかった。船長のほうはそんなことはいっさいかまわず日本語で叱《しか》りつけて、いろいろと指示をだすわけだが、船員は船長の顔色、口調、それにわずかに理解できる一部の単語を手がかりに、その指示の内容を推測しているにすぎない。そのため船長の指示が理解できずに船員が首をひねる光景もしばしばみられた。あくまで船内の支配言語はタガログ語やインドネシア語であり、船長の指示はその支配言語以外の言葉でくだされる意味が不完全な外国語による指示にすぎず、彼らは船長の意図をある程度忖度《そんたく》したうえで、彼らなりにそれを嚙《か》みくだき、これまでの経験からつぎに何の作業をすべきか読んだうえで作業をおこなっていた。

要するに、漁船において船長は普段はブリッジという船の〈特別な空間＝城〉にいる王であり、一方で甲板や船尾における日常の庶民的な空間はひらの外国人船員たちによって支配されている。マグロ漁船というのはこのような二重構造になっており、私はいわば〈船長の客人〉として〈キャビン＝城〉に居室をあたえられた第三者だった。客人なので船長の横で寝泊まりしながら、同時に外国人船員たちの日常にも、船長のように格式ばったかたちではなく、気軽に顔をだすことができる。そのような実質のない空気のような存在だったので、双方の性格を観察することができたのだった。

その空気である私の見たところ、海外基地で操業するマグロ漁船の船長というのは、みずからが支配する王国の自由な独裁者である一方で、船という物理的に限定された空間で、ほかの人間と深く交流することができない孤独な幽閉者でもあった。その孤独さが、彼らの〈分割された個体〉としての性格をさらに強めているように私には見えた。彼らはこのような陸の常識からは想像もできない環境のなかで、一人の生きる人間としての重みを一身にひきうけるような暮らしを、ほとんど年がら年中つづけなくてはならない。とにかく彼らの生活で陸にあがることのできる時間はきわめてかぎられている。一カ月ほど航海して、それからようやく島にもどってきても、滞在するのはわずか二日か三日間にすぎない。彼らは人生のほとんどを海のうえで暮らしているのである。しかも陸にあがっている間も、海上でのプレッシャーを解放させるかのように酒や女遊びや賭《か》け事に散財するばかりで、家族の顔を見ることはほとんどできないし、海にいる間の日本語でのコミュニケーションもほかの船との無線のやりとりのみであり、しかも相手は同じ価値観のなかで生きる漁師なのである。周囲は海という広漠とした死に満ちあふれた世界であり、実際、沈没したり、海賊に襲われたりして行方不明になる人間の話があとを絶たない。そして陸とはちがい、三日たって何も見つからなかったら捜索は終了、事実上死亡したものとみなされるという、すべての過去が〝海の藻屑《もくず》〟という名のもとに消失させられる特殊な倫理でうごいている世界である。

このような閉鎖的な特殊環境で十年、二十年と生活すると、その人は〈マグロ船長という人種〉としかよびようのない存在になるだろう。もしかしたらそういう人たちを海洋民とよぶのかもしれない。どこまでもつづく広漠とした海で、ひたすら個体としてうごき、そして海と主体的な関係を構築することで己の世界をもっている自由で孤独な人間だ。そとの世界の常識にとらわれず、独特の規範や価値観にもとづき行動する本物の海洋民だ。人間関係もふくめていっさいのしがらみに束縛されず、将来の安心や保険についても深い関心をいだかず、現在にたいする関心と欲求にもとづいて行動し、過去にたいする言葉をもたない。そしてあらゆる物事を感覚で判断して処理するため、そとの人間に対して系統的に説明する言葉をうしなってしまった、陸の人間とは異質な人たちである。

私が漁船に乗ってただひとつわかったこと、それはマグロ延縄漁船の船長を長年やっていると仕事ではなく、生き方や人格になってしまうということだった。仕事ならば気がむいたときに辞めて、べつの仕事をさがすことは簡単だ。しかし生き方になってしまうと、それはもはやかえることはできない。本物の海洋民が海から足をあらって陸の仕事をさがすのはきわめて困難な話なのだ。海洋民としての規範、慣習、価値観にそまった人が、陸の人間が支配する世界にはいりこんだところで、異質な他者として見られるにちがいないし、本人も陸の人間とまじわったときに居心地のわるさをおぼえるはずである。その違和感を払拭《ふっしょく》できないとさとった時、彼は海にもどるだろう。だから彼らは「漁なんて面白くもない」と吐きすてるように言うにもかかわらず、そこから居場所をかえることができないし、一度、陸にあがってもその面白くもない海の仕事にもどってきてしまう。そして、好きだと簡単にわりきれない、その海でしか仕事ができなくなった、その根本的な原因である海にたいし、彼らは呪詛《じゅそ》のような言葉を吐く。だから彼らは自分の子供たちをマグロ船に乗せようとはせず、船長たちの高齢化と後継者不足は深刻化する一方なのだ。

本村実が漂流してもなおふたたび船に乗ることを決断したのは、彼が海が好きだったからであるという、陸の人間がいだく無責任なロマンティシズムにもとづいた生やさしい感情からではなく、海でしか生きることができない海洋民ならではの宿業《しゅくごう》をかかえていたからではないか。私は縄待ちのあいだ海上を漂う船に腰をおろして、そんなことを考えていた。

船からの風景は、日が沈み、あたりが静かに暗くなっていくまでの夕刻の時間が一番美しかった。海はそれまでのすきとおるような青さを徐々にうしない、あたかも人工的なカクテル光線を照射させているかのように鮮やかに変化し、いつしかかたい粘りけを感じさせる深い濃紺に色をかえていく。空や海が明るさを落としていくのとは対照的に、揚げ縄作業がはじまった甲板は船外灯に照らされて、暗闇のなかのにぎやかなバザールみたいに、急に活気と熱気を増していく。その完全に闇に没する前の、海の暗さと甲板の明るさが同時に見わたせる時間が、私は好きだった。

揚げ縄がはじまると私は甲板の横でカメラをかまえ、色が次第に変化していく海と甲板の様子を撮影した。そしてあたりが完全に闇に沈み、甲板が船外灯の黄色い光に照らしだされると、今度は屋上にのぼって船員たちの作業の様子を見学した。

一番、興奮するのは大きなマグロがかかったときだ。大物かどうかは、枝縄をひく船員たちのうごきを見ていればわかった。針に大物がかかったときはラインホーラーの速度が何かに引っかかったように突然おそくなり、船員はいつもよりも深く腰をいれて枝縄を引く。ゆっくりと、しかし好機と見たら一気にたぐるといったように、海のなかで暴れるマグロと力と力の駆けひきをはじめる。マグロの抵抗が大きいとみるや、手のあいている船員がフックを手にもって舷門《げんもん》に近寄り、場合によっては特殊な金属の輪を枝縄にとおし、それを海中に沈めて電気ショックをあたえる。あくまで船員たちの表情に大きな変化はなく、表面的にはいつもと同じようにいかにも無関心な態度で淡々と作業をこなしているが、それでも気のせいか彼らの身ぶりや動作がいつもよりも力のこもったものに見え、それが見物する私の胸を高鳴らせた。私は舷門のうえに引っぱりあげられる魚体の大きさを見ては一喜一憂した。

あいかわらず漁獲は好調で、いろは丸は連日一トン前後のマグロを釣りあげた。七月二十八日は四十尾九百三十キロ、二十九日は五十二尾千二百五キロ、三十日は五十九尾千二百キロ……。

無線を聞いていると、ほかの船はいろは丸のように好漁をつづけているわけではないようで、羨《うらや》むような声が聞こえてきた。船によっては二本しか釣れなかったとか、今日は十七本とかいった話が聞こえてくるところをみると、やはりはずれが一日もなく連日四、五十本を揚げるいろは丸は非常に順調な操業をつづけているようだった。

「東のほうはもうとれないから、西に向かうわ」とある船長が言った。

「こっちはまあまあ。でも小さいのしかとれないよ。昨日も五十本以上で千二百キロにしかならなかった。もう魚倉がいっぱいだから、どうしたらいいかグアムの事務所に聞いてみないといけないよ」

「リョーカイ、リョーカイ。そうかい、いっぱいねえ。二十キロの魚なら押しこめばいくらでもはいるけど、五十キロ、六十キロとなったらはいらないからねェ」

「兄貴ィ！」

那覇の船長からわりこみがはいってきた。

「今日はどこにおった？ 緯度線は？」

「緯度が三度二十一分、経度が百四十一度の四十九分」

「北口からとっているのかい？」

「南はメダマ（メバチ）ばかりだよ。キハダは少ないね」

「はいはい、リョーカイ、リョーカイ」

漁師たちは無線で連絡をとりながら、この広大な太平洋の大海原を自分の庭のように自由自在にうごきまわっていた。陽気な声で流れてくるリズミカルな無線のやりとりを聞きながら、私は彼らの精神の内側に組みこまれた版図の雄大さとスケールの大きな生き方を羨ましく思った。彼らはこの太平洋の海を知りつくしている。季節ごとにかわる潮の動きや波の強さ、マグロの群れが回遊してくる海域を読んだうえで、思い思いに行き先を決めている。グアム、ミクロネシア、パラオ、フィリピン、インドネシアといった周囲何千平方キロメートル単位でひろがる太平洋の島々を、心の領海内にかかえこんでいるのだ。それは世界に放りだされた一人の人間の存在のあり方として、きわめて自律的で完結的なものに思えた。

フィリピンのダバオ港での水揚げ予定日はまだ十日以上先だった。であるにもかかわらず、予想以上の好漁がつづいたため、いろは丸の魚倉はすでに満杯になりつつあった。このまま操業をつづけるべきか、それとも予定より早くダバオに入港するか、前川船長は定時連絡でグアムの三高物産の責任者に指示をあおいだ。

「もう魚がはいらないよ。餌をすてて魚倉をひとつ開けたら操業はつづけられるけど、どうしよう」

「はいはい、それじゃあダバオに向かってください。水揚げは何日ぐらいになりますかあ」

「七昼夜かかるから、八月七日かな。じゃあ走らせるよ」

「全部でどれぐらいですか」

「まだ終わったばかりだけど、十一トンぐらいじゃないかな」

「リョーカイ」

「じゃあダバオに向かうよォ」

七月三十一日の早朝、いろは丸は操業を終えダバオに向かうことになった。キャビンから甲板の様子をながめると、操業の終了を聞いた船員たちが、すっかり赤茶色によごれた船体の掃除をはじめていた。数百匹にのぼる魚の解体をしてきたことで、いろは丸の甲板やキャビンの壁面には血糊《ちのり》で赤い染《し》みがつき、キャビンの窓も潮なのか脂なのかよくわからない汚れでくもっていた。船員たちはスポンジやタワシやデッキブラシに洗剤を目いっぱいつけて、甲板のいたるところを泡だらけにして一心不乱にみがき、役目をおえた枝縄のまきとり機械も船縁《ふなべり》からはずされ、装備を格納する倉庫のなかにしまいこまれた。

真夜中の縄作業を終えたばかりの船員たちの手は、その重労働を証明するかのようにぶよぶよと白くふやけて皮が剝《は》がれそうになっていた。しかし、船員たちの顔には笑顔がうかんでいた。彼らのはたらきを慰労するかのように、朝の陽射《ひざ》しがまぶしく甲板にふりそそぎ、船内の雰囲気はひとつの労働が終わったときに特有の、あのすがすがしさに満ちていた。

私はキャビンの屋上にのぼって、彼らの最後の仕事の様子をいつものように漫然とながめていた。そして掃除がおおむねいち段落したときだった。

ヒュイッ！

いつか聞いた軽快な口笛の音が耳にひびいた。音のほうをふりむくと、通路にいたエディが、いつものように人なつっこい笑顔で西の海を指さしていた。そして、あたかも彼の口笛が合図であったかのように、いろは丸はエンジンをゴトゴトとふたたび起動させ、それまでの南の方角からエディが指さした西に船首の向きをかえた。

いろは丸はつかのまの眠りからさめ、ふたたびゆっくりと動きはじめた。船が向かったのは、本村実が救命筏《いかだ》で漂着したフィリピンのミンダナオ島だった。

第九章　救　出　者

フィリピンの東、北緯十五度、東経百三十三度付近には猛烈な台風十一号が発生しており、西北西に八ノットで進んでいます。二十四時間後の八月四日午後三時には……。

1

無線から気象情報が流れている。ラジオがつたえる猛烈な台風の影響のせいか、晩から風雨はつよまり、気圧の渦の中心部で発生したうねりにより船は大きく揺さぶられた。船酔いで気分が悪くなった私は気づかないうちに寝台のうえでいびきをかいており、バチバチと太鼓のように屋上をはげしくたたくうるさい雨音で夜中に何度か目をさました。夜が明け、舵《かじ》のすぐ上に設置されたＧＰＳのモニターを見ると、船は時速六ノットでパラオの南を西に進んでいた。

「船足が少し速くなりましたね」と話しかけると、前川船長は、

「はやくないよ」と窓から海をみながらぶっきらぼうに言った。「このあたりはいつもなら七ノットはでているんだけど、逆潮さァ。パラオからは七・五ノットで計算していたけど、これじゃあ水揚げの予定日にはまにあわんよ」

二十年前に本村実とエディら八人の船員が漂流したときは、パラオの北側を北赤道海流という海流にのってフィリピンまで自然とはこばれたが、いろは丸のほうはエンジンをフル回転させて、いつもよりも流れのつよい赤道反流という逆むきの海流に必死にさからってパラオの南側を通過しようとしているのだった。

モニターのなかのパラオは船のすぐ近くにあるように見えたが、しかし、窓から現実の風景をながめても島影などまったく見あたらず、船のまわりには文字どおり三百六十度にわたってひたすら青い海がひろがるばかりだった。台風の勢力圏から脱したのか、天気は回復して頭上はさわやかな青空におおわれている。しかし、うねりの大きさはまだ強く、船はトランポリンみたいに海にもてあそばれ、時折、不規則なうねりが船の横っ腹にぶちあたってはドスンという砲撃みたいな音をたて、大きな飛沫《しぶき》をとびちらせた。

このフィリピンの近海では昔から何隻《せき》もの沖縄のマグロ漁船が神隠しにあったかのように忽然《こつぜん》と行方をたっていた。富士丸、金栄丸、武潮丸に最近では三高物産の海皇丸というのもあった。漁師たちのあいだでは海賊説が根強く噂《うわさ》されており、このことに話がおよぶと前川船長も「海賊だろうねェ。このへんは海賊がいるから」と言った。

「本当ですか？　フィリピンに？」

「海賊かなんかわからんけど、まあ、そういうようなやつさ。見つかったら皆殺しだよ。ダバオの近海でみんなやられたさ。沈没していたら何か物が見つかるはずだからねェ。おかしいさ」

「海賊に船をもっていかれてしまう……」

「船をもっていかれたらわからんよ」

「海賊と出会った漁師はいるんですか」

「いないよ」と船長は言った。「出会った船員はみんな殺されているんだから」

漁師たちから聞く海賊話には、つねにこのような雪男伝説みたいなつかみどころのなさがあった。

「インドネシアの領海内にはいると、小さい漁師の船がとまれとまれって追いかけてくることがあるさ。とまるかっていうの。こっちは全速力で逃げるよ。燃料か何か欲しいのかもしれないけど、何をやられるかわからんから」

ダバオ港が近づいてくると、船員たちの様子はどこか浮立った落ち着きのないものにかわっていった。とくに若いインドネシア人船員たちの顔はゆるみっぱなしで、陸にあがったらまっさきに何をするか、それを口にしては卑猥《ひわい》な笑い声をあげていた。いつも煙草《たばこ》を口にくわえている少年のようなインドネシア人水夫が私のほうをむき、素早い動きで腰をふりはじめてニヤッと笑みをこぼした。そして大声で笑ったかと思うと、急にダバオ！　と力強い声をあげて、夢でも見ているかのような上気した表情をうかべた。

「明日、入港するよ。朝の十時に」

前川船長も心はずんでいるのか、そう私に伝えたときの彼の声が心なしかうわずっているように聞こえた。

私はふと、最初に挨拶《あいさつ》したときに前川船長が漏らした「一航海ぐらいじゃ……」というつぶやきを思い出した。そう言われたとき、私の心中にはたしかに「一航海乗ればマグロ漁のなんたるかぐらいはわかるはずだ」といった反発心めいた感情がわいた。しかし、実際に一航海の終わりが近づこうとしているいま、私が感じるのは、このとき船長が不意に漏らしたひと言にまちがいはなかったということだった。

たしかに一航海乗ったことで私はマグロ延縄《はえなわ》漁の仕事内容や本村実が操業していたミクロネシアの漁の様子、海の模様の多くを理解することができた。その意味で私が当初目論《もくろ》んでいた取材の目的ははたせたわけだが、しかし、私がわかったのは結局その程度のことでしかなかった、ともいえた。海の何が彼らの人生を惹《ひ》きつけ、捕らえ、吸いつくし、そして生き方までかえてしまうのか。たしかに船長が言ったように、一航海乗ったぐらいでは、彼らの精神の奥底にひそんでいる海と人間とのからみあいまでは実感できなかったし、本村実がフィリピンまで漂流してもなおふたたび海に出なければならなかった理由を、私は自分の等身大の出来事としてとらえることができなかった。だが、それは一航海だろうが十航海だろうが、海という表層的な自然環境のなかに身をおくだけでは理解できることではないのかもしれない。海に出るだけではなく、海に出て、そこで生活をなりたたせ、その収入で家族をやしない、そして同時に家族を陸にのこすという孤独が必要なのだ。人間と海とのかかわりは、海に出て、そのうえで人生の退路をたたなければ知覚できない領域なのである。前川船長が漏らした「一航海ぐらいじゃ」というつぶやきは、たぶんそうしたことを意味していた。

港が近づくにつれて海のうえは船の往来でにぎやかになってきた。竹のアウトリガーをつけたパンプボートとよばれるフィリピン特有の木造船が魚の集まるパヤオ（浮き礁《しょう》）のちかくで停泊していた。パンプボートもパヤオも信号灯をつけておらず、衝突の危険があるため、船員たちはいつにもまして夜間の見はりを慎重におこなわなければならない。灯台をすぎて船の行きから湾内にはいると、前川船長はさらに警戒態勢を強め、船やパヤオが暗闇《くらやみ》のなかにひっそりと隠れていないか屋上のサーチライトを照らしながら進んだ。

時折、屋上から船員のさしせまった声がとんでくる。

「パンプボート！　パヤオある！　スモールボート・ステイ・ステイ・パヤオ！」

少し緊張感のいりまじった夜が明けると、目の前には緑におおわれた円錐《えんすい》形の大きな山がそびえていた。海の水はそれまでのあざやかな美しさをうしない、生活雑排水のまざったどことなく緑がかったおもたく汚濁した色にかわっていた。

ダバオの港はすぐそこだった。

じつは今回の取材のために私がフィリピンに来たのは、このときがはじめてではなかった。いろは丸に乗る前年にすでに一度、足をはこんで、実際に本村実が一九九四年に救命筏《いかだ》で漂着したときの様子を知っている人物を現地でさがしまわっていたのである。

その最初のフィリピン訪問時、私にはっきりとした取材の目算があったわけではなかった。手がかりはあいかわらず当時の新聞や雑誌の記事しかなかった。

記事を読むかぎり、ミンダナオ島に流れついた本村実と船員は、ゼネラルサントス市からそれほど遠くはなれていない島の沖合で地元漁師に救助され、そのあとは市内の救急病院に入院し、現地の水産加工会社の日本人社員や市内在住の日系人女性らの世話になったようである。私は新聞に載っているこれらの人物を現地で虱潰《しらみつぶ》しに探せば意外と簡単に会えるのではないかと安易に考えていた。なかでも一番会いたかったのが彼を救助したという地元の漁師の男である。救助されたときの本村実の様子、言葉、表情、仕種《しぐさ》、態度……そうしたことのなかに、この漂流物語のクライマックスを形づくる重要な鍵《かぎ》が秘められているのではないかと思えたからである。この漁師に会って、それをたしかめたい。それがフィリピン行きを決めた私の最大の動機だった。それにこの漁師にかんしては有力な手がかりがあった。ほとんどの新聞、雑誌は彼のことをゼネラルサントスの漁師としか触れていなかったが、唯一《ゆいいつ》、朝日新聞だけが彼のインタビュー記事を掲載しており、ギナレス・テオドーロ（三十七）と男の氏名、年齢を明記していたのだ。ゼネラルサントスの周辺の港や漁村や水産会社をまわれば、このギナレス・テオドーロなる人物がきっと見つかるにちがいない。私はそんな楽観的な気持ちでマニラに向かい、翌日セブパシフィック航空の座席に身を沈めたのだった。

飛行機の窓の下にはゼネラルサントス郊外の田園風景がひろがっていた。周辺の山々からはすっかり木々が伐採されていて尾根や谷があられもなくうねうねと脈うち、衣服をぬがされた裸体のような生々しさがあった。飛行機が旋回するとフィリピン最大のマグロ漁獲量をほこるゼネラルサントス港が視界にはいり、青い海岸線にアメンボのようなかたちをした無数のパンプボートが停泊しているのが見えた。

フィリピンでの取材には、東南アジアにつよい知人の物書きから、ほぼ完璧《かんぺき》なタガログ語を話すと紹介された通訳の澤田《さわだ》公伸《まさのぶ》に同行してもらった。ゼネラルサントス空港におりたった私と澤田は、ひとまず乗合タクシーをよびとめ予約していた市内のホテルに向かった。

夜になると売春婦が立ちならび、つねに誰かに財布をねらわれているような油断のならなさを感じるマニラ市街地とはちがい、ゼネラルサントスには東南アジアの地方都市に特有ののんびりとした空気が流れていた。周囲にはヤシやソテツの熱帯型の密林がひろがり、木の柱にベニヤで壁をはりトタンを屋根に葺《ふ》いただけの粗末な家屋がひしめいている。道の両側に次々とあらわれる無数の果物屋のテーブルにはスイカやドリアンがならび、道路にはつねにビニール屋根のついた三輪車が砂煙をまきあげていた。

ただ、市場やショッピングモールなど人々の集まる公共の施設にはいるときはかならず、入り口に荷物をあずけ、そのうえ突撃銃を肩にかけた警備員の簡単な身体検査をうけなければならなかった。ミンダナオ島はフィリピンのなかでもアブサヤフなどのイスラム過激派の活動が盛んな地域で、比較的治安が安定しているゼネラルサントスでも時折、爆弾テロなどで多くの死傷者をだすことがあるという。現地のジャーナリストによると、本村実が救助された島の近辺も沿岸の漁民が小型船に乗り大型の客船や漁船をおそって金品やガソリンをまきあげることがあるので、治安は決してよいとはいえないらしい。

ゼネラルサントスではコーディネーター役として、以前、三高物産の現地法人で従業員として働いていたメルチョール・ガルシアが協力してくれた。翌日から私と澤田はメルチョールの車に乗り、ギナレス・テオドーロなる人物をさがすためにゼネラルサントスの街中をうごきまわることになった。

もちろんギナレス・テオドーロというのは日本語の新聞にカタカナ表記された名前なので、アルファベットの綴《つづ》りとフィリピンでの正確なよび方がわからないと捜索はできない。通訳の澤田は〈ギナレス・テオドーロ〉はGinalez Teodoroという氏名の綴りを記者がカタカナ読みに変換したものではないか、と指摘した。それが正しければ、フィリピンでは昔の宗主国であるスペインの影響が強いため、Ginalez は〈ギナレス〉ではなく〈ヒナレス〉、そして Teodoro は〈チョドロ〉と発音することになるという。そしてヒナレスは姓に多い名前で、フィリピンでは〈名・姓〉の順でよぶ。したがって、わたしたちはゼネラルサントス港で水揚げするチョドロ・ヒナレスという漁師を見つけなければならないことになる。

メルチョールのアドバイスもあり、私たちはまず沿岸警備隊の事務所からたずねてみることにした。事務所で用件を告げると出港許可をあたえる担当事務官が白いTシャツ姿であらわれた。腹がでっぷりとつきだし、ぐりぐりとした目で人の好《よ》さそうな笑いをうかべ、メルチョールと十年来の親友ででもあるかのような大げさな身ぶりで握手をかわした。漂流当時のフィリピン紙のコピーをしめし、このパンプボートの所有者であるチョドロ・ヒナレスをさがしているとつたえると、彼は記事のコピーをもって、物々しい動作でおくの部屋に消えた。しばらくしてもどると、予想したとおり「記録がのこっていない」と言い、眉《まゆ》をつりあげ、眉間《みけん》にしわをよせ、いかにも残念だという表情をつくってみせた。

「船舶原簿みたいのはないですか」と私は訊《き》いた。

「船籍については一九九八年に沿岸警備隊から港湾部局に業務移管したので、そちらで確認してほしい。所有者の氏名からさがすとしたら、まず国家統計局に行って出生証明書をとったほうがいいかもしれない。取材に必要だとつたえたら申請がおりる可能性もあるだろう」

担当官はあいかわらず人のよさそうな親身な態度で、私たちがおとずれるべき機関名をあげた。

つぎに向かったのは本村実が入院したという救急病院だった。病院は明るく開放的な建物で、メルチョールが女性の職員に記事を見せると、彼女は記録をさがすので見つかったらメルチョールの携帯電話に連絡すると愛想のいい笑顔をふりまいた。そして事故や災害で救援を必要としている人々を支援する社会福祉開発省というところにいけば記録がのこっているかもしれないと、新たな機関名を教えてくれるのだった。

そのようにしてその日は次々と提示される公的機関をひととおりまわった。社会福祉開発省、国家統計局、社会福祉局という被災者に食事や避難先を提供する機関、そのとなりにある災害リスク削減管理局という同じような役割の機関。当然だが、二十年前にパンプボートに乗っていた零細漁民の名前が役所の公的書類などにのこっているわけがなく、かりにのこっていたとしてもそれを見つけるのは一週間や二週間の滞在期間でなんとかなる類《たぐい》のものではなさそうだった。

最後に船籍業務が移管されたという港湾部局をおとずれると、職員から「君たちは沿岸警備隊に行くべきだ」と言われた。

「そこには最初に行ったよ」と私はうんざりして言った。

「ゼネラルサントスではなくダバオの沿岸警備隊だよ。南東ミンダナオ地区の沿岸警備隊を統括しているのはダバオで、この地区でおきた海難事故の情報はすべてダバオにあつまることになっているんだ」

役所まわりに見切りをつけ、翌日からは港や漁村を中心にヒナレスを探すことにした。

2

ゼネラルサントス港は町の中心部から車で二十分ほどのところにある。グアムほどではないが、テロを警戒したきびしい警備態勢がしかれており、入場するためには入り口で銃をかまえた警備員による車内検査をうけなければならない。埠頭《ふとう》には巨大な巻き網船が係留されており、褐色の肌の裸の男たちが肌に汗をにじませて船内の整備にあたっていた。コンクリートで塗りかためられた地面が熱帯の強い日の光で熱せられ、港はむしろ街中よりも暑いぐらいだった。埠頭の様子を見にいくと赤、青、黄色と極彩色に塗られた何隻ものパンプボートが停泊しており、甲板には船員たちの、これまた船体に負けないほど派手な色の洗濯物が万国旗のようにひらひら風にゆれている。取引市場のほうにも多くのパンプボートが海にうかび、半裸の漁師たちが魚倉のなかからはこび出したマグロを肩にかついだり、大八車に乗せたりして悠然と闊歩《かっぽ》する様子は活気にみちていた。

私たちは埠頭で停泊するパンプボートの船員にやみくもに声をかけ、チョドロ・ヒナレスという人物がいないか、また一九九四年の漂着事件について知っている四十代、五十代の年配の船員がいないか訊いてまわった。だが、パンプボートはまだ少年のような若い船員ばかりで、そうした古い話を知っていそうな人の姿はなかなか見あたらなかった。

「パンプボートの船員は三十五歳ぐらいまでしかいないよ」とメルチョールが私たちの無知を嘲笑《あざわら》った。「八十キロにもなるマグロを釣りあげなければならないからね。五十代のような年寄りじゃあ、とてもつとまらないさ」

船員や港湾労働者に話をきいていると、たしかにメルチョールの言うとおりフィリピンのマグロ漁師は日本人の感覚からすると信じられないぐらいの素朴な方法で魚を釣り、そして命がかるいとしか形容しようのない過酷な現場で労働をしているらしかった。

ゼネラルサントス近辺のマグロ漁場の中心はミンダナオ島東部沖か、インドネシアとの間のセレベス海周辺が中心で、パンプボートには十五人から二十人の船員が乗りこんで一カ月ほど航海をつづけるという。日本の船のような大きな魚倉はないため、百五十四も釣ったら満船になり港にもどらなければならない。ぱっと見た感じでは、船の長さは十数メートルから大きいもので二十メートル強といったところだろうか。私のような素人《しろうと》からすると、その細長い、アメンボみたいな貧弱そうな木船に二十人近くもの人間が乗っていること自体驚きだったし、一航海に一カ月も出ているというのも十分に驚愕《きょうがく》の事実だった。船には小さな船室はあるものの寝室のようなものはなく、船員たちは適当に甲板のうえでごろりと横になって眠るだけなので、朝起きたら誰かがいなくなっていた、なんてこともしばしば起きるらしい。

漁場でマグロを釣るときも、かなりきわどい作業になるようだ。パンプボートのアウトリガーの上にはバンカーとよばれる二、三メートルの小型ボートが何隻も搭載されている。漁場に到着すると船員たちは各々《おのおの》バンカーに乗りこみ、本船のパンプボートからはなれて周囲のパヤオをまわり、魚のあつまる場所が見つかったら本船をよびにもどる。要するにパンプボートによる漁は本船のまわりをこの小型のバンカー船が遊弋《ゆうよく》しておこなわれるわけだが、当然バンカーにはGPSや無線などの通信機器はつんでいないので、場合によってはいつのまにかバンカーがどこかに消えて見つからないなどということも起きるらしいのだ。行方不明になったら一週間ほど捜索をつづけるが、それで見つからなかったらあきらめざるをえないという。

仲間が時々、姿を消すだけではなく、沈没や漂流といった致命的な海難事故も、フィリピンのマグロ漁師のあいだでは割合頻繁におきるようだ。じつはグアムで取材したエンリキート・デュランもフィリピンでの漁師時代にも船が沈没して短時間ながら漂流を経験したことがあると語っていたのだが、その程度の体験ならゼネラルサントスの港で半日ほど声をかけてまわれば、いくらでも聞けた。

たとえばミンダナオ島西部のザンボアンガ出身の四十九歳の漁師は昔、地元の近くの海でなんの前触れもなくパンプボートがまっ二つにわれて沈没し、死にかけたことがあるという。この航海の直前に船主が三百万ペソ（約六百六十万円）の大金を支払って整備していたにもかかわらず、船底の内部が腐食していたらしい。船が沈没し、海に放りだされた彼は、近くにういていたポリタンクにしがみつき、その後はなす術《すべ》もなくただ海上をゆらゆらと漂っていた。幸運なことに、その日は天気がよく波もおだやかだったが、時間がたつうちにパヤオからどんどん離されていくのがこわかったという。パヤオの近くにさえいれば他船が来るかもしれないし、監視船が巡回してくることもあるが、そこから離れてしまえば助かる術はない。神への祈りがつうじたのか、沈没から四時間後、彼はパヤオを巡回する監視船に発見され、仲間の船員ともども救助された。

一方、十三人乗りのパンプボートで船長をしているという三十九歳の男に声をかけると、逆に漂流者を救助したことがあると語った。二十年ほど前にフィリピン南部、マレーシアとの国境近くのタウィタウィ島でマグロ漁をしていたときに、島から遠くはなれた陸影のまったく見えない文字どおり大海のどまんなかで、発泡スチロールの蓋《ふた》にしがみついて海上を漂う一人の無力な男を発見したというのだ。船のうえにかつぎあげると、その漂流者は意識はあったものの、衰弱で身体《からだ》を動かすことができなくなっていた。お粥《かゆ》を何度か食べさせるうちに体力は回復し、三日後には元の身体にもどったので話を聞くと、男はゼネラルサントスの漁師で、やはりタウィタウィ近海でマグロ漁に従事している途中で船が沈没し、まるまる五日間も裸同然で漂流していたのだという。

「そういう話はよくあるんですか」と私が訊くと、船長は、「漂流者を助けたという

「話はよく聞くね」と言った。

この船長によるとこうした死ととなりあわせの現場ではたらいても、彼らの収入は一航海二週間から一カ月で三千ペソ、大漁しても一万ペソにしかならないという（二〇二三年九月時点で一ペソ＝二・二円）。この額はフィリピンでも最低賃金レベルで、メルチョールによると漁が不首尾におわった場合は船員に賃金が支払われないこともあるらしい。

「それほど危険で収入が少ないのに、なぜ漁師の仕事をつづけるんですか」

自分でもバカげた質問だと思いながらたずねると、その船長の男はわずかに顔をゆがめ、「なんでって、これ以外にはたらく道がないからだよ」と言った。「小さい頃から海で仕事をしてきたし。おれは十六歳から漁師の仕事をしてきたんだ。生まれたのはダバオだけど、育ったのはキアンバという港町だったからね。気がつくとまわりには漁師しかいなかったよ」

それは佐良浜で何度も聞かされた言葉とまったく同じだった。

港で会った漁師たちは口をそろえて、とにかくフィリピンの漁で一番こわいのは台風だと話していた。そして実際に彼らの恐怖を裏づけるような台風による大災害が、じつは私たちが取材におとずれるわずか十カ月前にゼネラルサントス一帯を襲っていた。

インターネットで読んだいくつかの記事や漁師たちの話によると、二〇一二年十二月に〈パブロ〉と名づけられた超大型の台風がミンダナオ島を直撃し、おもにゼネラルサントス港を出港した四十隻以上のマグロ漁船と三百人以上の漁師が海に呑《の》みこまれてしまったのだ。パブロが襲来したその日、海は突然暗くなり竜巻のような風が発生し、船は大きな渦巻にまきこまれて次々とまっ二つに割れて沈没した。その日は多くの漁船がミンダナオ島東沖で操業しており、地元行政府のウェブサイトには、海岸線には無数の遺体がうちよせられ住民たちは恐ろしさですくみあがっている、との生々しいレポートが掲載されていた。

ヒナレスをさがす過程で、私たちは必然的にこの台風被害の話も耳にするようになった。役所まわりのときに確認したところ、最終的な漁師の行方不明者数は三百七十四人にものぼるといい、一緒に取材にまわったメルチョールも「自分のまわりにも近所で三人、親戚《しんせき》にも三人見つからないのがいる」とあかした。

ところが不思議なことに、それほどの大災害であるにもかかわらず、この漁師の行方不明のニュースはフィリピン国内ではあまり大きく報道されなかったという。そのことはウェブサイトの記事でも指摘されていたし、またゼネラルサントスで会食した地元ジャーナリストにいたっては、地元記者にもかかわらずこの漁業災害のニュース自体をほとんど知らなかった。つまり台風パブロの報道は陸地の洪水や農業被害にばかり集中し、漁民の世界の悲惨さはおきざりにされたのだ。

あるいはフィリピンでも、文字、情報の世界は陸の人間に牛耳られており、その陸の人間にとって境界のそとにある異質な海の世界の話は、無意識のうちに作動する〈自分たちとはちがう人たちだ〉という条件反射的な思考の仕分け作業によって除外されるのだろうか。

この漂流取材をはじめたとき私は、日本で漁師の世界を物語化したノンフィクション作品をさがし、それがほとんど見つからないことに疑問をもったが、もしかするとそれと共通する陸の人間の世界認識の限界がここにもあらわれているのかもしれない。パブロの報道がかたよっていた事実は、陸の人間が本質的に海の人間と認識の地平を共有できていないことの証左であるようにも思えた。

港でヒナレスをさがした日の晩、私たちは台風パブロで三人の生存者を救助したという四十七歳の漁師にくわしく話を聞く機会があった。うす暗がりのなかにあらわれたその漁師は、いまにも嚙《か》みつきそうなワニみたいな顔をしており、握手をしてもその堅苦しい表情をくずさなかった。腕は太く、ブルース・ウィリスのようなタフな身体つきで、いかにも気の荒そうな漁師という風貌《ふうぼう》の持ち主だった。

「まったく今回は異常な台風だったよ」と彼はプラスチックの椅子《いす》に悠然と腰をかけて言った。「あんなに急激に天候が荒れる台風ははじめてだった。午前中までは風もなく快晴だったんだ。でも夕方五時から急に暗くなり、その二時間後から猛烈な風がふきはじめた」

ワニ顔の漁師によると、今度の台風で船が次々と沈んだのは十二月三日のことだったが、その一週間前から超大型の台風——彼の言葉によるとスーパータイフーン——が来るとの予報はでており、船主からも警告がだされていた。ところが当日になると雨も風も波もない。あまりにも天気がよく海も凪《な》いでいたために、船長たちは天気予報は何かのまちがいだったのではないかと判断し、そのまま漁をつづけた。ところが予報はまちがっていなかった。夕方に暗くなったかと思うと、突如猛烈な風がふきはじめ、数多くの漁船が逃げおくれて嵐《あらし》に呑みこまれたのだ。

彼はゼネラルサントスの漁業会社の船員で、会社の同僚だけでも三十人以上が行方不明となっていると話した。翌十二月四日から沿岸警備隊の捜索がはじまったが、それだけではとうてい人手がたりないので、会社からの指示で七日から自分たちでも捜索にまわったという。

彼が捜索を担当したのは六十トンのフォーサイナーとよばれる巻き網船で、その船からは台風にまきこまれる直前のGPSの座標位置が会社のほうにつたわっていた。捜索に向かった日は波もなく天気もおだやかだったが、沖にでてみると大嵐の痕跡《こんせき》はまだのこっており、さまざまな船の残骸《ざんがい》が海上を漂っていた。ポリタンク、ベッドのシーツ、網をまく機械、LPGタンク、魚倉の蓋、それに二体の人間の遺体などである。

GPSでしめされた位置に近づくと、すぐにパヤオにいる三人の人影が発見された。「白いTシャツを脱いで、こっちだ、こっちだと必死にふっていた。近づくと三人とも衰弱していて立ちあがることもできなかった。すぐにパヤオにおりて、かかえるようにして船にはこんだけど、あまりにもひどい惨状だった。救助すると急に三人とも泣きだしてね、こっちも涙がとまらなかった。それからお粥を食べさせて、水も飲ませて。回復するのに三日ぐらいかかったかな」

救助された三人はライトボートとよばれる小型船の船長、機関長、潜水夫として船に乗っていた。フォーサイナーはこのライトボートを二、三隻同行させ、パヤオのまわりで協力しあって巻き網漁をする。三人が回復すると彼は沈没までの状況をくわしく聞いた。

「『パーフェクト ストーム』という映画があったのを知っているか。十階建てのビルぐらいの巨大波に襲われる映画だけど、まさにあんな波だったと言っていた。竜巻みたいな大風がおこり、どんなに大きな船でもまきこまれたら沈むしかないような風だったらしい。沈没は一瞬だったと言っていた。本船のフォーサイナーのほうはシーアンカーをおろす暇さえなく、ものすごい風とうねりで雑巾《ぞうきん》がしぼりとられるみたいに一気に沈んでいったそうだ」

フォーサイナーが沈没する直前、三人が乗るライトボートに船長からの悲痛な無線がとんできたという。

そのひと言が聞こえた直後、フォーサイナーは巨大なうねりに呑みこまれ、二度と浮かびあがってこなかった。

「助けてくれ！」

自分たちも沈没はまぬがれられないと観念した三人は、ロープを用意し、そばにある砂糖とミルクのまじったインスタントコーヒーの袋をにぎりしめてポケットに捻《ね》じこんだ。船が転覆したのは、その瞬間だった。三人は海に放りだされたが、パヤオが近くにあることをわかっていたので、必死でそこまで泳ぎつき、用意したロープでパヤオ同士を連結し、そのうえにしがみついてひたすら救助を待った。ワニ顔の男に救助されたのはそれから五日後のことだった。

「救助を待つ間、七十センチぐらいのシイラを一匹つかまえたと言っていた。そのシイラはあたかもつかまえてくれと言わんばかりに自分のほうから近よってきたという。ナイフでさばいて、天日干しにして、それを齧《かじ》りながら飢えをしのいだと言っていた」

「まさに神のおぼしめしだな」とメルチョールが言った。

「のどの渇きは海水を少しずつ飲んで癒《いや》したみたいだ。沈没直前につかんだコーヒーの粉を海水にまぜて我慢して飲んだと聞いている」

このフォーサイナーの一団には計二十八人が乗船していたが、救助されたのはこの三人をふくめ四人だけだった。

「救助された三人は今、どうしているんですか」

「フォーサイナーに乗ってマティの沖合に出ているよ。あと三カ月は帰ってこないんじゃないかな」

「ということは、台風で被害にあったのと同じ海域で漁をしている……」

「そう、同じ漁場にもどったんだ。それ以外に生きる道がないからね」

彼はそう言って、そのワニのような厳《いかめ》しい顔をいっそうこわばらせた。

3

翌日も港に足をはこびヒナレスの捜索をつづけた。朝早い時間の埠頭には前日よりも小型のパンプボートが数多く停泊していた。ヒナレスのパンプボートも二トンの小型船だったので、あるいは顔見知りがいるかもしれない。近くで暇をもてあましていた港湾管理の事務員たちが手伝ってくれて、一緒にチョドロ・ヒナレスという人物を知らないか、パンプボートの船員に声をかけてまわった。すると、ある船員が、ゼネラルサントスの南のグランという町のパンガン地区には有名なヒナレス一族というのが住んでおり、ヒナレス姓の住民も多い、という気になる情報を教えてくれた。

パンガン地区までの道のりをたずねると、彼はこう言った。

「グランまでは乗合バスで二時間ぐらい。だけどパンガン地区は町の中心部からグマサビーチをこえた先だから三時間ぐらいかかるかもしれない」

グマサビーチという単語に私の耳はつよく反応した。というのも、じつは前日取材した漁師のなかに、以前、グマサビーチの近くで日本人漂流者が救助されたとの話を聞いたことがある、と証言した男がいたからだ。ヒナレスとグマサビーチ。私たちがその時点でにぎっていた本村漂着にかんするたった二つの手がかりが、その瞬間につながったのだ。このことは第一保栄丸のクルーを救助したチョドロ・ヒナレスがグランに住むヒナレス一族のなかにいる公算が高いことをしめしていた。一気に有力情報を手にしてもりあがっていると、となりで聞いていた港湾事務所の職員がさらに耳よりな情報を教えてくれた。ヒナレス一族の一部はゼネラルサントス市内のカルンパン地区にうつり住んでおり、わざわざグランまでいかなくても、そこで何かわかるかもしれないという。

私はすぐにでも本拠地であるグランに行きたかったが、その日はもう時間がたりなかったので、グランは翌日以降にたずねることにして、まずはメルチョールの車で近場のカルンパンに向かうことにした。

メルチョールが言うにはカルンパンは海岸近くの貧しい漁村だという。車は通行量の多い大通りをはなれ、砂埃《すなぼこり》のまきたつ脇道《わきみち》を海に向かった。木々の間に竹の塀とサボテンの生垣でしきられたトタン屋根の貧相な家がかくれるように建ちならんでいる。奥に進むほど集落は貧しさの度合を増していった。道はいよいよ細くなり、ひどい砂埃が視界をさえぎり、時速十五キロ以上で走ることはむずかしくなった。脇の排水溝は白くにごり、緑色のうす汚い藻が繁殖して、その横で二匹の痩《や》せ細った犬が力なく交尾をしている。ただ貧しいながらも、そこはにぎやかな生活感にみちており、せまい軒下を子供たちが笑顔で走りまわり、雑貨屋や果物屋の周辺では女たちが世間話に興じていた。三輪車やオートバイがあわただしくいきかい、ヤシの木々には夏の暑い日ざしがそそいで、そのなかを涼しい潮風がぬけて海のにおいをとどけていた。

地区長の家をたずねると、恰幅《かっぷく》のいい女性があらわれた。近くにチョドロ・ヒナレスという人物がいないか訊くと、彼女は手書きの名簿を一枚ずつめくって丁寧に確認作業をはじめた。台所から漂ってくる炒《いた》めた唐辛子のカプサイシンが私の目を刺激する。名簿は国勢調査のときに戸別訪問して記録したもので、地区の住民の名前が全員ぶん記載されているという。だが、どういうわけかヒナレス姓をもつ人物は載っていなかった。

道端で赤ん坊をだいた母親が、私たちの様子を見て言った。

「ヒナレスという名前ならグランに多いわよ」

グランにはヒナレス一族がいる。それは港の漁師たちが言っていた話と同じだった。やはり私たちはカルンパンではなく、グランまで行くべきなのだろうか。そんなことを考えていると、名簿をめくっていた地区長が「こんな名前ならあるわね」と言って、

Gからはじまる別の姓をさししめした。そこにはGuinalezという姓をもつ人の名前が何人かならんでいた。〈ギニャレス〉と読むらしい。ふと、もしかしたら自分たちが探さなければならないのはヒナレスではなく、このギニャレスではないのか、と私は思った。朝日新聞の記事に書かれていたのは〈ギナレス・テオドーロ〉という表記の名前だった。もしこの人物がGinalezすなわち〈ヒナレス〉なら、なぜ朝日の記者は表音どおり〈ヒナレス〉と書かずに〈ギナレス〉にしたのか、その理由がよくわからない。しかし、このGuinalez〈ギニャレス〉なら、ほぼ音のとおり報じていたことになり疑問が氷解するわけである。

「このギニャレスという人たちはどこに住んでいるのですか」

「となりのバヤニハン地区です。そこも同じように昔からの漁村で、漁師さんばかりが住んでいます」

私たちはカルンパンをはなれてバヤニハンに向かった。一度、大通りにもどり、そこからまた砂埃のひどい小路《こみち》をたどって同じような貧しそうな漁村に車を乗りいれた。近くのマグロの缶詰工場から魚を干したような、佐良浜の鰹節《かつおぶし》工場と似た饐《す》えた臭《にお》いが漂ってきた。道はバスケットボードのある広場で行きどまりとなり、ベニヤでかこったただけのせまくて暗い家がスラムのようにひしめいていた。

「このへんは薬物の中毒患者が多く、夜になると売人が歩いていて危険だ」

メルチョールが渋い表情をした。

小さな家屋の軒先のならぶ白い砂の小路を海にむかってくだると、海岸の手前に軽食をだす店があった。店のおくで白髪のまじった男が大勢の子供と一緒に年代物のテレビゲームに興じている。

「すいません、このあたりにギニャレスという人はいませんか」と声をかけると、店の女が「彼がそうよ」と言って、奥でテレビゲームをしている白髪の男をよんだ。

「ギニャレス、ギニャレス」

男はトロンとした眠たそうな目を向けると、ゲームを中断してこちらにやってきた。メルチョールがタガログ語で話しかけると、男は、ああ、それなら……と覇気のない様子で何か答えた。メルチョールが興奮気味に、おおっ！　と声をあげた。通訳の澤田もまじえて三人の話はもりあがり、笑い声があがった。いったい何がおきてるのか？　少し話しこんだ後、ようやく澤田が私の存在を思いだして説明した。澤田によると、このテレビゲームの人物こそ保栄丸のクルーを救助したチョドロ・ギニャレスなる人物の従兄弟《いとこ》で、彼本人も本村実の話は聞いているというのだ。なんといきなり親族にぶちあたったのだ。

従兄弟の家はそこから百メートルほどの一角にあった。周囲と同じように木材でかこった小さな家で、室内は暗く、ベニヤのうえに青いマットを敷いただけの床の上で、皆が古いソファーにすわって小さなテレビを見ていた。

彼らの話を聞いていると、どうやら私たちはチョドロ本人とニアミスだったらしい。義理の娘だという女が、いくぶんしぼみ気味のおっぱいを赤ん坊の口にあてがいながら、チョドロは昨日までゼネラルサントスにいたが、自宅のある遠くはなれた村にもどってしまったところなのよ、と明かした。

救出者チョドロ・ギニャレスは現在、ゼネラルサントスをはなれて東ダバオ州のティバンバンという小さな漁村に住んでいるのだという。もともと彼の実家はティバンバンにあるのだが、漁の関係で十年ほどゼネラルサントスにうつり住んでいたことがあり、ちょうどその時期に本村実を救助したとのことだった。

従兄弟らは本村実と直接会ったわけではないが、救助されたときの様子を少しは聞いていると語った。

「船長は港についたとき、ひどい腹痛であるけなかったらしい。チョドロが抱きかかえてはこんだと話していた」

従兄弟に当時の記憶を思いだしてもらっているうちに、彼の家族がなんだかドタバタとしはじめた。どうも澤田の携帯電話でチョドロの娘と連絡をとりあっているようなのだが、日本人がわざわざ会いに来たという話を聞いて、チョドロ本人がティバンバンからもどってくると言っているようなのだ。バヤニハンに来てから事態が目まぐるしく展開しはじめた。フィリピンに来てから何十人と話しかけて所在を追いもとめてきた男に、どうやら会えるらしい。

従兄弟の家族も力になれたことがうれしいようで、会話はなごやかにはずんだ。

「ところで」と従兄弟の妻が言った。「本村船長はお元気ですか」

「いや、じつはまた海にもどって漁に出たときに行方不明になってしまったんです」

私がそう言うと、その場にいた家族全員が、え、また……と絶句した。

「救助されたあとはしばらく船に乗っていなかったんですが、ふたたびグアムでマグロ漁をはじめて、その最初の操業で行方がわからなくなったんです」

「なんということだ」と従兄弟が首をふった。「救助されたというニュースはないのか?」

「ないんです」

「それはいつ頃のことですか」

「二〇〇二年です」

従兄弟はしばらく黙っていたが、そのあとに口をついて出た一言に今度は私が絶句させられた。

「いや、チョドロもね、じつは一カ月近く漂流したことがあるんですよ」

「え……！」

「エンジンがこわれて船ごと漂流して、ヤップの近くでほかの漁船に救助されたんです」

漂流……？

「それはいつの話ですか」

「九四年に本村船長を救助するちょっと前だったと思います。ずいぶん長い間、行方不明だったので、ぼくらもダメかと観念していたんです。だけど急にヤップから連絡があって、パラオ、グアム、マニラと経由して飛行機でもどってきました。たしかそのときに漂流したのと同じメンバーが本村船長を救助したんじゃないかな」

私は耳をうたがった。本村実を救助したチョドロ・ギニャレスもまた、その直前に長期漂流を経験していたというのだ。一つの漂流をまさぐると、また別の漂流が不意に顔をのぞかせる、そんな泥沼に引きずりこまれるような海の深淵《しんえん》の底暗さに、私はまた触れたような気がした。

4

翌日の昼すぎ、チョドロ・ギニャレスが二人の娘と、昨日の従兄弟をともない私たちのホテルにあらわれた。前日に電話で日本人の来訪を知った彼は急遽《きゅうきょ》、ティバンバンから午後五時の最終バスに乗ってダバオに向かい、夜中に乗りかえて未明の三時にゼネラルサントスに到着したという。五十年近くマグロを釣りつづけてきた彼の顔には潮風によってきざまれた深い皺《しわ》があり、眼光は鋭く、身体はかたくひきしまっていた。

幼い頃に小さな漁村であるティバンバンに移住した彼は、やはり本村実と同じように父も五人の男兄弟も全員が漁師という環境で育ち、自分も気がつかないうちに漁師になっていた。八歳のころから手漕《こ》ぎの小さな船でマグロを釣るようになり、一九七四年、十八歳の頃に兄がエンジンつきの漁船を持ったことがきっかけでゼネラルサントスに移住、本格的にマグロ漁師の道をあゆみはじめた。四年後にバヤニハン地区にうつってから一九九五年までの二十年ほどの間は、ひたすらゼネラルサントス港を根拠地に出漁をくりかえしてきたという。

彼と一緒に移住してきた兄はダバオの知人から資金提供をうけ、一九八八年に二隻目となる全長十八メートル、二トンほどのパンプボートを新たに建造した。兄はその船に娘の名前をとり〈アイビー・ジェーン号〉と名付けたのだが、この船こそ本村実を救助したときにチョドロ・ギニャレスが乗っていた船だった。当時、彼はアイビー・ジェーン号で十五日ほど漁をしては港で水揚げし、一週間ほどつぎの航海の準備をしてはまた海にもどる、という日々をすごしていた。同じパンプボートといっても当時の船はいまのものよりもさらに小さく、三十四も釣れば満船となった。漁場はフィリピンとインドネシアとのあいだにひろがるセレベス海が中心で、セレベス海が不漁なときは、その東にあるモロタイ島近辺に向かうこともあったという。いずれもインドネシアの領海内だったが、フィリピン人が所有するパヤオが数多く点在しており、彼らの漁場となっていた。

チョドロが本村実の救命筏を発見したのは一九九四年三月十七日、このときめざしていた漁場はセレベス海ではなくモロタイ島方面だった。彼によると、当時、小型のパンプボートに乗っている個人経営の漁船のほとんどは許可を取得しておらず、事実上の密漁というかたちでインドネシア領海内で操業していた。とりわけモロタイ島方面はセレベス海にくらべてインドネシア当局に拿捕《だほ》される可能性が高く、多くの漁民から敬遠される傾向があったのだが、摘発のリスクをかえりみず彼がこのときモロタイ島方面をめざしたのは、前回もこの海域でまずまずの好漁にめぐまれたからだったという。

ガソリンスタンドで軽油を買いもとめ、氷を十分に用意し、あわただしい一週間をすごし、チョドロは三月十六日午前七時に、いつものようにゼネラルサントスを出港した。モロタイ島方面をめざしたアイビー・ジェーン号だったが、出航すると風が強く、雨も降りはじめたことから、漁師たちのあいだで退避場所として利用されていた途中のサランガニ島の入り江で一晩様子を見ることにした。入り江にいるとほかに顔見知りの二隻のパンプボートが同じように避難してきた。

翌朝午前五時半に三隻のパンプボートは入り江を出発した。それから五時間ほど南東方向に進んだところで、舵をにぎっていた船員が、一キロほど前方に妙な漂流物がういているのを発見した。

「最初は氷をいれるアイスボックスがうかんでいるのかと思って近づいた」とチョドロはふりかえった。「漂流物の下には雑魚《ざこ》がついていることが多いからね。自分たちの食糧を釣るために近づくんだ。そしたら百メートルぐらい接近したところで、なかから人が出てきたからびっくりした」

救命筏からは「サクローロ（助けてくれ）」という言葉が聞こえてきた。接近してみると、なかにはぼろきれのような服を着て水浸しになった九人の男がいた。一人が衰弱しきって横たわっており、ほかの人間は壁にもたれかかるようにしてすわりこんでいた。

「床には水が溜《た》まっていた。それにかなりひどい臭いがした。便の臭いというか、強烈な体臭というか、まあそういう臭いだ。全員げっそり痩せていて、まさに骨と皮だったね。本村船長の顔は髭《ひげ》だらけだったよ」

なかから一人が船に乗りうつってこようとしたが、足がふらついて海にころげ落ちそうになった。ほかの男たちは立ちあがるどころか話をすることもできず、ひたすら寒さにふるえていたという。チョドロたちは三十分ほどかけて肩を貸して彼らを船室のなかにはこんだ。どこの国の人間かたずねるとフィリピン人だというので、漁を中止してひとまずゼネラルサントスにもどることに決め、救命筏も漂流者たちの意見で空気をぬいてもち帰ることにした。

「救助した直後は混乱していたのか、彼らは話をすることもできなかった。ただ感謝の念を口にするばかりでね」

「どんなことを言っていましたか」

「エンリキート・デュランという男がいて、われわれを助けてくれたことを神に感謝しますとくりかえし唱えていた。ランベルト・ルシアナは船に乗ってからひたすら泣きつづけていたよ」

　二十年前の出来事にもかかわらず、チョドロ・ギニャレスは助けた船員の名前をほぼ全員おぼえており、誰がどの場面で何を言ったのかも詳細に記憶していた。その述懐の具体性の高さが、彼の記憶の信用度を高めていた。

　チョドロが彼らにしたことは、まず粥を食べさせることだった。漂流直後は胃腸が弱っているから固形物はうけつけない。漂流者に粥をあたえるのは、〝漂流大国〟フィリピンの漁師にとってはいわば常識だった。本村実は出された粥をたくさん食べると何も言わずに横になった。それから数時間後、チョドロは船員たちにインスタントラーメンをあたえ、ラーメンを食べるとまた彼らはしばらく眠りつづけた。食事と睡眠の間、チョドロは彼らと話もせず、ただ様子をみまもるだけだった。

　彼らが事情を説明できる程度に体力を回復したのは、救助から四時間ほどたち、すでにゼネラルサントスの町がかなり近づいた頃だった。

「エンリキート・デュランとエディ・アボルターへの二人が比較的体力がのこっていたので、彼らにいったい何があったのか訊いたんだ」

二人はチョドロに船が突然浸水して沈没したことや、救命筏で漂流の最中、何隻も船がとおりかかったがどの船も自分たちに気づかずすぎさったことなどを、寒さにふるえながらぼそぼそと語った。

ゼネラルサントスについたのは午後七時頃のことだった。当時、この町には今みたいな立派な漁港はなく、ライオンビーチとよばれる浜で魚の荷卸しがおこなわれていた。しかし、チョドロはそのライオンビーチにはいかず、自分の家のあるバヤニハンの砂浜に船を向かわせた。この日は季節風の影響で夜中まで波が高く、桟橋のないライオンビーチでは人間の乗り降りができないと考えたからだ。浜に到着すると彼は、足どりのおぼつかない九人の男を船からおろし、ひとまず家につれていった。ずぶ濡《ぬ》れで異様な悪臭をはなつ衣服をきがえさせ、体をふいてやり、近所からマッサージが上手なおばさんをよんで身体をもんでもらった。チョドロの母親がもう一度ラーメンをつくって食べさせると、ふたたび彼らは二時間ほど横になった。彼の家族と九人の漂流者、それにものめずらしさにおしよせた近所の住民で、彼の質素な小さな家はこわれてしまうのではないかと思われるほどの人間であふれかえったという。

漂流者たちが横になってしばらくたったとき、チョドロはエンリキート・デュランから相談をもちかけられた。

「本村船長が日本食を食べたいと言っている、どこかレストランにつれていってくれないかと言うんだ。デュランは少し日本語がわかるみたいで、船長の通訳のようなこともやっていた。でも日本食のレストランなんてこの町にはないからね。しょうがないからライオンビーチの近くにあったフィリピン料理屋につれていくことにした。粥とラーメンで腹がこなれていたせいか、彼らは大量の料理を注文して貪《むさぼ》りくっていたよ」

料理屋につくと本村実はミルクフィッシュとよばれるフィリピンの大衆魚のから揚げを旨《うま》そうにたいらげ、ほかの船員たちもだされてくる皿をがつがつとほおばった。チョドロも実からすすめられてほかの船員と二人でビールを六本も飲んだという。当然、あわれな漂流者たちにもちあわせのカネなどなく、チョドロもふくめて支払い能力のある人間はその場に一人もいなかった。そんなこともあろうかと、チョドロは機転をきかせて知人のラジオ局の記者を一緒につれて来ていた。この記者が市やマスコミ関係者に連絡をいれ、かけつけた市の職員が料理屋の支払いを肩がわりしてくれた。また日本人とフィリピン人が長期の漂流から生還したとのニュースも、このラジオ局記者の特ダネとして最初に報道されたものだった。

料理屋をあとにした本村実と船員たちは、市の救急病院に移送され、そこにしばらく入院することになった。退院後、本村実は市内のホテルに移動し、七日間すごしたあと日本に帰国している。

「病院には毎日のように見舞いに行ったんです」とチョドロはふりかえった。「船長は病院では個室をあてがわれていた。彼の部屋には現地に住む日系人の女性が食べ物や衣服をさしいれしていたね。あれは入院して二日目だったかな。船長に髪をきりたいと身ぶり手ぶりでたのまれたので、知りあいの美容師に来てもらったこともあった」

「漂流中に何があったか、船長から話を聞いたことはありますか」

「とくにそんな話はしなかったな。船長は無口というか、恥ずかしがり屋みたいなところがあり、あまりぺちゃくちゃと話をする人ではなかった」

「彼らがひどい漂流を体験したと聞いたときは、どう思いましたか」

「漁師の生活とはそういうものだと思ったよ。海の仕事をしていると、こういうことがおきるんだ。自分もその直前に一カ月近くの漂流を経験したばかりだったからね」

そう言ってチョドロ・ギニャレスは今度はみずからの漂流体験を詳細に語りはじめたのだった。

チョドロ・ギニャレスが漂流を経験したのは、本村実を救助するわずか五カ月前の一九九三年十月のことだったという。彼の兄はアイビー・ジェーン号のほかに二隻のパンプボートを所有しており、このときチョドロは〈ジェネシー号〉という同じ二トンの小型船に乗っていた。ゼネラルサントスを出港した彼は、やはり二昼夜かけてモロタイ島方面に向かい、近海のパヤオで操業を開始した。トラブルがおきたのは一週間ほどたってマグロを一トンほど釣った頃だった。

「十月三日だった」と彼は具体的な日付をあげた。「エンジンのベアリングが故障したんだ。交換部品がなく、修理してもうごかすことができなくなった」

動力を失ったパンプボートは潮の流れと風の動きに無力となり、海上をさまよいはじめた。エンジンがうごかないと観念したチョドロたちは、周囲を見まわして島影や山がないかさがした。しかし何も見えなかった。

「最初はそんなに心配していなかったんだ。食糧と水もいくらかのこっていたし、魚倉には釣った魚もある。ほかの船がとおりかかるかもしれないから、そのときは魚をわたして港につれていってもらえばいい、そんなことを考えていた」

このときの航海では十日ほどで港にもどるつもりだったので、漂流がはじまった時点で船には水が四十リットル、食糧はトウモロコシが二十キロ弱しかのこっていなかった。船には九人の男が乗っていたので、それだけでは到底一カ月ももたない。しかし、そこはやはり救命筏ではなく本船に乗っていることからくる余裕が彼らにはあった。チョドロたちは毎日、釣り糸をたらして食糧を確保し、スコールが降るとビニールの屋根に雨水をためて十分な量の飲料水をポリタンクにためることができた。

「十月は雨の多い季節で、スコールが降ると六つあった四十リットルの容器がすぐに満杯になった。むしろ雨が降ると身体が冷えないように屋根の下にかくれなければならなかった」

「ではのどの渇きにくるしめられたということはなかったんですね」

「そうだね。トウモロコシが少ないことが心配だったけど、魚も釣れたし、夜になるとイカがとれるからね。イカを釣るのは簡単なんだ」

チョドロたちは船のまわりにあつまる小魚を釣って食糧やイカの餌《えさ》にした。船にはつねにイカ釣り道具が用意されており、餌をばらまき、そのまわりに針をかこむようにして釣るという。気がむいたときに数人でやれば、すぐに全員の腹を満たすぐらいの量のイカを確保できた。

「漂流したときに一番大切なのは水だ」とチョドロは言った。「食糧がなくても水があればなんとかしのげる。その点、われわれは十分な水を確保できたし、あとはイカを釣って食べていれば問題なかった」

ただ、当座の水と食べ物に不安はなかったにせよ、漂流は漂流だ。どこかに漂着するか、誰かに救助してもらわないかぎり、生きて家族のもとにかえることはできない。現代の漁船とちがいGPSも衛星電話もない彼らは、現在位置を知ることもできなければ、救助を要請することもできなかった。そのため漂流中に彼が一番心配したのは餓えや渇きではなく船の沈没だったという。彼らが乗っていたのは横波をくらっただけでまっ二つに折れることもある小型のパンプボートであり、沈没への懸念《けねん》は現代のFRP漁船などよりもはるかに深かった。

十月上旬と下旬に二度、台風が襲来したときは、もう船がもたないのではないかと半分観念しかけたという。飛沫をあげて荒れ狂う嵐のなか、彼らにできたのは錨《いかり》を百メートル以上流して、船のむきをうねりにたいして垂直にして、横波をくらわないようにすることだけだった。あとは身体が冷えないようにキャビンのなかに避難し、神に祈るしかなかった。

「とくに最初の台風は勢力が強かった。夜の七時頃から風雨が強まり、暴風雨が深夜零時ぐらいまでつづいた。沿岸とはちがい沖にでると波自体はそんなに大きくはならないが、波の流れと潮の流れがぶつかったときは恐ろしい波がたつ。その瞬間、海が口をあけたように裂けて船をおそってくるんだ」

暴風雨がふきあれるさなか、危惧《きぐ》された船の故障が発生した。本体とアウトリガーをつなぐ竹竿《たけざお》が突然折れてしまったのだ。ほうっておくと船が沈没する危険が高まる。はげしい雨風のなかではあったが、船員たちは体をずぶぬれにしながら予備の竹竿を添え木にして、折れた部分とロープでむすんで修理した。それに嵐となれば、修理以外のときも見はりやアカ出しのため全員交代で甲板にいなければならない。若い船員のなかには、もう船が沈む、もう恋人に会うことができないと弱音を吐く者もいたが、チョドロはそのたびに絶対に大丈夫だと鼓舞しつづけた。一人でも弱気になると、それは雪崩《なだれ》をうったように全員の士気に影響する。船員の気持ちから余裕がうしなわれることが何より生還の可能性を小さくするということを、彼は経験的に知っていた。

本村実のケースと同じように、彼らが漂流したときもやはり何隻もの船が近くにあらわれては気がつかずにすぎさっていったという。とおりかかっただけではなく、実際に漁船と話をしたにもかかわらず救助をことわられたケースさえあった。

「最初の台風にあう前だったから、漂流して一週間ぐらいの頃だったと思う。パラオから来たという二隻の大型漁船が近づいてきたことがあった。もちろんわれわれは必死で手をふったよ。するとそのうちの一隻がわれわれの船のまわりをぐるぐると周回しはじめたんだ。われわれは大声で、フィリピン海域までか、すくなくともどこか島影の見えるところまで曳航《えいこう》してもらえないかとたのんだ。だが、それはできないとことわられた」

「それはまた、なぜ……」

「フィリピンまでは遠いし、領海内にはいると沿岸警備隊に捕縛されるというんだね」

「じゃあ、たとえば船をすてて、その漁船に乗りうつるという話はしなかったんですか」

「言葉があまりつうじなかったので、そこまでくわしい話はできなかったんだ。ほとんど身ぶり手ぶりで意思をつたえようとしたから。それにまだ漂流して幾日もたっていなかったので、またそのうちべつの船がとおりかかるだろう、ゼネラルサントスの船が来るかもしれないと楽観的に考えていたこともあった」

　それから何度も貨物船を見かけては手をふったが、いずれも気がつかなかったのか、あるいは遭難をよそおった海賊の手口と思われたのか、そのままとおりすぎていった。そのうち魚倉のなかで釣ったマグロが炎天下で腐敗しはじめた。出港時に一トンほどつんでいた魚倉の氷は完全にとけてしまい、それから三日もするとマグロは水浸しになって腐臭をはなちはじめた。チョドロたちは腐った魚をやむなく海中に投棄した。釣った魚を海にすてるのは、生活のためのカネをすてるのと同じことなので、彼らにとっては無念きわまりない処置だった。

そのように何度も船がとおりすぎ、嵐にもみまわれて一カ月近くがたったころ、見たこともないほど巨大な貨物船が彼らのもとに近づいてきたという。

どうもあの船はこちらに接近してきているんじゃないか……。彼らは懸命に手をふった。その船もはじめは、獲物《えもの》を見つけたサメのように彼らの周辺をぐるぐるとまわるばかりだったが、そのうち停止し、拡声器でよびかけてきた。最初は外国語だったたので何を言っているのかわからなかったが、つぎにフィリピン人の男がタガログ語でたずねてきたという。

「同胞たちよ。君らは何をのぞんでいる」

船からの声に、チョドロが大声でこたえた。

「自分たちを船ごと曳航してもらいたい」

「それは無理だ。フィリピンまで五百マイルもはなれている。そのかわり船をおいて、君たちだけがこちらに乗りこむのだったら助けてあげよう」

チョドロは仲間とどうすべきか相談した。

「正直言って船をすてるのは惜しかった。だけど命のほうが大事だからね。船員たちも乗せてもらうことに賛成だったから、ジェネシー号はおきざりにして乗りうつることに決めた」

彼らは甲板からおろされた縄梯子《なわばしご》をのぼって船上にあがった。彼らを救助したのはクロマイトをはこぶ巨大な中国船籍の貨物船で、甲板には大きな倉庫が十一棟も建ちならんでいた。英国人の船長がチョドロたちをブリッジに歓待し、ちょうど日本で積荷をおろして英国にもどる途中だと語った。そしてテーブルのうえに海図をひろげ、チョドロたちを救助した場所をフィリピンから五百マイル、日本の沖縄から五百マイルの、ちょうど両国の中間あたりだと説明した。それが事実ならジェネシー号はモロタイ島から北北東に一千キロ近く流されていたことになる。

チョドロたちはパラオで船をおろされ、そこから飛行機を乗りつぎゼネラルサントスにもどった。年があけてまもなく彼はアイビー・ジェーン号でマグロ漁を再開したのだが、それからわずか二航海目で本村実を救助することになる。乗組員も二人をのぞいて同じメンバーで、まさに漂流者による漂流者の救助活動だった。

みずからも漂流を経験した直後だっただけに、チョドロは救命筏にのった保栄丸の船員たちを発見したとき、なんとも因縁めいた不思議な感慨をいだいたという。

「自分たちが経験したことを、彼らも経験したにちがいないと思った」と彼は言った。「まさか救助された直後に、今度は自分たちが救助する側にまわるとはね。めぐりあわせというか……。もしかしたら神がわれわれのことを試したのかもしれない。わざわざ自分たちのことを選んで、その場に居合わせるようにしむけた。本当に漂流のつらさを理解しているか、われわれを試験したんじゃないか。そんなふうに思えたんだ。漂流の辛《つら》さがわかっていれば、彼らをみすてることなんてできないからね」

第十章　漂流船員の証言B

1

チョドロ・ギニャレスに救助されてレストランで満腹になった本村実は、その後すぐにゼネラルサントスの救急病院に搬送されて入院した。その彼のもとに最初にかけつけた日本人は、市内の水産加工会社につとめていた依田《よだ》傑利《まさとし》という人物だった。日本人が経営するこの会社はマグロを刺身やすしネタの状態にまで加工し日本や香港、米国などに輸出するのが業務で、依田は朝早くにマグロが水揚げされるライオンビーチで魚を仕入れ、工場にはこんで会社に向かうという毎日をおくっていた。

依田によると、市役所から会社に一本の電話がかかってきたのは三月十八日の午前、ちょうど彼が港と工場まわりを終えて出社したあとだったという。

「最初の電話では、英語をしゃべれない日本人がいるから来てくれないかと、それしか言われなかった。こっちは、英語ができないなら帰れって言っとけ、と電話をきっちゃったんです。そしたら今度は会社までむかえの人が来た。うちの従業員が依田さん、行ったほうがいいよ、大変みたいだよって言うから、しょうがないから病院に行きました。そしたら、そういうことだったわけです」

病院に案内された依田は個室のベッドにすわる本村実のやつれた姿を見た。

「とにかく歩けないんです。一カ月以上、体育ずわりのかっこうだったみたいで、もうベッドにすわったまんまでした。足がものすごく細くて、ひげものび放題でした」

ただ、彼が会ったときはすでに食事も水も十分にとったあとだったためか、死の淵《ふち》からもどってきたばかりといった、ひどく衰弱した悲愴《ひそう》な印象はなかったという。

三十七日間漂流していたと聞いておどろいた依田は、家族に連絡をいれてもらえないかと本人にたのまれたこともあり、すぐに妻の富美子のもとに電話した。

「奥さんにはどういう話をされましたか」

「なんとなくしかおぼえていないんですけど、見つかって病院にいて元気ですよ、大丈夫ですよ、生きていますよと、まあそんな話をしました。奥さんはかなりびっくりした様子で、捜索が短期間でうちきられて、もうあきらめかけていたんですというようなことを話していた記憶があります」

その日から依田は連日のように本村実のもとに顔を見せた。翌日の十九日から数日間は、日本やフィリピンの記者がつめかけ取材攻勢がつづき、また昼間はニュースを聞いた日系人の女性たちが見舞いにおとずれたので、依田はもっぱら取材陣がひきはらい、自分の仕事が終わった夕方以降にたちよった。

「本当はダメなんですけど、どこにでもある小さなほったて小屋みたいな売店でサンミゲルの瓶ビールを十本近く買って、バレないように紙袋につつんで二人で飲んでいました」

彼が実のもとに足をはこんだのは、何もあわれみや慰めの気持ちからだけではなかった。当時、二十四歳という感受性のするどい青年だった依田にとって実の漂流譚《たん》はきわめて刺激的で、とにかく話が面白かったというのだ。

「救命筏《いかだ》には一週間分ぐらいの食糧しかつまれていなかったようで、それが二日でなくなったと話していました。フィリピン人の船員がすぐに食っちまいやがるんだと言っていましたねぇ」依田は笑ってふりかえった。「国民性なんですかね、彼らはすぐに助けが来るよっていう調子だったみたいですね。ところが三十日以上、三十六日でしたっけ」

「三十七日ですね」

「筏のふちにとまった海鳥を生のまま食べたとも言っていました。それとボートの周辺をぐるぐるサメがまわるらしいんですよ。人間の排泄物《はいせつぶつ》にひきよせられてだと思うんですけど」

「それがこわいと……」

「こわいとは言ってなかったですね。ただ、サメがよく泳いでいたと」

依田の脳裏に深くのこっているのは、やはり多くの人と同様、ウミガメを食べずにはなしてやったという話だった。

「救出される二日ぐらい前にウミガメをつかまえたらしいんです。それを引きあげて、ひっくりかえしたまんま、バタバタしているのをじーっとながめて、食べようかどうしようか悩んで。それで海にかえしたらしいんですが、そしたらつぎの日に島が見えたと。あれがよかったんだろうなって言っていました。ウミガメって旨《うま》いですからねぇ。それを食わないでもどしたって話が一番印象的でしたね。本人もなんで食べなかったんだろうって言っていたぐらいですから」

マスコミの記者がかけつけたのは、その依田がはじめて病室をおとずれた翌日のことだったが、そのとき大勢やってきた記者のなかに、その後、朝日新聞で長く海外特派員として活躍することになる石合力《いしあいつとむ》の姿があった。

当時、大阪府警の二課担当として警察まわりの記者をやっていた石合が、この遠くはなれた異国で発生した漂流事件の取材を担当することになったのは、いくつかの偶然がかさなったからだった。本村実が漂流する五年前に大阪の会社社長と通訳のアルバイトの学生がマニラで殺害される事件があり、その二人の遺体がちょうど発見されたのだ。本来、殺人事件など凶悪犯罪は警察の一課の仕事なので取材も一課担当の記者の役割のはずだが、石合は英語が堪能《たんのう》だったことと、また人事的にも府警担当からはずれる時期だったため、二課担当だったにもかかわらず慰労の意味あいもあって海外出張の機会がまわってきたという。

その後、長く特派員をすることになる石合だが、「じつはこれがぼくにとってははじめての海外取材だったんです」とあかした。

マニラに到着してから石合は国家警察や遺体発見現場をまわったりして件《くだん》の殺人事件の取材をかさねたが、そんなときにミンダナオ島に日本人漁師が漂着したとの外電がとびこんできた。

「本来なら現地の特派員がいくわけですが、たまたま当時の支局長が帰任のタイミングだった。それで、ゼネラルサントスまでいくのはかなわん、若くて元気なんだから君がいきたまえと、出張中のぼくにお鉢がまわってきたわけです。ぼくも将来は特派員希望だったから、いいタイミングだと思った」

本村実の生還は日本のマスコミから大きなあつかいで報じられたが、石合によるとじつはそれには伏線があった。わずか一カ月ほど前の二月上旬、フィリピンから海をへだてて東にあるパラオで、五人の日本人ダイバーが行方不明となり、うち三人が遺体で見つかるという悲惨な海難事故が発生していたのだ。しかも女性の遺体の浮力調整ジャケットのなかからは死亡にいたるまでのメモが発見され、彼女が二日間ほど漂流しながら生存していたというショッキングな事実も判明した。本村実の件は、新聞社としては同じフィリピン支局管内で発生した海難漂流事故であり、しかも今回は全員生きていたということで、マスコミ的にはニュース価値に麻雀《マージャン》でいえばドラがひとつのったような状態だったのである。

日本人漂着の一報がはいったのは三月十八日、石合は助手もつけずに単身でその日の晩にマニラからダバオに飛行機でとびたった。ダバオにつくと空港のロビーにフィリピン人の記者やカメラマンが一カ所にかたまっている。なんの伝手《つて》もなかった石合は、同じように一人で取材にきていたマニラのカメラマンに声をかけ、急遽《きゅうきょ》、二人でチームをくんで取材を分担することにした。当時、ダバオからゼネラルサントスまでは左翼ゲリラが跋扈《ばっこ》する山岳地の悪路をこえなくてはならず、取材陣は各々《おのおの》車をやとって、コンボイのような集団となってゼネラルサントスに向かった。ひどい砂利道で、現地につくまでに石がとんできてフロントガラスにひびがはいったり、サイドミラーがもげたりしたという。

病院についたのは十九日朝だった。石合が病室にかけこむと、すでに本村実のまわりでは記者のかこみ取材がはじまっていた。現地の日系人女性も見舞いにおとずれており、生還したばかりだというその男は、彼女がさしいれたマグロの刺身をわさび醤《じょう》油《ゆ》で食べながら記者の質問にこたえていた。

「三十七日間漂流していたというわりには元気に見えましたね」と石合は回想した。

「たしかに話しぶりはぼそぼそという感じで、饒舌《じょうぜつ》に話すわけではなかった」

「すでに回復していた感じですか」

「回復途上で淡々と話すという感じかな。服装なんかはおぼえていないけど、本村さん、ものすごい日焼けしていましたね。本当にまっ黒で、最初に見たときは、あれ、日本人かなと思うぐらい。もともと彼、沖縄の人だから、顔立ちも南方系というのもあるんだろうけど」

本村実のまわりには日本の記者が、船員にはフィリピン人記者がむらがり、病院では日比いりみだれての取材合戦が展開された。現地カメラマンと協力態勢をしいた石合は、船長は自分、船員はあなたと手わけして取材し、実の話をひととおり聞き終えると病院の電話の前にいすわった。

「当時は各社、携帯電話が配備されていたんだけど、ぼくだけもっていなくてね。それで病院につくとすぐに東京本社に電話して、とにかくこっちに電話をかけつづけてくれってつたえた。そして本村船長の話を聞き終わると電話の前に陣取るわけです。ロイターとかAPとかいろいろ電話がかかってきましたよ。その電話にぼくが出て、忙しいからって言って全部きっちゃってね。四本目か五本目に朝日新聞ですって電話がかかってきて、それでようやく記事をふきこめた」

夕刊の出稿をあわただしく終えると、今度はゆっくりと船員たちにも話を聞いた。また、ちょうど顔を見せたチョドロ・ギニャレスをつかまえ、救出時の状況をくわしく聞いただけでなく、彼の家があるバヤニハン地区にまで足をはこびアイビー・ジェーン号の写真もおさめたという。

私がチョドロを探すときに参考にした朝日新聞の〈ギナレス・テオドーロ〉の記事は石合が書いたものだった。もし彼がこのとき実の漂流に深い関心をもたず、チョドロに取材しなければ、私のフィリピン取材は成立しなかったことになる。

依田が最初に本村実のもとをおとずれた三月十八日の夜、ゼネラルサントス市内に住む日系人女性、山井ミツ江（仮名）のところにも日本人漂着の知らせがとどいている。

夜中の十一時過ぎのことだった。玄関をたたく音がするので山井が寝間着姿のままで出てみると、顔見知りの魚売りの行商の男がたっている。どうしたの、こんなおそい時間に……とたずねると、ミツエ、かわいそうな日本人がいるよ、入院して言葉もわからなくてこまっているんだ、とその魚売りは話しだした。魚売りはバヤニハンの近くにすむ人間で、どうやら周辺の漁村に漂流者が救出されたとの情報がまたたくまにひろがったらしい。日本人の父とフィリピン人の母の間に生まれた山井は同じ血の流れる日本人が苦労していると聞き、いてもたってもいられなくなった。着替えだけすませ、その魚売りの三輪自転車に乗り、途中で日系人の友人をもう一人つれて本村実の入院先に向かった。

病室にはいると、実がベッドのうえにすわっていた。

「それはもうとても痩《や》せて、まっ黒になっていたの。最初に見たときは本当に日本人かしらってびっくりした」

真っ黒になって痩せこけた本村実から、その大きな眼力のある瞳《ひとみ》でじっと見つめられて、山井は少しこわくなり言葉がでてこなかった。すると実のかたわらにいたフィリピン人の船員から、船長は少しこわがっているみたいだから、日本語で話してあげてと現地の言葉で話しかけられた。はじめまして……、日系人の山井といいますと、おそるおそる自己紹介すると、ひさしぶりに日本語を聞いた実は彼女の手をぎゅっとにぎり、えらく感激した様子を見せたという。

彼女の話は情感豊かで劇的だった。

「どうしたのって訊いたら、長い間、海にいて何も食べずに水だけ飲んでいたというもんだから、私はちょっと待っていてねと言って、一回家にもどったんです」

彼女は毎年、ミンダナオ島で戦死した人々の墓をおとずれる日本の墓参団の案内をしており、家にもどると、その墓参団からもらった六個一パックの南高梅のはちみつ入り梅干が、まだ一個だけのこっていた。

「その梅干とご飯をもっていって、病院にもどって食べさせたんです。そしたら本村さん、涙をぽろぽろ流して……」

その日以来、実が入院している間、彼女は一日に二度も三度も足をはこんだ。朝七時頃に病院にいき朝食をさしいれし、十時頃に一度帰宅する。それから家でご飯を炊《た》いて、昼すぎにまた昼食をもっていき、そして夕方五時頃にまた夕食をはこぶために病院に向かうという献身ぶりだった。

「鶏肉《とりにく》の煮つけとか、大根とか人参《にんじん》の煮物みたいなものをもっていって。そしたら今度はお味噌《みそ》が食べたいっていうから、どこで手にはいるの、本村さん？　って。いまでもこの町では日本の食材は手にはいらないんです。それで魚や牛肉のスープをもっていきました」

「身体《からだ》の調子はどうでしたか」

「最初は栄養不足であまり歩けなくて、お手洗いにいくときも歩けなかった。でも薬を飲んで、注射もしていたので、二、三日したら自分でたちあがれるようになったかな」

食事だけではなく、着替えのさしいれや洗濯もしたという。

「着替えなんてもってないし、パンツだってない。毎日身体も拭《ふ》いてあげたけど、パンツをかえていないんです。なんでパンツかえないのって訊いたら、立つのが大変だからって。それで私、少しきついことを言いました。あなた臭いわよ、もう来ないわよって。それでフィリピン人の船員にパンツかえさせて、私がそれをすてて、新しいのを買ってきました。上だけは家にもって帰って洗ったけど」

もちろん酒好きの実は、じきに食べ物で腹を満たすだけではあきたらなくなった。

「もう私、ここのタンドゥアイを毎日のようにもっていったんです」

タンドゥアイというのはフィリピンのジンのようなお酒だという。

「こんな小さい入れ物だからばかばか飲んじゃう。氷をいれて。そのうち、おばさん、日本酒見たことある？　日本酒もってきてくれって言いだしてね。何言っているの、あなた。ゼネラルサントスは田舎だよ。どこに日本酒あるの。ダバオなら見たことあるけど、ここにはありませんって言ったら、じゃあダバオにいったときに買ってきてくれって」

山井は笑って話をつづけた。

「お酒飲まないと眠れないし、面白みがないって毎日言っていたね。おばさん、面白みがないんだって。お酒飲んだら少し気持ちが晴れるみたいだった」

私が彼女と面会したのはフェラグランデホテルという、本村実が退院したあとに宿泊していたホテルのレストランだった。九四年当時はツインルームだったという実の部屋は、現在は改装されてシングルに衣替えしていたが、ホテル自体はゼネラルサントスでも老舗《しにせ》で、宿泊料も手頃でボーイの対応もうしぶんない満足度の高いホテルである。山井が実とわかれたのもこのホテルだった。帰国のときに見おくりに来ると、実は彼女を抱きしめて、ありがとうと心から礼をのべたという。その後、写真や手紙を実の家におくると、妻の富美子からお礼の返信があったが、そのうちおたがいの間でやりとりはなくなった。

「ところで本村さんはいま何しているんですか」

取材の途中でそう訊かれた私は、十数年前にグアムから船に乗り、また行方不明になったと山井に告げた。不意をつかれた彼女は「ん」とも「へ」とも「ふ」ともつかない奇妙な音を口から洩《も》らしたかと思うと、しばらく啞然《あぜん》とし、ふーん、そうなの……となんの関心もない冷静をよそおった反応をしめした。

「いまだに？」

「いまだに」

「奥さんもわからない？」

「わかりませんね」

そこまでたしかめると、ようやく山井は率直な感嘆を口にした。

「また、すごいね。この人は。一回やられているんだから、陸の仕事を探せばいいのに。まあ、漁師が好きなのか知らないけど……」

そこまで言うと彼女は笑うしかないとでもいうようにハハハと声をあげた。それは二度も漂流した人物の生き方にあっぱれと賛辞でもおくるかのような笑い方だった。

彼女が見舞いにおとずれていたとき、実は何度か、また海にもどるだろうとの想《おも》いというか見とおしみたいなものを口にしたという。山井がもう船には乗らないでねと言うと、いや、また乗るだろう、小さい頃から海にかこまれた環境で育ったので、どこにいくかはわからないけど、船には乗るだろうと、そう話していたという。

「こっちで日本の新聞を読むと、たまに船の衝突事故の記事とかのっているんです。そのたびに、あの人どうなったのかと頭をよぎる。読みながら、あのときのことを思い出しているわけ。でも、身体が元気になったら、また船に乗るって言っていた。ねえ、またいなくなって、どこにいったんだろうねぇ。どうしたんでしょうねぇ、あの人」

山井は私の肩をゆさぶるようにそう問いかけていた。

2

山井と会った日の夕方、私はもう一度、チョドロ・ギニャレスの家があったバヤニハン地区をたずねてみることにした。浜に向かうまでの家々は竹の生垣でかこまれ、どの家の軒先にもパンプボートに乗せる小舟がならんでいる。チョドロの従兄弟《いとこ》と出会った軽食屋の前に出ると、この日も子供たちが大声で走りまわり、公共の水場では幼子が一人でピーマンのような野菜を切っていた。

「この子供たちも十五年後には漁師になっているんだろうなぁ」

メルチョールがそう言って温かい眼差《まなざ》しをむけた。

海岸に出ると、海のなかに杭《くい》をうちこんだ高床の家がフジツボのようにびっしり立ちならび、その下で波が静かにうちよせていた。浜にはパンプボートが肩をよせあうようにならんでいるが、海の色は茶色くにごり、海藻やゴミが漂っている。決してきれいな海ではない。本村実が救出後にはこばれたチョドロの家もこうした海の上にたつ家々のなかの一軒だったらしいが、いつだかの地震で倒壊し、いまはその姿はうしなわれたという。

浜から車のほうにもどると、例のチョドロの従兄弟があらわれ、メルチョールとなにか話しこんでいた。私の姿を認めると、メルチョールが「チョドロの妻から連絡があったらしいぞ」と声をかけてきた。「本村さんが乗っていた救命筏が見つかったみたいだ」

「え、本当?」と私は声をあげた。

チョドロに取材したとき、私は救命筏の所在についても確認していたのだが、そのとき彼は昔の家においていたはずだが、いまはどこにあるのかわからないと答えていた。もし見つかったら高値で買いとるよと冗談半分で言ったので、ティバンバンにもどってから必死でさがしたのかもしれない。

「生地がわるくなって、もう四分の一ぐらいしかのこっていないけど、それでも残骸《ざんがい》が見つかったそうです」と澤田が通訳してくれた。

四分の一の残骸と聞き残念に思ったが、それでもせっかく見つかったのだからティバンバンに行ってみようかと私は考えはじめていた。すでに帰国予定日が近づいており、澤田もつぎの仕事の予定がはいっている。スケジュールを逆算してバスの予定などを調べると、ティバンバンにいくとしたら翌日の夜行バスで向かうしかなかった。澤田によると、バスはせまく道も悪いので不快な移動になるというが、それはさして問題ではない。スケジュール的になんとかなりそうなことがわかると、私はティバンバン行きを決定し、澤田に携帯電話でチョドロの妻にそのことを伝言してもらった。

ゼネラルサントスを発《た》ったのは翌日の午後六時だった。冷房のききすぎた中国製のバスに乗り、屋根をかまびすしくたたく強烈なスコールが降りやむ頃、私たちはダバオに到着した。フィリピンではどこででも見かけるファーストフード店で深夜の待ち時間をつぶして、午前二時のバスでティバンバンに向かう。今度は逆に冷房がなかったせいでひどく蒸し暑く、窮屈な座席に足を押しこむようにしてすわっているうちに、疲労からいつしか深い眠りにおちこんでいた。

ティバンバンのバス停につくと赤いTシャツ姿のチョドロがむかえに来ていた。再会をよろこびあった後、三輪タクシーをとめて彼の家へ向かった。ティバンバンは砂《すな》埃《ぼこり》のまきたつ細い道が一本のびているだけの小さな田舎町で、乗用車はほとんど走っておらず、われわれが乗っているような三輪タクシーが時折いきかうだけである。十分ほど乗って三輪車をおり、チョドロにみちびかれるまま海のほうに向かうと、浜のすぐ近くに潮風で色あせた簡素で好ましいたたずまいの木の家があった。彼の妻と長女に案内されて浜にある小さなテーブルにすわると、すぐにまわりにいたありとあらゆる村人、親戚《しんせき》連中が集まって来た。

美しい砂浜からひろがる青い海を、エンジンのついていない数隻《せき》の小さなパンプボートが沖にむかって漕《こ》ぎだしていった。ここの人たちはあのような小さな船で寝泊まりし、マグロを釣ることもあるのだ、とチョドロは説明した。浜では何人かの男が網から魚を回収し、チョドロの長女がグルクンやカワハギみたいな姿をした魚を十匹ほど買いもとめた。

ティバンバンの海辺は眩《まぶ》しくて、明るくて、爽《さわ》やかだった。海は青く、砂浜は白く、そして人々の顔には屈託がなかった。目の前にひろがる風景からは、同じ漁村といえどもバヤニハンのような貧しさや暗さや鬱屈《うっくつ》は微塵《みじん》も感じられない。

ふと私は戦前、戦後の佐良浜にタイムスリップしたような感覚になった。墓場から板切れを盗みだし小舟をつくって遊んだという本村実の子供時代の佐良浜は、まさにこのような海のある島だったのではないか。何度佐良浜にかよっても、私は、コンクリートでうめたてられ、子供のはしゃぎまわる姿がなくなった現代の姿からは、昔の素朴でにぎやかだった海や浜の様子を想像することができなかった。しかしティバンバンに来たとき、いま目の前にある海がまさにそれなのではないかという感慨がわきあがったのだ。子供たちの無邪気な笑い、海がたたえる深い色、沖に漕ぎだす小舟、それらは人々の生活が海と密接につながりあい、ほとんど溶けあっていることをしめす証拠以外の何物でもなかった。その海には人間の暮らしと文化と気質、そして人の生き方そのものを生み出す何かがあるように思われた。瞳に好奇のかがやきをうかべた子供たちの褐色の笑顔のなかに、私は本村実の幼い頃の残像をみた気がした。

チョドロの長女がさきほど買いもとめた魚を手早く料理してテーブルにならべた。彼女は第一保栄丸のメンバーが自宅に救助されたときの様子をおぼえており、「とにかくみんな臭かったわ」と苦笑まじりに話した。彼らの臭《にお》いは強烈で、いまでも思いだすたびに彼女の嗅覚《きゅうかく》をくすぐるらしい。

「とくに臭かったのは本村船長のお財布にはいっていたお札。ずぶ濡《ぬ》れで、黒ずんでいて、文字も読めなくなっていて、たえがたい臭いがしたわ。服やカバンもずいぶん臭かったです。洗濯しようと思ったけど、服なんてボロボロでちぎれてしまうので洗濯できる状態じゃなかった。着がえのあいだに樟脳《しょうのう》入りの油で身体をマッサージしてタオルでふいてあげたけど、そのタオルも真っ黒になったので服と一緒にすてました」

彼女は家のなかからチョドロが救助のさいに警察からもらったという顕彰品をもってきた。南洋材のしっかりとした額縁がついた立派な表彰状だった。肝心の救命筏のことについてたずねると、チョドロが黄色いゴム生地の切れ端をもってきた。しかしそれは全体の四分の一にもみたない、思った以上に小さな切れ端で、色と素材をのぞき救命筏の名残すらのこっていなかった。

チョドロによると、救命筏の処置についてはゼネラルサントス到着後に本村実から船員をつうじて彼に一任するとの伝言がなされたという。自宅にもってかえったあとは日本の記者に要請されて海にうかべたり、自分たちでも乗ってみたりした。一度、漂流の話を聞きつけたココナッツ油脂の運搬船の船主から一万五千ペソで買いとりたいとの申し出があったがことわったという。また警察からも買いとりの話があったが、沿岸警備隊ではなく警察が欲しがっているというところに腐敗した組織がカネ儲《もう》けをたくらんでいるうさんくささを感じて、これもことわった。

翌年、ティバンバンにうつり住むことになり救命筏も一緒にもってきたが、そのうち管理も杜撰《ずさん》になり、妻の父が家の屋根につかいたいと言ったのを契機にいくつかに裁断し、家や船や炊事場の屋根にしていたらしい。義理の父がつかっていた部分は、現地の風習にしたがって彼が亡《な》くなった時に一緒に燃やした。いまはもう炊事場の屋根の穴をふさぐのにつかっていたわずかな部分しかのこっていないようで、その話を証拠だてるように目の前のゴム生地は所々、煮炊きの煤《すす》で黒くよごれていた。

話の最中にも犬が近づいてきて噛《か》みちぎってしまい、切れ端はさらに小さくなった。私は彼にいくらかの謝礼を支払い、その切れ端をゆずってもらうことにした。

雨が降りだしたので、私たちは家のなかに避難した。たちまち雨ははげしいスコールとなり、トタン屋根をバチバチとうちはじめた。雨足はますます強まり、うるさくておたがいに声が聞きとれないほどだった。

「一週間ぶりの雨だ」とチョドロが言った。

「そういえば、フィリピン人の船員さんとはその後、やりとりはなかったんですか」

と私は訊いた。

「わかれるときに、また会おうという話はしたけど、結局、音信不通だね。もしマニラにいく機会があれば会いにいってもいいかなとは思っているんだけど」

そう言ってチョドロは、なにかを思い出したかのように長女に財布をとってきてくれと言った。財布のなかには折り目がボロボロになった古い一枚の紙切れがはいっており、青いボールペンでメモ書きがのこされていた。
① LAMBERTO RUSIANA　2084××NAVOTAS METRO MANILA
② TAGUDINAY T ESTANISLAO　××SUCAT ROAD PARANAQUE METRO MANILA
③ VENER CATACUTAN　××F.MUNOZ PACO MANILA
④ EDDIE ABORDAJE　-----463××NAVOTAS METRO MANILA
⑤ REY PAGDULAGAN　188××NAVOTAS METRO MANILA
メモに書かれていたのは五人の船員の住所だった。

3

日本にもどった私のもとに通訳の澤田から連絡があったのは、それから半年ほど後のことだった。

取材に同行する過程でこの漂流譚に関心がわいたのか、澤田は私が帰国したあとも時間をみつけてはチョドロのメモに載っていた船員たちの住所を自発的に一人でさがしまわったという。幸運なことに五人の船員の住所はいずれもマニラ市内だったため、彼の捜索圏内だった。年末におくられてきた彼からの最初の捜索報告は意外な内容で、そこにはおおむねつぎのようなことが書かれていた。

〈ご連絡ありがとうございます。あいかわらず、マニラでなんとか生活しています。例の船員さんの住所リストについてですが、三日ほど前にやっとベネール・カタクタンさんの住所をたずねてみました。だいぶ道に迷ったすえにたどりつきましたが、メモには昔の地番が記載されていたらしく、いまはその住所は存在していないみたいです。ただ、偶然にも近くに遊びにきていたベネールさんの弟という人と会うことができました。話を聞いてみると、すでにベネールさんは七年ぐらい前に腸の病気で亡くなったとのことです。漂流後、ずっと体調がわるく、そのまま体の調子がもとにもどらず、三十四歳ぐらいの若さで亡くなったらしいのです。……〉

さらに半年後、澤田から二通目の捜索報告メールがとどいた。

〈今朝、例の船員さんのリストのランベルト・ルシアナさんの住所をたずねたところ、本人と会うことができました。彼は本村船長と一緒に漂流したフィリピン人船員のなかで最年長だったそうで、現在六十二歳だということです。遭難後も船員をしていましたが、いまは引退してマニラ首都圏ナボタス市の自宅周辺で乗合三輪自転車の運転手をしているそうです。奥さんと子供、孫らとスラム地域で生活しています。息子さんの携帯電話番号をもらったので、いつでも電話で連絡がとれると思います。……〉

澤田からこのような報告をうけた私は、グアムからいろは丸に乗船してダバオ港でおりたあと、漂流船員とその遺族に会うため約一年ぶりに夏のさかりのマニラに向かったのだった。

故ベネール・カタクタンの遺族宅はマニラ市の南の端にあるサンアンドレスブキットとよばれる地区の一角にあった。夕刻にもかかわらず、タクシーをおりた瞬間に噎《む》せかえりそうになるほど、ムッとする暑苦しい日だった。サンアンドレスブキットは古い家が密集する住宅街だった。雑貨屋や洗濯屋がたちならぶにぎやかな通りから路地にはいると、上半身裸の男たちが真剣な目で麻雀をうち、鶏が金切り声をあげるフィリピンの日常にまぎれこんだ。カタクタンの家はブロック壁の平屋建てで、網戸の扉をあけると故ベネールの妹のイメルダが顔をみせた。

私が把握したかぎり、漂流したフィリピン人船員のなかで亡くなっているのはベネール・カタクタンただ一人で、しかも澤田の報告によると遺族は彼の病死を漂流体験と関連づけて理解しているようだった。その推察にまちがいがなければ、第一保栄丸の漂流事故は決して全員が生還したわけではなく、潜在的に一人の死者をだしていたことになる。

「あの日本人の船長はいま何をしているのですか」とイメルダが質問をきりだすことから、私たちの間の会話ははじまった。実がグアムで再び行方不明になったことをつたえると、彼女はとくに関心がなさそうにその答えをうけ流し、兄ベネールの死因について話をはじめた。

「漂流のあと、兄はまたべつの漁船に乗ったんですが、体調をくずして途中で船をおりました。そして一九九九年七月八日に病死したのです」

死因は大腸癌《がん》だったという。癌と漂流がいったいどのようにつながっているのかはおいおい訊くとして、ひとまず私は船に乗ることになった兄ベネールの来歴から話を聞きはじめた。

もともとカタクタン家は出稼ぎで生活をなりたたせていた一家で、父もサウジアラビアやアフリカ諸国でトラック運転手としてはたらき、イメルダ自身、台湾で工場労働者として勤務した経験があった。ベネールもまた当初はとある国家機関の設備関係の仕事をしていたが、その仕事では法でさだめられた最低月給を多少うわまわる程度の賃金しかもらえなかったため、二人の息子の学費をかせぐためにも、より高い賃金をもとめて日本の漁船員に応募することにしたのだという。二十代後半でマニラの人材派遣会社をつうじて日本のマグロ漁船の船員となった彼は、三年間の契約を終えると一度フィリピンにもどってきた。船員という仕事には満足していたようで、すぐに二度目の契約をむすんでふたたび漁船員となった。その二度目の任期で第一保栄丸の沈没事故にまきこまれることになったという。

ベネールが契約した派遣会社はもともと彼の妻の親戚が経営する会社だったため、遭難の第一報はその会社から家族のもとにとどけられた。

「船が消息をたったとのことだったので、口にはださないけど沈没したのではないかとうたがいました。とにかく会社にいって情報をもらうしか手だてがない。母が毎日、会社に何か進展がないか聞きにいきましたが、いつも何もわからずもどってきました」

その後、情報の進展は何もなく、次第にもうダメかもしれないというあきらめの気持ちになりかけた。ところが、行方不明との報をうけてから一カ月ほどした頃だった。家族で夜のニュース番組を見ていると、画面に突然、痩せこけて骨と皮だけになったベネールの姿がうつしだされたのだ。

「ニュース映像に海がうつっていたのをおぼえています。それから病院のシーンもありました。救助にいたるまでの過程を説明していました。ニュースを見て、私たちは泣きくずれました。でも、そのときはまだ兄が生きているのかどうかわからなかったのです。だからすぐに現場にいきたかったし、実際、母と兄の妻が一緒にゼネラルサントスに向かいました」

一週間ほどのちに母と妻と一緒にマニラにもどったベネールは、肉体的には回復していたものの、長期の極限状況により精神に大きな深手をおってしまっていたという。

「一人でいるときや夜になると、まだ自分が大海原のどまんなかにいるような錯覚にとらわれるようでした。ゼネラルサントスの病院のすすめもあり、マニラで心理療法家のセラピーもうけたんです。当時、兄はよく、漂流中は希望も何もなかったと話していました。生きる希望を見失い、のこしてきた妻子のことばかり考え、神に祈りをささげる日々だったそうです。精神的に不安定だったので、私たち家族は医者から漂流のことを思い出させるような会話をしてはいけないと忠告されました。それに時々、白昼夢を見ることがあり、現実にもどすためにつねに誰かが話しかけていなければなりませんでした」

マニラにもどってきてからベネールはしばらく乗合三輪自動車の運転手をしていた。一年ほどたつと精神的にも回復し、亡くなる二年ほど前からふたたび日本の漁船員として船に乗るようになっていたという。しかし、漁の現場にもどってから半年で身体に黄疸《おうだん》が出るようになり、食欲がなくなり身体が痩せてきた。そのうち排便も困難になり病院で検査をうけたところ、すでに癌がかなり進行していると宣告されたという。

「漁船に乗るときは健康診断もうけて身体には何も問題はなかったんです。でも体調を悪くして、すぐ船からおろされました」

「病気と漂流とは何か関係があるんでしょうか」と私は訊いた。

「漂流が原因だったんです」とイメルダは断言した。「漂流のときにたくさんの汚染されたもの、病原菌を体内にとりいれたのが原因なんです」

「それはベネールさん本人が、病気の原因は漂流にあると考えていたということですか」

「ちがいます。医者がそう言ったんです」

そう言ってイメルダはにわかには信じがたい奇妙な話をはじめた。手術のときに切除したベネールの大腸の一部から、漂流中に消化されなかった汚物がでてきたというのだ。ベネールは救出後に、漂流中は餓えてタオルまで食べたと語っていたが、それを裏づけるように腸の内容物からはタオルや発泡スチロールみたいな正体不明の異様な臭気をはなつヘドロのようなものがでてきて、しかも家族は実際にそれを医者から見せられて現物を確認したというのである。

「医者から、なぜこんなものがはいっているのかと訊かれて、兄の妻が漂流のことを話したんです。それを聞いて医者はそれが病気の原因だと診断したのです」

常識的に考えるとそんなことは到底ありえなさそうに思える。しかし一方で、漂流が遠因となりベネールが病死したことを家族全員がかたく信じこんでいることも事実だった。漂流によってうけた家族の絶望、それにベネール本人がうけた身体の苦痛と精神の傷跡が全員にそれを信じさせたということなのだろうか。そのように考えるより私には彼女の話を理解する方法がみつからなかった。

4

イメルダに話を聞いた翌日、私と澤田は漂流の当事者であるランベルト・ルシアナの家に向かった。

澤田によると、ナボタス市はマニラでも有数のスラムで治安がわるいうえ、港の近くにあるためトラック渋滞がはげしくタクシーの運転手からは敬遠されがちだという。私たちはひとまず市の中心部に向かうことにした。まもなくタクシーは、地上階にショッピングモールが併設された巨大コンドミニアムを通過した。「一部屋五千万ペソだってさ」運転手が憮然《ぶぜん》とした声で言った。近年、市の中心部にはこうした〝億ション〟がいたるところで建設されており、フィリピンの経済成長を象徴する存在となっている。市街地をぬけると主要幹線道路は渋滞でうごかなくなり、私たちはタクシーをおりて三輪自転車とジプニーとよばれる乗合バスを乗りついでナボタスに向かった。港を通過してチャイナタウンのさきの高架橋をわたりおえると、町は急に埃っぽくなった。ジプニーは経済格差をかけぬけるジェットコースターと化して、今度は私たちを港のむこうの貧しい地区へとはこんだ。道のわきにはゴミ山が堆積《たいせき》し、魚の生臭さとゴミの腐臭がいりまじった不快な臭いがたちこめてきた。トラックがひっきりなしにまきあげる砂埃と排気ガスで街には靄《もや》がかかり、ブロック塀のむこうではトタン屋根とコンクリート壁をくみあわせた粗末な家々がひしめきあっている。

ジプニーをおりた私たちは家屋の渦のなかにはいった。路地は肩のはばほどしかなく、脇《わき》の空間は洗濯物やポリタンク、プラスチックの盥《たらい》や椅子《いす》に占有されている。白くにごったドブの横で女たちが七輪で昼食の準備をし、子供が笑って走りまわっていた。男たちは概して無気力で、裸足《はだし》で軒下の樽《たる》のうえに腰をかけて、人生にはもはやのぞむものはない、といった魂のぬけたような顔で虚空《こくう》を見つめている。ランベルト・ルシアナの家はそのような町の路地をぬけたむこうにあった。

漂流当時、フィリピン人船員のなかでもっとも年配だったルシアナはすでに六十歳をこえていた。下着に短パン姿であらわれた彼は、表情のおだやかな温和そうな人物にみえた。セブ島出身の彼は二十八歳のときに結婚したのを契機にナボタスに移住し、それからしばらく月給三千ペソという低賃金でフォーサイナーとよばれる巻き網船の船員としてはたらいてきたという。三十七歳頃から台湾や日本のマグロ漁船に乗るようになり、それ以降は賃金も月給四百ドルと飛躍的にあがって七人の子供をそだてあげた。彼が出稼ぎするようになった時期はちょうど奥原隆治や馬詰修がグアムを基地に操業を本格化させた頃とかさなっており、ルシアナはおもに丸和商会所属のマグロ船に乗り、ミクロネシアの海で延縄《はえなわ》を揚げる日々をすごしてきた。

本村実の第一保栄丸に乗船したのは一九九三年十二月頃からだった。

船長としての本村実について、彼は「漁は上手で、一回目の航海はよく釣れた」と語った。「酒が好きで、船にいつも酒をもちこんでいたね。ただ、船員が作業で失敗したときに、バカ、アホと罵声《ばせい》をあびせるときがあったけど、仕事の性質上、それもやむをえないことだと思う」

ルシアナは丸和商会の経営者の名前も「ワクガワ」とおぼえていたし、グアムで乗った日本漁船の名前も次々にあげた。チョドロ・ギニャレスに救助された日を三月十七日と即座に口にしたところをみても、その記憶力には高い信頼がもてそうだった。船が沈没したのは彼が保栄丸に乗って二度目の航海だった。沈没にいたるまでの、その彼の記憶はやはりグアムで聞いたデュランやエディの話とほぼ一致しており、ルシアナの漂流もやはり夜中に実が鳴らした警報音でたたきおこされたところからはじまっていた。

「船室で寝ていたときに、突然、船長が浸水したぞぉっと大声でさけび、警報を鳴らしたんだ。すぐに機関室にかけつけたけど、すでに床のあたりまで浸水はすすんでいた。排水ポンプを動かしても水のいきおいのほうが強くて全然おいつかない。途中で発電機もこわれてポンプも動かなくなってしまった」

浸水がはじまっても切迫感や危機感は皆無だったという点も、ほかの二人の船員と同じだった。彼によると、排水作業が無理だとさとったあとに船員たちが最初にしたことは、腹ごしらえのためにコメを炊くことだったという。船がすぐに沈むとは思わなかったので、いつもどおり食事をはじめようとしたらしい。それぐらい浸水直後の保栄丸では沈没への危機感はうすかったのだ。

「でも海水が炊事場まであがってきて、結局、コメは炊けなかったがね。しょうがないからパンを食べたよ」

「浸水を見たときは、みんなで何か言葉をかわしたりとかは。これは沈没するなとか……」

「べつに何も。船長が救助をよんだと言っていたので、沈没するにしてもそれまでには助けが来ると思っていた」

「恐怖だとかは感じませんでしたか」

「全然感じないね。船長は無線で救助をよんでいたし、グアムが近いところだったしね」

「本村さんの様子はどうでした。緊急事態という感じだったか、あせっていたとか」

「ごくふつうだったよ」

実が救助をよんだというので、船員たちはすぐに救助がくると思い、きわめて楽観的な態度でそれを待っていたのだ。

これは憶測の域を出ないが、もし本村実が本当に「救助をよんだ」と説明していたのなら、その発言はおそらく半分、方便であったのではないかという気がする。なぜなら海難審判庁の裁決によると、保栄丸の主無線機、補助無線機はともに浸水がはじまる六日前の二月三日の時点で故障しており、実はグアムの代理店や他船に無線を送信できる状態になかったからだ。浸水発生時に保栄丸にのこされた通信装備はＳＯＳ発信機だけで、たしかに実はそれを浸水発生後に作動させたが、彼の「救助をよんだ」という発言がそのことをさしているのなら、その中身は、相手のこたえを確認できる無線による会話のやりとりではなく、受信されたかどうかわからない一方的な信号発信にすぎなかったことになる。ルシアナは「船長が無線で救助をよんでいた」とのべたが、おそらくそれは彼の記憶ちがいか、実が故障した無線をいじくっているところを見てそうかんちがいしたのだろう。あるいは実が船員を安心させるためにひと芝居うった可能性もないではない。

いずれにしても救助要請はＳＯＳ発信機のみであり、船員だけではなく、当の本村実もまた、生還後の発言などを読むと、その信号がとどいて救助が来るものだと確信していた。そしてその泰然とした余裕たっぷりの態度を見て、船員たちも深い危機感はいだかなかった。それが浸水および沈没時の保栄丸のクルーをつつみこんでいた空気だった。

だが、救助云々《うんぬん》の前に浸水が予想以上の速度で進展し、結局、船員たちは救命筏を用意してそのなかに食糧や飲料水をつめこまざるをえなくなった。九日午後三時三十分頃、来るはずの救助が来る前に船員たちは救命筏に乗りこみ、船首をあげて一気に沈没する保栄丸をなすすべもなく見まもった。

「泣きだしたり、恐怖にかられる人はいませんでしたか」と私は訊いた。

「いなかったね」とルシアナはこたえた。「みんな、救助がくるものだと思っていたから」

「船が沈没したときはどんな気持ちがしましたか」

「とくになかった」

「本村船長はどんな表情でしたか」

「ただふつうだった」

何を聞いても、ルシアナは沈没時はただ平静だったのだとのっぺらぼうのように答えるばかりだった。沈没時のことで彼がおぼえているのは、これからはじまる漂流という極限的サバイバル状況にたいする恐怖や不安などではなく、不思議なほど綺麗《きれい》な虹《にじ》が海の上にかかっているのを見たときのおどろきだったという。雨も降っていないのに、なぜこんなに美しい虹がでているのか……。そんなひどく場ちがいなことを思いながら、ルシアナはこれからはじまる漂流がまるで他人事《ひとごと》のように、ぼーっとその虹に見とれていたのだった。

このようにしてランベルト・ルシアナの漂流ははじまった。

漂流がはじまると船員たちはもってきた食糧を目の前にひろげて確認した。ルシアナの記憶によると、船員たちは沈没前にコーンビーフやイワシの缶詰を各一ダース、ランチョンミートの缶詰を十個ほど、そのほかに食パン一カートンなどを救命筏にもちはこんでいた。船員たちはひろげた食材を均等配分するのではなく、ビニール袋でつつんで段ボールの箱にいれて筏のまんなかにおき、腹がへったときに一人ずつ等量にわけあって口にする、というやり方で消費していったという。そのほかに、もともと救命筏には緊急用のビスケットや飲料水が用意されており、それらの緊急食糧は缶詰など用意した食糧がつきてから手をつけた。

食糧や水は一週間ぐらいもったが、すべて食べつくすと急速に空腹やのどの渇きにくるしめられるようになった。

「一応、長もちするように少しずつ食べようと決めたんだが、ダメだった。食糧がなくなって餓えると、目にはいるものはなんでも食べたくなる。歯磨き粉を口にいれたこともあったよ。もちろんうまくはなかったけどね。ただ、水がなくて口のなかが塩辛くなっていた。歯磨き粉は甘い味がするからわるくはなかった」

グアムでデュランが語っていたように、食糧がつきると船員たちは海のなかにいる親指の爪《つめ》ほどの大きさの小さな蟹《かに》を食べるようになった。しかし、その蟹は毎日とれるわけではなく、時々、二、三匹見つかるだけだった。蟹のほかには海中の小さな虱《しらみ》のような透明な生き物も食べたし、新聞にも書かれていたように救命筏にとまった海鳥をつかまえて生のままわけあったこともあった。海鳥の肉は全部あわせてもお椀《わん》一杯分ぐらいしかなく、しかも強烈に生臭くて全然旨くなかった。

それから雨がふらない時期がやってきて、ルシアナたちは耐えがたいほどののどの渇きに襲われた。漂流開始から一週間ほどたった頃から、船員たちは暑さに耐えかねて自然と海に潜るようになっていたという。海にさえ潜れば不思議とのどの渇きも飢えも緩和された。

あまりにものどの渇きがひどくなったせいか船員たちは、よく考えたら全然根拠はないのだが、しかしもしかしたらそうかもしれないと思わせられる、おかしな理論を考えついた。それは海水は深く潜れば潜るほど塩分濃度がうすくなり、淡水に近くなるというものである。

ルシアナによると、食糧も水も何もかもがなくなり餓えと喉《のど》の渇きがピークに達した頃、船員たちは真剣に額をつきあわせ、どうしたら塩辛くない水を飲めるかを検討した。その結果、海洋深層水が飲料水として販売されていることからくると思われる、このあやまった深層水理論を誰かが主張しはじめ、その結果、皆で瓶をもってできるかぎり深いところまで潜り、水をくんでもってこようということになった。そして実際にそれはためされたが、深いところまで潜るといっても佐良浜のアギヤー漁師ではないので二、三メートルしか潜れず、とってきた水も塩辛さのあまり全員がウエーっとはきだした。

「人間というのは餓えると普段考えつかないようなことをするものだね」というのが、この実験へのルシアナの評価だった。「なんでもやってみようということになったけど、無駄だった」

ルシアナの話は大筋においてどこまでもグアムで聞いたデュランとエディの話と一

致していた。沈没前後は楽観的だったこと、海のなかの小蟹を食べて餓えをしのいでいたこと、それに漂流開始からしばらくたったときに船員のひとりが「救助が来ないじゃないか」と本村実を問いつめた点も同じだった。グアムで聞いた話だと、問いつめられた実は無言で船員たちを見つめかえしたというが、ルシアナは本村船長は悄然《しょうぜん》と「アイム・ソーリー」とつぶやいたと語った。しかし、ひとこと言ったか言わなかったかのちがいこそあれ、実の態度が意味する内容は船員たちにとっては基本的に同じだった。つまり、もはや救助は来ないということを船長が公式にみとめたのである。その時点で船員たちにとっては、漂流のさきにあるものが安楽な病院のベッドから茫《ぼう》漠《ばく》とした暗闇《くらやみ》へと百八十度転回した。

本村実がアイム・ソーリーと言って救助の可能性を否定したのち、船員たちには近くをとおりかかる船に救助されることしか希望はなくなった。しかし、何隻もの船が目の前をとおりすぎては彼らの希望を失意へとかえた。目の前を通過した船の代表例としてルシアナがあげたのもまた、エンリキート・デュランが執拗《しつよう》に船名をあげて非難していたＬＰＧタンカー、ツガルグロリア号だった。二人ともまっさきに名をあげたことから察するに、この船は希望から失意のどん底にたたきおとした絶望の象徴として船員たちの大脳皮質の深い部分にすりこまれているようだった。

「ツガルグロリア号はわれわれの百メートルぐらい先まで近づいてきた。発煙筒はもうなかったから必死にさけび声をあげた。それから海にとびこんで救命筏を船のほうに近づけようともした。だけど見つけてもらえなかったね。船が近づいてきたときはみんなでよろこんだけど、結果的に発見してもらえずひどく失望したよ」

グアムに出入りしている日本の巻き網漁船の姿が見えたときは発煙筒を焚《た》き、夜間に見えた船に懐中電灯をふると相手から照明で返事があったときもあった。またミンダナオ島の島影が見える前に一度、日本の調査船が三十メートルぐらいまで近づいてきたこともあったが、発見されることはなかったという。

漂流中は船だけでなく海の生き物たちもたびたび彼らの目の前に姿をあらわした。危険だったのは、本村実と一緒に海につかっていてサメがやってきたときのことだ。サメに気づいたルシアナはすぐに救命筏のうえによじのぼったが、実はそのまま気づかず海で泳いでいた。やがてあわてて筏にもどってきて、「バカ！　ユー・スピーク・シャーク・アル」と言って、すぐに知らせなかったルシアナを怒鳴りつけた。

またサメばかりではなく、シャチも姿をあらわした。付近を回遊し、救命筏のすぐ近くまでやってきたシャチの品格あふれる堂々とした姿を見ながら、ルシアナは、この動物につかまったらどこかにはこんでくれて助かることができるのではないかと、そんな妄想にかられた。

　そのような日々のすえに彼らはチョドロ・ギニャレスの船に救出された。すでにこのとき救命筏の二層の浮力体の一層からは空気が漏れており、船員たちは交互に息を吹きこまなければならない状態になっていた。ただでさえせまかった筏内はさらにちぢまり、内部は海水がはいりこんできてビチャビチャに濡れ、おたがいに身体をくっつけあわなければならず、窮屈で不快だった。

「救助される前の日も全員で海に潜っていたんだ」ルシアナはその日のことを回想した。「気がつくと近くに山があるのが見えた。あとからわかったんだけど、それはミンダナオ島の島影だった。みんな、大よろこびだったよ。いったいここはどこだろうって。もしかしたら島にうちあげられるんじゃないか。漁船がとおりかかるんじゃないかってね。それでみんなで少しでも島に近づくようにと海にとびこんで救命筏をおした。島の岬が見えたので、そこにたどりつけるんじゃないかと思ったんだけど、潮の流れに邪魔されて逆に島から遠ざかってしまった。一時間ほど筏をおしたけど、そこでつかれてしまい筏のなかにもどることにした。そのつぎの日の朝だったよ。運のいいことに、ちょうどそのときゼネラルサントスから来た漁船が、小さな島の近くをとおりかかるのが見えた。大きな声で手をふったけど、最初の二隻はとおりすぎてしまった。だけど最後にやってきた漁船が自分たちのことを発見してくれた。あのとき漁船がとおりかかったのは幸運だったと思う。インドネシアに向かう途中の船だと聞いたがね」

こうして本村実と八人の船員たちはチョドロ・ギニャレスの漁船に救助された。「あの船は一晩、サランガニ島で嵐《あらし》をさけて明朝に漁にでたそうだね。あの船がとおりかかって本当に幸運だった」とルシアナはあらためてそう言った。救助されたときは骨と皮だけになっており、上陸すると立ちあがれないほど衰弱してしまっていたという。

澤田の通訳があったこともあり、ルシアナの話はデュランやエディにインタビューしたときよりもはるかに具体的かつ詳細に内容を把握することができた。私は彼の話に満足していた。これまでの取材で聞いた事柄を彼にぶつけて、その事実関係を確認した結果、沈没にいたるまでの船の様子や漂流中におきた出来事を、より有機的に、かつ臨場感をもって把握できたからだ。それにデュランとエディの証言の裏づけをとることで、三人の話のどれが事実で、どれが記憶ちがいあるいは誇張であるかを腑分《ふわ》けすることもできた。細部や時系列などに若干の相違はみられたが、それでもルシアナの話は二人が言っていたこととおおむね合致していた。私はこれで漂流中の出来事と船員たちの行動や心理的な変化を具体的に、系統立てて記述できるのではないかという手応《てごた》えをえることができた。

　私はすでに知っていたことを彼にぶつけて確認し、それにいくつかの新しい細かな事実をほりだし、それまでにくみたてていたストーリーを補強し、聞きたかった内容を聞きたかったとおりに聞き終え、ほぼ予定調和でこの取材に幕をおろそうとしていた。話は彼の漁師人生の後日談におよび、最後にのった日本漁船が洗濯機から火事をおこし、海での二度目の恐怖をあじわい漁船員としての経歴を終えたのだというエピソードも聞きおえ、取材における終幕的雰囲気がわれわれの間に漂いはじめてもいた。

　しかし、そのあとだった。ルシアナは私がなげかけた質問に予想以上の反応をしめし、苦渋にみちたような顔でこれまでの予定調和だった取材をひっくりかえすような爆弾発言をはじめたのだ。

　私がなげかけた質問とは、船員が本村実を襲おうとしたという例の質問だった。この時点で私はあのような現実ばなれした行動を人間がおこすはずはないと考えていたので、この質問はほぼ否定されることが前提の、一応の確認といった意味しかなかった。

「冗談か何かわかりませんが」と私は言った。「本村さんを殺害して食べるという話がでたと新聞で読んだことがあるんですけど、それについてはどうですか」

ルシアナは最初、激情にかられることがめったになくなった、その年齢に特有のおだやかな表情で私が予想したとおり否定的な返答をした。

「そんなことをする力はのこっていなかったよ」

そう答えたとき、彼の顔は少しほほえんでさえいた。しかし、その瞬間だった。はげしい意思の葛藤《かっとう》が彼の内部でわきおこったのだろうか、彼はそのほほえみを急に顔のおくにひっこめて、少し沈黙したかと思うと、表情を一気にこわばらせて、やはり真実を証言したほうがいいと考えをあらためたように苦しげに最初はぼつぼつと、しかしすぐに決壊した濁流のように一気にまくしたてた。

「ほかの仲間たちがそんなことを話していたことがあった。でも自分はそんなことはよせと言ったんだ。もし殺人をおかしたら、救助されたときに連帯責任を問われるぞと。たとえ救命筏が海賊にのっとられて仲間を殺されたという具体的な話をしても聞いてもらえないぞと、そう言ったんだ」

救命筏が海賊にのっとられたという釈明の部分が、実際に現場でそのような会話がかわされたのだろうと想像され、気味がわるいぐらいリアリティーがあった。

「船長を襲うというのは、彼を食べるためだったんですか」と澤田が問うた。澤田が通訳という職分をこえて、一人の人間としてその質問を発せざるをえないほど、ルシアナの話は切実だった。

「そうかもしれない。船長は救助が来ると言っておれたちに期待をもたせていたけど、結局、来なかったから、そのことに怒りを感じている者もいた」

突然、はじまった衝撃的な独白に、私は自分の予定調和がこわされたときに特有の当惑を感じた。いったいこの人は何を言いだすのだ。襲う力がのこっていなかったのなら、それでいいではないか。そこをひっくりかえされると、自分のなかでできあがっていたおおむね満足のできるストーリーも全体的にくつがえされてしまうではないか――。そんな当惑だ。しかし、彼が決断して証言をはじめた以上、それを詳細に確認しないわけにはいかなかった。

「それを言いだしたのは誰だったんですか」

私の質問にルシアナは実名をあげてこたえた。

「あいつが船長の腕をひっぱって、救助がくると期待させやがってと言って、突然がぶりと腕に嚙みついたんだ。でも、あいつも力がのこっていなかったから、腕に歯形がのこっただけだった」

「それは冗談ではなく、本気で……」

「冗談なんかではない。餓えていたからそうしたんだ。もしあいつに力がのこっていたら、そのまま本当に食べていたかもしれない。彼は船長の正面にすわっていて、両手で船長の右腕をつかんで嚙みついたんだ。だけど、食いちぎれなかった」

もし刃物があったら、船長はあのとき殺されていたかもしれない。ルシアナはそこまでふみこんだ発言をした。彼のたかぶりがおさまったあと、あらためて落ちついて話を聞くと、この騒動がわきあがったのは漂流開始の二十日目から三十日目にかけての頃のことだったという。船員の間で船長への憤懣《ふんまん》がたかまり、本村実の正面にいた船員がやおら腕に嚙みついたというのである。

船長は抵抗しなかったのか。そう私がたずねると、ルシアナは何も抵抗しなかったと答えた。腕を嚙みつかれたとき痛がるようなこともなかったし、血が出ることもなかった。本村実はこのときもやはり、ソーリー……と一言つぶやき、涙を流したという。

ルシアナの話は、エンリキート・デュランから聞いたのと内容的にはまったく同じだった。しかし、デュランはシリアスな話だと釘《くぎ》をさしてはいたものの、ニヤケながらかるいノリで話をしているような態度だったので、私はどこか彼の証言を真にうけることができないでいた。デュランに会ったあとも私は取材した相手に誰かれかまわず一応、同じ質問をかさねた。朝日の石合記者にもたずねたし、救出直後の本村実のもとに連日通った依田にも訊いた。救出者であるチョドロ・ギニャレスにも確認した。本村船長を襲うことで合意していたとラジオで証言したのは大腸癌で亡くなったベネール・カタクタンだったが、彼の妹のイメルダにも非礼をかえりみず同じ質問をなげかけた。その結果、全員が、私にとってはデュランの話よりも説得力を感じさせる口調で、そんなことがあるわけないと断定的に否定した。

たとえば朝日の石合記者は自分の取材内容とてらして、この発言についてつぎのような常識的で説得力のある意見をもっていた。

「ぼくは船員にも話を聞いたけど、まったく逆の話なんですよ。彼らはウミガメをつかまえたけど、食べずに海にはなしている。みんなクリスチャンで敬虔《けいけん》でね。彼らは船長のことを父親がわりだと言っていたし、船長としてリーダーシップをとっていたから助かったと。あの話ってのはフィリピンのラジオ局か何かのニュースを、日本の通信社が転電するかたちで書いているんだけど、まったく根拠のない話でね。ウミガメを食わずにはなすような連中が、船長を食っちまおうとなるわけがない。ぼくはある種、日本のあの報道に対してフィリピン人への人種差別的なものを感じていきどおったことをおぼえている」

私もまた似たような感想をもっていたので、人種差別的だとの石合の発言に同意し、例の発言はベネールがインタビューのときに調子にのって口をすべらせただけの話だろうと理解するようになっていた。陽気で南国気質のつよいフィリピン人は、質問にたいして事実よりも大きく誇張してこたえる傾向があることを、私もこの取材旅行の過程で感じていた。それに、たとえどれほど餓えたとしても生身の人間にかぶりつくというふるまいがどこか気味悪く、現実ばなれしており、私自身が無意識のうちに拒絶したがっていたこともあったように思う。いずれにせよ、この話と真剣にむきあわないことを選択することで、私は自分自身を安心させていた。

しかし、ルシアナの話を聞いたとき、私のこの心証は完璧《かんぺき》にひっくりかえった。彼の発言は真にせまっていたし、興奮で潤《うる》んだ目、はきすてるような語調はとても人間が嘘《うそ》をつくときのそれではなかった。一度否定した言葉をわざわざくつがえして、真実を言おうと決断したと思わせる微妙な心理的なゆれうごきも、彼の話にうごかしがたい説得力をあたえていた。

考えてみると、この発言を否定しているのは、ほぼ全員が当事者以外の部外者の人間だった。石合にしろ、依田にしろ、ベネールの遺族にしろ、そして本村実から腕を嚙みつかれたと聞いて、それを半分、漁師の武勇伝的な面白い回顧談としてうけとめた大多数の人にしろ、そして私にしろ、全員がこの漂流とは直接関係のない人間たちなのである。一方、この発言を肯定しているのはデュラン、ルシアナ、そして本村実本人という漂流の当事者たちだった。

船長を襲って食おうとした——。襲おうとした、あるいは襲われた当事者たちが、この不穏当きわまりない発言を肯定し、逆に部外者たちが、そんなことがあるわけない、人間がそんなことをするわけないと否定する。そのような倒錯した状況に、この船長襲撃発言をめぐる一連の矛盾は渦まいていた。当事者がおれたちはやったんだと言いはっているのにもかかわらず、まわりのほうが、いやいやあなたたちはやっていませんよ、そんな発言を肯定するのは人種差別的ですよと諫《いさ》めている、そんな構図になっているのである。

ルシアナの話を聞いたときに私が感じたのは、この発言を肯定しないと、彼らの漂流の物語は逆に救済されないのではないかということだった。

ちがうんだ。本当に飢えていたんだ。真剣に船長を襲って食おうとしたんだ。救助が来ると言っていたのに、来なかったことに腸《はらわた》が煮えくりかえっていたのだ。おれたちをこんな目に遭わせやがってと、ブッ殺したいほどムカついていたんだ。だから船長に嚙みついたのだ。本気だったのだ。それぐらい追いつめられていたのだ。それを知ってほしい。そこを認めてほしい。そこを認めてくれないと、おれたちの漂流はなかったことになってしまうではないか——。

ルシアナが伝えたかったのは、そういうことではなかったか。だとすると、そんな残虐《ざんぎゃく》なことを人間がするわけないとか、このような発言を認めること自体、人種差別的であるといった、それまで私自身も身につけていた部外者性そのものにすぎない正義面《づら》したヒューマニズムの仮面をぬぎすてないと、彼の発言の真意に到達することはできないはずである。ウミガメを食わずにはなしたから助かったなどといった、単に聞いている側の人間が自分たちの価値観の範囲内で処理するためだけの、予定調和的な美談に満足していては、彼らの漂流を正当に評価することはできないのだ。そして周囲から正当に評価されないかぎり、彼らの漂流は経験としておきざりにされてしまい、永久に救われないであろう。

「真剣な話だったんですか」私はルシアナにもう一度訊《たず》ねた。

「真剣な話だ」と彼は強調した。「飢餓感からだった。腕を噛んだときには大きな音がしたよ。彼の行為をとめる者はいなかったし、助ける者もいなかった。われわれには何をする力ものこされていなかった」

ルシアナの家を出ると雨が強くふっていた。トタン屋根から流れおちる冷たい雨に肩をぬらしながら、私たちはナボタス市の狭隘《きょうあい》な路地をぐりぬけた。道路のまわりには茶色い水たまりがひろがり、水飛沫《しぶき》をとばしながら反対車線にはしりぬけてジプニーをとめた。車内は混雑しており、尻《しり》をわりこむようにして椅子に腰をおちつけた。一息つき、幕のような雨にかすみ、陰鬱《いんうつ》な影のなかに消えかかるナボタスの街区をぼんやりとながめながら、私はルシアナの言葉を反芻《はんすう》していた。

船長を襲ってしまおうかとまで思いつめていたにもかかわらず、その一人が船長の腕に嚙みついた途端、船員たちの口から同じような物騒な話題がとびだすことは二度となくなったという。嚙みついた本人もそれで鬱憤がおさまったようで、それまでの剣呑とした様子は消えうせ、船長との間の関係は良好なものにもどったという。

その話が事実なら、おそらく嚙みついたことで彼らは第一保栄丸の船長としての本村実を実質的に殺害したのだろう。

それは本村実当人にとってもあてはまったはずだ。殺害の意図をもって嚙みつかれた瞬間、彼自身の人格の中心を形成していた何かが破壊されてしまったのではないか。

私は、本村実がつぶやいたソーリーというひと言がもつ哀切な響きと、その刹那《せつな》の光景を想像した。

ある意味、嚙みつかれたことで彼は、自分自身の生き方そのものが世界から否定されたことを感じたのではないか。彼の生き方や人格にはどこか、ダイナマイト漁やスクラップ漁《あさ》りに象徴される佐良浜海洋民の最も純な部分がうけつがれているように私には常々感じられていた。鷹揚《おうよう》としており度量がひろく物事に動じないこと、さきのことを深く考えずになんとかなると過度に楽観的に行動すること、生や死に対して恬《てん》淡《たん》としており極限状況においても自分を見失わないこと。それらはたしかに、したたかさやしぶとさという生きるうえでの余裕をうみだしていたが、一方でいい加減としかいいようのない杜撰《ずさん》さにもつながっていた。おそらく佐良浜独特の海洋民的気質は、一人一人が海のなかでばらばらに分割されて存在するマグロ漁師的世界のなかで、そして本村実という一人の人間の内部で、さらに先鋭化していた。だから彼は整備不良の船に乗り、途中で無線がこわれて他船と連絡がつかなくなってもかまわずに漁をつづけ、その結果、浸水したときに代理店にも無線で救助を要請できず、救命筏に乗りこんだときに救助は来ると言いつくろったが、実際には救助は来ず、船員たちの命を危険にさらし、ついには嚙みつかれるという事態をひきおこした。それは、佐良浜的世界にはぐくまれた人間の帰結として、歴史的必然であったようにも思える。

　もしかしたら、嚙みつかれたとき、彼は海によってつちかわれた自らの素性と生き方が、その海によって否定されたのだと、どこかでさとったのではないか。彼がつぶやいたソーリーという ひと言がこのうえもなく哀切に響くのは、そこに理由があるような気がしてならなかった。

自分が生まれでた母胎である海の世界により自分自身が否定されたことを理解したうえで、それでもまたその母なる海にもどらざるをえなかったのなら、その選択は悲哀以外のなにものでもない。私はふたたび船に乗るという彼の決断の背景から、一人の人間の痛哭《つうこく》にも似た声がきこえてくる思いがした。

終章　閃《せん》光《こう》

1

フィリピンから帰国して十日後、私はふたたび沖縄にむかう機内の座席にすわっていた。手荷物として機内にもちこんだ紙袋のなかには、フィリピンでチョドロ・ギニャレスからうけとった救命筏《いかだ》の残骸《ざんがい》がはいっていた。筏の生地は、長年にわたって雨《あめ》避《よけ》などで酷使されてきたせいで、茶色いカビや染《し》みなどの汚れでおおわれていた。私は自宅のせまい風呂場《ふろば》にそれをひろげてタワシとカビとり用洗剤でこそぎ落そうとしたが、洗剤に長時間さらしても除去できないほど汚れは頑固で、結局、汚れがのこった状態のままもちはこばざるをえなかった。

この訪問は東京ではいくぶん涼しさが感じられるようになった九月下旬のことだったが、那覇はまだ夏の全盛期で、少しそとを歩いただけで、やや多汗症の気がある私の額からは大量の脂汗《あぶらあせ》が噴出した。旭橋近くの東横インにチェックインして、翌日の午前中に数カ所の関係先にアポイントメントをとったあと、早速、私は富美子に電話してフィリピンでの取材結果について報告することにした。型通りの挨拶《あいさつ》をかわし、じつは先日フィリピンにいってきまして……ときりだすと、富美子は、あら、そんなところまで……と受話器のむこうで当惑気味な声をもらした。

「実さんを救出した漁船のかたを見つけまして、あと、むこうの病院でお世話された日系人のおばあちゃんとか。それでだいぶ当時の様子がわかったので、会って報告させていただければと思っているんですが」

「私、今日はちょっと忙しいので、どうしましょう」

「もし時間がないならわたしたいものがあるので、それだけでも。じつは実さんが漂流された救命筏の一部がのこっていて、それをもってきたんです」

富美子は無言だった。

「残念ながら完全ではなく、切れはしみたいな感じで、むこうで炊事場の屋根なんかにつかわれていたみたいなんですが……」

「……それをいったい、どうしたらいいのでしょう」

「うーん、そうですねぇ。どうしましょう……」

「ちょっと子供たちと相談して決めますので、またこちらから連絡します」

てっきり私は喜んでもらえるものだとばかり考えていたので、富美子の反応は予想外だった。彼女の声は途中から当惑をとおりこして、少し迷惑そうにさえ聞こえた。

　本村実は第一保栄丸の漂流から生還して八年後、ふたたびグアムの海にもどって行方を絶っている。それから十数年の歳月が経過したが、彼の行方はようとしてわからないままだ。それでも富美子は夫がまだどこかで元気に暮らしていると信じている。だから救命筏の残骸といった夫の往時の痕跡《こんせき》みたいなものをもってこられると、それを遺品のように感じてしまうのかもしれない。私は自分の軽率な行動を恥じた。

　富美子と会ったのは那覇滞在の最終日のことだった。実の実妹である友利キクも一緒だった。約束場所である大型商業施設の一階のレストランで、パスタとカレーが同じ皿のうえにもりつけられた昼食をとりながら、私は紙袋のなかにはいった救命筏の残骸についてどうきりだそうか苦慮していた。

「これ、どうしましょう……」率直にきりだすと、富美子は、

「娘はせっかくだから、もらって飾ればいいじゃないというし、お墓に一緒にいれたらいいじゃないという人もいるし……」

「なんで？　せっかくだからもって帰ればいいのに」とキクが言った。

「これは実さんを救助したチョドロ・ギニャレスという人の家にありました。実さん

が救命筏は彼に寄贈すると言って、おいていったようです」

「当時はむこうの子供たちなんかが、救命筏のなかで遊んでいるのがワイドショーなんかでやっていました。鹿児島の銀行が二百万円で買いとって展示したいという話もあったんです。それを本人に話すと、とりにいくのに交通費で五十万円もかかるから、いいって」

地元の人にあげちゃったから、とりにいかなかったんじゃない、とキクがいうので、そうかもしれないですねと私も相槌《あいづち》をうった。

第一保栄丸が行方不明になったとき、富美子はそれを代理店だった丸和商会からの電話で知ったという。保栄丸がグアムを出港したのは一九九四年一月二十一日、一航海一カ月として二月二十日頃にはもどってこなければならないはずだが、二月二日に無線交信があったのを最後に連絡がとれず、すでに捜索活動に着手しているという連絡だった。

彼女はすぐに泊港近くの雑居ビルにはいった丸和商会の事務所に向かった。事務所には社員のほかに漢那招福ら何人かの船主もあつまっており、壁に掲示された海図を指さして捜索状況や保栄丸の航路を説明してくれた。

ただ、その場はすでに実の生存はきびしいという見方が支配的だったという。

「いやー、もう、これダメよ」

招福があけすけに身も蓋《ふた》もないことを口走った。

しかし富美子はそんな招福の気づかいのない発言など意にかいさず、海図を指さして、「こんなに小さな島が沢山あるんだから、どこかに流れついて生きているかもしれない」と反論した。逆に彼女のほうからみると招福たちの海の世界の常識は理屈にあわない話で、海図に島がたくさんのっている以上、夫が生きているとしか考えられなかったのだ。

その日以来、彼女は連日、丸和商会の事務所に足をはこび捜索状況をたずねた。それでも三月一日に捜索をうちきったと知らされたときは、さすがにこたえて、精神的な痛手からパートの仕事をやめて自宅ですごす時間が多くなったという。

実が救出されたという一報がはいった三月十八日は、たまたま次女の美香がかよう短大の卒業式の日にあたっていた。電話が鳴ったのは、富美子が卒業式会場である市民会館に向かうため玄関に出ようとした、まさにその瞬間だった。受話器をとると知らない男の声が聞こえてきた。男はフィリピンの水産加工会社につとめる依田という者だと名乗り、旦那《だんな》さんは生きていますよ、漁船に救助されて病院で手当てをうけていますと語りはじめたのだ。

やっぱり生きていた——。依田の言葉を聞いてはじめて富美子は、胸のなかの不安がスーッとひいていくのを感じた。実際に実本人と直接電話で会話をかわしたのは卒業式から帰宅したあとだった。電話は二、三分のみじかい会話で終わったが、彼女が現地に行こうかと問いかけると、実は、心配しなくてもいい、決して治安のいい場所ではないので来なくても大丈夫だと答えた。

それから二週間近くが経過した三月三十日、実は台湾からの中華航空機で那覇の空港にかえってきた。富美子は家族や親戚《しんせき》、知人とともに空港まで出むかえにいったが、到着ロビーにはテレビカメラマンや記者やらがあふれんばかりにおしよせていたので、彼女は車から外にはでないで、まだ九カ月にしかならない初孫と一緒に待つことにした。空港に到着した実はしばらくロビーで報道陣の取材をうけていたが、いち段落すると富美子の待つ乗用車にやってきた。富美子が実と対面するのは、前年九月にグアムに出発して以来のことだった。半年ぶりに夫の顔を見たとき、彼女は瘦《や》せたな、と思ったという。実がひさしぶりに会う初孫を胸のなかにだきよせると、記者の一人が、漂流中は家族の誰のことを考えていましたか、奥さんですか、お子様たちのことですかと問いかけた。いや、孫のことだけを考えていたと、そうこたえる実を見て、富美子はいかにも照れ屋な夫らしい答えだと思った。

自宅には親族や漁師仲間、報道陣がつめかけ、刺身やビールがふるまわれた。あいかわらず漂流中のことについて質問をつづける報道陣に、実は冗談をまじえながらこたえていた。

報道陣の取材や病院にきた見舞客には比較的丁寧に説明をした実だったが、ひとたび家にもどってくると、自分の口から漂流について語ることはいっさいなかったという。

「誰かが聞いたら話すけど、こっちが聞いても何も言わない」と富美子は言った。「何があって、どうしたのとたずねても、うん、知らんの一言。友達が酒飲みに来て話をするから、そのときにそんなことがあったんだぁって思うぐらい。そういう人だからこっちも聞こうと思わない」

家族にだけではなく、実は漁師仲間や佐良浜の友人にも漂流中の出来事をあまり語りたがらなかった。私は彼の知人や親類に会うたびに、漂流中の話を何か聞かなかったかと質問したが、ほとんどの人は話題にもしなかったと回想した。

とりわけ漁師仲間や佐良浜の人たちなど海の世界の倫理にしたがって生きている人は、実に気をつかって、この件については触れないようにした。典型的なのは、ある佐良浜の友人がいったつぎのような言葉だった。

そんなのは聞かん。本人も言わない。誰も聞かんさ。そんなの追及したら、あんたはなんねと、大変だからね。よかったね、無事にかえってと、それぐらいさ……。

漢那招福も漂流について実との会話をいっさいひかえた一人だった。彼は実の漂流のことを、その歯に衣《きぬ》着せぬ独特の物言いで、あんなのは格好悪いことだと表現した。

「格好悪いことというのは……？」私は問いかえした。

「テレビから何からみんな映っとったさ。みんなもう日本中にわかってしまったさ」

招福の答えは私には意外だった。そのときまで私は、三十七日間もの極限状況にたえて生還した本村実の漂流体験は、生きることをあきらめないという人生訓、というか、社会的な美徳を体現した一種の英雄的壮挙であり、称賛されることはあれ、けなされるようなことではないと考えていたからだ。マスコミも同じ感覚でこの事件をとらえていたので、おおむねその〝奇跡の生還〟を肯定的にとらえる筋で報道していた。しかし招福にしてみると、この漂流にたいするそうした世間的なとらえ方は彼の感覚とはどこかズレているのだという。

「ぼくらからすると、あれだけ大変な目にあって生きのこったというのはすごいことのように思えるのですが」

「思うかもしらんけどね」

「漁師にとってはちがうんですか」

「ちがう、恥ずかしい」

「恥ずかしい？」

「本当、自分のミスだもん。自分がミスをおこしている。座礁《ざしょう》しても自分のミス、火事をおこしても自分のミス。だからあんなのはあんまり聞かんほうが。本人がまた怒るから」

　実の生還を英雄的だととらえるのは、海の世界に手前勝手なロマンティシズムをおしつける陸の人間の視点であの事件をみているからかもしれない。一瞬の判断ミスにより命をうばわれ、たった数日間で藻屑《もくず》となって消滅したとみなされる海の世界の感覚からすると、実が生きのこったのはたんなる幸運にすぎなかった。壮挙のようにして報道されること自体、海で生きる資格がなかったことが喧伝《けんでん》されているようなもので、実は生き恥をさらしていることになるのだった。招福の言っているのはそういうことだった。

　考えてみると、彼が漂流体験を語ったのは、依田僳利や馬詰修など、海の世界とかかわってはいるものの、感覚的には少し距離がある陸の世界に属する人たちにかぎられていた。漂流後の彼は、海の世界でおされた失格者としての烙印《らくいん》を、つねに意識しながら生きていかなければならなかった。しかしそれでも彼は海に固執して八年後にグアムにもどる。海にすべてを否定されてなお、海にもどらなければならなかった彼の最終的な決断を思うとき、私にはそこに人間が生きることの意味を問う全瞬間が込められているような気がしてならなかった。

結局、富美子の前で実が話題にした漂流にかんする唯一《ゆいいつ》の事柄は、爪《つめ》が生えかわるというきわめて些細《ささい》な一事だけだったという。

ある日、実に言われて彼の爪を見てみると、古い爪が徐々にういて剝《は》がれ、その下から先端の白い部分のない新しい爪が形成されつつあった。それは漂流時の極端な栄養失調が原因でそのときの爪が死に、その後の栄養改善でまた新しい爪が生えかわってきているという、生命力の横溢《おういつ》をしめす現象にほかならなかった。古くて死んだ爪と新しくてみずみずしい爪がひとつの指に同居している様子は、死線をさまよった漂流経験と、その後のメシをたらふく食べることのできる安全な日常とをわける境界線である。過酷な経験が身体的には過去の出来事として風化しようとしているのを見て、二人は感嘆した。

「そんなこともあるんだねぇ、すごいね」

富美子は素直におどろいてみせた。それが、彼女が実の漂流の等身大の痕跡に触れることができた、たった一度のやりとりだった。

皿の上に盛りつけられていたカレーとパスタは、すでにほぼ平らげられている。大型商業施設での昼食も終わりが近づき、私は救命筏の残骸の処置について、いい加減決着をつけなければならないと感じていた。

「じゃあ、これ、おわたしいたします」

私はつとめて何気なさをよそおい、救命筏のはいった紙袋を富美子の前にさしだした。救命筏はチョドロ・ギニャレスからもらったうすいビニール袋につつまれたままで、外から中身は見えなかった。

「なかを見ると涙が出ちゃうかもしれないから、見られません」と彼女は言った。「角幡さんがいろんなところに行くから、もしかしたら実さんが見つかるかもしれない……」

取材にとりかかった当初は、私もそんなことをちょっと夢想したこともあった。もしかしたら太平洋のどこかの島で現地の住民にとけこんで生活する実と出会い、この取材がとてつもないノンフィクション作品として結実することがあるのではないか、と想像したこともないではない。しかしいまでは、その可能性はないだろうなと現実を冷徹に見つめながらこの会話をかわしている自分がいる。

私はやはり余計なことをしたのかもしれない。富美子が救命筏のうけとりに困惑しているのは、どう考えてもカビや染みで汚れていることが理由だとは考えられなかった。私は彼女の人生の最も敏感な部分に平然と触れておきながら、その心の襞《ひだ》に到達することのできない自分の不誠実さを呪《のろ》った。

「これもったままだと友達と会うのに邪魔だから、私の車においておこうか」キクが気をきかせた。

「そうだね」

「いつとりにくる？」

「そのうち……。実さんが帰ってきたときにとりにいこうか」

富美子は冗談めかして笑いながら、私のほうに顔をむけた。

「まだね、すっきりしないんです」

2

本村実がフィリピンへの長い漂流から生還した頃、佐良浜漁民の南方カツオ漁もまたすでに下火の時代にはいっていた。

池村洋右が参加したパラオ出漁以来、佐良浜のカツオ船はラバウルやケビアンなどのパプアニューギニア海域、それに漢那憲徳が大洋漁業と開始したソロモン諸島の周辺海域、そのほかパラオ、ポナペ、トラック諸島などを中心に出漁をつづけてきた。その結果、佐良浜の南方カツオ漁の水揚げ高は右肩あがりに上昇し、一九八〇年には年間最高となる五十九億円を達成、佐良浜の住民たちは現金でコンクリート御殿をたて、せまい集落のなかをタクシーで移動し、古希のお祝いに高級毛布をプレゼントしあう、そんな南方漁景気にわいた。

しかし、その年をさかいに南方漁には陰りが出はじめる。仲間明典によると、落日の伏線はベトナム戦争の終結にあったという。ベトナム戦争が継続している間、佐良浜漁師が釣りあげたカツオは日米の水産資本により缶詰に姿をかえて戦場の兵士にむけて輸出されてきた。ところが、一九七五年に戦争が終結するとその戦場向けの需要がなくなり、缶詰は市場でダブつき、魚価が低迷する一因になった。また、ちょうどこの頃から巻き網船が出現し、効率よく大量のカツオをかっさらうようになったことも、魚価の低迷に拍車をかけることになった。そこに燃料費の高騰《こうとう》や地元行政府によるみなし課税等々、べつの要因もかさなって、一九八二年に米国や日本の水産資本が次々とパプアニューギニアから撤退する事態となったという。

あわてた佐良浜側は「南方カツオ漁の火を消すな」を合言葉に沖縄県と伊良部町が出資し、第三セクター方式で沖縄海外漁業株式会社という会社をたちあげ、二年間で十七隻《せき》の漁船を出漁させた。しかし結局は武士の商法、母船の故障や不漁などでうまくいかず、一九八五年を最後にパプアニューギニアでの操業はうちきりとなってしまう。それ以降、佐良浜漁師の南方出漁はソロモン海域ただ一カ所となり、それも二〇〇〇年に民族紛争にまきこまれたことが決定打となり、撤退となる。

戦前からつづいた佐良浜の南方カツオ漁は、二十世紀最後の年に、ゆらゆらとゆれる小さなロウソクの炎がフッと吹き消されるようなかたちで最後の灯を消していったのだ。


富美子とわかれると、私はその日のうちに飛行機で宮古島にとび、空港でレンタカーをかりてフェリーで佐良浜に向かった。島に着いてすぐに仲間明典に到着したことを電話でつげると、すでにティンクルですっかりできあがっているという。その場に向かうとマスターの伊志嶺朝令やカツオ船を経営する奥原栄一らいつものメンツがあつまり、マグロの刺身を肴《さかな》に泡盛をあおって顔を赤らめていた。彼らは取材にきた私に気をつかい例によって佐良浜の裏の現代史を、いくぶんの郷愁をこめて語ってくれた。爆薬によるダイナマイト漁や選挙のときの裏金の話、そのほかには、たとえばツカサンマという巫女《みこ》に選出された女性がそれを辞退し、村の伝統である神願いの儀式がとりおこなえなくなっているという、最近の地域の時事にかんする話題もあった。そして話はいつしかツカサンマから南方漁のほうにもどり、誰かが、ふと漢那憲一のことに触れた。

漢那憲一は、徳洋漁業という会社を設立し、日本の水産大手である大洋漁業と手をくんでソロモン開拓にたずさわった、あの漢那憲徳の長男だ。ソロモンでの操業がはじまってまもなく死亡した憲徳の跡をつぎ、その後の事業の経営をみちびいた〝佐良浜水滸伝《すいこでん》〟の英傑の一人である。

「南方漁の話を聞くなら、漢那憲一がいいよ。あれは裏も表も全部知っている」と仲間明典が言った。「ぼくの本の後半は全部、彼のおかげ。彼はいまカネがないからね。二万五千円払って資料をゆずってもらった」

カネがない？　意表をつかれた思いだった。漢那憲一は父の憲徳亡《な》きあと、二十年もの間、ソロモン海域におけるカツオ船団をしきってきた元親分である。南方漁が終《しゅう》焉《えん》して長い年月がたったとはいえ、地域に莫大《ばくだい》なカネをおとしてきた佐良浜の貢献者が、たかだか二万五千円ポッキリのカネに嬉々《きき》としてしまうほど落ちぶれてしまったというのだろうか。

その場にいた人たちは漢那憲一のことについて、いろいろと噂《うわさ》した。

いまはみじめなもんさ……。

最盛期は十億ぐらいはあったんじゃないか?

十億はわからないけど、五億はあっただろうよ。

会社からの傭船《ようせん》料が一隻につき月五十万。五隻持っていたから、それだけで一カ月に二百五十万が懐《ふところ》にはいる。一年間で三千万だ。そのほかに会社からの給料や船主協会の報酬もあっただろうから、すごいカネさ。

いろんなところに十人以上の女がいたっていう話だ……。

「豪勢な話ですねぇ」と私は言った。

「しかしいまは家も競売にかけられ、競《せ》りおとした相手にすまわせてもらっているさ」。仲間明典はそう言って、コーヒー割りの入ったグラスをクイッとあけた。

翌日、私は仲間に案内してもらって、その漢那憲一の自宅をたずねてみることにした。面会の表向きの理由は、戦後南方漁の栄華をみちびいたソロモン操業の浮沈について話を聞きたいというものだったが、本音をいうと、それ以上に私には漢那憲一という人物そのものに関心があった。南方漁の全盛期には湯水のようにカネをつかい、いまでは人々に同情をよせられるほど劇的な人生の浮沈を経験した男とはいったい、どのような人物なのか。

仲間明典が彼の家に向かう途中、ちょっと土産を買っていくと言ってAコープに車をとめた。土産というので私はてっきり泡盛でも買っていくのかと思ったが、彼がレジにはこんだのは一斤《きん》の食パンだった。その土産物が、漢那憲一の現在の境遇を雄弁に物語っていた。

漢那憲一の家は——正確にいうと昔は彼のものだったその家は——海べりにあるサバニの船着場の近くにあった。田舎でよく見かける小さな建設会社のような建物で、これまで何十回となくこの家の前を車でとおりかかったが、てっきり空き家だとばかり思っていた。家、というか、すでに使用されなくなった事務所みたいなその建物の入り口のガラス扉をあけると、事務用品が乱雑におかれた埃《ほこり》っぽい空間がひろがり、左側に旧休憩室のような部屋がつづいていた。仲間が靴をぬいで声をかけると、奥のほうでTシャツにトランクス姿だった男が弱々しく返事をしてたちあがるのが見えた。突然の客の来訪に、あわててズボンを穿《は》いているようだった。

漢那憲一は身長百九十センチ前後あるのではないかという大男で、顔つきもふくめると偉丈夫で美男だったという父憲徳をほうふつとさせた。しかしそれ以外の部分では、南方漁を一手にきりもりしたという往時の面影はとうの昔にうしなわれてしまっていた。背中は老人のように曲がり、痩せぎすな身体《からだ》には腹だけがぽっこりとつきだし、声は消えいりそうなほど小さく、Tシャツの両脇《わき》は汗で黄ばんでいた。彼は、やる気や覇気などといった前むきな精神状態をあらわすありとあらゆる言葉から、もっとも縁遠いところで生活をいとなんでいるようだった。それでも久しぶりの来客がうれしかったのか——あるいはお土産の食パンがきいたのか——、玄関をはいったところにある旧事務所の大きなテーブルをはさんで、ソロモンのカツオ漁の裏話をいろいろと教えてくれた。

佐良浜漁師によるソロモン操業がはじまったのは一九七一年である。その年の四月に大洋漁業と現地行政府との間で覚書がかわされ、大洋漁業は憲一の父の憲徳にソロモンでの漁業の全権を委任する。〈南洋カツオ船主協会〉なる組織を設立してみずから会長におさまった憲徳は、漁船四隻を出漁させ、三十年近くつづくソロモン操業の火蓋がきられた。

以前話を聞いた憲徳の弟の漢那武三によると、沈船漁《あさ》りの爆発で三笠丸が吹きとんでからというもの、漢那憲徳はヤクザに追われ、ほとんど夜逃げ同然で逃げまわり、小さなオートバイで鰹節《かつおぶし》を行商する苦労をつづけたという。そのどん底のような生活から、どのようにして大洋漁業から委任状をうけるまでの地位にのぼりつめたのかは武三も知らなかったし、また憲一もくわしくは聞いていなかった。憲一が知っているのは、父の憲徳は鹿児島県の枕崎にある鰹節店の紹介があって大洋漁業と関係ができたことくらいだった。

「大洋漁業は取引のあった枕崎の、コンドウという人だったかな、コンドウに依頼して、コンドウから親父《おやじ》のほうに連絡があった。当時、親父は那覇の公設市場のあたりで鰹節店をやっていて、沖縄カツオ業船主組合の会長もやっていたもんだから。それがはじまり。漁場の調査は大洋がやっていたね。それでカツオは大丈夫だ、基地をつくって基地操業をやろうとなった」

父の憲徳は当時、自前のカツオ船をもっていなかったので、ソロモン操業が決まると八億もの借金をつくって二隻の船を建造した。佐良浜のほかの船主たちも本土の中古船を買ってきて、最初はおそるおそる操業に参加した。一九七一年から試験操業がはじまり、七三年に大洋漁業と現地行政府との間で合弁会社が設立され、本格的な操業が開始される。やがて現地に港湾、水産設備、鰹節工場や缶詰工場が建設されてゆき、年をおうごとに佐良浜からの出漁船も増えて操業は盛況を呈していった。

漢那憲徳はさらに事業を発展させるため一九七九年に徳洋漁業という会社を設立したが、その翌年、まだ一度も株主総会をひらかないうちに病死する。当時三十四歳だった憲一は、身体ひとつでどん底からはいあがり、ソロモンを開拓して地元に莫大なカネをおとした父の事業を引きつぐかたちで、急遽《きゅうきょ》、表舞台にたつことになった。

「親父がなくなって最初は大変だった。一年こえて、二年できたら自信がついたよ。親父がつくった船の借金が、まだ十何億あったかな。それをわしが肩がわりして、また船をつくったさ。第一徳洋丸、第三徳洋丸かな。盛徳丸に漁幸丸、五隻の船をつくった。大洋が保証してくれた。船を増やそうと、大洋がカネを借りてくれというもんだから、じゃあ借りましょうと」

憲一が徳洋漁業の代表となって数年後、それまで順調だったパプアニューギニアのラバウルやケビアンでは日本や米国の水産資本が次々と撤退し、沖縄県や伊良部町が出資した沖縄海外漁業も失敗におわる。それにくらべて、ソロモンのほうは経営環境こそきびしくなったものの、パプアのように撤退にはいたらず、まがりなりにも二〇〇〇年まで操業をつづけた。双方の成否の要因についてたずねると、漢那憲一と仲間明典の二人はパプアは母船式操業、ソロモンは基地操業という操業方式のちがいをあげた。パプアのような母船式だと、ダメになったら船をもどせばいいだけなので腰がかるい。そのため魚価の低迷や燃料費の高騰という経営の圧迫要因が生じた途端、親会社はすぐに撤退してしまったが、ソロモンのように現地に基地をつくってしまうと、多少、逆境にみまわれても多額の投資をしてしまっているので簡単にはひきさがれない。ある意味、退路をたった事業だったのである。

こうしてソロモンで漁獲されたカツオは缶詰として外国に輸出されたほか、日本にも鰹節として大量にでまわることになった。藤林泰、宮内泰介編著『カツオとかつお節の同時代史　ヒトは南へ、モノは北へ』によると、一九九九年には日本の鰹節輸入量のじつに二十七パーセントにあたる千百三十七トンが、ソロモンで生産された製品だったという。最盛期のソロモンでは三十数隻ものカツオ船が操業し、大量の現金が佐良浜の男たちの懐にはいりこんだ。漁船員には月の固定給三十五万円にくわえて、漁獲量が六百トンから八百トンをこえると歩合とよばれるボーナスが配当された。全盛期の漁獲量は一隻につき二千トンをこえたというから、船員の一年間の収入は歩合だけでも一千万円をこえ、給料をふくめると一千五百万円ちかくに達したことになる。船主のほうにも一カ月五十万円の傭船料が会社から支払われたので、何もしなくても自動的に一隻につき年間六百万円ものカネがころがりこんできた。漢那憲一自身も四隻から五隻の船を所有していたので、会社の給料をくわえると年間二千万円以上の所得があったという。

現地での生活も、世間的な規範からはまったくはずれていた。ソロモン操業に参加した当時の佐良浜漁師は冬場の二カ月間しか家族のもとにはもどらず、あとののこりの期間はすべて現地ですごしていたのだが、その結果、必然的にというか、やむをえないこととというか、要するにまあ、佐良浜の男たちと現地住民との間には文字どおりのはだかのつきあいがうまれた。そのことを物語るソロモン人女性が書いたという興味深い詩が、前掲した『カツオとかつお節の同時代史』に紹介されている。

ランベテに奇妙な船がある
奇妙な音楽が鳴り響き
騒々しい笑い声
彼らはだれだ？
外国人だ
ピグミーのように背が低く
黒くて硬いウニのような髪

黄色い肌
半月形の目
オキナワの漁民だ
村をぶらぶら歩き
目立つ姿だ
毛織のセーターに身をまとい
トラックスーツのズボンをはき
高価なラジオを持って
村の娘の心をつかむ
彼らは受け入れられたのだろうか？
人びとの間には意見の相違がある
そうだという者、そうでないという者
もっと壁がある
しかし、混血の子がいる
種を仕込んだのは
オキナワの漁民だ

私も佐良浜に来てから、出漁先での女関係の秘めごとについて酒をのんでうっかり口をすべらせる不用心な男と何度か出会ったが、しかし基本的には彼らも家族がいるので、地元ではそとの人間におおっぴらに話せるような話題ではなかった。だが漢那憲一はちがった。彼は当時のみだれた風紀についても楽しそうにあけすけに語った。最盛期のソロモン大洋は約二千人の現地住民を雇用しており、そのうちの少なくない数を缶詰工場などで働く女性工員が占めていた。佐良浜の漁民は現地に滞在中、このような現地で働く女工にちょくちょく手をだしたという。

「子供は全体で十何人か生まれたんじゃないか」と漢那憲一はふりかえった。「十カ月もいるもんだから、そういったお友達ができるさ」

「彼女みたいなもんですか」

「彼女といっても、ほら、遊びに来て、お金をあげたらOKというのがいっぱいいる。缶詰工場に五百人も六百人もいるから、最初はその人たちが船にきて遊んでいた。入港したら女が船をまっているわけさ。それが工場の管理者にバレて問題になったこともあった。工場の女に手をだしたらダメという決まりがあったから。だけど、そんなのは、もう……。子供つくったら責任もたんといけんよと言うけれどね、あまり関係ないね。二、三人、子供おったのもいた」

　現地には〝沖縄ハウス〟とよばれる大きな宿舎があり、船員たちは〝エッチルーム〟とよばれる部屋で現地の女とことにおよんだ。女に手わたすカネも最初は十ドルだったが、そのうち女たちのほうが三十ドル、四十ドルと値あげしていった。

「まあ、そんなに深くつきあう人はいなかったね。一度帰ったら、みんなまたつぎの人をさがしておったよ」

「もちろん、地元の奥さんには内緒で……」

「うん。誰かがアレはアレの子供だよとばらすとね、あんた子供いるじゃないと奥さんに責められるさ。ぼくの子供じゃないよと逃げまわるわけよ。そういうと奥さんも納得するしかないわな。そういうのが何人いたか、わからない」

　そういうと漢那憲一は、何を思い出したのか、はっはっはと天狗《てんぐ》のような乾いた高笑いをあげた。

「一回、むこうで子供たちのビデオを撮ってね、お父さんの名前もいれて島で放送したことがある」

「誰がそんなことをしたんですか」

「わたし」

「みんな現地でやっていることを見たいというわけさ。あんまり言うから流した。それを奥さんたちがみんな見ているわけさ」

「そりゃ、家庭がもめるでしょう」

「いや、もめない。べつに怒りゃしない。お金、いっぱいもってきてあげているのに。みんな給料が一千万ぐらいあったよ。奥さんたちもご理解してくださった」

　佐良浜で何度か取材するうち、私はこの集落の女たちが一種独特な距離感で男たちと接している感じをうけるようになっていた。夫は一年のほとんどを留守にして、その間、たぶんどこかの外国で現地の女に手をだしている。そのことにはうすうす勘づいているが、しかし表だってそれが明らかとならないかぎり目くじらたてて追及することはしないし、たとえそれがわかっても男なんてそんなもんだという悟りに近いような恬淡とした性意識があるため、最終的にはそれもふくめて赦《ゆる》すといったような、世間一般の男女関係では考えにくい、非常に鷹揚《おうよう》とした、余裕をもってつつみこむ観音様のような態度である。海洋民として長い歴史をもつ伝統と風土が女の精神形成にも影響をあたえているのか……と私はしばしばべつの国にさまよいこんだかのような不思議な感慨にとらわれた。

「なんで、また?」

大量の船員がソロモンに出漁したことで佐良浜の人々の財布は潤《うるお》った。人々は競うようにそれまでのセメント瓦《がわら》の平屋建て家屋から鉄筋コンクリート二階建ての家につくりかえ、平良の飲み屋街が繁盛《はんじょう》し、定期船は乗客で満杯になり、銀行員は山羊《やぎ》料理をふるまって一軒一軒を営業にまわった。

しかし、ときがすすむにつれて佐良浜漁民のソロモン操業へのかかわりは徐々にうすくなっていく。開拓からしばらくは漁船一隻につき佐良浜漁師が十数人、現地人が二十人といった割合で操業していたが、現地行政府が現地化政策をとったことで佐良浜の漁師の割合は徐々に減らされていき、最終的には船長、漁労長など数人以外は全部現地人といった体制に移行していった。また、ベトナム戦争終結以降の缶詰需要の落ちこみも、じわじわと経営環境を悪化させていったという。

「缶詰の値段がさがるとカツオの値段もおちるからね。それでソロモン大洋の経営がきびしくなっていったわけさ」

このときにはすでにパラオもパプアニューギニアも撤退していたので、ソロモンは徳洋漁業にとっても佐良浜住民にとっても生命線となっていた。

「何回もやめようという話があったけど、ぼくにとっては死活問題だからね。撤退はダメだということで、がんばらせたわけさ」

「ソロモン大洋がやめたがったわけよ」

「大洋漁業。もう引きあわんということで、本社がやめたがった」

そうしてソロモン操業が下火になりつつあったところに、現地の民族紛争のあおりでカツオ船一隻がシージャックされる事件が発生する。二〇〇〇年七月二十六日の夕刻、ソロタイ六十八というカツオ船が、ノロ基地から約百六十キロはなれた海で餌《えさ》となるカタクチイワシをあつめるために停泊しているところを、武器をもった三人組に乗っとられた。三人組はガダルカナル島にある首都ホニアラに向かえと要求した。漁船には漁労長ら二人の佐良浜漁師と三十二人の現地人が乗船しており、要求にしたがってホニアラに向かった。目的地には翌日の午前中に到着し、船員らはとくに危害をくわえられることなく解放された。

佐良浜滞在中、私は拘束された二人のうちの一人に当時の様子を聞いたが、現場の状況はかならずしも命が危険にさらされるような緊迫感につつまれたものではなく、武器を所持した連中にヒッチハイクされた、といった程度の比較的のんびりとした雰囲気だったという。しかし、経営側は武器を持った人間に簡単に船に乗りこまれてしまった治安状態の悪さを問題視した。当時、ソロモンではこの二人のほかに二十八人の佐良浜の人間が働いていたが、漢那憲一はすぐに特別便を用意し、全員の帰国を指示したという。

「船をもっていかれた以上、これはマズイとなった。現地で暴動がはじまったから、これではダメだと。帰せといって送還した」

ソロモンから手を引きたがっていた大洋漁業にしても、この事件は事業撤退のためのいい口実となった。事件から約半年後の二〇〇一年一月、大洋漁業は経営合理化のためソロモン大洋もふくめた海外拠点の一部を解散、売却することを決定する。

ここに戦前から七十年近くにわたり断続的につづいてきた佐良浜の南方カツオ漁は、あっけなく終止符をうたれることになった。伝統的に素潜り漁に秀《ひい》でているというベースがあったとはいえ、佐良浜人を海洋民として大きくそだてたのはなんといっても南方カツオ漁だった。数世代にわたり村人たちが恒常的に太平洋に拡散するという歴史があったからこそ、佐良浜人たちが内部にかかえる心理的版図は空間的に大きくひろがり、雄大な気質と文化が形成されたのだ。その人間と風土をそだててきた彼らの最大の事業が、最終的には漢那憲一という一人の人物の決断によりしずかに幕をとじたのである。

すでに仲間明典は自宅にもどっており、徳洋漁業の旧事務所では私と漢那憲一の二人だけがテーブルをはさんですわっていた。建物のなかは、あいかわらずぽっかりとあいた空洞のようにしずまりかえり、昔を思いだして語る、漢那憲一のきえいりそうな声だけが老婆《ろうば》の念仏のように訥々《とつとつ》と響いていた。

彼自身は漁師ではない。会社の元経営者である。しかし、全盛期には平良の繁華街を肩で風をきって歩き、スラッとした高い上背と甘いマスクからふりむかない女はいないとまでいわれた男が、周囲で噂されているように南方漁がもたらしたその豪気な生活ゆえに最後は全財産をうしない、いまでは競売相手の温情にすがって暮らすほど落魄《らくはく》しているというのなら、それは本村実とはまたちがったかたちで佐良浜という地域の栄枯盛衰を全身で体現した人物なのではないか。私は漢那憲一と話しながら、そんなことを考えていた。

いったい、目の前にすわって茫洋《ぼうよう》とした顔つきで往時の裏話を淡々と語るこの怪人物にとって、南方漁とはどんな意味があったのだろう。人生の栄華をきずいたひと時の夢だったのか。あるいは身の破滅をみちびいた忌《い》むべき記憶なのか。

私は最後に、あなたにとって南方漁の時代とはなんだったのかと、漠然とした質問を投げかけてみたくなった。昔日の栄光をなつかしむ感傷的な言葉か、現在の境遇を悔やむ恨みごとのひとつでも口から吐きだされるのではないかと、そんなところを期待しての質問だった。だが、漢那憲一からかえってきたのは、そのいささか期待過多な私の質問をさらりとかわす、じつに佐良浜人らしい肩の力のぬけた飄々《ひょうひょう》とした言葉だった。

「べつに……」

そんな昔のことは、どうでもいいし、興味もないとでも言いたげだった。

「それは、それでいい時代だから。今更、とやかく言うアレはない。もうあのときのことは、ぼくは忘れた。ぼくはあまりそういうのは気にしないんだ」

その返答は、私には決して落魄者の強がりには聞こえなかった。どちらかというとさわやかな響きをもって、私の耳にとどいていた。

「村人から、また南方漁を再開しようという動きはなかったんですか」

「全然ない。ここの人はのんびりしている、昔からね。今日はなくても明日はある。海にいけば食える。そういう島だから考え方がちがうんだね。だから南方にいって、来年いけないとなっても、ああ、そうですかと。またお願いしてくるとか、なんのアレもない。もう仕事がない。ああそうですか、しょうがない、そういう感じね」

そんな佐良浜人の性質を、彼は面白いという端的な言葉で何度か言いあらわした。

「今日はなくても、明日はある。海にいけばある。そういう考え方。また追込漁で海にもどればいい。わたしはここで生まれて、ここでそだっているから、いろんなことが面白いんだ。だから文句はいわないし、文句をいわれたこともない」

カネもあったし、楽しい人生じゃなかったか——。

彼はみずからの生き方をそう総括した。私はそのひと言を、過去や未来に執着するあまり現在を犠牲にしがちな現代人の窮屈な生き方からは、決してでてくることのない本音だと感じた。そこには、あくまで関心と欲望に忠実に、目の前に流れる時間を生きることに専念した人間に特有の、すがすがしい潔《いさぎよ》さがあった。

漢那憲一は大きな身体をのっそりと、やや不自由そうに動かして、奥の休憩室のような部屋に姿を消した。

3

本村実が最後の航海に出ることになったのは、ソロモンで操業が終焉し、佐良浜で戦前からつづいた南方カツオ漁の歴史に終止符がうたれてから、わずか二年後のことである。

富美子の話によると、第一保栄丸の漂流から生還した一九九四年から、ふたたび船に乗ることを決めた二〇〇二年までの約八年の間、実は一度も漁船に乗らなかった。その間、自宅にいるときは毎日のように家と港との間を漫然と往復したり、機械作業の資格をいかして重機の運転をしたりしてすごしていた。宮古島の平良で親戚が経営する鉄工所ではたらいていた時期もあったため、富美子のなかでは、この期間も夫が家にいた記憶はあまりのこっていない。

「漂流からもどってきたあとも、五年ぐらいは平良のほうで（実の）お姉さんの旦那が機械整備をしていて、ずっとあっちにいたので、一緒にそんなにはいない。沖縄の整備会社のほうにもいっていたみたい」

「自分で沖縄の整備会社のほうに仕事を」

「さがしに行った。何回かいったんじゃないかな。でも空きがなかったから、それでお義兄《にい》さんのところに行ったんじゃないかなと思う」

ふたたび船に乗るまで八年間、彼が沈黙をまもったのは、漂流の傷が癒《い》えるのにそれだけの時間が必要だったから、という理由が大きかったように思えるが、もしかしたら単に漁船に乗る資格をうしなっていたためかもしれない。というのもフィリピンから沖縄に帰国した実は、航海士の資格をもっていないという船舶職員法違反の疑いで第十一管区海上保安本部から事情聴取をうけていたからだ。

しかし、結果的に彼は二〇〇二年にふたたび漁船に乗って、行方を絶ってしまう。その間にあらためて航海士の資格をとったのかどうかはわからないが、かりにとっていなかったとしても、そのことは、彼にふたたび海に出るのをためらわせる大きな障害にならなかったように思える。なぜならグアム基地で操業をはじめてから、彼は一貫して必要な航海士の資格をもたないでマグロ船の船長をつとめてきたからだ。資格があるかないかはおそらく彼にとっては些末な問題であり、漁師をするのに決定的に重要な要件は海を知っているかどうか、漁を知っているかどうかだったはずだ。したがって漂流の記憶を払拭《ふっしょく》し、精神的な処理に決着をつけることができさえすれば、たとえ資格がなくとも、彼自身の内部の問題として、海に出ることができただろう。これまでと同じようにやればいいだけの話なのだから。

そのため彼の足跡を追う私としても、彼の資格の有無の問題は正直いってあまり興味がなかった。どうでもよかったと言っていい。私が知りたかったのは、一度目の漂流から二度目の〈漂流〉にいたるまで、彼が海にたいしてどのような葛藤《かっとう》をいだいていたのかという、ただその一点につきた。行きたいのか、行きたくなかったのか。行きたかったけど、ずっと行けなかっただけなのか。あるいは行きたくなかったけど、最後は行かざるをえなかったのか。もし、行きたくなかったのに、行ったのだとしたなら、海の何が彼にそれを決断させたのか。私は家族や親類や知人のもとをたずね、彼がこうした海への葛藤の断片をどこかにのこしていないか、それを見つけることにつとめた。

自宅にいたときは何をしていたのかたずねたとき、富美子はこんな話をした。

「オートバイで港にいって、スロットやパチンコで遊んでくるか、酒飲んで帰ってくるか」

「港には毎日行っていたんですか」

「毎日行っているみたいだった。何もすることがないから、港で魚もらってきたり」

実が漂流後も港にちょくちょく顔を見せていたという話は、三高物産の馬詰修からも聞いたことがあった。馬詰の記憶だと、実は何日かに一度、泊港にやってきては、マグロ漁船がかたまる埠頭《ふとう》をウロウロして、いまはどの船に誰が乗っていて、船長をさがしている船主はいないかといった情報をあつめているようだったという。漢那招福もこの時期、オートバイで港にあらわれる実とちょくちょく会話をかわしたらしく、船に乗りたいと言っては知りあいの船主連中に船員の空きがないか訊《き》いてまわっていたらしい。重機のオペレーターや鉄工所の仕事がないときは港にかよって、いつでも海に出られるように準備を進めていたのだろうか。そう思わせられる情景であった。

「海にもどりたいんだなぁというような感じはありましたか」私は富美子に訊《たず》ねた。

「話を聞いていたら、なにか船に乗りそうな感じはあった。友達と話をしていただけでいきそうな雰囲気。船に乗るような雰囲気はしていたから、私は陸の仕事にしなさいと言ったけど……。乗りたかったんじゃないの？」

「そういう話は頻繁にしていたんですか」

「たまに。いかないほうがいいって言っても、陸には仕事がないのにと言っていたから、たぶんそのうち乗るんじゃないかなぁとは思っていた」

実が五年間ほどはたらいていたという、彼の姉の夫が経営していた平良の工場に、一度、足をはこんだこともあった。平良の港湾地区をはしる大きな舗装道路から茶色い土煙がまきたつガタガタとした未舗装道路にはいり、大手機械メーカーの事務所をすぎて、コンクリート三面張りの人工河川のわきの道路を海にむかって走ると、天井のぬけた古ぼけた造船所の手前に小さな平屋の作業場が見えた。作業場の前には乗用車が三台とまり、雑草が生えて、錆《さ》びたトタンがつみかさなっていた。あたりには機械や滑車や一斗缶が雑然と置かれており、車をおりて作業場に向かうと、軽油の臭《にお》いが夏のねっとりとした息苦しい空気とともに漂ってきた。

ちょうど休憩時間なのか、二人の作業員が腰をおろして談笑していた。

「本村実さんがはたらいていたと聞いたんですが」

と声をかけると、手前の男が、それならこの人だと言って、紺色の作業服の男を指さした。

「この人は実さんの甥《おい》だよ」

実の甥は彫りの深い顔立ちをした、途方にくれるほど言葉数の少ない人物だった。甥によると、実は十五年ほど前にここでエンジン整備の仕事をしていたという。だが、その頃は自分も那覇で仕事をしていたので、実とは最後の二週間、作業をともにしただけで、そのあとはグアムにもどって行方不明になってしまったので詳しいことは何も知らないと話した。おぼえていることは、実もこの鉄工所に来るまでは那覇で重機を運転する仕事をしていたらしいこと、あまり仕事熱心ではなく、いつも朝まで酒を飲んで騒いでいたことぐらいだという。これだけの情報を聞きだすだけで、私の額からはおびただしい量の脂汗がにじみ出ていた。

「漂流のことは何か話していましたか」

「べつに聞いていないよ。カメをつかまえたけど食べなかったという話はしていたかな。あとは、食糧がなくなり、まっさきに殺されて食われそうになったという話はしていた」

「そういう話をフィリピン人船員から聞かされた、ということでしょうか」

「さあ、目を見たらわかるとか言っていたかな」

「なぜ、漂流したのに、また海に出たのか、そのへんのことは何か言っていましたか」

「仕事がなかったからじゃないか」

「でも漂流のあとは、ずっと陸の仕事をしていて、急に船に乗ったわけですよね」

「それまでは船が見つからなかったから乗らなかっただけさ。その仕事しかできないんだよ」

「……じゃあ、ここで二週間一緒に仕事して、船に乗るという話がきたもんだから、すぐにそっちにいったと……」

甥はうなずいた。

「あの人はあまり話す人ではないからね。それまではおたがい仕事があったし、ここで二週間一緒になったときに関係が生まれただけでね……」

それ以上、聞くことがなくなり、私はもやもやとした思いをかかえたまま鉄工所をあとにした。

本村実が甥のいる鉄工所をはなれて、弟の本村栄が所有する第八秀宝丸に乗ることにしたのは二〇〇二年五月のことだ。

栄と友利キクの証言によると、実際に乗船を言いだしたのは栄ではなく実のほうからだった。だが、実の口から富美子に語られたのは、栄の船の機関士がいないので漁船に乗ることになったという、あたかも向こうからさそわれて乗船が決まったかのような、どこか弁解じみた理由だった。富美子からことあるごとに陸の仕事をするように言われつづけていたので、彼にはまた海にもどることにたいして、ある種のうしろめたさがつきまとっていたのかもしれない。キクによると、このとき実は「家《うち》にずっといるのも疲れるから、船に乗りたい」といった話を栄にしていたという。実は結局、あと一週間流されたらもたなかったかもしれないというほどの飢餓にくるしめられた漂流、部下の船員から腕に嚙《か》みつかれるほど殺伐とした瞬間がおとずれたあの漂流を経験したにもかかわらず、海にもどるという選択をしないではいられなかった。

出国まであと一週間ぐらいとなった頃に、栄と当時の妻が実の自宅にやって来て、四人で日本酒を飲みながら操業のうちあわせをした。また、出発の日にも栄夫婦は家にやって来て、四人で那覇空港まで一緒にいったという。これまで夫を見おくったりする習慣は富美子にはなかったが、このときは久しぶりの漁だったし、また栄夫婦が来たこともあって、せっかくだからと空港まで夫の姿を見とどけることにした。空港についてチェックインをすませたあと、搭乗まで時間があったので四人は喫茶店でコーヒーを飲んだ。このとき喫茶店でかわした会話が、やや不吉な思い出として彼女の記憶に後々までのこることになる。

喫茶店で実はこんなことを言っていた。

乗るのは半年ぐらいでいいかな……。

夫がそう言ったとき、べつにまじめくさった顔をしていたわけではなかったので、富美子はいつものふざけ半分のいい加減な言葉だと思い、何言っているの、七十歳までは頑張らないと、とこっちからも冗談半分でかえした。しかし本当にそれから約半年後、実は行方を絶つことになってしまったのだ。あのときの何気ない言葉と、その後の夫の運命の不気味な符合を思うとき、富美子はすこし暗然とした気持ちになるのだった。

最後にわかれるときに、富美子は、じゃあね、いってらっしゃいと手をふったが、照れ屋の実はうしろをふりむくことさえしなかったという。

その後、太平洋で漁を再開した実は一カ月から四十日間ほどの航海を何度かこなし、以前と同じようにマグロを追いかけた。出港のときは毎回、今日出るよと富美子に船から無線電話をかけ、入港するさいも予定日をつたえてきたという。事故もなく順調に操業をつづけているようで、それから遭難までの間、出来事らしい出来事はなにもおこらなかった。

富美子の口から私に語られた実に関するつぎの記憶は、二〇〇二年十月中旬に彼が最後の操業にむかうときにかわしたやりとりである。

伊良部鮪《まぐろ》船主組合に保存されている当時の漁船動静表によると、実の第八秀宝丸が、結果的には行方不明となる彼の最後の操業にむけてアプラ港を出港したのは十月十二日のことだった。たんなる偶然ではあるが、この最後の出港日は実の誕生日の三日前にあたっており、富美子は出港のときの無線電話で夫に祝いの言葉をのべたという。

「出港するときに誕生日があと三日ぐらいだったから、うちが自分から、誕生日だったね、おめでとうございます。いくつになられましたかって、それだけは言った」

そしてつぎに実からかかってきた無線電話が、富美子にとっては現時点における夫との最後の会話となっている。

実がアプラ港を出てからちょうど一カ月後にあたる十一月十二日、浦添市の自宅に操業中の彼から電話があった。実は電話口のむこうで、入港予定日が十一月二十日であることをつたえた。それから、栄のところに電話したが留守だったので、入港のタイミングにあわせて壊れた船の部品をおくるように言ってもらえないか、と富美子にたのんだ。富美子は末娘の姑《しゅうとめ》が亡くなったばかりだったのでそのことを実に話したかったが、かかってきたのが船舶の無線電話で、相手が用件をつたえて「どうぞ」と言い終わるのを待たなければならないのがわずらわしく、話すことがあるからグアムにもどったら連絡ちょうだい、とだけ言って無線電話をきった。

印象的だったのはこのときの無線電話で実が、

「大漁だったよ」

と話したことだった。実は、はじめて南海丸で一年間におよぶ遠洋漁船に乗ったときでさえ、荷物をまとめる時点になるまでそのことを切りださなかったほど仕事について家族に話さない人物だったので、これまで漁の成果のことを妻に報告したことなどなかった。それだけに、富美子はめずらしいことだと思いながら、

「そう、よかったね」

と一緒によろこんで電話を切った。

それ以降、実からの連絡はプツンととだえてしまった。

漁を再開した本村実に何がおきたのだろう。その手がかりをつかむため、私はことあるごとに、当時の実のことを知っていそうな漁師や水産関係者にその質問をぶつけてきた。

4

そのうちの一人である妹尾康文と出会ったのは、私が三高物産の臨時船員というかたちでグアムをおとずれ、アプラ港で暇をもてあましていたときのことだった。

妹尾は現在、ロータス・パシフィック・トレーディングというおもに佐良浜の漁船をあつかう代理店を経営しており、グアム滞在中、私は毎日のように麦わら帽子とサンダル姿で埠頭を歩きまわっては入港してきた船長連中と親しげに話しこむ彼の姿を目にした。印象的だったのは、はじめて会話をかわしたときの彼の反応だった。私が本村実の取材をしていることをつたえると、妹尾は満更冗談でもなさそうな様子で、「もしかしたら本村さん、どこかで見つかるかもしれないよ」ときわめて自然な口調で言ったのである。その言い方に、漁師たちが実の行方不明をどのようにとらえているのか教えられた気がした。

二〇〇二年に行方不明になったとき、実はニッキ・グアムという代理店をつかっていたのだが、じつは妹尾は当時そのニッキの従業員だったので実のことをよくおぼえているという。妹尾の記憶にある本村実にまつわる残像は、アプラ港の埠頭で漁業界のバサラ者といった異形の風体をさらす第一保栄丸の赤錆びた巨体からはじまっていた。

「ちょうど、ぼくがはじめてニッキの従業員としてグアムに来たときに、保栄丸が岸壁につながれていた。すごい船がいるなぁと思ったのをおぼえています。汚い船がいるなぁ、よくこんな船がうかんでいるなぁと思った。普通、鉄船って錆びたところはけずって、ペンキをぬりなおすんだけど、そういうことを全然していない。もうデコボコ。だから沈没して漂流したと聞いたときは、やっぱりなと思った。あのときグアムで操業していた人間は本村さんはもうダメだろうと思っていたけど、フィリピンで見つかったと聞いてみんなびっくりした」

実はその後八年間、船に乗らなかったので妹尾との間に面識は生じなかったが、二〇〇二年にふたたびもどってきたときはニッキの船として操業したため、それが機縁となり二人の間には短期間ながら交流がうまれた。三十七日間も漂流して生還した有名人だっただけに、妹尾は「また船に乗るんですか？　大丈夫ですか？」とつい問いただしたが、実は平然としていたという。

八年前の漂流についての回顧譚《たん》も聞いたことがあった。

「わりと楽しそうに話していましたよ」と妹尾はふりかえった。「べつにシリアスな感じではなく、ニコニコしながらね。妹尾さん、漂流したら海水を飲むなって言うでしょ、でもあれはウソだって言ってましたね。毎日、二時間ずつ海水につかっていると皮膚から水分が補給されて渇きがいやされるんですよと、そんな話をしていました。あとはウミガメの話かな。救助される一日前にウミガメがやって来て、救命筏のまわりをぐるぐるまわって、その方向に島が見えたとか言っていた。いつもガハハと笑っていてね、おれは好きだったな、あの人。このおじさん、面白いなぁって思っていつも話を聞いていました」

妹尾の記憶によると、マグロ延縄《はえなわ》漁を再開した実はすぐにグアムに来たわけではなく、最初はグアムから東に三千キロ近くはなれたマーシャル諸島のマジュロ基地で台湾か中国系の代理店をつかって操業していた。ところがマジュロではあまり魚がとれなかったため、勝手をよく知ったグアム基地に船をまわしてきたはずだという。当時、グアムではニッキや三高物産など四社が漁船の代理店を経営しており、そのうちニッキは十隻ほどの漁船をあつかっていた。代理店としては漁船を一隻でも多くかかえて水揚げなどを代行しないともうけは増えないので、実が乗る第八秀宝丸の登場は会社としては大助かりだった。それなのに、船が増えてよかったとよろこんだ直後に、その肝心の船の行方がわからなくなり、啞然《あぜん》とした。だから実の行方不明騒動のことはよくおぼえているのだという。

「たしか行方不明になったのはマジュロからグアムに来て、ニッキを代理店にして最初の航海だったと思います」と妹尾は言った。「船の行方がわからなくなって最後の連絡位置を海保に知らせたはずです。水揚げのことを考えると、代理店は事前に人夫の手配や貨物便のスペースの予約をしておかなければならない。だからそれぞれの漁船とは無線で頻繁に連絡をとりあっている」

　ニッキは第八秀宝丸の最終確認位置を日米の行政当局に知らせる一方、ほかの代理店の協力もえて、付近で操業する漁船に捜索を依頼した。

　ただ行方不明といっても、このときはわれわれ外部の人間が〈行方不明〉という言葉を聞いて連想するほど代理店や漁船の間でビリビリとした緊張感が走ったわけではなかった。それどころか妹尾もふくめて当時の関係者は皆、秀宝丸はすぐに付近の海域で見つかるだろうとたかをくっているところがあった。おそらくエンジンが壊れて近くを漂流しているか、あるいは発電機が故障して無線がつかえなくなっているか、そのどちらかだろうと推測していたのだ。

ところが実際に捜索してみると船は全然見つからなかった。船ばかりではない。船が沈没すると通常は付近にブイや燃料油が浮かんでいるものだが、そういった沈没を示す痕跡物もいっさい発見されなかったのだ。それだけにグアムの漁師や代理店関係者の間では、悲惨な大事故が発生したというよりも、何も手がかりが見つからない奇妙で不可思議な現実に困惑するばかりだった。

「船が入港すると船長が事務所に来るでしょ」。妹尾は当時のグアムの漁師たちの雰囲気をふりかえった。「するとみんな、あの人は不死身だから、またそのへんで漂流していて見つかるんじゃないか、なんて話すわけです。一度ああいうことがあると有名人だから。悲愴《ひそうかん》感漂うという感じではなかったなぁ」

原因についても様々な憶測が流れたが、外国人船員に船が乗っとられたんじゃないかという説がまことしやかにささやかれたこともあったという。

「第八秀宝丸には本村さんのほかに七人のインドネシア人船員が乗っていた。昔は外国人船員に手荒なあつかいをする船長はめずらしくなくて、それが度が過ぎて船員に叛乱《はんらん》をおこされて、日本人の船長、機関長が縛られてフィリピン人船員が操縦してグアムまでもどってきた船もあったという話です。だから本村さんもインドネシアにつれていかれたんじゃないかという人もいた。海上だから、恨みをかって海につきおとされたらわからないからね。とにかく捜索して見つからなかったけど、まわりの人たちの間で悲愴感はあまりなかった。本村さん、どこかにいるんじゃないのと言う人が、いまでも結構いるぐらいですからね」

通常、マグロ延縄船は港を出ると、操業が終わってふたたび港にもどるまでほかの船に会うことはない。しかし本村実はこの最後の航海の途中、二人の人物と海上でおちあっている。

一人は実弟の本村昭吉だ。昭吉は当時、栄が所有する第一秀宝丸の船長としてグアムを基地に操業をつづけていた。操業中に実から、船のエンジンがかからなくなり潮に流されているとの無線がはいったので、昭吉は「新品バッテリー、自分がもっているよぉ」と返事をして、実のところにとどけることにした。揚げ縄作業をしていた昭吉が、延縄にラジオブイをつけて海中に残置したまま実がいるところに向かうと、たしかに実が言うように付近の潮の流れは非常に速く、エンジンを全開にしても前進できないほどだったという。

この最後の航海で実はグアムにもどる途中で富美子に最後の電話をして、エンジンの部品を栄に用意させるよう伝達しているが、この富美子と昭吉の話をあわせて考えると、第八秀宝丸はこのときエンジンまわりになにかトラブルをかかえていたことも考えられる。

そして昭吉のあと、実の姿を海上で最後に目撃したのが三高物産のいろは丸の船長である前川優美だった。前川と実が海上で接触したときのいきさつは、すでに富美子から何度か聞いていたので、私もその事実については知っていた。というより実と最後に会ったのが前川優美だと聞いていたことが、私が三高物産の馬詰修にいろは丸への乗船を依頼したひとつの大きな理由だった。

グアムで妹尾や馬詰とわかれていろは丸に乗船した後、私は操舵室《そうだしつ》の床にすわりこんで水温計をみつめる前川に、実との最後の出会いのシーンについて何度となく質問をかさねた。実が遭難したとき、前川はニッキが所有する瑞幸丸という船の船長をしており、ちょうどグアムを出発して漁場に向かっているところだったという。そこに、逆に漁場からもどる途中だった実から無線で連絡がはいり、グアムまでの軽油が足りないのですこしわけてくれないかとたのまれた。そこで二人は無線で連絡をとりあって海上で待ちあわせすることにした。

このときに実と接触した位置を、前川は「北緯五度、東経百五十三度ぐらいだった」と明確におぼえていた。そして船にそなえつけてある海図をとりだすと、「この島から十四、五マイル南だった」と言って、グアムから直線距離で千三百キロほど南東に浮かぶサタワン環礁《かんしょう》のあたりをさししめした。

「実がどこで操業していたのかは知らないが、たぶん東経百五十七、八度ぐらいじゃないか。あのときは大体、ほかの船もそのあたりで操業していたから。あの人は無線にあまり出る人ではなかったが、このときは直接、自分にむけて呼び出しがあって、帰りの軽油をわけてほしいと言われたよ」

その日、海は静かに凪《な》いでいたという。二人は海上に船をならべて横づけし、船員たちがホースをつなげて秀宝丸のタンクに燃料を一キロほど注油した。軽油一キロでだいたい一昼夜ほど走るので、グアムにもどるにはそれで十分だった。注油が終わるまでの三十分ほどの間に前川はビールをいらないかと声をかけたが、実がことわったのでビスケットだけ手わたしして別れた。ほかにも二言、三言、言葉をかわしたが、実の様子にとくに変わったところは見うけられなかったという。その後、前川は予定どおり東の漁場に向かったが、実がグアムに帰着する予定だった十一月二十日頃になってから、にわかに漁船同士の無線で秀宝丸と連絡がとれなくなっているとさわがれはじめた。

さわぎを聞いた前川は実との最後のやり取りを無線で話し、その位置をつたえた。

実の行方がわからなくなると、ニッキからの捜索依頼無線や前川優美の情報をもとに、付近で操業している十隻ほどの漁船が実の捜索に向かった。

私は少なくともそのうちの四人の船長から当時の状況について話を聞いたが、全員一様に、何がおきたのかわからない、と狐《きつね》につままれたような様子で首をかしげていた。

そのうちの一人、佐良浜で会った下里渉は「いまの時代に神隠しじゃあるまいし……。跡形もなかった」とどこか憮然《ぶぜん》とした表情で当時の捜索状況を思いおこした。

下里によると、実がいないと周囲がさわぎはじめたのは、彼からの無線がとだえて数日たってからだったという。そもそも無線連絡は船長の気質が反映するもので、マメな人は毎日代理店や無線局と連絡をとるが、細かいことに頓着《とんちゃく》しない、いい意味で鷹揚、わるい意味でいい加減な性格である本村実のような船長の場合、二、三日他船と連絡をとらないことなど普通であった。そのため、このときも連絡がとだえてからしばらくの間は全然誰も気にせず、四、五日たってようやく、いくらなんでもおかしいとの声が出はじめたという。

結果的に捜索の初動がおくれたことが実の痕跡がいっさい見つからなかったことの大きな要因となったように思えるが、しかしそれをさし引いても、あれだけ何も見つからないのはやっぱりおかしいと下里は言うのだった。

「船が沈んだらびん玉とかブイとか救命胴衣とか、いろんなものを何百とつんでいるから、そういうものがかならず浮くから……。油もデッキの蓋《ふた》も。それに救難信号無線（イーパブ）が海水に浸《つ》かると自動的に信号が発信されるさ。それが出てないからみんな大丈夫だと思っていた」

そして下里は、だからあの船は沈んでいない、と彼の大胆な結論をのべた。

「じゃあ火事でしょうか」

「火事でも漂流物が出るし、沈んだらイーパブが発信される」

「広大な海で浮きや救命胴衣なんか見つからないんじゃないですか」

私は三高物産の馬詰修がとなえていた意見を彼にぶつけた。

「浮きは何百もあるから、見つからないなんてことはないんだよ。かならずある。あれば、どのあたりで操業していたかはわかる」

「富士丸とか武潮丸とか昔も行方不明船がありましたね」

「あれは昔の話さ。あの時代とはちがう。あの頃は無線や通信が発達していなかったから。本当かどうか知らないけど、北朝鮮に拉致《らち》されたって言われている船もある。でもグアムで北朝鮮はない。グアムはアメリカのレーダーで一発だから、変な船はいない」

「海賊は？」

「あのへんに海賊はいない」

「自分から島にたちよることは」

「ない。そんなことはできない」

すべての可能性を否定したうえで下里はあらためて「江戸時代の神隠しと一緒さ」と言った。「ああいう船は聞いたことがないさ」

私はさきほど本村実の捜索には十隻ほどの船がたずさわったと書いたが、捜索といってもグアム基地の漁船がこぞって海にくりだして、大規模に系統だってさがしたわけではなく、漁場からグアムの港にもどってくる船か、あるいは反対に漁場に向かう船が、途中で秀宝丸の消失ポイントにたちより個別に近くの海域をうごきまわった、といったかんじだったようだ。

友井《ともい》幸洋《こうよう》の大幸丸もそのうちの一隻だった。大幸丸は捜索で中心的な役割をはたした船だったと泊港で聞いたことがあったので、私は那覇のジュンク堂書店の契約駐車場に車をとめて友井に電話をして面談を懇願した。しかし、自分は佐良浜ではなく宮古本島の人間だからという、いかにも郷土連帯のつよい宮古人らしい理由で固辞されたので、そのまま駐車場の車中で一時間ちかく話を聞いた。

実が行方不明になっていることを、友井は漁場から港にもどって代理店の職員から教えられて知ったという。友井は実とべつの代理店をつかっており無線の周波数帯もちがったため、帰港するまではこうした遭難騒ぎについて、いっさいなにも知らなかった。くわしく状況をたずねると、どうやら実の秀宝丸は友井の大幸丸のちょうど一昼夜後ろあたりを航行しており、翌日にグアムに入港することになっていたらしい。友井は港に二日ほど滞在して水揚げや、燃料や食糧や餌のつみこみなどつぎの航海の準備をすませると、すぐに出港した。たまたま昭吉の第一秀宝丸ともう一隻、実の甥にあたる人物の船が同じタイミングで港を出たので、三隻で実がいなくなったポイントに向かった。

友井の記憶だと、捜索エリアは港を出てから三昼夜ほど、グアムから千キロほどはなれたあたりだったという。目標地点につくと三隻はレーダーをにらみながら二マイル間隔でよこならびになり、無線で連絡しあって何度も往復して捜索をつづけた。捜索範囲内に小さな無人島があり（友井は島の名前は失念したと言った）、本来なら他国の領土の十二海里以内には近づけない規則になっているが、このときは特別にミクロネシア政府に許可をとってこの無人島の沿岸も捜索した。しかし、まるまる一昼夜探しつづけたにもかかわらず、痕跡は何ひとつ見つからなかった。

「だいたい六十マイル四方の範囲を捜索したと思うんです。あのときは潮の流れもないし、天気も悪くなかった。ということは何か手がかりがあるかもわからんと思っていたけど、油が浮いているということもないし、ロープもブイも何もない。いまみたいにインマルサット（衛星通信装置）があればすぐにわかるんだけど、当時はまだつかっていなかった。イーパブはあったけど、これは起動しないこともあるし、雨降っただけで誤作動して勝手に起動することもあるから確実じゃない」

「海賊や北朝鮮拉致という可能性は考えられますか」

「海賊はどこに出るかわからないけど、北朝鮮は考えられない。それよりあのときは燃料があったというから、船員が船もろともインドネシアにつれていった可能性はあるだろうね。本村さんは漁を終えてグアムにもどる途中、誰かに燃料をわけてもらったらしいんですよ。燃料があったなら、インドネシアまでいける可能性はあったんじゃないかな」

友井の話はもちろん実が前川優美から軽油をわけてもらったことをうけてのものだ

った。だが、当の前川本人は軽油を一キロ分けただけだと証言していたので、それだけでインドネシアまで航行できたとは考えられない。

「あとはあて逃げという可能性がある」と友井は言った。「ぼくらが出港するときはエンジンが故障して本船ごと漂流しているか、あとは大型船にあて逃げされて沈没したか、その二つのことしか考えていなかった。そもそも連絡がないということはその可能性が高いんです」

「そのあたりは大型船の航路になっているんですか」

「そうたくさんではないけど、最近の船は特別に大きいから、マラッカ海峡を通過できずにミクロネシアのほうをとおってインド洋に向かうのもいるみたいです。商船じゃなくて巻き網船も多いし。現実問題として外国人船員のなかには真剣に見張りをしない者も少なくない。寝ながらやっていたり、かなりいい加減で、そのせいで私も何度も危機一髪の目にあったことがあります」

「そういう状況は夜、起きる？」

「夜です。大きな船はすぐに進路変更できないし、船はあまりにも速くくる。寝ているところを見張りにおこしてもらって、船の大きさ、速さ、進路を数分で判断しないといけない。投光器を全部つけてこっちの位置を必死で知らせることもあるし、十メートルぐらいまで接近してギアをバックに入れてあやうく助かったことが何度もある。船に乗らない人は広大な海で船が衝突するなんてあるのかと思うだろうけど、海はせまいんですよ。だからまじめに見張りをしない船員を見せしめにクビにしたこともある」

そう早口につづけたあと、友井は、グアムの海は危険です、だから本村さんがあて逃げにあったという可能性もなくはない、とつぶやいた。

話を聞きながら、ふと、いろは丸に乗っていたときに夜間、前方を横切った大型船のことを思い出した。夜中に赤と緑の信号を点灯させて悠然と通過する船を見ながら、あんな大きな船は避けてくれないから、小さい船のほうが退避しなければならない。ぶつかって損をするのはこちらのほうだからね、と、前川船長が暗がりに目をやってつぶやいていた、あのときの光景を。本村実の秀宝丸もグアム入港を目前にして、あのような大型船と衝突したのだろうか……。

5

佐良浜で戦後南方漁がはじまったのと同じ頃に遠洋マグロ船の機関士として漁師と

しての道をあゆみだした本村実は、このようにしてその戦後南方漁が終焉をむかえたのとほぼ同じ時期に、行方不明というかたちで漁師生活の幕をとじたのだった。はじまりだけではなく終わりもまた郷土の歴史とかさなりあっているところが、私にただの偶然ではかたづけられない宿命のようなものをかんじさせた。

たしかに彼は現場を知るマグロ漁師たちが証言するように、神隠しにあったみたいに海のかなたに姿を消してしまった。それはあまりにも不可思議な遭難だった。

本村実のあゆみと郷土佐良浜のあゆみの双方をたずねあるきながら、私が終始いだいていたのは、本村実は行方不明者となることで佐良浜という土地と海の倫理を貫徹する存在になったのではないか、という思いだった。

かりに彼が日本近海で事故にあい、海上保安庁が捜索して遺体を発見していれば、当局から広報資料がマスコミに配布されて、彼の遭難は新聞に掲載され、世間に公表されて確定事実として紙にのこされていただろう。しかし、そうはならなかった。そのように情報としてきちんと整理整頓《せいとん》されたかたちで、彼の人生が決着をつけられることはなく、あくまで漂流なのか沈没なのか蒸発なのか、はっきりとした結果がみえないかたちですがたを消した。

それは、彼の人生を終始支配した海と郷土の意思のようなものを感じさせる終わりかただった。

彼の肉体に流れる漂流者の血が目にみえない意思となって発現し、マスコミに報道されて情報として整理され、記録されて保存されることがあたりまえな、陸の世界のチマチマとした論理をこばんだのではないか。一足す一が三にも四にもゼロにもなってしまうほど不条理で、鵺《ぬえ》のようにつかみどころのない海洋民の精神風土が、最後の最後で彼に行方不明となることを強いたのではないか。そんなふうにさえ思えてくるのだった。実際、彼の行方不明は、行方不明だったがゆえに、確定事実として紙上に公表される陸のシステムからするりと抜けおちてしまい、その結果、彼がどこかにいなくなったことは周囲の人間をのぞいて、いまもまだ誰も知らない。本村実が行方不明になっていることを伝えると多くの人が驚くが、そのことが彼の存在が、われわれの社会を構成する陸上世界のシステムの外側にはみ出していることを物語っている。そして彼は、佐良浜の人たちにとってある種の神話として語りつがれている富士丸や金栄丸のように、生死の不たしかな行方不明者として、いまもどこかで生きているのではないかと海の男たちにヒソヒソとささやかれているのである。

あるいはこうも言えるのかもしれなかった。

本村実は、第一保栄丸の漂流のときの極限的な飢えの最中に命をたすけた、あのウミガメにみちびかれてニライカナイにむかって旅立ってしまったのではないか――。

ニライカナイとは沖縄で現代にいたるまで信仰されてきた他界概念である。日本本土でいえば古代から中世にかけて信じられてきた常世《とこよ》、底の国や根の国とよばれるものと同じであり、浦島太郎の民話でえがかれた龍宮城のことである。四方を海にかこまれた沖縄の人たち、古《いにしえ》の日本の人たちは、海のかなたに時空をこえて生と死が混然一体となった異界が存在し、良いことも悪いことも皆そこからとどけられると信仰してきた。常世＝ニライカナイなのであれば、補陀落《ふだらく》僧ウラセリクタメナウが船出したときに海のむこうにあると信じた西方浄土もまたひとつの常世＝ニライカナイであるだろうし、そのウラセリクタメナウが池間島に漂着したときは逆に、池間島のがわからみて彼はニライカナイ＝常世からやってきた使者であったろう。

つまり海の世界の人々は、海のむこうに現実とはことなる死者の国があるとみなしてきたのである。みたことのない宝物や、疫病《えきびょう》をもたらすわけのわからない不吉な動物や、最先端の知識を身につけた洗練された文明人が流れついてくる、それが海である。あるいは昨日まで元気だった人間が突然行方をくらまして藻屑《もくず》と化す、それもまた海である。歴史的に海で暮らす人々は、そんな不可思議かつ不条理なことばかりおくってよこしてくる海のかなたに超越的世界を想定して畏敬《いけい》の念をいだいてきた。

だが、この死者の国、他界概念はなにも古代人の迷信や空想などではなくて、じつはいまもまだ海のむこうは何もわからないニライカナイなのではないか、異界がひろがっているのではないか、と私は思うのだった。なぜなら海では現代でも富士丸や武潮丸や三高物産の海皇丸のように忽然《こつぜん》とすがたを消す人たちがつねにいて、北朝鮮に拉致されたなどとヒソヒソ語られており、そのヒソヒソ話はたぶん、ウラセリクタメナウが那智勝浦の海岸を船出したときに彼のことを見送った人々がささやいた話と、中身的にはそんなにかわらないだろうからである。海のむこうはどうなっているのかわからないのだから、あの人はまだどこかで生きているのではないか、生きることができる場所があるのではないか――というかたちで、人々の潜在意識のなかで生死が醸成して物語化されたのが海の彼方《かなた》の常世＝ニライカナイ神話の本質であるのなら、本村実もまた郷土の始祖と同じようにその異界にむかって旅立ったといえるはずである。

海はまだニライカナイである。意味づけや解釈や合理的思考をよせつけない、ひとつの出来事が突如、脈絡もなく現象しては消失する、そんなわけのわからない渾沌《こんとん》とした世界である。いくらマグロ漁船に衛星による自動追尾システムやらＧＰＳやらが搭載されて、管理されたシステムの領界線がテクノロジーによってかつてないほど地球規模でひろがっているとしても、海はしばしばそのニライカナイ性をむきだしにする。

そしてそれが本来の自然の姿であり、生きるということはこうしたニライカナイ的自然とむきあって暮らすということなのかもしれない。

考えてみると、私が本村実の漁師としての足跡をこれほどたずねまわったのは、このような不条理な海という自然にしばりつけられて生きてきた土地と人々の生き様に魅了されたからであった。と同時に、彼らにある種の妬《ねた》みをかんじたからでもあった。

すこし唐突な話になるが、私は沖縄ではなく北海道の出身である。だが北海道という土地に生まれたせいか、私には昔から自分の人生が土地に搦《から》めとられているという感覚にとぼしかった。

アメリカ合衆国のように、そこに住んでいた先住民を押しのけたにもかかわらず、そこがあたかも何もない平原であるかのように自己欺瞞《ぎまん》して、和人たちが〈新しい〉近代文明を建設した北海道という土地の風土は、いま考えてみても、歴史や文化の深みや起伏にとぼしく、私の人生の核となる部分に不条理な何かを強制してくることはなかった。言葉にコンプレックスをともなうひどいなまりがあるわけでもなく、被征服民であるアイヌ民族の集落が近くにあるというような歴史的にねじくれてしまった複雑な事情があるわけでもなく、かつ豊饒《ほうじょう》な自然と直結した文化があるわけでもなく、不気味さを感じさせる儀礼、祭祀《さいし》がいとなまれる聖地や、死や汚穢《おわい》や陰惨が噴出する路地や荒地や穴や隙間《すきま》があるわけでもなく、画一的で整然とした生活空間がべったりとひろがるばかりで、どこかあっけらかんとしており、そのせいか私は生まれてこのかた土地の泥沼の奥底に引きずりこまれる感覚をもつことはなかった。

もしかするとそれは北海道という土地柄自体の問題ではなく、時代のせいだったのかもしれない。高度経済成長がいち段落したあとに生まれた私の世代は、清潔至上主義、健康至上主義、安心安全至上主義におおいつくされた、こざっぱりとした生活空間のなかで育ったため、土地というものに本来そなわっていた、どろどろと骨の髄までからみつく粘質がすでに一掃されていた。

とにかく理由はどうあれ、私が後年、探検や登山をくりかえして外部世界に実存的な経験をもとめるようになったのは、土地にしばられて生きられなかったことが大きな要因になったことはまちがいない。土地によるがっちりとした枠型にはめこまれなかった私の人生は、土地のなかでくりかえし経験されてきた生の形式に触れる機会に決定的に欠けていた。人間は古来、土地にしばられ、土地と深く関与することで、自分と世界との根源的な関係を発見してきたはずなのだが、私の生まれた土地や時代は、そうした一方的な関係構築を私に強いてこなかった。そのせいで私は土地から遊離して生きざるをえなくなり、遊離して東京にフラフラ出てきた結果、私は土地による生の形式に触れることができない一個の漂流者として、この世界に放りだされることになった。遊離者、漂流者である私が生きることを経験するためには、分割された個人となって外の世界を流浪《るろう》し、自然の掟《おきて》に直接触れることで独自に世界を発見し、普遍的な生の形式を見つけるよりほかなかった。もちろん、そうした生き方を自分で後悔したことはないが、それでも時折、土地によりきざみつけられた陰影を顔にのこす男に出会ったとき、私はいいようのない羨望《せんぼう》をかんじることがある。この人は自分の知らないものすごく基本的な事柄を知っているのではないか、と。

私が本村実の二度の漂流に惹《ひ》きつけられたのも、佐良浜の風土と海が彼の人生にこのような強制的介入をしている気配を感じたからだったように思う。はじめて本村家に電話をかけて、富美子から実が二度目の漂流で行方不明になったと聞かされたとき、私は大きな衝撃をうけたが、その衝撃の源は彼が二度目の漂流をしたという事実よりも、ふたたび海に向かったという事実のほうにあった。そして調べを進めるうちに、私はその背後に、人間と土地との間にきずかれた、人々の運命を決めてしまうほど実存にふかく食いこむ恐ろしいほど強固な結びつきを発見した。彼にふたたび海に行くことを強いた要因の根源に土地と海の力があったのなら、断片でもいいから、その力を感じ、その臭いをかいでみたい。佐良浜からグアム、フィリピンにまでわたって、そこで暮らす人たちに話を聞いたのは、そのためだった。

私が追いもとめたのは土地や海、すなわち人間には制御できないどうしようもない自然が、そこに属する人の生き方に強制的な介入をする世界であり、そこで成立する人間と世界とのつよい関係性だった。それはつまりニライカナイという異界をそばで感じることができた人々の精神風土であり、人間が土地との間で循環的につむいできた生の形式だった。ひと言でいえば、人間の生き方の原型だった。私は遊離者である自分が経験できなかった、その人間の生き方の原型をさぐるために、沖縄や太平洋の海をヨタヨタとさまよいあるいてきた。規範や管理をおしつけてくる陸の世界の倫理など意に介することなく、自由奔放、融通無碍に独自の海洋民的倫理のおもむくままに生きる姿に、私はすがすがしさをおぼえていた。

そんな佐良浜人のなかで私が最後に会ったのが、実の末弟である昭吉だった。私はその昭吉から聞いた彼の小さな記憶を紹介することで、この物語を終わりにしようと思う。

彼との面会は、富美子やキクに最初に会ったとき以来、何度となく要望していたが、体調がすぐれないことや、本人が取材に応じることを望まないだろうという理由でなかなか肯定的な返事をもらえなかった。そのあと、ほかの何人もの佐良浜漁師から取材をいやがられるうちに、私は、昭吉さんもまた自分との面会に億劫《おっくう》さをかんじているのだろうなぁ、ということを容易に想像できるようになった。海洋民文化で生きる佐良浜のマグロ漁師は、私のような文字情報でなんでも整理して物語りたがる陸の論理の権化《ごんげ》のような人間と面会し、同じように文字情報的に整理して、ことの経過をわかりやすく説明することを何よりも苦手としている。そのことを考えると、要するに昭吉もまた私と会うのを面倒くさがっているにちがいない。それはわかる。しかし、それでも彼は実のじつの兄弟だし、長い間、グアムでマグロ漁船に乗っていたので、実の漂流の話を聞くうえでは欠かせないキーパーソンの一人である。そんなわけで私がしつこく要望するうちに、富美子やキクも私の意図を理解してくれ、最後に私は彼と会うことができたのだった。

昭吉は姉の友利キクと同じ団地の別棟に住んでおり、彼女の部屋で富美子も同席して話を聞くことになった。実際に会った昭吉は、写真でみる兄の実とそっくりな顔をしていた。彫りが深く、目や鼻や唇があつぼったくて、どこか外国人の血がまじったような、いかにも佐良浜人らしい堂々とした容貌《ようぼう》である。口数が少なく、話し方はぞんざいだが、言いまわしのなかには海で生きる過酷さをどこか突きはなして笑う、そんなユーモアを感じさせるところがあり、その点も「面白いおじさんだった」と何人かがふりかえった実の人柄を彷彿《ほうふつ》とさせるものがあった。

昭吉の口からはいくつかの興味深い記憶が語られたが、そのなかには兄・実の行方不明にかんする話もふくまれていた。

その話が今も私の胸のなかでつかえたままになっている。

すでに書いたとおり、昭吉の船は行方がわからなくなった実の第八秀宝丸を重点的に捜索した三隻のうちの一隻だった。じつは友井幸洋の大幸丸が捜索を断念して漁場に向かったあとも、昭吉は一人でしばらくの間、現場にのこって兄の船の痕跡をさがしつづけたという。

「最初はよ、十隻ぐらいいたけど、二、三日やったら、みんないなくなって一隻になって、それから二週間ぐらいさがした」

昭吉は、実もそうであったのだろうと想像させる、ぶっきらぼうなしゃべり方で当時の様子をふりかえった。

「船が沈んでしまったらよ、びん玉、あれが浮くんだよ。全然、浮かんから、おかしいなぁとみんなさがしているさ。玉が浮くはずだからな。これだけの船がさがして、おかしいさ。変だな、変だなと一生懸命さがしたさ」

昭吉は約二週間にわたって現場に居のこり、兄が忽然と姿をくらませた付近の海を回遊しつづけた。びん玉もなければ油膜も見えなかった。結局、手がかりになるものはいっさい見つからなかったのだが、ただ捜索中に一度だけ、どうにも気になってしかたがない奇妙な現象を目にしたことがあったという。

「あれは、一回、夜、電気の明りがバチッとあったからよ」

昭吉は、言葉をぶつぎりにして無造作になげすてるような彼独特の話法で、その発光現象について唐突に語りだした。実の捜索について話す以上、そのことについては触れなければならないと、あらかじめ決めていたかのようなきりだし方だった。

電気の明り？　当然、私はひっかかった。

「それは実さんの船が？」

「わからん。どれがやっているのか、わからんけど」

「誰かの船が？」

「うん、発信信号みたいに、バンとやっているさ。おい、電気の明りをやっておるよと無線でさわいでおったらよ、もう見えなかったよ」

昭吉の証言はまったく具体性に欠けていたが、それでも聞きずてならない内容がふくまれているように思えた。かりにそれが実のSOSを求める照明弾だったのならば、彼と七人のインドネシア人船員はエンジンの故障した船か、あるいは救命筏に乗り、昭吉の船のほんの近くで漂流していた可能性もゼロではないように思えたのだ。

ふと、夜の太平洋の茫漠《ぼうばく》とした暗がりのなかで謎《なぞ》の光がバチンときらめく瞬間が、刹那《せつな》の映像となってうかんだ。やはり本村実は救命筏でふたたび漂流していたのか？

「捜索中にですよね」

「うん、夜。あんなのはよ、一回あって終わったからよ。一回でもう、なかったから」

となりで話を聞いていた富美子もはじめて聞く話だったようで、「やっぱり捕らわれたのかもね、どこかに……」と細い声をだした。彼女は実が海賊に拉致されてどこかの島に監禁されていると、いまも信じている。

富美子の感想をうけて昭吉は話をつづけた。

「島の、どこの島かはわからん。島のそばでバッとあったからよ」

島と聞いて、私は反射的に大幸丸の友井が話していたミクロネシアの小さな無人島のことを思い出した。同時にウラセリクタメナウの話や、保栄丸の漂流のことがかさなった。

いや、これまでの旅で聞いたすべてのエピソードが、昭吉の語る光景のむこうに透けて見えた気がした。もしかしたら本村実は、あの池間島に流れついた始祖ウラセリクタメナウのように、海の鳴動しか聞こえない太平洋の絶海の無人島に誰にも知られないまま漂着していたのだろうか。そして八年前の第一保栄丸のときと同じように、近くをとおりかかる船にまったく気づかれないまま、照明弾をあげつづけていたというのだろうか。

昭吉が語る、もしかしたらその島にいたのかもしれないという本村実の背後には、実自身の過去と、佐良浜の歴史と、何百、何千、何万という人知れず行方を絶った海の民の残像がかくれていた。富士丸や金栄丸や武潮丸やパンプボートに乗るフィリピンの無数の漂流者たちの無言の影がつらなっていた。本村実がウラセリクタメナウになり、ウラセリクタメナウが本村実になり、すべてごちゃまぜになりバチンという光をはなっていた。

漂流がつぎの漂流を呼び、またそのつぎの漂流を生み出し、そして渦のなかに呑《の》みこまれ、人知れず泡となってはじける。海とはそんな歴史にのこらない、誰にも知られない無数の漂流者を生みだしては消しさる、巨大な円環装置である。海ではいまもまだ、昔と何もかも変わらずに同じことがくりかえされている。

私は昭吉の話に、海と人間が有史以来つむいできた途方もない関係の一端を垣間見《かいまみ》た気がした。そして、とてつもなく巨大なものに触れたときに特有の当惑をおぼえた。

「照明弾みたいな……」私はもう一度訊いた。

「照明弾みたいにバッとなってよ。でも照明弾だったら一回で終わらんよ。何回もあるさな。でも一回で終わった」

「つぎの日にその島にはいかなかったんですか」

「いかなかった」

なぜ？　という質問が私の口から出ることはなかった。聞いたところで意味のない質問のような気がした。

昭吉もまた、そこまで話すと必要なことをすべて言いおえたと思ったのか、やおら「帰る」とひと言いって、腰をあげて自分の部屋にもどっていった。

それが、私が本村実について聞いた最後だった。

謝辞

本書を執筆するまでには様々な方々に取材でお世話になりました。残念ながら作品の中にいかすことができなかったお話も多く、それはひとえに私の力量不足ゆえであります。

まずは本村実さんのご家族にお礼を申しあげます。奥様の本村富美子さんにはご主人との思い出や彼の人柄などについて何度もお話を伺いました。また本村家の過去や父母、ご兄弟のことについては妹の友利キクさんに詳しくお話を伺いました。弟の本村栄さんと昭吉さんには漁船購入の経緯や捜索の経緯について教えていただきました。

実さんのご家族以外では次のお三方にはとりわけ深く感謝いたします。

馬詰修さんからは沖縄のマグロ業界全体やグアム基地の沿革、また佐良浜漁師の性格について示唆《しさ》に富むご指摘をいただきました。また、いろは丸の乗船や第一保栄丸で漂流したフィリピン人船員の紹介等、要所で取材を支えていただきました。仲間明典さんには佐良浜の郷土史や海洋民族性について非常にユーモアあふれる口ぶりでご教示いただきました。また佐良浜での取材先を紹介してくれるなど、まるでコーディネーターのようなことまでしてくださり、こちらも図にのって厚かましいお願いばかりして感謝の言葉もありません。漢那招福さんには長時間にわたるインタビューに何度もご協力頂き、佐良浜漁師やマグロ漁の世界の細部について当事者ならではの貴重な証言を頂きました。お話は実さんが乗った船やご本人の人柄など広範囲にわたり、彼の話が元になり次の取材先がつながっていきました。特に実さんの漁師の足跡は漢那さんがいなければほとんど分かりませんでした。

　他にも多くの方に取材等でご協力頂きましたが紙幅の関係で詳しく紹介できません。一部の方をのぞき、お名前を記して謝意を表します。下里郁夫、湧川正雄、山口良昭、山口晴樹、前里政春、前川優美、前川方金、友井幸洋、比嘉隆、中村淳、國吉眞孝、下里渉、伊志嶺朝令、伊志嶺幸代、仲宗根明、仲宗根洋子、大久保徹男、馬詰剛、馬詰清、上里猛、仲間定雄、石原博之、長浜操、前泊潤一、仲間恵義、奥原栄一、仲間尚光、中山雅美、中山博子、浜川新吉、上原邦男、本村素直、奥原隆治、伊良波盛男、妹尾康文、山本美治、仲宗根光男、河相初音、河合鍈二、石合力、漢那憲一、上地安雄、浜川シゲ、野里タミエ、内間芳子、依田傑利、与那嶺三郎、与那嶺英誠、下里洋二、當山清、當山勇、辺土名朝仁、仲間能男、長間森秀、與儀千代美、長崎國枝、上原敏美、漢那武三、池村洋右、賀数武子、浜川勝芳、原田忠臣、友利昭之助、中松政司、メルチョール・ガルシア、チョドロ・ギニャレス、イメルダ・カタクタン、ランベルト・ルシアナ、エディ・アボルターへ、エンリキート・デュラン（敬称略・順不同）。

フィリピンでは他にも多くの漁師や市場関係者、記者、町の人にお話を伺いました。伊良部鮪《まぐろ》船主組合での会話や、佐良浜の道端や那覇の泊港、グアムの港の一角でお名前を確認しないまま立ち話のような形でうかがった多くの話も、本書を構成する原子となって物語の奥行きを深くしてくれています。また大学探検部の友人である朝日新聞の上遠野郷記者、沖縄タイムスの与儀武秀記者、濱元克年記者、またフィリピン取材に通訳として同行した澤田公伸さん、現地の新聞記事を送ってくれたノンフィクション作家水谷竹秀さんにもお礼を申しあげます。

タイトルは「小説新潮」で連載した「ある鮪漁師の漂流」から『漂流』へと変更しました。同じ吉村昭氏の小説『漂流』と重なりますが、本村実さんの漂流の背後にある広大な海の世界を包括しているという意味で、こちらのタイトルのほうが作品性を表現できていると思います。作品では皆様の敬称を省略させていただきました。登場人物の年齢や肩書は取材当時のものです。

最後になりますが新潮社の「小説新潮」編集部の内田諭さんと、本書執筆の機会をあたえ、単行本の編集を手掛けてくださった出版部の今泉正俊さんにお礼を申しあげます。

どうもありがとうございました。

二〇一六年七月八日　角幡唯介

文庫版あとがき

この本で書きたかったのは一言で、海、である。

海をノンフィクション作品として描く。そのことだけを念頭に私は本書を執筆したといってよい。

海をノンフィクションする、などといわれても、はて、何のことやらと思われるかもしれない。えてしてノンフィクションの本は、人物評伝や冒険記や事件もの等々、もっと具体的なものをあつかうのが普通だ。それにたいして、海はテーマとしてはあまりに抽象的で漠然としすぎている。小説ならいざ知らず、海それ自体をノンフィクションのテーマとしてえらぶ書き手はいないだろうし、私自身、そんな本、読んだことがない。

仮に、海それ自体をテーマにノンフィクションを書こう、と考えた人がいたとしても、その取材はおそろしく困難なものとならざるをえない。

具体的なものなら人に話を聞きやすい。たとえば著名人の人物評伝なら関係者に逸話をきき、そこからその人物像にきりこんでいくことができる。聞かれるほうも「あの人はあのときどのような行動をとったのか」といった具体的な質問をうけるわけだから、同様に「あのときはこのようなことをしたのです」と具体的に答えることができる。しかし海がテーマだとそういうわけにはいかない。「海とは何だと思いますか」との質問はあまりに観念的で、ほとんど禅問答に近く、漁師に聞いたところで「知らん、自分で考えろ」と追っ払われることが予想され、取材は困難のレベルをこえて滑稽《こっけい》なものになりはてるであろう。

というわけで、海それ自体をノンフィクションとして書ききった作品は絶無にちかいと思われた。

しかし類例がないという事実が、逆に私に書きたいという野望をいだかせた。取材をつづける原動力となったのも、海なるものを物語化するという書き手としてのこの野望であった。

もちろん、最初から海をえがくという方向性がはっきりあったわけではない。そんな漠然としたテーマでいきなり取材をはじめるほど私も無謀ではない。

冒頭にしるしたとおり、本書の取材は編集者からの提案がきっかけとなっており、その時点で海というテーマは不明瞭《ふめいりょう》だった。ただ、単なるサバイバル譚《たん》でおわらせたくないとの思いは最初からなんとなくあり、海と人との生活文化につながる、そんな漂流事案をとりあげたいという気持ちはあった。準備段階での取材候補のなかに黒潮にのって長期間漂流した沖縄漁師の事故があり、私はこれに惹《ひ》きつけられたが、それというのも、この漂流から黒潮というより大きなテーマが見え隠れしていたからである。本村実《もとむらみのる》さんの漂流をえらんだのも、サバイバルとしての漂流を超える物語の匂《にお》いがそこはかとなくただよっていたからだ。

そこはかとなかっただけに、取材開始当初はなかなかしんどいものがあった。当然、本村さんの漂流が話の軸になるので、まずその具体的な経緯を知りたい。私は日々、炎天下の沖縄の漁港や離島の小道を汗みどろになりながらうろうろし、無愛想な漁師たちの間をまわり、関係者宅を予告もなくピンポンして話を聞く、といった、事件の地どり取材みたいなことをつづけた。だが、どこに行き、誰に会っても、わからない、おぼえてないといわれるばかり、正直、こんなことをしらべて何か見えてくるものがあるのか途方に暮れ、もうやめてしまおうかと何度もまよった。しかしその一方で、たずね歩いた先々の人々の言動や物腰に、なにか嗅覚《きゅうかく》にひっかかるものがあった。人々の行動や考え方をかたちづくっている、そんないわく言いがたい力、あるいは動因のようなものが、ちらちらと垣間見《かいまみ》えるのである。それは具体的なものではなく、ぶっきらぼうな漁師や漁業関係者の言葉の端々や物腰、時折あびせかけられる取材への非難等といった、断片的な事実から知覚されるものにすぎないが、でもまちがいなく、その奥に、得体の知れないなにか荒々しいものが渦まいているのがわかる。そして、まもなく彼らの言動や思考を支配しているもの、それこそまぎれもなく海なのだと理解されたのである。

こうして漂流取材をつづけるうちに、海というより大きなテーマがうかびあがった。何もわからないさ、という一言、そこにあるのは海である。数多《あまた》ある行方不明船、行方不明者、遭難者、漂流者を発生させるもの、これもまた海である。過去のことを系統だって説明できないマグロ漁師の口ぶり、郷土への屈折した感情、あるいは夥《おびただ》しい数のフィリピン人漁師をのみこんだ巨大台風の不条理、これらも全部海だ。本村さんの漂流をおいかけて行き当たったすべての言葉、出来事が海そのものの反映であり、表象なのだと私は気づいたのである。

何より海を感じさせたのが海洋民としての佐良浜《さらはま》の風土、歴史であった。補陀落僧《ふだらくそう》の伝説、追込漁、ダイナマイト漁、沈船漁《あさ》り、そして南方カツオ漁、現地での女性関係、バブルとしかいいようのない好景気とそれゆえの放埒《ほうらつ》な生活、乱れた選挙等々、あげればきりがないが、とにかく彼らの口からかたられる破天荒な逸話に、私は何度口をあんぐりあけたかわからない。本村さんの漂流にまでつらなる長々とした漁業の歴史、その話の端々からただよう融通無碍《ゆうずうむげ》で何でもありな行動、思考回路、要するに彼らの歴史や生活を知れば知るほど、私は佐良浜の一人一人に海がのりうつっているとしか思えなかった。

話の内容もさることながら、彼らが自分たちの生き方をふりかえるときに、かならず見せるどこか憮然《ぶぜん》とした態度や屈折した心情にも、私は惹きつけられた。とりわけマグロ船の漁師たちは自分の仕事や生き方を肯定的にとらえることは、ほぼない。面白いわけじゃない、これしかできない、といったように、どこか捨て鉢気味な口ぶりで、つまらなさそうにかたる。そのかれらの挙措《きょそ》、心情のなかに海が存在しているように思え、私の感覚受容体はいちじるしく反応した。海は決してありがたいだけのものではなく、無慈悲に明日をうばい、過去の記憶も消しさってしまうものだ。生きるめぐみをあたえてくれるのと同時に、生きる権利を突然うばう。その不条理さこそ海であり、その無理無体な海に翻弄《ほんろう》されるかたちで佐良浜の人の生き方は成立してきた。執筆に際しては彼らの、どこか鬱屈《うっくつ》した語り口や仕種《しぐさ》、表情、態度をできるだけ忠実に再現しようとつとめたが、それというのも、そこにやどるものこそ海だと思えたからだ。

私が書きたかったのは豪放磊落《らいらく》な佐良浜水滸伝《すいこでん》ではなく、その背後にひろがる、暗く、理不尽な海である。佐良浜の歴史をつくり、佐良浜人の実存を形成したもの、それが海であり、彼らの歴史を事実として提示することで海の真実に到達できるのではないか、そう夢想した。そして本村さんがふたたび海に出ようときめた、その決断こそ、抽象概念である海なるものが現実の事態として発現した、その究極の一瞬だったのではないか、そう思えた。彼の決断のなかに佐良浜の風土と歴史、そこから生み出された本村さん個人の人生と漂流をつらぬく全瞬間がある。だから彼の漂流をたどることは海を書くことである。その視点を獲得できたとき、私はこの話を作品としてまとめることができるとの自信を得た。

海を書けたかどうか、その最終判断は読者にゆだねるよりほかないが、自分としては書けたという手応《てごた》えがつよくある。

無論この手応えは自分自身の感触からくるものだが、それとは別の根拠もある。

本書が単行本として発売された一カ月後、私は取材のお礼をするために佐良浜の集落をおとずれた。

率直な気持ちをいえば、訪問前は少々憂鬱な気持ちになっていた。

本書で私は佐良浜の人たちを手放しで礼賛《らいさん》しているわけではない。もちろん私としては本村さんを筆頭に彼らの生き方に敬意をいだいたから書いたわけである。だがその私の敬意は、彼らの自然と密着した文化や自由な生き方にたいするものであり、後先考えない、いい加減な生活ぶりや、遵法《じゅんぽう》精神に欠けた規範意識もふくめ、トータルでこの人たちすごいな、ハチャメチャだな、という敬意である。したがって書き手としては、彼らの恥部に触れている、書きまくってしまっているという後ろめたさがあり、はたして自分が書いたものは彼らに受けいれてもらえるのだろうか不安だったのである。なんであんなこと書いたんだと石礫でも投げられるんじゃないかと内心おそれていた。

ところが島をおとずれてみると、その心配が杞憂《きゆう》だったことを私は痛感した。この本は集落でも非常に好意的に読んでもらえたし、取材でお世話になった仲間《なかま》さんも「よく書いてくれた」と力づよく手を握りしめてくれた。私の来訪を知り、わざわざ駆けつけて感想をのべてくれた元島民の方もいたし、父が佐良浜漁師だという漁協の女性職員も、父の生きてきた世界を知ることができたと喜んでくれた。これらの反応は私には驚きだったし、もちろんとても嬉《うれ》しいものだった。あんなに取材したのに、どうやら私はまだ佐良浜の人たちを理解できていなかったようである。佐良浜海洋民が、私が心配したようなちまちました小さなことを気にするわけがないのである。

彼らに喜んでもらえたことで、私は、自分の書いたことがまちがっていなかったのだ、と確信できたのだった。これほど取材者冥利《みょうり》につきることもない。

伊良部《いらぶ》大橋ができて宮古本島とつながったことで、島は一気にリゾート地化が進んでいると聞く。佐良浜もこれから大きく変貌《へんぼう》していくにちがいない。いや、すでに変貌してしまっているのかもしれない。もう、ああいう自由な人たちが生きる居場所は、これからの日本にはなくなるかもしれない、そんな危惧《きぐ》もある。

しかし関わった人間として、彼らの精神文化がどこかにのこってほしいとつよく願うし、個人的に彼らの世界観をうけつぎ生きていきたいとも思っている。近年、私はグリーンランド北部で犬橇《いぬぞり》をあやつり狩猟をしながら、時間に制約されない漂泊的な旅をこころみているが、それというのも、佐良浜の人々の生き方に人間の原型をみたことが一つのきっかけになっている。舞台こそちがえど、私は極北の地で佐良浜的な人間の原型を追いもとめている。その意味で本書は、私自身の生き方や探検家としての活動にも大きな転機をもたらす作品となった。

本村さんのご家族、佐良浜の人たちをはじめ、このような本を執筆する機会をあたえてくださった方々に、あらためて感謝の意を表したい。また文庫化にさいしては新潮文庫編集部の菊池亮氏に担当していただいた。この場をかりてお礼申しあげる。

二〇一九年十二月

角幡唯介

主な参考文献（著者名五十音順）

足立倫行『海洋ニッポン』（二〇〇〇年　岩波書店）
石原昌家『空白の沖縄社会史　戦果と密貿易の時代』（二〇〇〇年　晩聲社）
井上靖『補陀落《ふだらく》渡海記』（二〇〇〇年　講談社文芸文庫）
伊良波盛男『池間民俗語彙《ごい》の世界　宮古・池間島の神観念』（二〇〇四年　ボーダーインク）
伊良波盛男『池間民族屋号集』（二〇〇五年　池間郷土学研究所）
伊良部村役場編『伊良部村史』（一九七八年　伊良部村役場）
上田不二夫『沖縄の海人　糸満漁民の生活と歴史』（一九九一年　沖縄タイムス社）
大井浩太郎『池間嶋史誌』（一九八四年　池間島史誌発刊委員会）
大川恵良『伊良部郷土誌』（一九七四年）
沖縄県警察史編さん委員会編『沖縄県警察史　第三巻（昭和後編）』（二〇〇二年　沖縄県警察本部）
沖縄県農林水産行政史編集委員会編『沖縄県農林水産行政史　第一・二巻』（一九九一年農林統計協会）

沖縄大百科事典刊行事務局編『沖縄大百科事典　下巻』（一九八三年　沖縄タイムス社）
沖縄タイムス社編『写真記録　沖縄戦後史　１９４５―１９９８』（一九九八年　沖縄タイムス社）
沖縄タイムス社編『庶民がつづる沖縄戦後生活史』（一九九八年　沖縄タイムス社）
奥野修司『ナツコ　沖縄密貿易の女王』（二〇〇七年　文春文庫）
笠原政治『〈池間民族〉考』（二〇〇八年　風響社）
片岡千賀之『南洋の日本人漁業』（一九九一年　同文舘出版）
金田禎之『日本の漁業と漁法』（一九九五年　成山堂書店）
川上哲也『カツオ万歳！　―池間島カツオ風土記―』（二〇〇七年　島人叢書）
川島秀一『カツオ漁　ものと人間の文化史１２７』（二〇〇五年　法政大学出版局）
国際漁業研究会編『国際漁業の研究』（一九八六年　恒星社厚生閣）
斎藤健次『まぐろ土佐船』（二〇〇三年　小学館文庫）
佐野三治『たった一人の生還　「たか号」漂流二十七日間の闘い』（一九九五年　新潮文庫）
ジョン・ガイガー『サードマン・奇跡の生還へ導く人』伊豆原弓訳（二〇一四年　新潮文庫）
田辺悟『鮪《まぐろ》　ものと人間の文化史１５８』（二〇一二年　法政大学出版局）
谷川健一ほか『海と列島文化　別巻　漂流と漂着・総索引』（一九九三年　小学館）

津谷俊人『日本漁船図集』（一九七九年　成山堂書店）
東京水産大学第7回公開講座編集委員会編『マグロ―その生産から消費まで―』（一九八一年　成山堂書店）
中井昭監修『海外漁業発展史年表』（一九八五年　海外漁業協力財団）
長尾三郎『氷海からの生還』（一九九〇年　講談社文庫）
中楯興編著『日本における海洋民の総合研究――糸満系漁民を中心として――　上巻』（一九八七年　九州大学出版会）
仲間明典『佐良浜漁師達の南方鰹《かつお》漁の軌跡（赤銅色《しゃくどういろ》のカシレーリヤカンパニー）』（二〇一二年　宮古島市地域おこし研究所）
仲間井左六編『新宮古風土記《ふどき》』（一九九七年　近代情報社）
仲間井左六『伊良部町漁業史』（二〇〇〇年）
根井浄『観音浄土に船出した人びと　熊野と補陀落渡海』（二〇〇八年　吉川弘文館）
根井浄『補陀落渡海史』（二〇〇八年　法藏館）
野口武徳『沖縄池間島民俗誌』（一九七二年　未来社）
比嘉康雄『神々の古層⑩海の神への願い　竜宮ニガイ〔宮古島〕』（一九九二年　ニライ社）
藤林泰・宮内泰介編著『カツオとかつお節の同時代史　ヒトは南へ、モノは北へ』（二〇〇四年　コモンズ）

藤林泰・宮内泰介『かつお節と日本人』（二〇一三年　岩波新書）
増田正一編『かつおまぐろ総覧』（一九六三年　水産社）
望月雅彦『ボルネオに渡った沖縄の漁夫と女工』（二〇〇一年　ボルネオ史料研究室）
森田真弘『仲間屋真小伝（池間島漁業略史）』（一九六一年）
柳田国男『海上の道』（一九七八年　岩波文庫）
山崎朋子『サンダカン八番娼館《しょうかん》』（二〇〇八年　文春文庫）
山下東子『東南アジアのマグロ関連産業――資源の持続と環境保護』（二〇〇八年　鳳書房）
琉球銀行調査部編『戦後沖縄経済史』（一九八四年　琉球銀行）
若林良和『水産社会論　カツオ漁業研究による「水産社会学」の確立を目指して』（二〇〇〇年　御茶の水書房）

解説　始源の海へとさかのぼる〈漂流〉

真藤順丈

たえまない冒険の熱が、躍動が、限界に挑みかかる試行錯誤が、行間からほとばしってくるからか。探検家が著した本を読むとき、私はしばしば身構える。こちらもそれなりの覚悟をしたうえで書かれた冒険を追体験したいからだ。よし、もうちょっと体力のあるときに……

もしもあなたが、私と同様にそんな言い訳をしがちで、この文庫もなにげなく未読の山に積もうとしているなら、それはもったいないので思い直したほうがいい。なにしろあの角幡唯介が、外洋で二度にわたり遭難した沖縄人漁師の軌跡をたどるルポルタージュなのだから。案にたがわず本書はきわめてスリリングで、一ページ目から最後のページまで読者の知的好奇心をどこまでも刺激してやまない。

つねに沈黙が中心にある。それはジュール・ヴェルヌが描いた大渦潮もさながらに共感や常識や探究心をなにもかも呑《の》みこんでしまう巨大な沈黙だ。それもそのはずである、この本のなかで主たる取材対象となる人物は、たったいまも消息不明なのだから。一九九四年の冬、本村実《もとむらみのる》はフィリピン人の船員とともに救命筏《いかだ》で三十七日間も漂流したすえに奇跡の生還。しかし九死に一生を得たにもかかわらず、八年後に漁船に乗ってふたたび海に出ていき、そしてふたたび消息を絶って、現在に至るまで帰還していない――吉村昭《よしむらあきら》の同名小説やハーマン・メルヴィル『白鯨』のモデルとなった捕鯨船エセックス号の遭難にふれることで「漂流者にたいするある種の畏敬《いけい》の念」を抱いていた著者は、取材のために沖縄へ渡り、本村実の故郷である伊良部島佐良浜《いらぶさらはま》へと調査行を進めていく。

単行本の刊行に当たって、著者は小説家の小野正嗣《おのまさつぐ》との対談でこう語っている。

僕の場合、これまでの長編のテーマは自分の冒険が中心だったんで、自分の行動が最終的なゴールになる。冒険活動だと、絶対にゴールを決めておかなくてはいけない（……）、そのゴールにたどり着けなかったら、遭難になるわけですから。

「三日たって見つからんければ終わり」「陸は記録に残るけど、海は記録に残らん」（解説者注・漁協のおばちゃんたちの談）とか。過去がすべて海の藻くずとなって消えてしまう海の世界の特殊性。そうしたところにずっと生きていると、認識というのはきっと変化していくんだろうなと（『波』二〇一六年九月号）

対談のなかでも言及されているが、これまでの著者の〈陸〉の探検では、著者自身がゴールを設定し、生きて帰ってきてから書く。しかし本作では、他者が〈海〉で遭難して帰らないという前提から書く。従来のフィールドではない二重三重の意味での対極へと向かう実感を、たしかに書き手も持っていたことがうかがい知れる。

えーそうなのか。意外だったのは、第一線の探検家として極限のフィールドワークを実行しうる書き手にとっても、海というのは畢竟《ひっきょう》、大いなる〈アウェイ〉であり、〈他者〉の領分であり、此方《こちら》ではなく〈彼方《あちら》〉に属する世界なのかということだ。一般の感覚からすれば山岳や極地だってよっぽどじゃないか、荒ぶる自然のおっかなさではどっこいじゃないかと思うけど。作中でも「現代の冒険は皆遊び」「海の漂流者の経験はわれわれ陸の冒険者の比ではない」とまで書いている。この畏《おそ》れやアウェイ感を抱えながら〈陸〉から〈海〉へと移っていく視座の変容は、単純な二極化という以上に、本書をつらぬく重要なキーワードになっている。

御《ぎょ》しきれない自然と人間とのあいだの抜き差しならなさ。著者は冒険者として〈漂流〉という題材に惹《ひ》かれ、本村実という〈沈黙の中心〉の周りを探るうちに、海洋民の世界へと深く入りこむ。ではその海洋民とは？　海によって生活の糧《かて》を得て、海によって魂のあり方が形づくられ、海という無辺の領域を自由に行き来できる人々、と解釈されている。もちろん土地の影響は大きい。海で四方を囲まれた沖縄では、その漁撈《ぎょろう》の能力の高さから多くの男たちが遠洋漁業に出ていく。さらに時代にも〈生〉を方向づけられる。唯一《ゆいいつ》の地上戦の舞台となった沖縄の戦後は、食うものも着るものもない困窮にさらされ、占領者のアメリカ軍基地から物資や食料を強奪する戦果アギヤーが疾走し、彼らがせしめた戦果はしばしば密貿易船に積み荷として載せられた。ダイナマイトによる密漁も流行し、故郷では腕や足を欠損させた人々がダイナマイト漁の失敗を「サメに食われた」と武勇伝のようにうそぶく。そうした混沌《こんとん》のなかで少年期を過ごした本村実は、父も兄たちも漁師という家で育ち、腕の良い漁師として頭角を現わしながらも海に人生を狂わされ、しかしどうしようもなく海に引きつけられて、漂流の運命へとその身を二度も投じていくのだ。

会えるかぎりの家族や漁師仲間に会い、本村実の生をさかのぼっていく著者は、彼の漂流について知るためには佐良浜の理解を深めるほかにないと、ストイックな民族学者もさながらに幾重にもひだが重なった島の漁業史、海洋民の歴史を炙《あぶ》りだしていく。そうして陸でつかみとった知識や人間関係をもとに、いよいよ海に出る——本村実の影を追うようにして自らもマグロ延縄《はえなわ》漁船に乗りこみ、グアムやフィリピンにも渡って、本村とともに三十七日間も救命筏で生き延びた船員を見つけだし、その一人一人の語りから〈漂流〉のリアルなストーリーを再現していくのだ。このあたりのただごとではない文章の深度、ディテールと迫真性に富んだ描写はやすやすと模倣《もほう》できるものではない。行動と筆致がイコールで結ばれた冒険家作家の面目躍如の感があるが、さらに特筆すべきは〈海〉の視座から現代社会に向けられる洞察の豊かさ、世の実相を解きほぐしてみせる手つきのあざやかさだろう。

陸の人間は船乗りという人種全般にたいして、勝手気儘《きまま》に大海原を行き来する自由な存在という固定観念をもちがちだが（……）、判断をあやまった場合、遭難という自分の生命に直結しかねない深刻な事態をまねくおそれがある。自分で考え、行動し、その結果が自分の運命に直接はねかえってくる。海上の船という隔絶した環境で命にかかわる判断と決定を常時、連続的にくりかえし、その判断にたいする責任を最終的には自分の命であがなう（……）、船乗りが自由だというのは、このように自分の命を自分で管理するという責任関係を、完全に独立した一人の人間として世界と切りむすんでいるからである。

たとえば著者はこのように考察し、〈陸〉の側からの無責任なロマンティシズムや、「海でしか生きられない海洋民の宿業《しゅくごう》に思いを馳《は》せ、「海での仕事なんて楽しいもんじゃない」と肯定的なことを言うばかりではない彼らの、だがそれでもその魂に組みこまれた「版図の雄大さとスケールの大きな生き方」に憧憬《しょうけい》を抱く。探検をする理由を問われて著者は「システムの外に出るため」「そこから問いを投げかけるため」と答えているが、たしかに管理や消費によって貧血させられた現代への危機意識、枯死したものにふたたび血を通わせようという願いが、〈彼方《あちら》〉へと移動をつづけることでいっそう真に迫った洞察につながっているように感じられる。

たしかなフィールドワークにもとづく批評の積み重ねによって、通史や正史にあらたな光を当て、現実の外へと向かうことでむしろ現実の内なる本質を、その構造や運動を、細部の手触りや体温とともに結晶させる。

というのが、ノンフィクションの理想形であろうし、単なる現場のレポートを超えて〈文学作品〉として残る条件なのだなとたびたび唸《うな》らされた。

そしてまた憎いことに、本作は読み物としての面白さ、リーダビリティも充分すぎるほどそなえている。本村実に何があったかを少しずつ繙《ひもと》いていく構成の妙、高い解像度であざやかに風景を伝達する文章力もさることながら、大漁で「キタキタキターッ！」とトランス状態になる著者、船酔いでよれよれになる著者、そのすぐあとにまたハイになる著者、マグロの赤身を見るのもいやになり、船長に対してこの人は数十年も刺身を食ってまだ飽きないのかとイラつく著者も、こう言っちゃなんだけどすごく活《い》き活《い》きしていて読んでいて楽しい。角幡さん、海洋民が向いてるんじゃないですか？　他にもたとえば遭難事故につきまとうひかりごけ系の命題、「フィリピン人たちは本村船長を食おうとしたのか（もしくはちょっと食ったのか？）」といった根源的かつセンセーショナルな問いもとりこぼされない。あるいは故郷で待ちつづける妻の姿が描かれるとき、読者は『オデュッセイア』なみの一大流離譚《たん》に重なる遠大な情景を見てとることもできるだろう。じつに本書には、海と人の営みにおけるさまざまな様相が、解きがたい結び目のようなものがいくつもの相貌《そうぼう》を表わして、読む者の胸の深いところを震《ふる》わせつづけるのだ。

作中で語られるなかでとりわけ印象に残ったのが〈ニライカナイ〉である。沖縄で広く信仰を集めてきた異界、神の国のような存在。生者の魂はニライカナイより運ばれてきて、死んでまたニライカナイへ戻っていく。天地創造の源泉にして死者が渡っていく常世《とこよ》――そこからは財宝を載せた船も、新たな叡知《えいち》も、災《わざわ》いや疫病《えきびょう》のたぐいも運ばれてくる。生活の糧をもたらし、かたや人の命をあっけなく奪う海の、その果てにある世界と海洋民の営みは無縁ではないと著者は語っている。あるいは本村実もまた数知れない他の海洋民とおなじように、いまなおニライカナイの周辺を漂い流れているのではないか。だとすればその姿を本書でここまで追い究《もと》めた著者もまた、おなじ領域の奥深くまで到達を果たしているといえるだろう。

雄大な水平線の向こうは、沖縄人のみならずあらゆる現代人にとっても極限的な〈彼方《あちら》〉の領域であり、フィクション／ノンフィクションを問わないすべての語り手は、ニライカナイに旅をしてそこから物語を持ち帰ってこなければならない。たえず遭難の危険はつきまとう、潮にさらわれて生還できないかもしれない。かなり手前で屁《へ》っぴり腰になる書き手の多いなかで、実地の冒険力をもってして彼《か》の領域に達する角幡唯介のなんと強靭《きょうじん》で、想像力のしなやかなことか！

単行本刊行の二年後、新たな代表作となる『極夜行』を上梓《じょうし》した著者は、極夜の旅の終わりに奥さんの出産シーンを想起し、「いま自分は闇《やみ》を通って光の世界に生まれようとしている子供と同じ」（『産経新聞デジタル』二〇一九年十月四日）と感じたという。であればその前作に当たるこの『漂流』は、ニライカナイのような始源の羊水《うみ》のありかを、人間としての本来的な、原初的な自然との交わりを探究する旅だったのかもしれない。

　さてさて、ふたたび著者が海を題材に選ぶことはあるのだろうか。あるいは沈黙の中心は？　いつの日か語りだすときは来るのか。本書を読んだあとで波打ち際《ぎわ》に立てば、陸からは見えない海洋民の秘められた世界が、そこに向かう一人の探検家の背中が見えてくるだろうか。

（二〇二〇年二月、作家）

この作品は二〇一六年八月新潮社より刊行された。

新潮文庫最新刊

帚木蓬生著
守教（上・下）
吉川英治文学賞・中山義秀文学賞受賞
人間には命より大切なものがあるとです――。農民たちの視線で、崇高な史実を描き切る。信仰とは、救いとは。涙こみあげる歴史巨編。

木内昇著
球道恋々
弱体化した母校、一高野球部の再興を目指し、元・万年補欠の中年男が立ち上がる！　明治野球の熱狂と人生の喜びを綴る、痛快長編。

玉岡かおる著
花になるらん
―明治おんな繁盛記―
女だてらにのれんを背負い、幕末・明治を生き抜いた御寮人さん――皇室御用達の百貨店「高倉屋」の礎を築いた女主人の波瀾の人生。

古野まほろ著
新任刑事（上・下）
時効完成目前の警察官殺しの女を、若き新任刑事が追う。強行刑事のリアルを知悉した元刑事の著者にのみ描ける本格警察ミステリ。

板倉俊之著
トリガー
―国家認定殺人者―
近未来「日本国」を舞台に、射殺許可法の下、正義のため殺《あや》めることを赦されし者が弾丸を放つ！　板倉俊之の衝撃デビュー作文庫化。

福田和代著
暗号通貨クライシス
―BUG　広域警察極秘捜査班―
世界経済を覆す暗号通貨の鍵をめぐり命を狙われた天才ハッカー・沖田シュウ。裏切り者の手を逃れ反撃する！　シリーズ第二弾。

新潮文庫最新刊

角幡唯介著
漂流
37日間海上を漂流し、奇跡的に生還しながらふたたび漁に出ていった漁師。その壮絶な生き様を描き尽くした超弩級ノンフィクション。

今野勉著
宮沢賢治の真実
―修羅を生きた詩人―
蓮如賞受賞
猥、嘲、凶、呪……異様な詩との出会いを機に、詩人の隠された本心に迫る。従来の賢治像を一変させる圧巻のドキュメンタリー！

本橋信宏著
東京の異界 渋谷円山町
花街として栄えたこの街は、いまなお老若男女を惹きつける。色と欲の匂いに誘われて、路地と坂の迷宮を探訪するディープ・ルポ。

廣末登著
組長の妻、はじめます。
―女ギャング亜弓姐さんの超ワル人生懺悔録―
数十人の男たちを従え、高級車の窃盗団を組織した関西裏社会〝伝説の女〟。犯罪史上稀なる女首領に暴力団研究の第一人者が迫る。

山口文憲編
やってよかった東京五輪
―オリンピック熱1964―
昭和三九年の東京を虫眼鏡で見る――『昭和天皇実録』から文士の五輪ルポ、新聞記事まで独自の視点で編んだ〈五輪スクラップ帳〉！

群ようこ著
鞄に本だけつめこんで
本さえあれば、どんな思い出だって笑えて愛おしい。安吾、川端、三島、谷崎……名作とともにあった暮らしをつづる名エッセイ。

漂《ひょう》　流《りゅう》

新潮文庫　か－89－1

令和二年四月一日発行

著者　角《かく》幡《はた》唯《ゆう》介《すけ》

発行者　佐藤隆信

発行所　株式会社 新潮社

郵便番号　一六二―八七一一
東京都新宿区矢来町七一
電話 編集部(〇三)三二六六―五四四〇
　　 読者係(〇三)三二六六―五一一一
https://www.shinchosha.co.jp

価格はカバーに表示してあります。

乱丁・落丁本は、ご面倒ですが小社読者係宛ご送付ください。送料小社負担にてお取替えいたします。

印刷・大日本印刷株式会社　製本・加藤製本株式会社

ISBN978-4-10-101951-2 C0195